Dean Devlin (Produzent, Koautor) war Produzent und Drehbuchautor des Science-fiction-Films *StarGate* (1994, mit Kurt Russell, James Spader und Jaye Davidson). Er begann seine Laufbahn als Schauspieler und wirkte in zahlreichen Kino- und Fernsehfilmen mit, u. a. in den Serien *L. A. Law* und *Hard Copy*. Nach seinem Auftritt in Roland Emmerichs Science-fiction-Film *Moon 44* gab Devlin die Schauspielerei auf, um mit Emmerich zusammen Drehbücher zu schreiben und Filme zu produzieren.

Roland Emmerich (Regisseur, Koautor, ausführender Produzent) war Regisseur und Drehbuchautor von *StarGate* und führte auch Regie bei den Filmen *Das Arche Noah Prinzip* (1983) und *Universal Soldier* (1992, mit Jean-Claude Van Damme). Er gründete seine eigene Produktionsfirma, *Centropolis Film Productions*, und produzierte die Filme *Joey, Ghost Chance, Eye of The Storm* (mit Dennis Hopper) sowie *Moon 44* (mit Malcolm McDowell), für den er zusammen mit Oliver Eberle auch das Drehbuch schrieb.

Stephen Molstad (Koautor) arbeitete bereits an der für den *Hugo* nominierten Romanfassung von *StarGate* mit. Er studierte am USC ISOMATA sowie an der University of California – Santa Cruz. Nachdem er mehrere Jahre die Welt bereist und Pick-up-Basketball gespielt hat, lebt er heute als Lehrer und Schriftsteller in Los Angeles.

Dean Devlin & Roland Emmerich und Stephen Molstad

INDEPENDENCE DAY

Der Tag, an dem wir zurückschlagen

Der Roman zum Film

Deutsch von
Gunter Blank

rororo

Rowohlt

Die Originalausgabe erschien 1996
unter dem Titel «Independence Day»
bei HarperCollins Publishers Inc., New York

Umschlaggestaltung: Walter Hellmann
Umschlagfoto: Twentieth Century Fox Film Corporation
Fotos im Tafelteil: Published by arrangement with
HarperCollins Publishers Inc.

Lektorat: Peter Robert

Deutsche Erstausgabe
Veröffentlicht im Rowohlt Taschenbuch Verlag GmbH,
Reinbek bei Hamburg, September 1996

Satz Berling (Linotronic 500)
Gesamtherstellung Clausen & Bosse, Leck
Printed in Germany
1490-ISBN 3 499 13949 9

Besonderer Dank geht an
Elizabeth «Little Bit» Ostrom und
Dionne McNeff für ihre unschätzbare Hilfe.

Das Mare Tranquillitatis war ein ausgestorbenes, unheimliches Ödland, eine stille, kraterförmige Grabstätte aus Asche und Stein. In der losen, grauen Erde, die den Landeplatz umgab, waren die Abdrücke von zwei Paar Füßen zu erkennen, die so frisch wirkten, als wären sie eben erst hinterlassen worden. Am Horizont stieg die geschwungene Sichel der Erde auf; das lebendige Blau der Ozeane bildete einen starken Kontrast zur grauen Eintönigkeit des Tales. In die Mondoberfläche hatte man die Sensorstäbe eines Seismographen getrieben, einer quadratischen Box, die in der Lage war, den Einschlag eines erbsengroßen Meteoriten in fünfzig Meilen Entfernung zu registrieren. Am Rande des Lagers wehte eine amerikanische Flagge dank eines in den Saum eingenähten Drahtes stolz in der nicht vorhandenen Brise. Die ganze Gegend war mit Abfällen übersät: die Überbleibsel wissenschaftlicher Experimente und die dazugehörigen Transportbehälter, unbenutzte Plastiktüten, die für Bodenproben vorgesehen gewesen waren, sowie eine Handvoll Erinnerungsplaketten. Diese über eine Fläche vom Ausmaß eines Baseball-Innenfeldes verteilten Gegenstände waren von den Astronauten der Apollo 11 mitgebracht worden – den ersten Menschen, die den Mond betreten hatten. Als sie den Mond wieder verließen, warfen sie alles, was sie nicht mehr für den Rückflug benötigten, über Bord. Armstrong und Aldrin hatten einen großen Schritt für die Menschheit getan – und dem Mond eine Tonne Müll hinterlassen.

Ihre jahrzehntealten Fußstapfen führten fünfzehn Schritte in alle Himmelsrichtungen, ehe sie wieder zum Lager zurückkehrten. Von oben betrachtet, ergab dies ein Muster, das an ein riesiges, unförmiges Gänseblümchen erinnerte. In der Mitte der Blüte stand die schimmernde Mondlandeplattform, ein etwa einen Meter hohes Gerüst aus Röhren und Goldblech, das wie ein Klettergerüst auf einem eilig verlassenen Spielplatz aussah. Tief verborgen in einem Meer der Stille, machte der Fleck den Eindruck eines lange zurückliegenden Picknicks, das ein plötzliches und schreckliches Ende gefunden hatte, so daß den Gästen keine Zeit mehr geblieben war, ihre Habseligkeiten einzusammeln, sondern nur noch gerade genug, um ihr nacktes Leben zu retten. Nichts, nicht einmal ein Sandkorn, hatte sich seit der Abreise der Erdlinge bewegt.

Doch nun begann sich etwas zu verändern. Eine kaum merkliche Vibration erfaßte das Gebiet. Für viele Stunden war sie so schwach wie der Lufthauch einer flügelschlagenden Motte in tausend Meter Entfernung. Doch langsam, aber sicher entwickelte sie sich zu einem Beben. Die elektronischen Sensoren des Seismographen erwachten zum Leben, aber die extremen Temperaturunterschiede des Mondes hatten das Funkgerät bereits nach wenigen Tagen zerstört. Das Beben wurde stärker, und wie ein Nachtwächter, dem man die Zunge herausgeschnitten hat, versuchte das kleine Gerät Stunde um Stunde vergeblich, auf sich aufmerksam zu machen. Ein einzelnes Sandkorn rollte die Kante eines Fußabdrucks hinunter, dann noch eines und noch eines. Der gewellte Draht, der in den Saum des Sternenbanners genäht war, begann hin und her zu ruckeln. Die Fußabdrücke zerfielen im vibrierenden Sand.

Dann tauchte ein gigantischer Schatten am Himmel auf. Er legte sich über den Mond, verdeckte die Sonne und hüllte den Krater in unnatürliches Dunkel. Je näher das Ding kam, desto stärker wurde das Mondbeben. Was auch immer es sein mochte, es war zu groß, als daß es von der Erde hätte kommen können.

Das felsige Flachland der Wüste von New Mexico wirkte manchmal fast so unwirtlich und unheimlich wie der Mond. In einer dunklen Neumondnacht war dies eine der stillsten Gegenden auf der Erde. Tausend Meilen öder roter Wüste und glatter, hartgebackener Lehmhügel. Um ein Uhr in der Nacht zum 2. Juli wimmelte es auf dem schmalen Asphaltstreifen, der das Tal durchzog, von Eselhasen und Echsen, die von der Wärme des Asphalts angezogen worden waren. Der Streifen verband eine schmale, unbefestigte Straße, die sich in die Hügel hinaufschlängelte, mit dem Highway. Das einzige, was sich bewegte, waren die in einer unglaublichen Vielfalt herumwuselnden Insekten, die sich in tausend verschiedenen Arten an die rauhe Umgebung angepaßt hatten. Kurz bevor die Straße den Kamm einer Hügelkette kreuzte, stand halb in den Büschen verborgen ein Schild mit der Aufschrift:

NATIONAL AERONAUTICS
AND SPACE ADMINISTRATION
SETI

Diejenigen, die – mit oder ohne Genehmigung – der Straße auf den Kamm der zerklüfteten Hügelkette folgten, wurden mit einer spektakulären Aussicht belohnt. Das darunterliegende Tal wurde von zwei Dutzend riesigen Satellitenschüsseln beherrscht, von denen jede einen Durchmesser von gut dreißig Metern hatte und aus weißlackiertem Stahl gefertigt worden war. Da Neumond war, wurden sie nur von den rotleuchtenden Signallichtern beleuchtet, die sich an der Spitze der Antennenpeitschen im Zentrum der Schüsseln befanden. Die Signallichter waren eine Vorsichtsmaßnahme, um zu verhindern, daß neugierige oder verirrte Piloten in die Anlage hineinflogen und sich in den Stahlträgern verfingen wie Fliegen in einem Spinnennetz.

SETI (Suche nach Extraterrestrischer Intelligenz) war ein von der Bundesregierung finanziertes und von der NASA durchgeführtes wissenschaftliches Projekt, und die Ansammlung gigantischer Radioteleskope markierte seinen Hauptsitz. Weitab von den lärmverseuchten Städten hatten die Wissenschaftler diesen ausgedehnten Horchposten installiert, mit dem sie nach Anhaltspunkten suchten, die sie der Beantwortung einer der ältesten Menschheitsfragen näherbringen sollten: Sind wir die einzigen Bewohner des Universums?

Die Teleskope empfingen die Geräusche, die von Myriaden

von Sternen, Quasaren und Schwarzen Löchern ausgesandt wurden, Geräusche, die nicht nur äußerst schwach waren, sondern auch unvorstellbar alt. Radiowellen von der Sonne, die sich mit Lichtgeschwindigkeit bewegen, erreichen die Erde mit acht Minuten Verzögerung, aber bereits die des nächstgelegenen Sternes benötigen über vier Jahre. Die meisten der kosmischen Geräusche, die in die Schüsseln tropften, waren mehrere Millionen Jahre alt und besaßen eine Signalstärke von weniger als einem Billiardstel Watt. Zusammengenommen erreicht die gesamte, je auf der Erde empfangene Radioenergie nicht einmal die Energie einer Schneeflocke, wenn sie den Boden berührt. Dennoch waren diese riesigen «Ohren» so empfindlich, daß sie detaillierte Bilder von Objekten liefern konnten, die zu lichtschwach und zu weit entfernt waren, als daß optische Teleskope sie hätten erfassen können. Sie drehten sich langsam im Mondschein, wie ein Feld mechanischer Blumen, die im schwachen Mondlicht erblühten.

Versteckt unter diesen Giganten befand sich ein Vier-Zimmer-Fertighaus, ein Bungalow, den man zu einem High-Tech-Observatorium ausgebaut hatte. Ein Datenregen ergoß sich in die Teleskope und floß durch Glasfaserkabel in das Gebäude, wo die Daten von der modernsten Signalverarbeitungsstation aller Zeiten sortiert und analysiert wurden. Dieses ganze technische Zauberwerk war mit einem Zentralrechner verbunden, der das gesamte System überwachte, was zur Folge hatte, daß Leute wie Richard Yamuro nicht sehr viel zu tun hatten.

Yamuro war ein Astronom, der sich mit einer Arbeit über das Phänomen der Rotverschiebung bei Quasaren einen Namen gemacht hatte. Sechs Monate nach Abschluß seines Studiums erhielt er eine Stelle an der angesehenen Università di Bologna. Als SETI ihn zwei Jahre später kontaktierte, ergriff er die Gelegenheit beim Schopf und vertauschte sein mondänes Altstadtapartment mit einer kargen Hütte im ausgedörrten Hinterland New Mexicos.

SETI war in den sechziger Jahren von einer Handvoll «Wirrköpfe» gegründet worden, bei denen es sich gleichzeitig um die international renommiertesten Wissenschaftler ihres Fachs handelte. Ihre Idee war einfach: Radio ist eine simple Technologie, leicht zu senden und noch leichter zu empfangen. Die Radiowellen bewegen sich mit Lichtgeschwindigkeit und durchqueren ohne Energieverlust Planeten, Galaxien und Gaswolken. Sollte eine fortgeschrittene Zivilisation versuchen, mit uns in Verbindung zu treten, argumentierten die Wissenschaftler, so wäre sie nie in der Lage, die unendlichen Entfernungen des Universums zu überbrücken. Der einzig realistische Weg der Kontaktaufnahme wäre eine Radiobotschaft. Nach jahrelanger Lobbyarbeit im Kongreß erhielt SETI schließlich den Etat für eine zehnjährige Erforschung des Weltraums über der nördlichen Hemisphäre. Unter der Oberaufsicht der NASA betrieb SETI noch zwei weitere Einrichtungen, eine auf Hawaii, die andere in Puerto Rico. Falls es irgendwo im Universum intelligentes Leben gab, dann würde die kleine Gruppe der SETI-Astronomen es am ehesten finden.

Richard hatte die in den meisten anderen Berufen äußerst unbeliebte Nachtschicht übernommen, die jedoch bei der Handvoll in New Mexico stationierter Wissenschaftler die begehrteste Arbeitszeit war. Um vier Uhr früh konnte man nämlich das Scanner-System überlisten und eins der großen Teleskope für seine eigenen Forschungszwecke benutzen. Bis dahin hatte Richard noch zwei Stunden totzuschlagen – Zeit genug, um sich ein bißchen im Golfspielen zu üben. Er ging auf ein Knie und nahm Maß für seinen Putt. Er stellte sich vor, er befände sich auf dem 18. Grün von Pebble Beach.

«Die Turnierentscheidung hängt von diesem letzten Schlag ab», sagte er leise, wie ein Fernsehkommentator. «Yamuros Ball liegt etwa sieben Meter vom Loch entfernt. Normalerweise wäre das kein Problem für einen so genialen Golfspieler wie ihn, aber er muß über den holprigsten, schlimmsten Abschnitt des Turfs putten, ein unebenes Stück, das man den ‹Verbindungssteg› nennt. – Stimmt genau, Bob», ließ er den zweiten Kommentator übernehmen. «Ein beinahe unmöglicher Schlag. Jetzt kommt es für Yamuro drauf an. Es heißt alles oder nichts, aber wir haben ja schon hundertmal gesehen, wie er solche Situationen bewältigt hat. Wenn jemand es schaffen kann, dann er.»

Ans andere Ende des mit teuren elektronischen Kinkerlitzchen vollgestopften Raums hatte er einen Plastikbecher gelegt. «Die Spannung ist unerträglich», sagte er zu der großen Maschine, die die SETI-Mitarbeiter «Mix-O-Matic» getauft hatten, weil sie die zufällig aufgesaugten Geräusche aus dem Weltall in computerverdauliche Häppchen zerlegte. Die Maschine stellte seine Familie dar, die ihn zusammen mit den anderen Zuschauern nervös beobachtete. Seine Mutter nickte mit grimmiger Miene, um ihrem Sohn zu zeigen, daß sie an ihn glaubte – er würde den Putt versenken und dem Namen Yamuro Ehre machen. Der Golfspieler schaute sich um und erblickte ein bekanntes Gesicht. «Carl», wandte er sich an das signierte Bild des bekannten Astronomen Carl Sagan, «jetzt brauche ich deine Hilfe.»

Yamuro schwang seinen Schläger und schlug den Ball über den Teppichboden in Richtung des Plastikbechers. Der Ball touchierte die Kante des Bechers und rollte zur Seite. Der Golfer brach auf dem Boden zusammen. Er hatte versagt! Vor sich, seiner Familie, vor den Fans. Als er sich ans Herz griff und nach Worten rang, um seiner Scham Ausdruck zu verleihen, klingelte das rote Telefon. Yamuro schlug das Herz bis zum Hals. Das rote Telefon war kein gewöhnlicher Anschluß, sondern direkt mit dem Zentralrechner verbunden. Hastig griff er nach dem Hörer und lauschte aufmerksam der digitalisierten Stimme, die eine Reihe von Koordinaten durchgab. Überall an der Kontrollkonsole blinkten rote Lämpchen auf.

«Das träum ich doch nur», stammelte er und kritzelte Zeit, Frequenz und Position auf einen Notizblock. Wenn das rote Telefon klingelte, was selten genug vorkam, bedeutete dies, daß der Computer nebenan, der die Milliarden von schrillen, zufälligen Geräuschen durchforstete, die das Universum ausstieß, auf etwas Außergewöhnliches gestoßen war; auf etwas, dem ein beabsichtigtes Muster zugrunde lag. Er setzte sich an die Konsole und griff nach einem Paar Kopfhörer. Nichts. Nur das übliche Rauschen und Pfeifen. Die Vorschriften verlangten von ihm, daß er nun die anderen Wissenschaftler informierte, von denen einige in ihren nahe gelegenen Hütten schliefen. Doch bevor er Mitglied des

Falscher-Alarm-Clubs wurde, wollte Yamuro sich Gewißheit verschaffen. Wahrscheinlich war es nichts weiter als ein neuer Spionagesatellit oder ein verirrter Pilot, der um Hilfe rief. Er tippte eine Zahlenkolonne ein und übernahm die manuelle Kontrolle von Schüssel Nr. 1. Das Teleskop las die eingegebenen Daten und schwenkte exakt auf die Position zurück, die es Augenblicke zuvor innegehabt hatte.

Dann hörte er es. Verblüfft fuhr er auf. Das normale Rauschen wurde von einer Tonfolge überlagert, die laut und deutlich zu hören war. Die Töne oszillierten innerhalb eines Frequenzfensters – der sogenannten Wasserstofflinie – auf und ab. Es hörte sich fast an wie ein Musikinstrument, wie eine komische Mischung aus Pikkoloflöte und Nebelhorn, vielleicht auch wie eine verstimmte Kirchenorgel. Jedenfalls hatte er so einen Klang noch nie gehört, und er identifizierte ihn sofort als Signal. Immer noch leicht geschockt, griff er zum Telefon.

Zehn Minuten später sah es im Kontrollraum aus wie auf einer Pyjamaparty. Verschlafene Astronomen drängten sich in Bademänteln und Schlappen um die Hauptkonsole, drückten abwechselnd die Kopfhörer ans Ohr und redeten hektisch durcheinander.

Als Beulah Shore, die Projektleiterin von SETI, schließlich eintraf, waren ihre Mitarbeiter bereits überzeugt, daß sie Kontakt zu einer außerirdischen Zivilisation hatten. «Das ist es, Beul», sagte Yamuro zu ihr.

Shore ließ sich in einen Stuhl unter einem Poster fallen, das sie selbst angebracht hatte. Darauf stand: ICH GLAUBE AN DIE KLEINEN GRÜNEN MÄNNCHEN. «Hoffentlich ist das keine dieser verdammten russischen Spionageaktionen», brummte sie, während sie sich die Kopfhörer überstülpte und lauschte, ohne eine Miene zu verziehen. Zwei Dinge schossen ihr durch den Kopf. «Das ist es! Wir haben sie!» Das langsame Ansteigen und Abfallen des Tones konnte nichts Zufälliges sein. Doch gleichzeitig zwangen sie ihre wissenschaftliche Erfahrung und die Notwendigkeit, das Projekt zu schützen, zu einer skeptischen Haltung. Im Raum knisterte es bereits vor Aufregung, und sie wußte nur zu gut, welch vernichtende Enttäuschung ein falscher Alarm unter ihren Kollegen hervorrief.

«Interessant», konzedierte sie und setzte ihr Pokerface auf. «Aber laßt uns keine voreiligen Schlüsse ziehen. Ich will eine Quellenbestimmung haben. Doug, ruf Arecibo an und gib ihnen die Daten durch.»

Arecibo war ein abgelegenes Küstental im Osten Puerto Ricos. Dort war das mit über eintausend Meter Durchmesser größte Radioteleskop der Welt beheimatet. Binnen fünf Minuten hatten die Wissenschaftler dort ihre eigenen Experimente heruntergefahren und die riesige Schüssel auf die durchgegebenen Koordinaten ausgerichtet. Auf einer speziell dafür eingerichteten Leitung tauschten High-Speed-Modems ohne Zeitverzögerung die empfangenen Daten aus. Als die Ergebnisse aus Arecibo eintrafen, fielen die Wissenschaftler, die normalerweise nicht so leicht aus der Fassung zu bringen waren, fast übereinander her, um den ersten Blick auf die vom Computer ausgespuckten Daten zu werfen.

«Das kann nicht stimmen», sagte einer von ihnen verwirrt, ja beinahe erschrocken.

Yamuro riß das Blatt aus dem Drucker und wandte sich an Beulah. «Nach diesen Berechnungen hier beträgt die Entfernung zur Quelle 385 000 Kilometer. Das heißt, die Signale kommen vom Mond.»

Shore ging zum einzigen Fenster des Raums, zog den Vorhang ein Stück zurück und warf einen prüfenden Blick auf die Mondsichel.

«Sieht aus, als hätten wir Besuch bekommen», sagte sie und fügte nach einem Augenblick des Nachdenkens hinzu: «Wäre nett gewesen, wenn sie vorher angerufen hätten.»

Das Pentagon am Ufer des Potomac, direkt gegenüber vom Weißen Haus, war das größte Bürogebäude der Welt. Das riesige fünfseitige Gebilde beherbergte die byzantinische Bürokratie der US-Streitkräfte und war selbst eine kleine Stadt. Bereits zwei

Stunden vor Sonnenaufgang, als die Zahl der Beschäftigten sich noch auf ein paar tausend Nachtschichtler beschränkte, brodelte es vor Aktivität. Eine Armada von Sattelschleppern, die von vertraulichen Dokumenten bis zum Kantinenessen alles Erdenkliche anlieferten, stand aufgereiht an den Laderampen, während Dutzende von Müllwagen die täglich anfallenden Abfallberge abtransportierten.

Ein nagelneuer Ford jagte quer über den Südparkplatz und raste mit hundert Stundenkilometern auf das Gebäude zu, bremste schleudernd und schlängelte sich geschickt in die Parklücke, die dem Eingang am nächsten lag.

Sekunden später kam General William M. Grey, Oberkommandierender des United States Space Command und Chef des Vereinigten Generalstabs, die Treppe zum Eingang herauf. Das Stakkato seiner Absätze hallte klappernd durch die Lobby. Fünfundvierzig Minuten zuvor hatte ihn das Klingeln des Telefons aus dem Tiefschlaf gerissen. Nichtsdestotrotz erschien der stämmige Sechzigjährige, wie man es von einem Fünf-Sterne-General erwarten durfte, mit tadellos sitzender Uniform und blitzenden Knöpfen. Ohne innezuhalten, nahm er den wachhabenden Offizier, Colonel Ray Castillo, ins Schlepptau. Wortlos folgte der hochaufgeschossene junge Offizier seinem finster dreinschauenden Vorgesetzten zum Aufzug, den er mit seiner ID-Karte öffnete. Die Türen glitten auf, und die beiden Männer betraten den Aufzug. Sobald sich die Türen geschlossen hatten, konnten sie ohne Risiko miteinander sprechen.

«Wer weiß sonst noch davon?» wollte der General wissen.

«Vor einer Stunde hat SETI von draußen in New Mexico angerufen. Sie haben gegen zwei Uhr morgens ein Funksignal aufgefangen, das wir zu entschlüsseln versuchen.» Castillo war nervös, da er wußte, wie wenig der General für schlampige Arbeit übrighatte.

«Haben sie sonst noch jemanden informiert? Etwas an die Presse gegeben?»

«Sie waren damit einverstanden, fürs erste dichtzuhalten. Sie haben Angst, ihre Glaubwürdigkeit zu verlieren, wenn sie voreilig etwas bekanntgeben, deshalb wollen sie noch zusätzliche Tests durchführen.»

«Und, worum handelt es sich bei dem verdammten Signal? Wissen sie schon etwas?»

Colonel Castillo schüttelte den Kopf. «Nein, Sir, sie haben nicht die leiseste Ahnung, sie sind noch verwirrter als wir hier.»

Grey durchbohrte seinen Untergebenen mit einem mißbilligenden Blick. Unter seinem Kommando duldete das Space Command keine Verwirrung unter seinen wissenschaftlichen Mitarbeitern. Ihr Job war es, jederzeit die richtigen Antworten zu liefern. Castillo zuckte zusammen. «Entschuldigen Sie, Sir.»

Die Fahrstuhltüren öffneten sich zu einem sauberen weißen Flur im Untergeschoß. Castillo ging voran und hielt Grey eine dicke Tür auf, die in einen feudal eingerichteten, höhlenartigen Strategieraum mit einer riesigen Computerkarte auf einem die Wand beherrschenden Bildschirm führte. Der große, ovale Raum war in den Siebzigern entworfen und gebaut worden und verfügte über einen Arbeitsbereich mit sechzig Radarkonsolen, die sich einen Meter unterhalb einer den Raum umschließenden Balustrade befanden. Dort arbeiteten drei Dutzend der höchsten Sicherheitsstufe unterliegende Beschäftigte und verfolgten alles, was sich am Himmel bewegte. Jeden Satelliten, jeden Aufklärungseinsatz, jede zivile Flugbewegung, jede Space-Shuttle-Mission. Außerdem überwachte ein eigens entwickeltes Satellitensystem weltweit jedes Nuklearwaffensilo. Mit seinem tiefen Teppichboden und den bunten Wandbildern mit Motiven aus der Raumfahrt erinnerte der Raum Grey jedesmal an «ein gottverdammtes Museum».

«Werfen Sie einen Blick auf diese Monitore», sagte Castillo und zeigte auf eine Reihe normaler Fernsehgeräte, auf denen Nachrichtensendungen aus aller Welt liefen. Alle paar Sekunden brach das Bild zusammen und raste flimmernd über den Schirm, vollkommen anders als bei den üblichen Formen der Bildstörung. «Der Satellitenempfang ist gestört», erläuterte Castillo. «Der gesamte Satellitenempfang, auch unserer. Aber es ist uns gelungen, diese Bilder zu erhalten.»

Auf einem Leuchttisch ganz in der Nähe lag eine große, transparente Fotografie. Sie war mit einer Infrarotkamera aufgenommen worden und zeigte ein verschwommenes, kugelförmiges Objekt vor einem Sternenhintergrund. Die Aufnahme war zu grobkörnig und verzerrt, als daß Grey sich einen Reim darauf hätte machen können. Einige Stabsmitglieder, Angehörige der Luftwaffe, traten zu ihm an den Tisch. Grey, der einzige Nichtwissenschaftler der Gruppe, hatte nicht vor, einen Haufen dummer Fragen zu stellen. Statt dessen starrte er einen Moment lang finster auf das verschwommene Bild, ehe er seine Meinung kundtat.

«Sieht aus wie ein riesiger Haufen Scheiße.»

Castillo hätte beinahe gelacht, aber dann merkte er, daß sein Vorgesetzter keineswegs Witze machte. Er fuhr mit seiner Präsentation fort, indem er ein zweites, ganz ähnlich aussehendes Foto des Objekts auf dem Tisch plazierte.

«Wir schätzen, daß das Ding einen Durchmesser von mehr als fünfhundertfünfzig Kilometern hat und eine Masse besitzt, die grob gerechnet einem Viertel des Mondes entspricht.»

«Heilige Mutter Gottes», entfuhr es Grey, dem nicht gefiel, was er da hörte. «Was denken Sie, ein Meteor vielleicht?»

Die Offiziere wechselten irritierte Blicke. Offensichtlich war Grey nicht vollständig informiert worden.

«Nein, Sir», stieß einer von ihnen schließlich hervor, «es handelt sich definitiv nicht um einen Meteor.»

«Woher wissen Sie das?»

«Nun, erstens, Sir, es wird langsamer. Es wird *kontinuierlich* langsamer, seit wir es zum ersten Mal gesichtet haben.»

Als ihm die Implikationen dieser Nachricht dämmerten, verwandelte sich Greys Markenzeichen, seine finstere Miene, kurzzeitig in ein verdutztes Staunen. Wenn das Objekt langsamer wurde, dann bedeutete das, daß es gesteuert oder geflogen wurde.

Ohne zu zögern, ging er zum nächsten Telefon und rief die Privatnummer des Verteidigungsministers an. Als dessen Frau ihm mitteilte, daß der Minister schlafe, bellte er in den Hörer: «Dann wecken Sie ihn auf! Das ist ein Notfall!»

Selbst für die Verhältnisse einer Frühaufsteherstadt wie Washington war der achtundvierzigjährige Thomas Whitmore ungewöhnlich früh wach. Er lag im Pyjama auf der Bettdecke, hatte sich die Brille auf die Nasenspitze geschoben und blätterte einen Stapel Zeitungen durch. Es war eine feucht-schwüle Nacht, und trotz der Klimaanlage fühlte er sich zu unwohl, um nochmals einzuschlafen. Kurz nach vier klingelte das Telefon. Ohne von dem Artikel über internationale Frachtabkommen aufzusehen, nahm er den Hörer ab und wartete darauf, daß der Anrufer sich meldete.

«Hallo, mein Schöner», schnurrte eine weibliche Stimme.

Whitmore horchte auf. Er erkannte die Stimme und legte die Zeitung beiseite. «Hallo, hallo. Ich hätte nicht erwartet, heute nacht noch von dir zu hören. Ich dachte, du würdest schon schlafen. Was kann ich für dich tun?» Er lächelte.

«Sprich mit mir, während ich mich ausziehe», erwiderte die Frau.

«Ich schätze, damit kann ich dienen», antwortete Whitmore und zog eine Augenbraue hoch. So eine Einladung erhielt er nicht alle Tage. Er schaute sich in seinem edel ausgestatteten Schlafzimmer um und vergewisserte sich, daß außer der kleinen Gestalt, die sich unter den Laken auf der anderen Seite des Bettes abzeichnete, niemand im Zimmer war. Er warf einen Blick zur Uhr und sagte:

«Bei uns ist es schon nach vier. Bist du gerade erst nach Hause gekommen?»

«Bin ich.» Sie klang nicht sehr begeistert.

«Du würdest mich bestimmt am liebsten erwürgen.»

«Der Gedanke ist mir gekommen», gab sie zu.

«Die Bundesgesetze verbieten es, mir körperlichen Schaden zuzufügen», erklärte er. «Wie kommt's, daß du erst jetzt zurück bist?»

«Die Party war draußen in Malibu, und der Pacific Coast Highway ist gesperrt. Die Wellen schlagen bis auf den Highway. Sie glauben, daß es draußen im Meer ein Erdbeben gegeben hat. Wie auch immer ...»

«Und? Was hat Howard gesagt?» Whitmore hatte sie in nicht allzu geheimer Mission nach Los Angeles geschickt, in der Hoffnung, sie könne Howard Story, einen schwerreichen Hollywood-Produzenten mit Beziehungen zur Wall Street, dazu bewegen, ihn zu unterstützen.

«Er wird es machen», berichtete sie.

«Ausgezeichnet. Du bist schon erstaunlich, Marilyn. Danke. Ich werde dich auch nie wieder um so etwas bitten.»

«Lügner», säuselte sie lächelnd. Eines der Dinge, die Marilyn Whitmore am meisten an ihrem Mann liebte, war seine Unfähigkeit zu lügen. Sie löschte das Licht in ihrem Hotelzimmer und schlüpfte ins Bett. Sie haßte die glamouröse Filmszene der Westküste mit ihren verschwenderischen Gartenpartys, auf denen jeder den anderen durch möglichst inflationäres Name-dropping und langatmige Erklärungen über das neueste Projekt beeindrukken wollte. Sie hätte es sich lieber barfuß und in Jeans zu Hause gemütlich gemacht.

«In diesem Fall muß ich ein Geständnis ablegen», sagte Whitmore. «Ich liege hier mit einer wunderschönen, jungen Blondine im Bett.» Was der Wahrheit entsprach. Neben ihm kuschelte sich ihre sechs Jahre alte Tochter Patricia schläfrig in die Kissen.

«Du hast ihr doch nicht wieder erlaubt, die ganze Nacht fernzusehen?»

«Nur die halbe.»

Patricia erkannte den Tonfall ihres Vaters und hob den Kopf. «Ist das Mommy?»

«Sieh an, da ist gerade jemand aufgewacht und will mit dir sprechen. Wann genau geht dein Flug?»

«Morgen, direkt nach dem Lunch.»

«Großartig. Ruf mich vom Flugzeug aus an, wenn du kannst. Ich liebe dich. Hier kommt die Kleine.»

Er reichte seiner Tochter den Hörer und griff nach der Fernbedienung. Er schaltete den Fernseher ein, zappte durch die Kanäle und blieb bei einer Talk-Show hängen, in der ein Haufen großspuriger Experten über politische Themen und Persönlichkeiten schwadronierte. Das erste, was ihm auffiel, war die merkwürdige

Bildstörung. Alle paar Sekunden bildeten sich vertikale Streifen, dann rutschte das Bild durch und brach zusammen. Obwohl es störte, hinderte es ihn nicht daran, dem Kreuzfeuer der Argumente zu lauschen.

«Ich habe dies bereits während des Wahlkampfs erklärt und kann es heute nur wiederholen», erklärte ein Glatzkopf mit Hosenträgern. «Die Führungsqualitäten, die der Präsident während des Golfkriegs an den Tag gelegt hat, haben mit dem politischen Geschick, das man braucht, um in Washington zu überleben, nicht das geringste zu tun. Nachdem seine Schonfrist abgelaufen ist, zeigt sich jetzt seine ganze Unerfahrenheit. In den Umfragen fällt er bereits zurück.»

Eine Frau mit einer peppigen Frisur ließ ihn scharfzüngig auflaufen.

«Charlie, du erinnerst mich an einen kaputten Wecker, der nur zweimal täglich die richtige Zeit anzeigt. Aber diesmal gebe ich dir sogar recht. Die Administration ist in den Sumpf der politischen Mauscheleien hineingezogen worden. In den letzten Wochen hat sich der Präsident in das trübe Fahrwasser des Hinterzimmer-Pragmatismus begeben und feststellen müssen, daß die republikanischen Haie nach seinen Beinen schnappen.»

Whitmore verdrehte die Augen. «Wo treiben sie bloß diese Leute auf?» Angewidert und amüsiert zugleich, stand er auf und versuchte, den Fernseher in Ordnung zu bringen. Plötzlich begannen die Kanäle, wie wild zu wechseln. Er musterte das Gerät verwirrt, bis er sich schließlich umdrehte und feststellte, daß Patricia, die sich von ihrer Mutter verabschiedet hatte, die Fernbedienung gefunden und sich auf die Suche nach den ersten Zeichentrickfilmen dieses Morgens gemacht hatte. Doch alle Sender hatten mit derselben Bildstörung zu kämpfen.

«Schatz, es ist noch zu früh für deine Zeichentrickfilme. Du solltest noch ein Weilchen schlafen.»

«Ich weiß, aber ...» Patricia hielt inne, um nachzudenken; sie hoffte, einen Kompromiß aushandeln zu können. Dann versuchte sie es anders. «Warum ist das Bild überall so matschig?»

«Ein Experiment. Die Leute in den Sendern wollen sehen, ob

sie kleine Mädchen dazu bringen können, die ganze Nacht ihre langweiligen Sendungen zu gucken. Damit sie tagsüber garantiert jedes Vergnügen verpassen.»

Patricia Whitmore war nicht so leicht hinters Licht zu führen. «Daddy, das ist grotesk.»

«Grotesk?» schmunzelte Whitmore. «Das gefällt mir.» Dennoch schaltete er den Fernseher aus und legte die Fernbedienung außer Reichweite. «Komm, Kleines, schlaf noch ein bißchen.» Er schlüpfte in seinen Morgenmantel, sammelte die Zeitungen auf und ging zur Tür hinaus. Im Flur klappte ein Mann in einem teuren Anzug ein Buch zu und stand auf.

«Guten Morgen, Mr. President.»

«Morgen, George. Ich sage nur, die White Sox.» Whitmore reichte ihm den Sportteil.

«Haben sie schon wieder gewonnen?»

«Lesen und weinen Sie, mein Freund.»

Eigentlich interessierte sich keiner der beiden sonderlich für Sport, aber beide verfolgten beiläufig die Baseballsaison, die ihnen Gesprächsstoff lieferte, da George aus Kansas City stammte und Whitmore aus Chicago und die Teams ihrer Heimatstädte sich einen heißen Kampf um die Führung in der American League lieferten. Mit dem Sieg vom vergangenen Abend hatten die White Sox sich an die Spitze gesetzt.

George, der Secret-Service-Agent, der den Präsidenten von Mitternacht bis sechs Uhr morgens bewachte, gab vor, die Zeitung zu lesen, bis der Präsident sich entfernt hatte. Dann zückte er sein Walkie-Talkie und informierte seine Kollegen im Flüsterton, daß ihr Arbeitstag begonnen hatte.

Das Frühstückszimmer war ein freundlicher Raum mit gelben Tapeten und Antiquitäten, die Woodrow Wilson Anfang des Jahrhunderts gesammelt hatte. An dem langen Tisch, der die Mitte des Zimmers einnahm, saß eine junge Frau, die eine weiße Bluse und einen beigen Rock trug. Ihre Schuhe waren schlicht und gut, und ihre Frisur saß perfekt. Sie hatte ihr Frühstück bereits beendet und sich in einen Stapel Zeitungen vertieft, als ihr Boß sich zu ihr gesellte.

«Früh auf den Beinen, was, Connie?»

«Das ist abscheulich, widerwärtig», brummte sie, ohne aufzublicken, «die unterste Stufe des Dreckschleuder-Journalismus, die mir je untergekommen ist.»

Die attraktive, intelligente, kampflustige Constance Spano war Whitmores Pressesprecherin. Sie gehörte zu Whitmores Team, seit dieser seine politische Karriere begonnen hatte. Über die Jahre hatten sie sich so gut kennengelernt, daß sie die Sätze des anderen zu Ende führen konnten. Sie war Ende Dreißig, sah aber wesentlich jünger aus und war ein hervorstechendes Symbol von Whitmores «Baby Boomer»-Präsidentschaft. Sie hatte es sich zur Aufgabe gemacht, ihren Chef gegen die zunehmend feindlicher und unverschämter werdenden Medien zu verteidigen. Heute morgen war der Leitartikel der *Post* die Zielscheibe ihres Zorns. «Es gibt über hundert Gesetzesentwürfe, die dem Kongreß zur Beratung vorliegen, und die benutzen ihren Leitartikel, um Ihnen persönliche Schwächen anzudichten.» Ohne aufzublicken, machte sie ihm Platz, damit er sich setzen konnte.

«Guten Morgen, Connie», wiederholte er mit Nachdruck und goß sich eine Tasse Kaffee ein.

Jetzt erst sah sie von der Zeitung auf. «Oh, tut mir leid. Guten Morgen», sagte sie, ehe sie wieder über die konservativen Hauptstadtblätter herzog. «Die ganze Woche über haben sie gegen Ihre Vorschläge zur Reform des Energie- und des Gesundheitswesens gehetzt, und heute attackieren sie sogar Ihren Charakter. Hören Sie sich das an: ‹In seiner Rede vor dem Kongreß ...›», sie unterbrach sich, damit der Butler dem Präsidenten ein Omelett servieren konnte, «‹... in seiner Rede vor dem Kongreß Anfang dieser Woche wirkte Whitmore weniger wie der Präsident als wie der Waisenjunge Oliver, der bettelnd sein leeres Schüsselchen in die Höhe streckt: ‚Bitte, Sir, krieg ich noch was?'› Entgeht mir hier etwas, oder ist das bloß die gute alte Dreckschleuder?»

Whitmore, der ein ungewöhnlicher Politiker war, schenkte den Medien keine allzu große Beachtung. Das überließ er Connie. Er wußte, noch ehe der Tag vorüber war, würde sie es jedem heimzahlen, der ihn angegriffen hatte.

«Er hatte es sich verdient», sagte er kauend.

«Was? Wer hat was verdient?»

«Oliver. Ein hungriger Junge, der den hartherzigen Waisenhausdirektor um einen zweiten Teller Haferschleim bittet. Ich finde, das ist eher schmeichelhaft.»

Connie war anderer Meinung. «Der Punkt ist, daß sie Ihr Alter aufs Korn nehmen und die ‹Ihm-fehlt-die-Erfahrung›-Nummer abziehen. Und der einzige Grund, warum sie damit durchkommen, ist, daß da draußen der Eindruck herrscht, Sie hätten die Waffen gestreckt und Ihre Ideale aufgegeben. Wenn Sie für das kämpfen, woran Sie glauben, nennen sie es Idealismus. Aber in letzter Zeit hat es zu viele Kuhhändel gegeben, zu viele ‹Eine-Hand-wäscht-die-andere›-Deals.» Sie verstummte und langte nach ihrem Kaffee, weil sie bemerkte, daß sie zu weit gegangen war. Aber verdammt noch mal, jemand mußte es ja aussprechen.

Whitmore spießte ein weiteres Stück Omelett auf seine Gabel, schob es in den Mund und kaute es sorgfältig, ehe er antwortete. «Es gibt einen schmalen Grat, der zwischen ‹hinter seinen Prinzipien stehen› und ‹sich dahinter verstecken› verläuft», sagte er ruhig. «Ich bin bereit, Kompromisse zu schließen, wenn ich dadurch etwas erziele. Die Leute haben mich nicht ins Weiße Haus gewählt, damit ich große Reden schwinge. Sie wollen Ergebnisse sehen, und die versuche ich zu erreichen.»

Connie war der Ansicht, er verfehle das Wesentliche. Wirkliche Erfolge erlangt man ihrer Auffassung nach nicht, indem man sich durchzuwursteln versuchte. Sie befürchtete, Whitmore würde seinen Schwung verlieren, seine visionäre Kraft. Bis vor kurzem war noch alles anders gewesen. Sie hatten seinen Wahlkampf auf Leistungsbereitschaft und Opfergeist aufgebaut und ihn unter das Motto «Frag nicht, was dein Land für dich tun kann...» gestellt, eine Botschaft, von der das Heer der Experten und Technokraten behauptet hatte, sie würde mit tödlicher Gewißheit zum politischen Selbstmord führen. Sie hatten behauptet, niemand höre es gern, wenn man ihn aufforderte, mehr zu leisten und weniger zu verdienen. Doch mit seiner linkisch-charmanten Art hatte Whitmore auf Millionen von Amerikanern glaubwürdig gewirkt und seinen republikanischen Widersacher mühelos aus dem Feld geschlagen.

In seinem ersten Amtsjahr hatte er zahlreiche wichtige Gesetzesinitiativen auf den Weg gebracht, von der Reform des Justizwesens und der Krankenversicherung bis hin zum Umweltschutz. Doch in den letzten Monaten waren seine Projekte in den Ausschüssen versandet, wo sie von den Parlamentariern als Verhandlungsmasse benutzt wurden, um Gegenleistungen für ihren Wahlkreis herauszuschlagen. Gegen den Rat von Connie und vielen seiner Berater hatte der junge Präsident viel Zeit und Energie darauf verschwendet, seine Initiativen durch die Untiefen der Ausschüsse zu manövrieren, wo er von politischen Newcomern herumgeschubst wurde, die er hätte überrollen können. Jedermann schien kooperationsbereit, allerdings nur, wenn man ihm dafür einen Gefallen erwies. Und in der Zwischenzeit hatten sein Prestige und seine Beliebtheit bei den Wählern schweren Schaden gelitten. Connie sah in Whitmore nicht nur ihren Boß, sondern auch ihren Freund und Helden. Es brachte sie fast um, ihn aus tausend kleinen Wunden bluten zu sehen, die ihm die Heerschar der Politiker bereits zugefügt hatte, und dabei hatte die sommerliche Sitzungsperiode eben erst begonnen.

«Da wir gerade von Erfolgen sprechen», grinste Whitmore und zeigte ihr die Titelseite des *Orange County Register*. «Ich wurde zu einem der zehn erotischsten Männer Amerikas gewählt. Langsam erreichen wir was. In den wirklich wichtigen Fragen.»

Damit war das Eis gebrochen, und beide mußten herzhaft lachen, als sie den Artikel lasen.

Sie wurden von einem jungen Mann unterbrochen, der seinen Kopf durch den Türspalt steckte. «Entschuldigen Sie, Mr. President.»

«Guten Morgen, Alex. Was gibt's?»

«Ein Anruf, Sir. Der Verteidigungsminister. Mit einem Notfall», erklärte er nervös, während Whitmore zum Telefon ging.

«Was ist los?» fragte er. Dann hörte er zwei Minuten aufmerksam zu, trat dabei ans Fenster und spähte nach draußen. Was auch immer es sein mochte, Connie konnte an seinem Gesichtsausdruck ablesen, daß es ernst war. Ernst genug, um das gesamte Tagesprogramm über den Haufen zu werfen.

Eine der erstaunlichsten Eigenschaften der menschlichen Natur ist, wie problemlos sie es versteht, Wunder zu ignorieren. Ständig passieren um uns herum die seltsamsten, verrücktesten, wunderbarsten Dinge, ohne daß irgend jemand Notiz davon nimmt.

Eines dieser Wunder geschah im Cliffside Park in New Jersey. Jeden Morgen, wenn die Sommersonne aus dem Atlantik emporzusteigen begann, zwängten sich die Sonnenstrahlen für einige kurze, wundervolle Momente zwischen den Wolkenkratzern von Manhattan hindurch und vermischten sich mit dem vom Hudson aufsteigenden Nebel. Ein Schauspiel, das auf Postkarten und in Werbespots verewigt worden war, doch die Männer, die jeden Morgen vor Einbruch der Dämmerung im Park zusammenkamen, schenkten ihm selten mehr als einen flüchtigen Blick. Die meisten von ihnen waren ältere Herren, die an den Steintischen in der Nähe des Cliffside Drive Schach spielten. Auf jeden Schachspieler kamen drei Kiebitze, die mit flüsternden Stimmen den neuesten Klatsch austauschten, die Geburt von Enkelkindern verkündeten und den Tod alter Freunde betrauerten. Von ihren Sportschuhen und Sweatshirts abgesehen, hätte man sie für Griechen halten können, die sich auf der Agora versammelten.

Die größte Gruppe hatte sich um David und Julius geschart, zwei erfahrene Schachspieler, die ein äußerst ungleiches Kontrahentenpaar abgaben. David war groß, schlaksig und wirkte angespannt. Er hatte einen wilden, schwarzen Lockenschopf, und obwohl er Ende Dreißig war, spielte er mit der Konzentrations eines Kindes, das versucht, ein Kartenhaus zu bauen. Seine Finger schoben und quetschten seine Gesichtshaut in bizarre Verwerfungen, und seine langen Gliedmaßen hatte er zu einem unbequem wirkenden Knoten verschlungen. Vollkommen auf sein Spiel konzentriert, war er sich nicht im geringsten bewußt, daß er wie eine menschliche Brezel wirkte. Er wußte, daß er seine ganze

Konzentration aufbieten mußte, wollte er einen verschlagenen Gegner wie Julius besiegen.

Julius dagegen kannte nur eine einzige Sitzposition. Mit achtundsechzig, so hatte er erklärt, war er zu alt, um wie David herumzuhampeln. Hatte er sich einmal niedergelassen, blieb er regungslos sitzen. Seine Beine waren so kurz, daß er mit den Absätzen kaum auf den Boden kam. Seine sorgfältig gebügelten Freizeithosen waren halb seine Waden hinaufgerutscht und legten weiße Socken frei, von denen er glaubte, keiner könne sie sehen. Unter seiner Windjacke trug er eines von zwei Dutzend weißen Hemden, die er von seinem Schwager erhalten hatte, als dieser sich vor fünf Jahren aus dem Textilgeschäft zurückgezogen hatte. Warum auch nicht. Sie saßen perfekt. Sein Aussehen wurde von einer halb aufgerauchten Zigarre vervollständigt, auf der er unablässig herumkaute.

Die beiden Kontrahenten hatten einander unzählige Male gegenübergesessen und für gewöhnlich eine beträchtliche Zuschauermenge angezogen. An diesem Morgen hatten sie ihre Partie mit einem Wirbelwind standardisierter Eröffnungszüge begonnen, bis der ältere, ein Blitzspieler, mit seinen Läufern einen Sturmangriff anzettelte. Von da an mußte David sich jeden Zug sorgfältig überlegen. Julius, der immer gerne eine Show abzog, begann David psychologisch zuzusetzen. Laut genug, daß es jeder im Park mitbekam.

«Wie lange dauert das denn noch? Wenn du so weitermachst, läuft meine Rente aus, bevor wir hier fertig sind.»

David strich sich langsam mit der Hand übers Gesicht. Ohne aufzublicken, sagte er: «Ich denke nach.»

«Dann denk schneller.»

Noch immer grübelnd, nahm David seinen Damenspringer und zog ihn vorsichtig nach vorn. In dem Moment, als seine Finger die Figur losließen, schoß Julius' Hand blitzschnell nach vorn und schob herausfordernd einen Bauern vor. David sah sekundenlang verwirrt auf, ehe er sich wieder dem Brett zuwandte und seine Möglichkeiten studierte.

«Jetzt denkt er schon wieder», verkündete Julius und langte in eine penibel gefaltete Papiertüte, um einen Styroporbecher mit Kaffee hervorzuholen.

David schenkte ihm einen enttäuschten Blick. «He, wo ist die Thermostasse, die ich dir geschenkt habe?»

«Im Ausguß, noch dreckig von gestern.»

«Weißt du überhaupt, wie lange es dauert, bis dieses Zeug vermodert?» David langte über den Tisch, um ihm den Becher wegzunehmen, doch Julius fuhr zurück und beschützte seinen Koffeinschatz.

«Hör zu, du Ökotonne, wenn du nicht bald ziehst, werde ich vermodert sein. Mach schon.»

Unwirsch konterte David den Bauernangriff seinerseits mit einem Bauern. Dann gab ihm Julius eine wirkliche Nuß zu knakken. Ohne zu zögern, schob er seine Dame ins Zentrum des Gefechts.

«Übrigens», sagte er und beugte sich über das Brett, «wenn ich mich nicht irre, hat eine bestimmte Person gestern eine Nachricht auf deinem Anrufbeantworter hinterlassen.» Julius lehnte sich wieder zurück und nippte an seinem Kaffee. «Soviel ich weiß, ist diese Person alleinstehend, hat eine unglückliche Scheidung hinter sich, keine Kinder, dafür aber einen interessanten Beruf und ist attraktiv und gebildet. Nur Pluspunkte.»

«Fängst du schon wieder damit an», knurrte sein Gegner. Jedesmal konfrontierte ihn Julius mit etwas Unangenehmem, etwas Gefühlsbeladenem, das es ihm schwermachte, die Partie fortzusetzen. David war sich einigermaßen sicher, daß es nicht in böser Absicht geschah, daß der alte Knabe nur um ihn besorgt war und ihn wieder glücklich sehen wollte. Aber vielleicht wollte er doch nur das Schachspiel gewinnen. Er deckte seinen Läufer mit dem Königsspringer.

«Ich wüßte nur gern, ob du sie zurückgerufen hast», bemerkte Julius beiläufig und schob einen weiteren Bauern vor.

«Hör zu, ich bin sicher, sie ist eine ganz bezaubernde Frau, aber sie hat mich gefragt, ob ich in eine Country-Disco mitkomme, und ich weiß nicht so recht, was ich da soll. Außerdem bin ich fest davon überzeugt, daß diese engen Cowboyjeans meinen Fortpflanzungsorganen irreparable Schäden zufügen könnten.»

«Was soll das heißen? Kannst du das arme Mädchen nicht mal zurückrufen und ihr fünf Minuten deiner Zeit widmen? Sie hat ihre ganze Chuzpe aufgebracht und dich angerufen, und da bist du nicht mal so höflich, dich bei ihr zu melden?»

«Ich bin nicht interessiert, Dad», sagte David matt, «außerdem bin ich immer noch verheiratet.» Um seine Aussage zu unterstreichen, zeigte er auf den Ehering an seiner Hand und zog einen seiner Läufer zurück.

Plötzlich war Julius die Anwesenheit der Zuschauer, der alten Männer, die seine Freunde und Vertrauten waren, peinlich. Sie kannten die ganze traurige Geschichte von Davids in die Brüche gegangener Ehe und seiner Weigerung oder Unfähigkeit, einen Schlußstrich zu ziehen. Er warf einen Blick in die Runde und hoffte, sie würden den Wink verstehen und sich verziehen. Nicht die geringste Chance. Sie waren mehr an der Fortsetzung der Unterhaltung interessiert als am Ausgang der Partie. Also fuhr Julius unverdrossen fort, wie es seine Art war, und sprach aus, was ihm auf der Seele lag. «Sohn, ich bin dankbar, daß du soviel Zeit für mich findest. Familienbande sind wichtig. Ich sage lediglich, daß es – wie lange? – vier Jahre her ist und du noch immer nicht die Scheidung eingereicht hast.»

«Drei Jahre.»

«Drei, vier, zehn, wo liegt da der Unterschied? Der Punkt ist, daß dein Leben weitergeht. Ich meine es ernst – was du da machst, ist nicht gesund.» Wie um seiner Aussage Nachdruck zu verleihen, beugte er sich vor und schlug mit seiner Dame einen Springer.

«Gesund? Das mußt du gerade sagen», entrüstete sich David und deutete auf die Zigarre und den Kaffeebecher des alten Mannes. «Wir sind so vielen krebserregenden Stoffen ausgesetzt, und du mit deiner Qualmerei machst es noch …»

Das Schrillen seines Beepers unterbrach ihn. Er schaute auf die angezeigte Nummer und stellte fest, daß es nur Marty war, der ihn bereits zum drittenmal vom Büro aus zu erreichen versuchte.

«Das ist jetzt schon das sechstemal, daß sie dich anrufen. Willst du deinen Job verlieren? Oder hast du dich etwa entschlossen, dir einen richtigen Job zu besorgen?»

David schlug mit seinem Läufer einen von Julius' Bauern, die dessen König deckten.

«Schachmatt», sagte er sachlich. «Ich seh dich morgen, Dad.» Er entknotete seine Knochen, sprang auf, gab seinem Vater einen Kuß auf die Wange und stieg auf sein Rennrad.

«Das ist kein Schachmatt. Ich kann immer noch mit meinem ... aber dann kannst du ... Mist.» Er lamentierte lauthals hinter David her, der durch den Park davonradelte. «Ab und zu wenigstens könntest du einen alten Mann gewinnen lassen, das würde dich nicht umbringen!» Aber insgeheim gefiel Julius Levinson der Gedanke, daß sein Sohn, wann immer er Lust hatte vorbeizuschauen, so ziemlich jeden im Park schlagen konnte.

Die morgendliche Rush-hour glich wieder einmal einer Jam-Session. Stoßstange an Stoßstange wälzten sich Pendler über die George-Washington-Brücke; der Verkehrslärm mischte sich mit dem Kreischen einer Armada hungriger Möwen und schuf eine orchestrale Kakophonie, die das ganze Chaos nach Manhattan begleitete. David schoß auf seinem Rennrad durch den Stau und bog scharf auf den Riverside Drive ab. Fünf Minuten später bog er in eine Straße voller alter Industriegebäude ein und stoppte vor einem fünfstöckigen Ziegelbau, der seine besten Jahre hinter sich hatte. Der Name des gegenwärtigen Besitzers war mit dreißig Zentimeter hohen Stahllettern in den Ziegeln verankert: Compact Cable Corporation. Vor dem Eingang veranstaltete eine einsame Gestalt mit einem Pappschild eine Einmanndemonstration.

David stieg ab und schob sein Rad zu dem alten Mann hinüber. «Immer noch dabei, uns den Laden dichtzumachen?»

«Ganz recht, Bruder», erwiderte der Mann. King Solomon war ein schlanker, extrem lebhafter Schwarzer in den Fünfzigern, der wie üblich einen Binder zu seinem scharf gebügelten Anzug trug.

Auf seinem Schild stand: «Befreit die Wellen. Kabelsender haben nicht das Recht, Gebühren zu erheben.»

«Ich habe Sie ein paar Monate nicht gesehen. Alles in Ordnung?»

King sah sich mißtrauisch nach allen Seiten um und beugte sich konspirativ zu David herüber. «Ich war in der Bibliothek und hab Nachforschungen angestellt. Hab mindestens eine Tonne Material für meine Sendung ausgegraben.» King hatte monatlich eine halbe Stunde Sendezeit im Offenen Kanal belegt, in der er den großen Kommunikationskonzernen wie AT&T Saures gab. Zusätzlich veranstaltete er seit zwei Jahren überall in der Stadt seine Einmanndemonstrationen und erklärte jedem, der es hören wollte, seine idiosynkratischen Theorien, die aus einer kruden Mischung von anarchistischen und sozialistischen Ideen bestanden.

«Hey, Levinson, haben Sie mal einen Augenblick Zeit?»

David malte sich aus, wie Marty wegen eines unbedeutenden technischen Defekts Haare raufend durch die Büroräume tobte, und sagte: «Klar doch, so viel Zeit muß sein.»

«Also gut, in erster Linie geht es um Telefonate, betrifft aber genauso die legalisierte Erpressung der Kabelgesellschaften, weil beide nämlich mit Satelliten arbeiten. Weil ihr Typen Satelliten kontrolliert, könnt ihr von einfachen Leuten wie mir horrende Gebühren verlangen, wenn wir uns ein Football-Spiel ansehen oder ein Ferngespräch mit unserer Freundin in Amsterdam führen wollen. Nun, genau so war es in England so um 1840. Die Regierung wollte die Kommunikationswege kontrollieren, um zusätzliche Einnahmen zu erzielen. Wenn jemand einen Brief verschicken wollte, mußte er zur Post gehen und ihn einem Beamten aushändigen. Je entfernter der Zielort war, desto teurer wurde er. Genau wie bei den Gebühren für Ferngespräche. Das Ganze war so teuer und so bescheuert, daß kein Mensch mehr Briefe schrieb. Dann kam dieser Typ daher – ich komme gerade nicht auf seinen Namen –, der hat festgestellt, daß die Hauptarbeit zu Beginn und am Ende dieser Prozedur anfiel, wenn die Briefe sortiert und zugestellt wurden. Die Kosten, die unterwegs anfielen bei der Beförderung, blieben dieselben, ganz egal, ob es sich um einen Brief handelte oder um hundert. Also geht dieser Typ zum König und sagt: ‹Das ist alles großer Quatsch, mein Bester. Wir müssen eine einheitliche niedrige Gebühr einführen, unabhängig davon, wohin der Brief geht.› Der König gab sein Okay, und wissen Sie, was passiert ist?»

«Alle Welt fing an, Briefe zu schreiben.»

«Exactamundo, mon ami. Überall in Europa begannen die Leute, ihre Gefühle und wissenschaftlichen Erkenntnisse auszutauschen, und schon hatten wir die Industrielle Revolution! Wenn ihr damit aufhören würdet, die Satelliten zu monopolisieren, die auf Kosten des Steuerzahlers an den Himmel gepinnt werden, könnte ich meine Freundin in Amsterdam anrufen und meine Show nach China übertragen. Der einfache Mann könnte eine Renaissance erleben, eine Revolution des Informationswesens. Was halten Sie davon?»

Irgendwann im Verlauf von Kings Rede hatte Davids Beeper wieder angefangen zu piepen. Langsam wurde es absurd, selbst wenn man in Betracht zog, daß Marty in ständiger Panik lebte. David fragte sich, ob nicht doch etwas Ernsthaftes geschehen war.

«Vollkommen überzeugend, King, wie immer. Sind Sie schon mal im Internet gewesen?»

War er nicht. Er besaß keinen Computer. David erklärte ihm, wo er ein öffentliches Terminal finden konnte, und empfahl ihm, einen Blick ins Net zu werfen. Das Internet kam der Vorstellung unbeschränkter Kommunikation am nächsten. Dann wurde es Zeit, reinzugehen und sich Marty zu stellen.

Hinter den Drehtüren befand sich eine völlig andere Welt. Compact Cables Eingangshalle war ein dreigeschossiges Wunderwerk aus Marmor und Mahagoni. In der Mitte der Halle beherrschte eine sanft geschwungene Empfangstheke den Eingangsbereich. Das Fahrrad über die Schulter geschwungen, stapfte David am Portier vorbei in den Bürokomplex, einen Bienenstock aus abgeteilten Bürowaben mit einer Unzahl von

Monitoren an der Südwand. In dem Augenblick, als er den Komplex betrat, bemerkte er, daß etwas Außergewöhnliches vor sich ging. Der Geräuschpegel war wesentlich höher als üblich, die Aktivitäten hektischer. Noch bevor er sein Fahrrad abstellen konnte, brach ein Gewitter in Menschengestalt über ihn herein. Marty Gilbert, ein beleibter Mann mit einem lasziven Ziegenbart, stürmte brüllend und wild gestikulierend aus seinem Büro.

«Wozu zum Teufel hast du einen Beeper, wenn du das verdammte Ding nicht einschaltest!» Wutschnaubend machte Marty vor David halt und wartete auf eine Antwort. In den Händen hielt er seine beiden bevorzugten Waffen: eine Büchse Diet Coke in der linken und ein Handy in der rechten.

«Er war eingeschaltet», erwiderte David trocken. «Ich habe dich lediglich ignoriert.»

«Willst du mir damit sagen, daß du jede einzelne Nachricht bekommen und nicht zurückgerufen hast? Ist dir vielleicht in den Sinn gekommen, daß womöglich etwas Schwerwiegendes passiert sein könnte?»

David war Martys hysterische Anfälle gewohnt. Er hatte sie alle paar Tage, und sie dauerten für gewöhnlich zehn Minuten. Der Mann lebte in einem permanenten Zustand hochgradiger Nervosität. Er war schon von Natur aus ein überaus empfindlicher Charakter und hatte sein Problem noch vergrößert, indem er den über die Maßen streßbeladenen Job des Operation Managers bei einer der größten Kabelgesellschaften des Landes angenommen hatte. Die Jobbeschreibung lautete seiner eigenen Definition zufolge, «sich um jede verdammte Kleinigkeit zu kümmern», und in einem Unternehmen wie Compact Cable gab es jeden Tag Tausende von Kleinigkeiten, die schiefliefen und Marty von einer Krise zur nächsten trieben.

Ihr heutiges Aufeinandertreffen war ein perfektes Beispiel, weshalb Marty David wie die Pest haßte und ihn zugleich wie einen Bruder liebte. Er zweifelte keine Sekunde daran, daß er mit David den besten Chefingenieur des Landes hatte. Er war so unglaublich überqualifiziert, so versiert im Umgang mit all dem hypertechnischen Kram, daß Marty ihn nicht in einer Million Jahren hätte ersetzen können. David war seine Geheimwaffe, sein As im Ärmel, mit dem er der Konkurrenz immer einen Schritt voraus war. Nun, da David endlich aufgetaucht war, wußte er, daß es nur noch eine Frage der Zeit war, ehe er dem Firmenhauptquartier die gute Nachricht übermitteln konnte, daß sie die ersten waren, die ihren Kunden wieder den vollen Service liefern konnten. Dennoch trieb ihn Davids geradezu provozierende Lässigkeit zur Weißglut. Doch wenn David nicht auf seine Anrufe reagierte, konnte er zwar ausrasten, soviel er wollte, aber wenig dagegen tun. Sein eigenwilliger technischer Genius arbeitete nach Gutdünken und entzog sich Martys Kontrolle.

«Also, wo brennt's denn?»

«Kann keiner sagen.» Marty beruhigte sich mit einem großen Schluck Diet Coke. «Heute morgen um vier hat es angefangen. Die Bildqualität auf allen Kanälen sieht aus wie in den Fünfzigern. Überall Störungen – Schnee, und das Bild läuft so komisch durch. Wir waren den ganzen Morgen im Sendezentrum und haben alles mögliche versucht.»

David deponierte sein Fahrrad neben dem Getränkeautomaten in der Angestelltenküche und war fast schon auf dem Weg in die Sendezentrale, als Marty frustriert seine leere Coladose in den Müllereimer feuerte.

«Verdammt, Marty», wandte er sich um. «Es gibt einen Grund, weshalb wir Tonnen haben, auf denen ‹Recycle› steht.» Das Recyclingprogramm des Unternehmens ging in erster Linie auf Davids Drängen zurück. Er war eine Ein-Mann-Spezialeinheit der Öko-Polizei. Um so schlimmer fand er es, daß er, als er Martys Dose aus der Tonne fischte, sechs weitere darin entdeckte. Angewidert fragte er: «Wer hat da seine Aludosen in den Normalmüll geworfen?»

«Verklag mich doch», geiferte Marty zurück. Doch ehe David eine seiner «Rettet-die-Erde»-Reden vom Stapel lassen konnte, packte ihn sein Boß am Arm und führte ihn mit sanfter Gewalt einen Flur hinunter, der an einer Tür mit der Aufschrift «Sendezentrale» endete.

Drinnen befanden sich die elektronischen Eingeweide von

Compact Cable. Hunderte flacher Stahlboxen, Signalmodulatoren, steckten in Stahlregalen an der Stirnseite des Raums. Ein gigantisches Mischpult erstreckte sich entlang der Seitenwand, darüber befanden sich Monitore. An die Wände geheftet waren Listen, auf denen Satellitenpositionen, vertikale und horizontale Transponder-Polarisierungen und die diversen Lizenzinhaber des Megahertzbandes vermerkt waren, sowie ein uraltes Poster, das vier Hashbury-Park-Hippies zeigte, über deren Köpfen die Worte «Chemie macht glücklich» schwebten. Ansonsten war der Raum voller Kabel. Kilometerlange Glasfaserkabel schlängelten sich aus den Deckeninstallationen und den Anschlußstellen am Boden. Wie Tausende schwarzer Nattern, die sich um ein ägyptisches Grabmal wanden, vernetzten die Kabel sämtliche Teile der Compact-Cable-Maschinerie.

«Okay, Jungs, macht Platz», quakte Marty, als sie den Raum betraten. «Wunderheiler Dr. Levinson hat sich bereit erklärt, uns mit einer Demonstration seiner erstaunlichen Fähigkeiten zu beehren.»

Ohne weiter auf Marty zu achten, steuerte David auf das Mischpult zu, wo ein Techniker an einer Batterie von Knöpfen herumfummelte. Der Monitor über seinem Kopf war auf die «Today Show» geschaltet. Wie Marty gesagt hatte, löste sich das Bild alle paar Sekunden in eine Abfolge rollender Balken auf.

«Sieht aus, als würde jemand unser Satellitensignal zerhacken», murmelte David und mußte einen Augenblick lang an den draußen herummarschierenden King Solomon denken.

«Eindeutig», stimmte einer der Techniker zu. «Wir sind so gut wie sicher, daß es sich um ein Satellitenproblem handelt.»

«Habt ihr schon versucht, die Transponder-Kanäle zu wechseln?»

«Ahhhhh, bitte», heulte Marty. Er stand auf Zehenspitzen und lugte ihnen über die Schulter. «Natürlich haben wir das. Wofür hältst du uns? Für Idioten? Nein, sag es nicht.»

David zog sich einen Stuhl heran und setzte sich. Fast augenblicklich begannen sich seine langen Gliedmaßen zu verknoten. «Schalt auf den Wetterkanal.»

Der Techniker tippte einen Befehl ein. Auf dem Monitor erschien eine Schriftzeile: «Technische Störung. Bitte haben Sie Geduld.»

«Darf ich?» David schob den Techniker beiseite. «Ich will mal eben was probieren.» Seine Finger huschten über die Tastatur und schalteten das Gerät auf Antennenempfang um. Plötzlich wurde die «Today Show» scharf, dann unscharf, dann wieder scharf.

«Mein Gott, du bist ein Genie», stieß Marty überschwenglich hervor. «Wie hast du das geschafft?»

«Nicht so voreilig, Marty.» Mit yogaverschränkten Beinen beugte sich David über die Tastatur und arbeitete mit tranceartiger Konzentration. Die «Today Show» machte einer Computergraphik Platz. Nachdem er ein paar letzte Befehle eingegeben hatte, holte David Luft.

«Ihr habt recht. Es ist definitiv der Satellit. Das einwandfreie Bild stammt von einem lokalen Sender. Ich habe unsere Dachantenne auf das Rockefeller Plaza eingestellt. Die liefern ein ziemlich ordentliches Signal.»

«Und was soll dieser Computerbrei da auf dem Schirm? Wir schicken das doch nicht an unsere Kunden raus?»

«Beruhige dich endlich. Nein, wir schicken das nicht raus. Ich mache eine Signaldiagnose.»

David studierte die Testergebnisse auf dem Monitor und lehnte sich verblüfft zurück. «Dem Test zufolge ist das Satellitensignal in Ordnung und hat die volle Power. Vielleicht ist der Satellit selbst nicht in Ordnung.» Dann wandte er sich an Marty und spulte seinen Aktionsplan herunter. «Ich gehe aufs Dach und richte die Schüssel auf einen anderen Satelliten aus. Du hängst dich ans Telefon und mietest uns Satellitenzeit. SatCom5 hat jede Menge Kapazitäten frei.»

Ein selbstzufriedenes Grinsen legte sich über Martys Gesicht. Er verstand zwar nichts von dem technischen Fachchinesisch, doch diesmal war er David eine Nasenlänge voraus.

«Habe ich längst dran gedacht», verkündete er stolz. «Ich habe bei SatCom angerufen, bei Galaxy, bei TeleStar. Alle haben das gleiche Problem.»

«Alle Anbieter hier in der Stadt?» fragte David ungläubig. «Wenn alle dasselbe Problem haben, heißt das, das gesamte Land – nein, die gesamte Hemisphäre hat einen gestörten Empfang.» David dachte einen Moment lang darüber nach und fügte dann hinzu: «Das ist unmöglich.»

«Ganz recht», gab Marty zurück. «Und jetzt bring es in Ordnung.»

WUMM!

Miguel schreckte aus dem Tiefschlaf hoch, setzte sich im Bett kerzengerade auf und versuchte, seine Augen zu fokussieren. Er hatte geträumt, er wäre geflogen. Ein wunderschönes Mädchen mit blasser Haut und leuchtenden schwarzen Augen hatte ihn an der Hand genommen und ihm gezeigt, wie man sich in die Lüfte erhob. Zuerst befürchtete er abzustürzen, doch als er sich an das neue Gefühl gewöhnt hatte und die beiden begannen, Kapriolen zu schlagen wie ein Delphinpaar, fürchtete er nur noch, das Mädchen könne verschwinden.

WUMM!

Er schob die Plastikjalousie zur Seite. Ein Kommando furchtloser Krieger, die sieben- bis neunjährigen Kinder von nebenan, lieferte sich mit Wasserpistolen ein heftiges Gefecht. Sie sahen aus wie Ninja Turtles am OK Corral. Wurden sie tödlich getroffen, ließen sie sich mit lautem Knall und wildem Gezappel gegen das Heck des Winnebago der Casses fallen.

«*Vayanse!* Hört auf, gegen den verdammten Trailer zu donnern!» brüllte Miguel. Die Soldaten sahen zu ihm auf und stoben kreischend über die Segal Estates davon. Segal Estates – der Besitzer hatte tatsächlich den Mut, das Gelände so zu nennen – war ein Campingplatz, der seine besten Tage längst hinter sich hatte und eigentlich nur noch eine Ansiedlung heruntergekommener Trailer war. Die Hälfte der Bewohner waren mexikanische Tagelöhner, Campesinos, die versuchten, genug Geld zusammenzukratzen, um ihre Familien in den Norden holen zu können. Die andere Hälfte waren arme Weiße, die sich in die Wüste «zurückgezogen» hatten. Der Platz lag etwa eine halbe Meile vom Highway entfernt, und ein schwerer, stacheldrahtverstärkter Drahtzaun grenzte ihn nach drei Seiten von den umliegenden Luzernenfeldern ab. Miguel, seine Schwester und sein Halbbruder hatten zusammen mit dem Stiefvater seit drei Monaten einen Stellplatz gemietet. In ihrem Winnebago lebten sie bereits seit knapp einem Jahr.

Zwei Wochen zuvor hatte Miguel die Taft-Morton Consolidated High School abgeschlossen, sich aber geweigert, die Abschlußfeier zu besuchen. Er hatte kaum mit den anderen Schülern Kontakt und fürchtete, sein Stiefvater Russell könne aufkreuzen und eine peinliche Szene heraufbeschwören.

An jenem Abend hatte Alicia einen Kuchen gebacken und eine Party für die vier organisiert. Nachdem Kaffee und Kuchen vertilgt waren, hatte Russell, der etwas Stärkeres als Kaffee getrunken hatte, sich zu einer betrunkenen, rührseligen Rede hinreißen lassen. Er schwadronierte, wie stolz er sei und wie sehr er wünschte, Miguels Mutter würde noch leben, damit sie am Erfolg ihres Sohnes teilhaben könne. Wie so oft endete die Party mit einer wüsten Streiterei und damit, daß Miguel die Tür hinter sich zuknallte.

Im vorderen Teil des Trailers saß der elf Jahre alte Troy in der Küche und schlug mit der flachen Hand gegen den Fernseher. Sie befanden sich etwa vierzig Meilen nördlich von Los Angeles und empfingen ihr Programm über einen signalverstärkten Satelliten, was aber offensichtlich nicht viel nützte.

«Was machst du da?» brüllte Miguel unter seinem Kissen hervor.

«Das Bild ist ganz verschwommen und zermatscht.»

«Den Fernseher kaputtzuschlagen wird dir auch nichts nützen. Wahrscheinlich ein Problem mit dem Sender. Wart's einfach ab.»

Aber so viel Geduld hatte Troy nicht. Als das Bild nach zehn Sekunden immer noch nicht besser war, schlug er erneut auf das Gerät ein. Miguel wühlte sich aus den Laken und kam in die Küche, um nachzusehen, was los war. Es war bereits acht Uhr, und eigentlich hätte er sich längst auf die Suche nach einem Job machen sollen.

«Siehst du.» Troy zeigte auf das durchlaufende Bild. «Soll ich noch mal dagegendotzen?»

«Nein, du Kung-Fu-Elektriker. Ich hab's dir doch gesagt. Es liegt nicht am Gerät, es liegt an ... was weiß ich, den Wellen.»

Sein jüngerer Bruder wirkte nicht sehr überzeugt, also wechselte Miguel das Thema.

«Hast du deine Medizin genommen?»

«Ich nehme sie später.» Troy hatte von Geburt an Probleme mit der Nebennierenrinde, ein Defekt, dem auch ihre Mutter zum Opfer gefallen war. Er sollte jeden Morgen eine kleine Dosis Hydrokortison nehmen. Aufgrund der hohen Kosten sah die Familie darüber hinweg, wenn er sich zwei-, dreimal die Woche drückte. Solange er genügend aß und nicht zuviel Aufregung hatte, war es nicht schlimm, wenn er seine Medizin nicht regelmäßig nahm.

«Hast du schon was gegessen?»

«Nö.»

«Alicia, was hat das Geschirr noch hier zu suchen?»

Offensichtlich lag es im Ausguß und wartete darauf, daß jemand es abwusch. Alicia hatte sich ihr Frühstück gemacht und die Jungs sich selbst überlassen. Sie lag ausgestreckt vorne auf dem Beifahrersitz und schnitt Fotos aus einer Modezeitschrift aus. Als sie Miguel brüllen hörte, drehte sie die Lautstärke ihres Walkmans höher. Sie war vierzehn, langweilte sich zu Tode, und ihr Benehmen ließ allmählich reichlich zu wünschen übrig. Seit sich im Frühjahr ihre Hormone zu melden begonnen hatten, trug sie Make-up, enge Hot pants und noch engere weiße T-Shirts, die inoffizielle Schuluniform der Neuntkläßler an ihrer neuen Schule.

Miguel kletterte nach vorn und war kurz davor, sie für ihre Selbstsucht zusammenzustauchen, als ein roter Chevy Pick-up über den Kies schlitterte und vor ihrer Auffahrt zum Stehen kam. Der Fahrer blieb einen Moment lang sitzen und sprach verärgert in ein Funktelefon. Es war Lucas Foster, ein Farmer aus der Gegend, der Russell für diesen Morgen angeheuert hatte, damit er seine Felder mit Insektiziden besprühte. Es handelte sich um einen Notfall; pflanzenfressende Falter waren über die Anbaugebiete in der Wüste nördlich von L. A. hergefallen, gerade im rechten Augenblick, denn die Casses bewegten sich wieder einmal am Rande des Bankrotts.

Der Farmer stürmte mit einem Salatkopf in der Hand über die Auffahrt. Miguel war klar, daß der Tag alles andere als gut anfangen würde. Er ging zur Tür und öffnete das Fliegengitter.

«Morgen, Lucas. Was gibt's?»

«Ist dein Vater da drin?» Lucas Foster, ein kräftiger junger Kerl, kochte vor Wut.

Alicia schlüpfte an ihrem Bruder vorbei durch die Tür.

«Er ist vor 'ner Ewigkeit losgezogen, um Ihre Felder zu besprühen.»

«Und wo steckt er dann, verdammt noch mal?»

Miguel erfand eine Geschichte über ein Problem, das Russell am Vortag mit der Mechanik des Flugzeugs gehabt habe, aber der Farmer ließ ihn nicht ausreden.

«Es ist immer dasselbe mit dem Trottel. Jetzt sitzt er irgendwo auf einem Achthundert-Dollar-Kanister Insektizid, während diese verfluchten Falter mein Gemüse auffressen.»

Lucas bemerkte, wie er laut wurde, und faßte sich wieder. Er war nur ein paar Jahre älter als Miguel, und der Junge tat ihm leid. Er verfluchte sich insgeheim, weil er eine geschäftliche Entscheidung getroffen hatte, die auf seinem Mitgefühl für diese Kids und ihren durchgeknallten Vater begründet war.

«Vielleicht hat er auftanken müssen und ist jetzt bei der Arbeit», sagte Miguel hoffnungsvoll.

«Nee, ich hab grad mit meinem Vater telefoniert, und er ist nicht in der Luft. Wahrscheinlich wird er angeflogen kommen, wenn der Wind auffrischt. Dann müssen wir bis morgen warten, und diese Falter fressen unsere gesamte Ernte.»

Miguel wäre vor Scham am liebsten im Erdboden versunken. Sein Stiefvater, ein stadtbekannter Säufer, hatte ihn schon mehrmals in peinliche Situationen gebracht, aber so etwas war noch nie vorgekommen. Er nahm Lucas das Gebrüll nicht übel. Hinter ihm bearbeitete Troy noch immer die Seitenwand des Fernsehers.

«Hör auf, Troy!» rief er drohend.

«Falls ich ihn nicht in der Luft sehe, wenn ich zurück auf den Feldern bin, ruf ich Antelope Valley Airport an und besorg mir jemand anderen. Ich kann nicht noch einen Tag vergeuden.»

«Okay, das ist fair. Ich mach mich sofort auf die Suche nach ihm.»

Er schnappte sich seine Motorradschlüssel und machte sich auf den Weg. Als er mit Lucas die Auffahrt hinunterging, rief Alicia hinter ihnen her und fragte Lucas, ob er sie zum Circle-K-Markt mitnehmen könne.

«Nein!» explodierte Miguel. «Du gehst nirgendwohin, bevor du dem Jungen nicht das Frühstück gemacht hast.»

Miguel trat den Kickstarter seiner alten Kawasaki, schwang sich in den Sattel und überlegte, wo er zuerst suchen sollte.

Im Pentagon waren Colonel Castillo und seine Mannschaft zu der Auffassung gelangt, daß das gigantische Objekt eine feste Position eingenommen und in einer Entfernung von weniger als fünfhundert Kilometern hinter dem Mond geparkt hatte. Das Objekt folgte dem Mond auf seiner Umlaufbahn, als benutzte es den weißen Trabanten als Schild. Nachdem sie drei ihrer Satelliten wieder in Position gebracht hatten, gelang es dem U. S. Space Command, einen ziemlich guten Blick auf das Objekt zu werfen. Sie benutzten drei live übertragende Kameras, die Infrarotbilder des Objekts zur Erde übermittelten, von wo aus es konstant überwacht wurde.

«Colonel», rief einer der Soldaten. «Sehen Sie sich das hier mal an.» Castillo eilte hinüber und warf einen Blick über die Schulter des Mannes auf das sich ständig neu zusammensetzende Infrarotbild. Im Bereich unter dem massiven Objekt schien etwas vor sich zu gehen.

«Sieht aus, als würde es explodieren», stellte Castillo fest.

«Eher wie ein Pilz, der seine Sporen abschießt», erwiderte der Mann am Monitor.

Großflächige Segmente lösten sich von der Unterseite des Objekts und drifteten ins All. Nachdem sie das Schauspiel ein paar Minuten länger verfolgt und festgestellt hatten, daß sich die Teile zu einem Kreis formierten, wurde Castillo und seinen Kollegen klar, was sie da beobachteten. Es wurde Zeit, General Grey zu informieren, der sich auf die andere Seite des Potomac begeben hatte, ins Weiße Haus.

Connie versuchte, sich durch die Hintertür ihres Büros davonzustehlen, aber es klappte nicht. Kaum war sie durch die Tür, wurde sie von ihren eigenen Stabsmitgliedern und einem Dutzend weiterer Beamter umzingelt, die im Flur auf sie gewartet hatten. Jeder hatte einen Notizblock voller drängender Fragen. Schon den ganzen Morgen über waren die Telefone heißgelaufen. Bei jedem Klingeln war ein hohes Tier in der Leitung gewesen: ausländische Botschafter, Senatoren, Nachrichtenmoderatoren, Whitmores Familie, bedeutende Manager, Leute, die normalerweise direkt zum Präsidenten durchgestellt wurden. Alle hatten sie ein dringendes Problem, aber niemand konnte ihnen weiterhelfen.

Connie wußte, daß ihre Mitarbeiter Antworten benötigten, aber sie hatte keine Zeit für sie. Sie wurde vom Präsidenten erwartet, der auf den neuesten Stand gebracht werden wollte. Sie war bereits fünf Minuten über die Zeit; ein absolutes Novum in ihrer Karriere. Allerdings machte sie ihren Job lange genug, um zu wissen, wie man eine streßbeladene Situation meisterte: Man setzte ein charmantes Lächeln auf, ignorierte die Leute und drängte sich durch die Menge. Fran Jeffries, ihre Chefassistentin, bemerkte, was sie vorhatte. Sie baute sich vor ihr auf und schoß ihre Frage ab.

«CNN sagt, wenn wir es nicht dementieren, würden sie in ihrem nächsten Nachrichtenüberblick eine Meldung bringen, die besagt, daß die Vereinigten Staaten einen oberirdischen Atomtest durchgeführt hätten.»

Connie zuckte mit den Schultern. «Sagen Sie ihnen, wenn sie sich lächerlich machen wollen, sollen sie es senden.»

Jedermann bestürmte sie jetzt mit Fragen.

«Die NASA sitzt mir schon den ganzen Morgen im Genick», beklagte sich ein Mitarbeiter. «Können Sie sich deren Kommuniqué durchlesen? Es ist nur kurz, und sie brauchen grünes Licht.»

«Unsere offizielle Position ist», erklärte sie ihm, «daß wir keine offizielle Position haben.»

Immer noch lächelnd, drängte sie sich durch die Menge, den Blick fest auf ein Porträt von Thomas Jefferson gerichtet, das am Ende des Flurs hing. Als sie dort ankam, wandte sie sich überraschend nach links, weg von der Treppe, auf der bereits weitere Frager lauerten. Sie drückte den Knopf eines klapp, rigen alten Fahrstuhls. Das antike Stück war für Franklin D. Roosevelt installiert worden.

Als Gil Roeder, einer der Top-Beamten, bemerkte, daß sie dabei war, sich aus dem Staub zu machen, brüllte er über die anderen hinweg: «Connie, was zum Teufel ist hier los?»

Doch Connies Timing war perfekt. Als sich die Fahrstuhltüren schlossen, setzte sie eine beleidigte Miene auf und rief: «Ich bitte euch, Leute. Glaubt ihr, ich würde euch außen vor lassen, wenn ich mehr wüßte?»

Durch die geschlossenen Türen hörte sie gerade noch die einstimmige Reaktion: «Hundertprozentig.»

Im Oval Office hatte der Präsident die Krisensitzung bereits eröffnet, an der sein Stabschef Glen Parness, der Chef des Vereinigten Generalstabs, General Grey, und Verteidigungsminister Albert Nimziki teilnahmen. Diese Männer besaßen aus unterschiedlichen Gründen das Vertrauen des Präsidenten.

«Ich will noch einmal klarstellen, daß unsere Satelliten im Augenblick nicht betriebsbereit sind», sagte Grey gerade. «Es ist unklar, ob dieses Ding willens und in der Lage ist, in die Erdatmosphäre einzutreten. Es besteht immer noch die Möglichkeit, daß es sich nicht weiter nähert. Vielleicht will es unserer Gravitationssphäre lieber nicht zu nahe kommen.»

«Das ist durchaus richtig, Mr. President», konzedierte Nimziki.

«Das Objekt könnte an uns vorbeifliegen. Aber es ist unsere Pflicht, uns auf den Ernstfall vorzubereiten. Da wir über keinerlei Informationen verfügen, müssen wir annehmen, daß es sich uns in feindlicher Absicht nähert. Ich empfehle deshalb dringend, unsere Interkontinentalraketen umzuprogrammieren und den Erstschlag zu befehlen.»

Nimziki war ein großer, kräftiger Mann, der sich seinen Spitznamen «Der eiserne After» redlich verdient hatte. Die Tatsache, daß er als politischer Beamter bereits mehrere Präsidenten überlebt hatte, machte ihn in Washington zu einer Rarität.

Whitmore war bereits der vierte Präsident und der zweite Demokrat, der an dem Sechzigjährigen festgehalten hatte. Er war nicht beliebt, doch wenn er sprach, konnte er sich stets ungeteilter Aufmerksamkeit gewiß sein. Vor einigen Jahren hatte die *Post* über ihn geschrieben: «Seit den Tagen des J. Edgar Hoover hat kein Regierungsbeamter über so viel politische Macht verfügt, ohne sich jemals zur Wahl gestellt zu haben.» Nimziki war ein mit allen Wassern gewaschener Politveteran, der den Eindruck zu erwecken verstand, er stünde über dem Parteiengezänk. Wenn er seinen Einfluß geltend machte, dann stets so, daß niemand etwas davon mitbekam. Er war im wahrsten Sinne des Wortes ein Machiavellist.

Sein Vorschlag lief genau auf die «Erst-schießen-dann-fragen»-Politik hinaus, die alle anderen vermeiden wollten.

«Verzeihen Sie», mischte Grey sich ein, «aber angesichts der wenigen Informationen, die wir besitzen, könnte dies ein schwerwiegender Irrtum sein. Falls ein Atomschlag scheitert, könnten wir ‹sie› oder ‹es› provozieren. Und falls wir Erfolg haben, verwandeln wir *ein* gefährliches Objekt in zahlreiche, die möglicherweise herabstürzen. Ich bin auch der Meinung, daß wir die Raketen startklar machen sollten, aber...»

Constance kam herein, blieb jedoch stehen, als sie der hohen Tiere gewahr wurde.

«Na, wie sieht's aus?» fragte Whitmore und forderte sie auf, an der Diskussion teilzunehmen. «Wie reagieren die Leute?»

«Guten Morgen, Gentlemen», nickte sie in die Runde, während

sie neben Nimziki Platz nahm. «Die Medien denken sich gegenwärtig ihre eigenen Storys aus. CNN droht mit einer Meldung, wir würden versuchen, einen Atomtest zu verschleiern. Ich habe für sechs Uhr eine Pressekonferenz einberufen, das sollte reichen, um sie bis dahin ruhigzuhalten. Die gute Nachricht ist, daß niemand in Panik verfällt, wenigstens nicht ernsthaft.»

Nimziki, ungehalten über die Unterbrechung, wandte sich direkt an Grey: «Will, ich denke, Sie sollten jetzt das Atlantic Command kontaktieren und DEFCON3 anordnen.»

Sofort fielen die anderen über ihn her und erklärten, daß dies voreilig wäre. Die vorherrschende Meinung war, daß es ein Fehler wäre, ohne weitere Kenntnisse einen Alarm auszulösen und Panik in der Bevölkerung zu riskieren. Nimziki verteidigte seinen Standpunkt, wurde aber schließlich überstimmt. Der Stabschef beendete schließlich die hitzige Debatte: «Außerdem sind es nur noch zwei Tage bis zum vierten Juli, und fünfzig Prozent unserer Streitkräfte befinden sich auf Heimaturlaub. Von den Offizieren und Kommandanten, die der Parade am Sonntag wegen bereits in Washington sind, ganz zu schweigen. Die einzige Möglichkeit, unser Personal auf die Stützpunkte zurückzuberufen, wäre über Rundfunk und Fernsehen.»

«Genau», unterstützte ihn Connie. «Wir würden eine Alarmflagge hissen, die alle Welt sehen könnte.»

Wieder öffnete sich die Tür, und einer von General Greys Männern, sein Verbindungsoffizier zum Pentagon, betrat mit einer hochbrisanten Neuigkeit den Raum.

«Unseren jüngsten Erkenntnissen zufolge ist das Objekt in eine feste Umlaufbahn hinter dem Mond eingetreten, die einen direkten Sichtkontakt verhindert.»

«Klingt, als wollte es sich verstecken», bemerkte Grey.

«Im Moment hört sich das doch wie eine gute Nachricht an», sagte Parness hoffnungsvoll.

Doch Greys Verbindungsoffizier war noch nicht fertig. «Entschuldigen Sie, Sir. Das war noch nicht alles. Das Objekt hat seine Umlaufbahn um 10:53 Ortszeit eingenommen. Um 11:01 Ortszeit begannen sich Teile von dem Objekt zu lösen.»

«Teile?» fragte Whitmore, dem nicht gefiel, was er da hörte.

«Jawohl, Sir, Teile. Unserer Schätzung nach sind es sechsunddreißig. Sie haben mehr oder weniger die Form von Untertassen und sind klein im Vergleich zum Primärobjekt. Dennoch hat jedes dieser Teile einen Durchmesser von fünfzehn Meilen.»

«Und?» fragte Whitmore. «Steuern sie auf die Erde zu?»

«Es sieht so aus, Sir. Das Space Command schätzt, daß sie innerhalb der nächsten fünfundzwanzig Minuten in die Erdatmosphäre eintauchen werden, wenn sie ihren gegenwärtigen Kurs beibehalten.»

Der Präsident starrte den jungen Air-Force-Offizier sprachlos und einigermaßen verängstigt an. Einen Moment lang dachte er, er wäre das Ziel eines Scherzes, einer ausgeklügelten Inszenierung, in die alle eingeweiht waren, um ihn aus der Reserve zu locken. Dann begriff er, daß es die grimmige Realität war. Was vor Stunden noch weit hergeholt, ja lächerlich gewirkt hatte, wurde in dieser Sekunde zur schrecklichen Gewißheit. Eine der Urängste der Menschheit, die unter einem Gebirge von Dementis begraben lag, war Wirklichkeit geworden. Die Erde wurde von einem Ding aus einer anderen Welt besucht, vielleicht sogar heimgesucht.

Nimziki brach das fassungslose Schweigen. «Sechsunddreißig Raumschiffe nähern sich der Erde, Mr. President, möglicherweise in feindlicher Absicht. Wir müssen DEFCON3 auslösen. Selbst wenn das eine Panik verursacht, müssen wir unsere Truppen zurückrufen und sie mit sofortiger Wirkung auf Alarmstufe gelb setzen.»

Niemand im Raum konnte widersprechen.

Ein Alarmton schrillte. Synchron dazu blinkte ein rotes Licht. Eine Tür öffnete sich, und der Alarm erstarb. David langte durch die Tür und griff nach seiner Fünf-Minuten-Terrine. Mittagspause bei Compact Cable. David hatte den ganzen Vormittag über fast ununterbrochen in der Sendezentrale gearbeitet. Als ob es dort nicht bereits genug Geräte gäbe, war er seinen Laptop sowie zwei zusätzliche Apparaturen von der Größe eines Reisekoffers holen gegangen, die jetzt mitten im Raum standen. Wenn David sich konzentrierte, vergaß er die Welt um sich herum. Er saß, die Ellbogen auf die Knie gestützt, mit unter sich verschränkten Beinen auf einem Stuhl, starrte auf den Schirm seines Laptops und betrachtete gebannt ein optisches Display, das sich alle zwanzig Sekunden wiederholte.

«He, mein kostbares Genie.» Marty spähte, über das ganze Gesicht strahlend, um die Ecke. «Ich will dich nicht drängen, David, ich will nur nachsehen, ob du irgendwas brauchst.» Was eine kaltlächelnde Lüge war. Wann immer ein Problem auftauchte, mußte eine Glucke wie Marty unbedingt dabeisein.

«Marty, altes Haus. Setz dich und entspann dich.»

Marty kam auf Zehenspitzen hereingeschlichen. Er benahm sich wie ein Aussätziger, der verzweifelt versucht, sich nicht zu kratzen. David hatte ihn schon einmal hinausgeworfen, weil er ihm ständig über die Schulter geschaut und zu viele Fragen gestellt hatte. Er hatte sich fest vorgenommen, David nicht zu löchern, und zehn Sekunden lang blieb er seinem Vorsatz treu. Doch dann war seine Widerstandskraft gebrochen.

«David, sag mir, daß du vorankommst. Bitte. Bitte sag, daß du den Fehler gefunden hast.»

«Nun ja», sagte David gelassen, «ich habe eine gute und eine schlechte Nachricht. Welche willst du zuerst hören?»

«Die schlechte.»

«Die schlechte Nachricht ist, daß du mir ein Essen schuldest, weil du mich beim Lunch gestört hast.»

Marty stützte eine Hand in die Hüfte und meinte sarkastisch: «Und die gute ist wahrscheinlich, daß du darauf verzichtest.»

«Im Gegenteil.» David schlürfte gemächlich den Rest seiner Suppe. «Die gute Nachricht ist, daß ich die Ursache des Problems gefunden habe.»

Marty faßte sich theatralisch ans Herz und atmete ein paarmal tief durch, um zu zeigen, wie erleichtert er war.

«Gott sei Dank. Okay, also wo liegt das Problem?»

«Im Satellitensignal ist ein komisches, fremdes Signal eingebettet. Sozusagen ein Signal im Signal. Ich habe nicht die leiseste Ahnung, woher es kommt. So etwas habe ich noch nie gesehen. Irgendwie wird dieses Signal über jeden einzelnen Satelliten am Himmel übermittelt.»

Marty starrte ihn mit offenem Mund an.

«Und wieso nennst du das eine gute Nachricht?»

«Weil dieses Signal einer exakten Sequenz unterliegt, einem sich wiederholenden Muster. Der Rest ist einfach. Wir generieren ein digitales Abbild der Signalfrequenz, übersetzen es in einen binären Code und kreieren mit dem Spektralanalysegerät, das ich dir zum Geburtstag gebastelt habe, ein phasenverkehrtes Signal, und bingo – schon sollten wir in der Lage sein, die Störung zu überlagern.»

«Die Störung überlagern. Heißt das, wir bekommen unser Bild zurück?»

«Du bist schnell von Begriff.»

«Heißt das auch», fragte Marty verschmitzt, «daß wir dann die einzigen in der Stadt sind, die ein sauberes Programm ausstrahlen?»

«Es sei denn, wir lassen die anderen an unserem Wissen teilhaben», erwiderte David unschuldig. Er wußte, daß Marty mit den Managern der anderen Gesellschaften in einem harten Konkurrenzkampf lag und diesen Triumph so lange wie möglich auskosten würde.

«Haha, das gefällt mir», jubelte Marty schadenfroh. «Unsere Geheimwaffe. Die phasenverkehrte Spektrometerkalkulationsanalyse. Das wird noch ein wunderbarer Tag werden.»

Als Miguel Russell schließlich fand, hatte dieser etwa einen Hektar eines Tomatenfeldes mit Insektiziden besprüht. Ein paar Feldarbeiter, die die Schädlingsbekämpfung von der Arbeit abhielt, hatten sich im Schatten ihrer Wagen versammelt. Das Feld war etwa eine Meile lang und grenzte auf der einen Seite an eine Reihe gewaltiger Eukalyptusbäume, die bis zur Straße reichte. Statt parallel zu den Bäumen zu arbeiten, flog Russell geradewegs auf die Baumreihe zu und zog seine Maschine erst im letzten

Moment hoch, wobei der alte Liberty-Motor jedesmal gequält aufheulte. Miguel vermochte nicht zu sagen, ob der Alte betrunken oder verrückt war; wahrscheinlich beides.

Das Flugzeug war ein prachtvoller alter De-Havilland-Doppeldecker, ein leuchtend roter Zweisitzer, der im selben Jahr gebaut worden war, als Lindbergh den Atlantik überquert hatte.

Die US-Post hatte mit den de Havillands in den zwanziger Jahren den transkontinentalen Luftpostverkehr eröffnet. Die Maschine gehörte in eine Flugschau, nicht auf ein Gemüsefeld. Sie war sowieso schon zu schwer und zu unflexibel, aber um die Sache noch zu verschlimmern, hatte Russell mit Bindfaden und Gummiseilen eine neunzig Kilogramm schwere Sprayvorrichtung am Heck befestigt.

Als Russell wieder über die Bäume schnitt, um einen weiteren Abschnitt des Feldes zu besprühen, brüllte und winkte Miguel ihm zu, er solle landen. Die Farmarbeiter, die der Unterbrechung ihrer Arbeit langsam überdrüssig wurden, bemerkten, was der Junge beabsichtigte, und ein paar von ihnen unterstützten ihn. Der Doppeldecker-Pilot winkte blöd grinsend zurück.

«Nun mach schon, Russell, wach auf», flehte Miguel vergeblich. In den vergangenen beiden Jahren war es mit Russell steil bergab gegangen. Er trank sich systematisch zu Tode und verlor auch den letzten Rest Verantwortungsgefühl seinen Kindern gegenüber. Zwischendurch hatte er sich eine Weile zusammengerissen, weil die Nachbarn ihn angezeigt und ihm das Jugendamt auf den Hals geschickt hatten, doch als Miguels Mutter erkrankt und schließlich gestorben war, hatte er vollkommen die Kontrolle verloren. Er verfiel in todessüchtige Trancezustände, aus denen er alle paar Tage mit dem Versprechen auftauchte, «einen neuen Anfang zu machen». Für Miguel bedeutete dies, daß die Verantwortung für die Familie an ihm hängenblieb: Er mußte die Miete sowie das Geld für Troys Medizin aufbringen und sich um den Haushalt kümmern. Russell war für ihn weniger ein Vater als ein schwer erträglicher Zimmergenosse.

Als das Flugzeug am anderen Ende des Feldes wieder wendete, warf Miguel kurz entschlossen seine Maschine an, preschte quer über das Feld und wirbelte, von Furche zu Furche fliegend, einen Schweif zerplatzter Tomaten hinter sich auf. Mitten in der Flugbahn des Doppeldeckers, der eine weiße Wolke flüssigen Gifts hinter sich herzog, stoppte er. Glücklicherweise bemerkte ihn Russell gerade noch rechtzeitig, um den Zerstäuber abzustellen. Als er vorüberflog, sah er, daß der Junge ihn aufforderte zu landen. Er drehte sich um, lächelte Miguel zu und signalisierte ihm mit emporgerecktem Daumen, daß er verstanden hatte. Dann sah er, wie der Junge hektisch gestikulierte und ihm etwas zuzurufen versuchte, kapierte aber erst, was gemeint war, als er wieder nach vorne schaute und unmittelbar vor seiner Nase eine Mauer aus Eukalyptusbäumen auftauchen sah. Zum Ausweichen war es zu spät.

«Du dicke Scheiße!» brüllte er über das Rattern des Motors hinweg. Glücklicherweise blieb ihm keine Zeit zum Nachdenken. Reflexartig legte er das Flugzeug in einem 90-Grad-Winkel auf die Seite und schlüpfte durch eine Lücke zwischen den Bäumen, die weniger als dreißig Zentimeter Spielraum ließ. Doch anstatt seine eigene Dummheit zu verfluchen oder wenigstens dem Himmel für sein Glück zu danken, brach Russell, offenbar begeistert von seinen Fähigkeiten, in ein langgezogenes, gurgelndes Siegesgeheul aus.

Wenige Minuten später rollte das Flugzeug auf dem abgelegenen Highway aus. Als Miguel mit kreischenden Bremsen neben ihm zum Stehen kam, kletterte Russell gerade steifbeinig aus dem Cockpit.

«Hast du das gesehen?» brüllte er. «Was für ein Höllenritt.» Er nahm seine lederne Fliegerhaube ab und ließ sich vorsichtig auf die untere Tragfläche herab. Trotz seiner einundfünfzig Jahre sah Russell Casse aus wie ein großer kleiner Junge. Er hatte dicke, runde Wangen und einen rotblonden Lockenschopf. Er war breitschultrig und maß stattliche ein Meter fünfundachtzig. Der übermäßige Alkoholkonsum der vergangenen beiden Jahre hatte zahllose Äderchen in seinem einst rosigen Gesicht platzen lassen und ihm einen veritablen Bauch beschert.

«Was zum Teufel machst du hier?» Der angewiderte, genervte

Unterton in Miguels Stimme brachte seinen Stiefvater nicht aus der Ruhe.

«Dafür sorgen, daß Fleisch auf den Tisch kommt, und meine Kohle verdienen. Und verdammt gute Arbeit leisten, wenn ich das sagen darf.»

«Das sind nicht Fosters Felder. Du hast das falsche Feld besprüht. Du solltest am anderen Ende der Stadt sein.»

Noch immer auf der Tragfläche kauernd, ließ Russell seinen Blick über das Feld und das am Ende der Straße liegende Farmhaus schweifen.

«Bist du sicher?»

«Scheiße, Russell. Der Mann hat dir einen Gefallen getan. Er ist gerade bei uns vorbeigekommen und hat gefragt, wo zum Teufel du steckst. Und du wirst für das vergeudete Insektizid bezahlen müssen.»

Russell rutschte auf den Asphalt, wo er ein wenig wacklig stehenblieb und den Kopf schüttelte. *Kein Grund, sich jetzt darüber aufzuregen,* sagte er zu sich selbst. Doch dies war der erste Job gewesen, den er in dieser Saison hatte ergattern können, und Foster war der einzige Farmer der Gegend, der noch zu ihm hielt. Er schaute seinen Sohn an, brachte aber kein Wort heraus.

«Weißt du, daß es verdammt schwierig ist, jemanden aufzutreiben, der dich nicht für total bekloppt hält?» zischte der Junge. «Und? Wie geht's jetzt weiter? Was sollen wir jetzt machen?»

Russell wußte keine Antwort darauf. Er wollte Miguel versprechen, daß er sich auf der Stelle ändern würde, aber er fühlte, daß der Junge ihm nicht glauben würde – er hätte sich selbst nicht geglaubt –, und blieb deshalb stumm stehen, bis Miguel sein Motorrad anließ und angewidert davonfuhr.

Schließlich förderte er aus seiner Jackentasche eine Flasche Jack Daniels zutage. Er war sich ziemlich sicher, daß irgend etwas zu Ende gegangen war. Vielleicht war nur er am Ende, vielleicht wollte er nicht einmal mehr vorgeben, sich der Realität zu stellen. Die vergangenen Jahre hatten ihn zerstört. Die fortschreitende Krankheit seiner Frau, ihr Tod, die Nacht, in der er entführt worden war, die Nachricht, daß Troy die Nebennierenrindeninsuffizienz seiner Mutter geerbt hatte. Scheiß drauf. Wenn das Leben so weh tat, wollte er nicht mehr leben. Wären da nicht noch die Kinder gewesen, hätte er längst das Flugzeug so hoch wie möglich in den Himmel gejagt, den Motor abgeschaltet und die Mühle kopfüber auf die Erde zurasen lassen. Doch so schraubte er nur den Verschluß von der Flasche und nahm einen tiefen Zug.

Irgendwo tief in der nordirakischen Wüste kauerte Ibn Assad Jamal vor einem kleinen Lagerfeuer und kochte Kaffee. Er gehörte zu einem Beduinenstamm, den man gezwungen hatte, das Land, das er seit Generationen für sich beanspruchte, aufzugeben und sich zusammen mit anderen Clans in eine armselige, enge Zeltstadt zu zwängen. Es war noch gut eine Stunde bis Tagesanbruch, doch wie gewöhnlich erwachte das zusammengezimmerte Dorf bereits zum Leben.

Er griff in das Feuer und holte die Kaffeekanne seines Großvaters heraus, in der zähflüssiger arabischer Kaffee brodelte. Während er wartete, bis die Brühe sich gesetzt hatte, hörte er, wie ein gellender Schrei die Nacht zerriß. Sekunden später war die Luft von panischem Angstgeschrei erfüllt.

Jamal war von den Schreien wie gelähmt. Er sah, wie vom Dünenkamm herab etwa ein Dutzend Gestalten auf ihn zugerannt kamen. Sein erster Gedanke war, daß das Dorf von der Armee angegriffen wurde, doch als die Menschen schreiend und weinend an ihm vorbeihetzten, sah er, wovor sie davonliefen.

«Inschallah», stammelte er. Der Anblick bewirkte, daß ihm die Beine versagten. Ein gewaltiges Stück des Himmels stand in Flammen. Ein gebirgsgroßer, grell orangefarbener Feuerball, an dessen Seiten weißgraue Flammen züngelten, schoß über den Himmel wie ein flacher Stein übers Wasser. Als er näher kam, färbte der Feuerschein den Wüstensand glutrot. Jamal starrte mit wachsendem Schrecken sekundenlang wie gebannt auf das Phänomen. Schließlich kam er doch noch auf die Beine und rannte wie die anderen schreiend davon.

Einige hundert Meilen entfernt, ziemlich genau in der Mitte des Persischen Golfes, pflügte das atomgetriebene U-Boot U. S. S. *Georgia* durch das dunkle Wasser. Die Satellitenschüssel auf dem Deck drehte sich wie ein Kreisel. Im Radarraum des U-Boots war der Teufel los. Ein ungewöhnliches Radarsignal hatte einen blökenden Alarm ausgelöst. Aus dem Schlaf gerissene Crew-Mitglieder hetzten aufgeschreckt auf ihre Gefechtspositionen. Commander J. C. Kern, der Kommandant des Schiffes, trat durch die vordere Luke und verlangte über den Lärm hinweg nach einem Lagebericht.

«Lieutenant, machen Sie Meldung!»

Ein Offizier mit einem Headset rollte seinen Stuhl herum.

«Sir, wir haben im Umkreis von zehn Meilen einen totalen Radar-Blackout.»

Der Kommandant ging an den Radarschirm und begutachtete das ankommende Signal. Der Großteil der oberen Schirmhälfte zeigte absolut nichts an, und es war klar, daß es sich dabei nicht um einen Defekt handelte, weil die dunkle Ellipse sich *bewegte*.

«Commander.» Einer seiner Männer kam auf ihn zu. «Ich habe einen vollständigen Fehlersuchlauf gestartet. Die unterstützenden Radareinheiten...»

«Sir, entschuldigen Sie, Sir», rief ein weiterer Offizier von der anderen Seite des Raums dazwischen. «Das Radar mag vielleicht gestört sein, aber das Infrarotsystem meldet Totalausfall. Definitiv keine Meldungen mehr.» Er rollte zurück, um Kern einen Blick auf das Infrarotsuchsystem werfen zu lassen. Der gesamte Schirm war in helles Rot getaucht.

«Lieutenant!» bellte Kern fast belustigt.

«Ja, Sir?»

«Holen Sie mir das Atlantic Command an die Leitung.»

Das Oval Office war mit Generälen und Präsidentenberatern überfüllt. Obwohl dreißig Telefongespräche gleichzeitig stattfanden, beschränkte sich der Geräuschpegel auf ein unterdrücktes Murmeln. Zusätzliche Tische waren herbeigeschafft worden; es herrschte ein ständiges Kommen und Gehen. Vor einer Stunde waren die Oberbefehlshaber der Teilstreitkräfte eingetroffen, nachdem sie sämtliche Mitglieder der Streitkräfte auf ihre Stützpunkte zurückbeordert hatten. Die Atom-U-Boot-Flotte war feuerbereit, und entlang der Küsten waren Schlachtschiffe in Stellung gegangen.

Die Zivilberater hatten die Sofas mit Beschlag belegt, und der Präsident selbst saß unter dem Nordfenster hinter dem mächtigen, «Resolute» genannten Schreibtisch, den der britische König Teddy Roosevelt geschenkt hatte. Vertreter des Atlantic Command und der NATO sowie die Militärattachés Großbritanniens, Rußlands und Deutschlands hatten sich ebenfalls eingefunden.

Die beeindruckende Ansammlung von Entscheidungsträgern, eine der machtvollsten Gruppen, die das Weiße Haus je beherbergt hatte, verhielt sich abwartend. Viele von ihnen hatten zu einem nuklearen Präventivschlag gegen das hinter dem Mond lauernde Objekt geraten. Man hatte NASA-Ingenieure bezüglich der Möglichkeiten konsultiert, das Spaceshuttle einen atomaren Schlag durchführen zu lassen. Doch aus den verschiedensten Gründen hatte man sich schließlich zu dem halbherzigen Kompromiß durchgerungen, nichts dergleichen zu tun. Angespannt wurde der Eintritt der sechsunddreißig Segmente in die Erdatmosphäre erwartet, und als schließlich der Anruf aus dem Pentagon eintraf, wurde es schlagartig still.

General Grey, der Chef des Vereinigten Generalstabs, nahm den Anruf entgegen. «Grey am Apparat», knurrte er mit eisiger Miene in den Hörer. «Wo im Pazifik?» Er hörte eine Weile schweigend zu, dann wandte er sich an den Präsidenten. «Sie haben zwei von den Dingern vor Kalifornien ausgemacht. Sie nähern sich der Westküste.»

«Schicken Sie die Maschine von Moffet Field hin», befahl der Präsident. Die erforderlichen Vorkehrungen waren bereits getroffen worden. Ein AWACS-Aufklärungsflugzeug von der Airbase in der Nähe von San José war schon in der Luft und wartete auf die Order für die Erkundungsmission.

Die Tür flog auf, und Connie marschierte schnurstracks auf den

Präsidenten zu. «CNN berichtet live aus Rußland. Die haben eine Aufnahme von dem Ding.»

«Schaltet ein», sagte Whitmore und warf einen Blick auf Lermontow, den besorgten russischen Attaché. Einer seiner Mitarbeiter öffnete einen Wandschrank und schaltete ein Fernsehgerät ein.

Die Live-Übertragung kam aus Novomoskovsk, einer Industriestadt zweihundert Meilen südlich von Moskau. Ein Lokalreporter stand am Rand eines großzügigen Boulevards, der durch die eleganteren Bezirke der Stadt verlief, und versuchte, das Chaos um ihn herum zu übertönen. Obwohl es kurz nach sechs Uhr morgens war, war der Boulevard mit panischen Bewohnern verstopft, die in alle Himmelsrichtungen davonliefen. Die Kamera zeigte Autos, die im Zickzackkurs zwischen den Fußgängermassen hindurchjagten. Der Kommentar des Reporters wurde im CNN-Hauptquartier in Atlanta simultan übersetzt.

«... Augenzeugenberichte dieses atmosphärischen Phänomens werden aus Novomoskovsk und anderen Teilen Rußlands gemeldet. Ich wiederhole, dieses Phänomen bewegt sich zu langsam, als daß es sich um einen Kometen oder Meteor handeln könnte. Bislang haben die Astronomen keine Erklärung für diese erstaunliche Erscheinung.»

Dann schwenkte die Kamera von dem Reporter weg zum Himmel und zeigte das körnige Bild eines Feuerballs, der in großer Entfernung am Morgenhimmel schwebte. Die Kamera zoomte heran, bis der feuerspeiende Gigant das Bild ausfüllte. Turmhohe Flammen loderten in alle Richtungen, als das Objekt durch die Atmosphäre schoß und dabei ungeheure Mengen Sauerstoff verbrannte.

Jedermann im Oval Office starrte gebannt auf das bizarre Spektakel auf dem Monitor. Die brodelnde Feuerwolke sah aus, als würde im nächsten Augenblick Gott persönlich zu Charlton Heston sprechen.

«Wie Sie auf unseren Live-Aufnahmen sehen», meldete sich einer der CNN-Moderatoren aus Atlanta zu Wort, «ist unter der Bevölkerung der Stadt Novomoskovsk eine Panik ausgebrochen.

Unseren Informationen zufolge sind ähnliche Reaktionen im gesamten Stadtgebiet zu beobachten. Das russische Pendant zum Roten Kreuz berichtet bereits von zahllosen Verletzten, überwiegend Opfer von Verkehrsunfällen, da die Menschen dort in heilloser Flucht dem Phänomen zu entkommen suchen. In Moskau, wohin das Raumschiff offenbar unterwegs ist, ist die Situation noch schlimmer...»

«Mr. President», unterbrach General Grey, «unsere AWACS von Moffet Field wird voraussichtlich in drei Minuten an der Kontaktstelle eintreffen. Wir können eine Leitung zum Cockpit schalten.»

«Legen Sie sie auf den Raumlautsprecher.» Whitmore sah keinen Grund, weshalb die anderen den Bericht nicht mithören sollten.

Die Anwesenden versammelten sich in einer Runde um den Schreibtisch des Präsidenten und starrten mit besorgten Mienen atemlos auf den Lautsprecher, der die Geräusche aus dem dreitausend Meilen entfernten AWACS-Aufklärer übertrug.

Das Flugzeug flog etliche Meilen vor der kalifornischen Küste in südlicher Richtung. Das AWACS (Airborne Warning and Control System) war in der Lage, ein Gebiet im Umkreis von vierhundert Meilen zu überwachen und die Flugbahn von fünfhundert feindlichen Flugzeugen gleichzeitig zu verfolgen. Doch das hypermoderne Radarsystem war ebenso wie die Kommunikationssysteme am Boden gestört.

Die ruhigen Stimmen der Besatzung ertönten gleichmäßig aus dem Lautsprecher. «Radar zwei, ich habe kein Bild. Das vordere Radar scheint überhaupt nichts zu sehen, und das Seitenradar ist beeinträchtigt ... wie ist Ihr Status? Over.»

«Absolut korrekt, Sir. Vorderes Radar komplett ausgefallen. Wir fliegen IMC-blind. Over.»

Das Innere des Flugzeugs war bis unters Dach mit Computern, Konsolen, Radaranlagen und anderen Aufklärungsinstrumenten vollgepackt. Techniker in orangefarbenen Overalls kommunizierten hektisch über ihre Headsets und versuchten in aller Eile, das Navigationssystem zu reaktivieren.

«Little Pitcher», meldete sich eine Stimme über Funk, «wir haben sie von Fort Ord aus geortet, und es sieht alles normal aus. Sind Sie schon aus diesen Wolken heraus? Over.»

«Negativ», antwortete der Pilot und spähte angestrengt durch die Frontscheibe. «Unsere Sichtweite beträgt null.» Ein tropisches Unwetter war von Mexiko aus ungewöhnlich weit nach Norden vorgedrungen und hüllte die kalifornische Küste in eine dichte Wolkendecke.

«Fort Ord, wie ist unsere voraussichtliche Ankunftszeit? Over.»

«Sorry, Little Pitcher, wir haben euch verloren. Wir haben euch nicht mehr auf dem Schirm. Ihr befindet euch in der Blackout-Zone. Vielleicht kann euch San Diego noch orten.»

Nach einer kurzen, spannungsgeladenen Funkstille meldete sich eine weitere Stimme. «Hier San Diego. Negativ. Wir haben dasselbe Problem. Little Pitcher befindet sich innerhalb des Störungsfeldes. Sorry, Pitcher, wir bleiben dran.»

Ab und zu öffneten sich für einen Moment die Wolken, und sekundenlang überflutete gleißendes Sonnenlicht das Cockpit.

«Bodenkontrolle, hier spricht Pitcher. Sieht aus, als hätten wir einen Totalausfall aller Instrumente. Höhenmesser und Nahsichtgerät sind außer Funktion. Wir haben immer noch Sichtweite null und keine Möglichkeit zu erkennen, was sich vor uns befindet. Ich gehe in den Steigflug und versuche, über die Wolken zu kommen.»

«Roger, Pitcher», antwortete Moffet Field. «Es liegt bei euch. Ihr seid vollkommen auf manueller Steuerung.»

«Nicht höher gehen», flüsterte der Präsident, der sich als ehemaliger Kampfpilot in den Piloten hineinversetzte. «Nur die Höhe halten.» Doch da es sich um eine One-way-Verbindung handelte, konnte er nicht mit dem Piloten reden.

«Das sieht schon etwas besser aus», meldete der Pilot erleichtert. «Ich glaube, wir haben eine wolkenfreie Zone gefunden.»

Dann erwachten die Lautsprecher urplötzlich zum Leben.

Eine akustische Störung, das knatternde Rauschen einer statischen Interferenz erfüllte den Raum, und dann, gerade als die Maschine die Wolkendecke durchstieß, war der gellende Schrei des Piloten zu hören: «Mein Gott. Der Himmel steht in Flammen!»

Vor ihm befand sich eine massive, fünf Meilen hohe und zwanzig Meilen breite Feuerwand, die einen majestätischen und gleichzeitig furchteinflößenden Anblick bot. Das scheibenförmige Ding verlor an Höhe und drohte, direkt auf die Maschine zu stürzen. Der Pilot riß den Steuerknüppel zurück und zwang das Flugzeug in einen steilen Steigflug. Doch als die Maschine dem Feuerball zu nahe kam, zerschellte sie in der dünnen Luft wie eine Glühbirne auf einem Amboß.

Die Lautsprecher im Oval Office gaben ein letztes scharfes Knacken von sich, dann war die Verbindung tot.

«Stellt die Leitung wieder her», fauchte General Grey einen seiner Männer an, obwohl er wie jedermann im Raum vermutete, daß das Flugzeug verloren war.

Der Oberkommandierende des Atlantic Air Command trat auf den bestürzten Präsidenten zu. «Über dem Atlantik sind noch zwei gesichtet worden. Eines bewegt sich auf New York zu, das andere in unsere Richtung.»

«Wieviel Zeit haben wir noch?»

«Weniger als zehn Minuten, Sir.»

Als sie das hörten, zwängten sich die Zivilberater des Präsidenten durch den Ring von Uniformen um den Schreibtisch. Nimziki war der erste, der zum Präsidenten durchdrang. Er sprach knapp, präzise und für jedermann im Raum deutlich vernehmbar.

«Meine Herren, wir müssen den Präsidenten sofort an einen sicheren Ort bringen. Organisieren Sie eine Militäreskorte nach Crystal Mountain.» General Grey stimmte sofort zu. Er beugte sich zu dem Präsidenten hinunter und drängte ihn, sich in Sicherheit zu bringen.

Befehle schwirrten durch den Raum, aber plötzlich legte der Präsident Nimziki eine Hand auf die Schulter. Nimziki wurde von dieser Geste überrascht. Er versteifte sich und starrte auf die Hand, als wäre sie eine Tarantel. Präsident Whitmore nutzte die

Gelegenheit, um sich mit der Person zu besprechen, der er am meisten vertraute.

«Connie, wie beurteilen Sie die Lage? Müssen wir mit einer Panik rechnen wie in Rußland?»

«Schlimmer wahrscheinlich», erwiderte sie.

«Ganz meiner Meinung», erwiderte Whitmore. «Die Leute werden zu fliehen versuchen, ohne zu wissen wohin. Das wird unzählige Menschenleben kosten.»

Nimziki merkte, worauf der Präsident hinauswollte. Er löste sich aus dessen Griff.

«Mr. President, Sie können diese zweitrangigen Angelegenheiten unterwegs besprechen. Die Situation verlangt, daß Sie als Oberbefehlshaber der...»

«Ich gehe nirgendwohin», verkündete der Präsident, schob seinen Stuhl zurück und erhob sich.

Nimziki war sprachlos, wie die meisten im Raum. Mehrere Militärs redeten gleichzeitig auf den Präsidenten ein und drängten ihn, zur Vernunft zu kommen und sich an einen sicheren Ort zu begeben.

«In einer Krisensituation müssen wir eine entscheidungsfähige Regierung aufrechterhalten», ermahnte ihn einer, der keine Anstalten machte, seine Frustration zu verbergen. Ein Dutzend um die Sicherheit des Präsidenten besorgte Männer redete wild durcheinander. Zwei Secret-Service-Agenten schufen sich rempelnd Platz und bauten sich neben dem Präsidenten auf.

Mit einem flammenden Blick brachte der Präsident die Anwesenden zum Schweigen. Ruhig gab er seine Befehle.

«Ich will, daß der Vizepräsident, das Kabinett und der Generalstab an einen sicheren Ort gebracht werden. Sie gehen in die NORAD-Zentrale. Ich bleibe bis auf weiteres hier im Weißen Haus.»

Nimziki versuchte zu widersprechen: «Mr. President, wir alle...»

Doch der Präsident schnitt ihm das Wort ab. «Ich verstehe Ihren Standpunkt, aber ich werde keine öffentliche Hysterie anheizen, die Tausende von Menschenleben kosten kann. Ehe wir uns aus dem Staub machen, sollten wir besser herausfinden, ob uns diese Objekte feindlich gesonnen sind und wohin genau sie fliegen.»

Nimziki starrte den Präsidenten eisig an. Er hatte gehofft, daß sich Whitmore von den anderen Präsidenten, unter denen er gedient hatte, unterscheiden würde, daß er aufgrund seiner militärischen Ausbildung in einer Krisensituation einen klaren Kopf bewahren würde. Denn obwohl es sich um eine vollkommen unvorhersehbare Situation handelte, existierte immer noch ein Protokoll, das eingehalten werden mußte. Doch Whitmore schien offenbar sein eigenes Skript schreiben zu wollen. Nimziki hatte zwar noch ein paar Asse im Ärmel, wußte aber, daß es noch zu früh war, sie auszuspielen.

«Connie», fuhr Whitmore fort, «aktivieren Sie das Sendesystem für den Krisenfall. Sobald die Leitungen stehen, werde ich eine Erklärung abgeben. Verfassen Sie eine kurze Rede, in der wir der Bevölkerung raten, nicht in Panik zu geraten und die Häuser nach Möglichkeit nicht zu verlassen. Schaffen Sie das in zwanzig Minuten?»

«Geben Sie mir zehn», sagte sie, bereits auf dem Weg nach draußen.

Die Mitglieder des Generalstabs standen einigermaßen verwirrt beisammen; es widerstrebte ihnen, das Oval Office zu verlassen, in dem sich jetzt offenbar die Kommandozentrale befand.

«In Ordnung, Leute, setzt euch in Bewegung», befahl Whitmore. «Ich möchte, daß Sie sich alle so schnell wie möglich zum NORAD begeben.»

Die sechs Generäle wechselten Blicke mit ihren Stabsoffizieren, gingen dann aber widerstrebend Richtung Ausgang. Nur General Grey löste sich aus der Gruppe und trat vor den Präsidenten.

«Mit Ihrer Erlaubnis, Mr. President, würde ich gerne an Ihrer Seite bleiben.» Für den Chef des Vereinigten Generalstabs war dies eine ungewöhnliche Bitte, aber angesichts der langen Freundschaft der beiden Männer kam sie nicht überraschend.

«Ich hatte so ein Gefühl, daß Sie das sagen würden», lächelte Whitmore. «Und was ist mit Ihnen, Nimziki?»

Der hochgewachsene, verschlossene Mann antwortete, ohne zu zögern. «Die Direktiven des Nationalen Sicherheitsrats verlangen, daß der Verteidigungsminister dem Präsidenten jederzeit zur Verfügung steht.» Er machte eine kurze Pause und versuchte, einen anderen Ton anzuschlagen. «Es ist mein Job, bei Ihnen zu bleiben.» Er versuchte freundlich zu klingen, doch wie fast alles, was er sagte, klang es eher nach einer Drohung.

General Grey wandte sich an Whitmore und stellte die entscheidende Frage, die in den vergangenen Stunden an allen genagt hatte.

«Mr. President, was geschieht, wenn diese Dinger sich tatsächlich feindlich verhalten?»

Whitmore dachte einen Augenblick nach. «Dann helfe uns Gott.»

Die Tür zur Sendezentrale öffnete sich langsam wie der spinnwebenverhangene Eingang eines vergessenen Grabmals. Geistesabwesend schlurfte David ins Zentralbüro von Compact Cable. Seine Gedanken trieben durch ein Paralleluniversum, seine Nase hatte er tief in einem Computerausdruck vergraben. Der sechzehnseitige, einzeilige Ausdruck war eine einzige Ziffernfolge, eine lange Zahl, eine ermüdende Abfolge von Einsen und Nullen, die binäre Darstellung einer zwanzig Minuten langen Sequenz des mysteriösen Signals. Sein selbstgebautes phasenverkehrtes Spektralanalysegerät hatte sich bewährt. Das Gerät hatte ein präzises numerisches «Porträt» der oszillierenden Frequenz erstellt und ein sendefähiges, spiegelverkehrtes Signal kreiert, mit dem die Interferenz ausgeschaltet werden konnte. Marty würde sehr erfreut sein. Jetzt konnte er seine Kundschaft mit einem klaren Bild versorgen, sich dann ans Telefon hängen und die Konkurrenz verspotten. Doch David war noch nicht fertig: Kaum daß er einen Weg gefunden hatte, das Signal zu neutralisieren, fragte er sich schon, woher es kam und was es bedeuten mochte.

Er war bereits mitten im Büro, als er bemerkte, daß es leer war. Er warf einen Blick auf die Wanduhr und stellte fest, daß die Mittagspause längst vorbei war. Jack Feldin, ein Verkaufsveteran, saß am Schreibtisch und heulte wie ein Baby in ein Telefon. Vage dämmerte David, daß irgend etwas nicht stimmte, aber er war so sehr auf sein Problem konzentriert, daß er alles andere ausblendete. Seit er mit zwölf das sonntägliche Kreuzworträtsel der *New York Times* entdeckt hatte, war er ein besessener Rätselknacker. Später hatte er sich geradezu manisch auf die Genius-Rätsel des Mensa-Magazins gestürzt, die er Monat für Monat knackte, egal, ob er dafür Stunden oder Tage brauchte. Deshalb fühlte er sich geradezu prädestiniert, der Lösung dieses Satellitensignal-Rätsels auf die Spur zu kommen. Wie viele Ingenieure gab es denn, die seine theoretischen und praktischen Fähigkeiten besaßen und unbeschränkten Zugang zu Kommunikationshardware im Wert von fünfzig Millionen Dollar hatten?

Er trug die Seiten in seine Bürozelle, schob eine Diskette in seinen stationären Computer und lud ein Sequenzanalyseprogramm. Mit ein paar raschen Eingaben kreierte er eine graphische Darstellung des Störsignals. Einer Eingebung folgend, fragte er den Computer, ob die sich wiederholenden Signale stets identisch seien. Negativ. Das Signal wurde von Wiederholung zu Wiederholung kürzer und tendierte langsam gegen null, ohne dabei jedoch an Sendestärke zu verlieren, so daß der TV-Empfang noch immer in erbärmlichem Zustand war. Interessant. Wenn man annahm, daß das Signal zu irgendeinem sinnvollen Zweck ausgestrahlt wurde, warum tendierte es dann gegen null? Sehr merkwürdig.

David brauchte lediglich sechzig Sekunden, um die sich aufdrängende Rechenaufgabe zu lösen. Wenn seine Berechnungen stimmten, würde das Signal um 02 : 32 Eastern Time bei null angelangt sein und verschwinden. *Okay*, sagte er zu sich selbst, *und dann?* Da er sich den ganzen Tag über in der Sendezentrale eingeschlossen hatte, hatte er nicht die geringste Idee, woher das Signal kommen könnte. Er sagte sich, daß er bis zur Stunde X ohnehin nichts herausbekommen konnte, und stand auf. Es wurde Zeit, Marty die frohe Botschaft zu überbringen.

Martys Büro glich wie üblich einem Katastrophengebiet. Überall lagen vergilbte Zeitungen, Pizzakartons und Kopien der jüngsten Aktionärsberichte herum, aus den Aktenschränken quollen Papiere, und auf dem Schreibtisch stapelte sich die ungeöffnete Post. Zu allem Überfluß befanden sich noch fünf Personen in dem kleinen Büro, die sich um einen Fernsehapparat drängten.

David nahm sie kaum wahr, entdeckte aber sofort den einzigen freien Stuhl, auf dem er sich so hastig niederließ, als befürchtete er, jemand könnte ihn ihm in letzter Sekunde streitig machen. Er machte es sich bequem und ließ lässig ein Bein über die Armlehne baumeln. Es dauerte eine Weile, bis er die ängstliche Nervosität der anderen wahrnahm.

«Ich habe das Signal entschlüsselt», verkündete er. «Wir sollten in der Lage sein, es zu neutralisieren.»

«Wie bitte?» Marty bemerkte, daß er angesprochen wurde, und sagte dann abwesend: «Oh, gut, sehr gut.»

«Aber eins ist komisch», fuhr David fort. «Wenn meine Berechnungen stimmen, wird das Ding in sieben Stunden sowieso verschwinden.» Als niemand reagierte, sah er auf und sagte mit Nachdruck: «Das Signal verkürzt sich mit jeder Wiederholung. Früher oder später wird es verschwinden. Hey, hört ihr überhaupt zu?»

«Um Himmels willen, David», stieß Marty hervor. «Hast du das nicht mitgekriegt? Das ist entsetzlich.»

«Wovon redest du?»

«Sieh her, da ist es.»

David schwenkte seinen Stuhl herum und sah ein Live-Bild aus Australien. Über Melbourne schwebte eine gigantische Feuerfläche mit einem Durchmesser von fünfzehn Meilen. Davids erster Gedanke war, daß eine ökologische Katastrophe stattgefunden hatte, daß die Ozonschicht einen kritischen Punkt unterschritten und sich spontan entzündet hatte. Dann jedoch stellte er dieselbe Frage, die auch die anderen beim Betreten des Büros gestellt hatten: «Ist da ein Krieg ausgebrochen?»

«Die wissen nicht, was das ist», sagte jemand. «Die reden immer nur von atmosphärischen Phänomenen.»

«Wahrscheinlich sind es Asteroidentrümmer», meinte sein Kollege. «Solche Dinger kommen überall auf der Erde runter.»

«Ich bitte dich», bellte Marty den Mann an. «Sie haben hundertmal wiederholt, daß es sich nicht um herabstürzende Objekte handelt, weil sie dafür zu langsam sind. Außerdem bewegen sich manche von ihnen seitwärts, sie fliegen. Das sind verdammte fliegende Untertassen, und das ist die gottverdammte Invasion aus dem All, kapiert?»

David zögerte einen Moment. Er wußte nicht, ob er lachen oder sich vor Angst in die Hosen machen sollte. Die angstverzerrten Gesichter der anderen überzeugten ihn, daß Marty keine Witze machte.

«Wow! Augenblick mal!» David erhob sich unbewußt und verdrängte den Gedanken. Doch dann jagte ihm ein eiskalter Schauer über den Rücken, setzte sich in seinem Gehirn fest und erblühte zu einer vielblättrigen Blume des Schreckens. Marty kam um den Schreibtisch herum und legte David besorgt eine Hand auf die Schulter. Dann teilte er ihm die wenigen Einzelheiten mit, die über die sechsunddreißig «Phänomene» bekannt waren.

Plötzlich deutete er aufgeregt auf den Schirm. «Sieh mal, David, ist das nicht Connie?»

Der Verordnung über Sendungen im Krisenfall gehorchend, hatten alle Sender zu einer Live-Übertragung aus dem Presseraum des Weißen Hauses geschaltet. Eine attraktive Frau, die eine weiße Seidenbluse trug, trat ans Mikrophon und beantwortete die Fragen der Medienvertreter. Der Anblick dieser Frau schleuderte David unmittelbar von einem Drama in ein anderes, diesmal persönlicher Art. Die Frau war niemand anderes als Constance Marianne Spano, seine von ihm getrennt lebende Frau.

«... betone ich noch einmal, daß dieses Phänomen, obwohl es die Radio- und Fernsehübertragungen stört, bislang keine dauerhaften Schäden angerichtet hat und daß kein Grund zu der Annahme besteht, daß es dies tun wird.»

David beobachtete, wie sich ihre Lippen bewegten, hörte aber kaum, was sie sagte. Erst vor wenigen Wochen hatten sie miteinander telefoniert, aber als er sie jetzt sah, realisierte er, daß sie sich seit einem Jahr nicht mehr gesehen hatten. Trotz der Bildstörung bemerkte er, daß sie sich verändert hatte: Sie wirkte ein wenig älter, ein wenig eleganter und sehr viel weiter weg.

«Der Präsident befindet sich in diesem Augenblick in einer Krisensitzung, doch er möchte allen amerikanischen Bürgern wie auch unseren alliierten Freunden versichern, daß wir auf alle erdenklichen Entwicklungen vorbereitet sind. Das Gebot der Stunde lautet, nicht in Panik zu verfallen.»

«Warum ist das Sendesystem für den Krisenfall aktiviert worden?» rief ihr ein Reporter zu.

Connie antwortete ruhig und freundlich. «Wie jedermann, der versucht hat, ein Ferngespräch zu führen, festgestellt haben wird, haben wir mit schweren Interferenzen zu kämpfen. Das System gestattet uns, verläßliche Verbindungen zwischen Regierung und militärischen Einrichtungen zu etablieren. Das ist alles.»

David war der einzige Mensch auf der Welt, der sagen konnte, ob Connie Blödsinn verzapfte oder nicht. Diesmal sagte sie die Wahrheit.

«Wir haben vier verschiedene Erscheinungen geortet, die in absehbarer Zeit über amerikanischen Städten auftauchen werden. Zwei bewegen sich auf San Francisco und Los Angeles zu, zwei befinden sich über der Ostküste und bewegen sich Richtung New York und Washington, D. C.»

Marty lächelte Pat Nolan an, einen begeisterungsfähigen neuen Mitarbeiter, der gerade seine Nase ins Büro steckte.

«Hört mal her, Jungs, im Keller befindet sich ein alter Luftschutzbunker. Wenn einer von euch Lust hat, uns da unten Gesellschaft zu leisten, noch ist Platz. Aber ich würde nicht mehr allzulange damit warten.»

Damit drehte er sich um und ging davon. Jeanie, eine junge PR-Agentin, stürmte hinter ihm her durch die Tür und versuchte, im Kampf um einen der Bunkerplätze einen Vorsprung zu gewinnen.

Als sie verschwunden war, schüttelte Marty den Kopf. «Das wird noch ganz, ganz übel.»

Burlie's war eine deprimierende Kneipe, die sich direkt gegenüber vom Flughafen auf der anderen Seite des Highways befand. Der Filz des Billardtisches war zerschlissen, und die Poster, auf denen vollbusige Bräute mächtige Werkzeuge liebkosten, waren mit Reißzwecken an den nikotinvergilbten Wänden befestigt. Russell Casse saß auf einem Barhocker, starrte in seinen zweiten mit Wasser verdünnten Scotch und wartete darauf, daß jemand zur Tür hereinkam und ihm zehntausend Dollar in die Hand drückte.

Sofort nachdem er die de Havilland auf den Boden gebracht hatte, war er ins Büro gegangen, um Rocky aufzusuchen, den Eigentümer und Manager des schäbigen Flugplatzes. Rocky war ein furchtbarer Name für diesen fetten, schmierigen Kerl, der so übergewichtig war, daß er aussah wie ein preisgekröntes Mastschwein.

«Wieviel gibste mir für die alte Kiste?» fragte Russell.

«Zehntausend», antwortete Rocky halb scherzhaft. Sie wußten beide, daß eine flugtüchtige 27er de Havilland locker fünfundsiebzig Riesen wert war.

«Okay, du kannst sie haben», sagte Russell leise. «Aber ich brauch die ganze Kohle sofort und in bar. Ich warte drüben bei Burlie's auf dich.»

Mit diesen Worten drehte sich Russell um und stapfte davon, wohlwissend, daß Rocky sich in seinen Lincoln quetschen und zur Bank rasen würde.

Doch seit ihrer Unterhaltung war bereits mehr als eine Stunde vergangen, und Russell bereitete sich darauf vor, einen dritten Scotch zu bestellen, obwohl er wußte, daß er schon die ersten beiden nicht bezahlen konnte, falls Rocky nicht mit dem Geld auftauchte. Russell war der erste Gast, und der Fernseher über der Bar war noch nicht eingeschaltet. Weder er noch der Barkeeper wußten von der Katastrophe, die am Himmel des Planeten ihren Lauf nahm. Trotzdem kamen sie auf UFOs zu sprechen, als drei ölverschmierte Flugzeugmechaniker in die Bar marschiert kamen.

«Na, na, wenn man vom Teufel spricht ...», sagte der größte

und schmutzigste von ihnen. «Wir haben gehört, du hast heut morgen 'n kleines Problem gehabt, Russ. Bist rausgeflogen und hast das falsche Feld besprüht.»

Seine beiden Begleiter lachten trocken. Russell rang sich ein Lächeln ab und starrte weiter in seinen Whisky.

«Lacht nicht, Jungs», fuhr der Mann fort, «es ist nicht Russells Schuld. Er ist immer noch 'n bißchen durcheinander. Wegen damals, als sie ihn entführt haben.»

Seine Begleiter krächzten wie zwei Hyänen in Overalls. Dann hörte einer abrupt auf und fragte: «Entführt? Was ist passiert?»

«Laßt den Mann in Ruhe seinen Drink nehmen, Leute», mischte sich der Barkeeper schwach ein, während er drei Biere über den Tresen schob. Doch der Anführer der Schmiermaxen legte gerade erst los.

«Willst du damit sagen, daß er's dir nie erzählt hat? Also, vor ein paar Jahren ist unser altes Haus hier von 'ner Horde Außerirdischer entführt worden, die ihn auf ihr Raumschiff verschleppt haben. Dort haben die kleinen Kerlchen 'nen Haufen fiese Experimente mit ihm veranstaltet. Erzähl's ihm, Casse.»

«Heute nicht, Jungs. Okay?»

«Noch redet er nicht», blökte der Anführer. «Aber wart's ab, bis er noch 'n paar mehr intus hat. Dann kannste ihn nicht mehr zum Schweigen bringen. Hey Russ, tuste uns 'n Gefallen?» Er schaute auf seine Uhr. «Säufste dich zu, *bevor* wir wieder an die Arbeit müssen?» Dafür erntete er ein paar weitere Lacher von seinen Kumpels.

Als der Barkeeper kurz nach hinten verschwand, rutschte Russell von seinem Hocker und machte sich auf den Weg zur Tür. Als er an den Mechanikern vorbeiwollte, legte ihm der Anführer seine gewaltige Pranke auf die Schulter und flüsterte spöttisch: «Komm schon, Russ, sag uns die Wahrheit. Als sie dich da hochgebracht haben, haben sie da ... du weißt schon ... irgendwelche schmutzigen Sachen mit dir gemacht?»

Das schallende Gelächter seiner Kollegen brachte den Barkeeper zurück. Russell, der selbst auch nicht klein geraten war, machte sich ruhig bereit, dem Mechaniker die Fresse zu polieren, als plötzlich die Neonschilder, die von der Decke hingen, wild hin und her zu schwingen begannen. Von draußen ertönte ein tiefes Grollen, das schnell anschwoll. Bierflaschen begannen auf der Theke zu tanzen, und hinter der Bar klirrten Flaschen und Gläser. In Kalifornien konnte dies nur eines bedeuten: ein Erdbeben.

Ihren Zwist vergessend, rannten die Männer aus der dunklen Bar ins gleißende Sonnenlicht auf dem Parkplatz. Irgend etwas stimmte nicht. Die Art, wie der Boden unter ihren Füßen bebte, die Gleichmäßigkeit des Lärms. Es war anders als bei den Beben, die sie bisher erlebt hatten. Das Ganze war irgendwie zu sanft.

Russell versuchte, nach oben zu schauen, aber die Sonne blendete ihn und zwang ihn, den Blick auf den staubigen Asphalt zu richten. Der dunkle Rand eines gigantischen Schattenrisses kam über den Parkplatz auf sie zu. Als er sich vor die Sonne schob, konnten die Männer erkennen, was da auf sie zukam. Die Mechaniker schrien auf und rannten Hals über Kopf davon.

Russell wich keinen Millimeter zurück. Er ballte die Fäuste. Eines der sechsunddreißig Phänomene schwebte in etwa fünfzehnhundert Meter Höhe geräuschvoll durch die Luft. Russell musterte das rätselhafte Muster auf der Unterseite und wußte genau, was los war und wer sich in diesem monströsen Ding befand: dieselben zerbrechlich wirkenden, wieselflinken Mißgeburten, die vor Jahren sein Leben zerstört hatten.

Als Troy noch ein Baby gewesen war und Russell noch alte Flugzeuge restauriert hatte, hatte er eines späten Abends noch im Hangar an einem Motor herumgeschraubt. Es war eine heiße Julinacht gewesen, deshalb hatte er die Hangartore weit offenstehen lassen. Urplötzlich fühlte er, wie alle Kraft aus seinem Körper entwich. Seine Arme fielen herunter, und der Schraubenschlüssel entglitt seinen kraftlosen Fingern. Er verstand nicht, was mit ihm geschah, fragte sich, ob er einen Herzanfall bekam. Sein ganzer Körper wurde taub, er war vollkommen gelähmt. Nur seine Augen vermochte er noch zu bewegen. Vom Eingang des Hangars kam ein Geräusch. Russell entdeckte eine merkwürdige, kleine Gestalt, die um die Ecke lugte. Sie war höchstens einen Meter groß. Die Kreatur hatte einen großen Kopf, der aussah wie eine gelbe Glühbirne, und schwarze Augen, die so leblos wirkten wie zwei Jackenknöpfe. Von einem animalischen Schrecken erfaßt, kämpfte Russell gegen seine Lähmung an und versuchte wegzulaufen. Doch seine tauben Glieder reagierten nicht. Er starrte wieder auf das Ding, das ihn anzuschauen schien, und nach wenigen Augenblicken begann seine Panik nachzulassen. *Das ist alles völlig normal, kein Grund zur Aufregung,* sagte er sich. *Dir wird nichts geschehen.* Dieser Gedanke wiederholte sich so lange, bis er bemerkte, daß es sich um eine Botschaft handelte, daß jemand seine Gedanken kontrollierte und telepathisch mit ihm kommunizierte.

Im nächsten Augenblick fand er sich auf dem Boden sitzend wieder, mit dem Rücken an etwas gelehnt. Die Kreatur saß unmittelbar vor ihm, die sehnigen Arme um die Knie geschlungen, während vielleicht ein Dutzend andere Gestalten mit atemberaubender Geschwindigkeit am Rande von Russells Blickfeld herumhantierten, wo sie offenbar eine Art Arbeit verrichteten. Unterdessen vernebelte die Kreatur vor ihm sein Hirn weiter mit beschwichtigenden Empfindungen, die ihn ruhigstellten, bis er in einem nahegelegenen Container etwas aufblitzen sah: eine Nadel, etwa fünfzehn Zentimeter lang, die ihm anscheinend in den Schädel gestoßen werden sollte. Klar und deutlich, als würde jemand zu ihm sprechen, vernahm er die Worte: *Du wirst keine Schmerzen haben und nicht verletzt werden.*

Später erinnerte sich Russell, daß er in diesem Augenblick an seine Familie gedacht und nach Worten gerungen hatte, um für sein Leben zu betteln. Dann wurde alles schwarz. Das nächste, woran er sich erinnerte, war, daß er sich weit draußen in der Wüste befand und in die Höhe gehoben wurde. Die Landschaft unter ihm verschwand in einer Spirale, als er höher und höher stieg. Dann schloß sich der Boden eines Raumschiffs wie eine Iris unter ihm. Er befand sich in einer schummerigen, schäbigen Kammer, deren dunkle Wände glänzten und den Eindruck erweckten, er befände sich im Innern eines riesigen Tieres. Er fühlte, wie kleine, zarte Hände seinen Körper abtasteten. Erst dann bemerkte er, daß er nackt war. Wieder versuchte er, um Gnade zu flehen, sie telepathisch zu bitten, ihn freizulassen.

Dann begannen die Experimente. Unfähig, sich zu wehren, lag Russell ausgestreckt auf dem Rücken, während die Kreaturen mit diversen Instrumenten, die medizinischen Sonden ähnelten, in seinen Körper eindrangen. Er erinnerte sich, daß eine von ihnen im Verlauf der Untersuchung seinen Kopf zur Seite gedreht hatte, so daß er durch ein Fenster am Boden des Schiffes einen Blick auf die verschwommenen Umrisse der weit unter ihnen liegenden Hügel erhaschte. Und er erinnerte sich, wie die Tränen über sein Gesicht geströmt waren, bis die ganze Seite seines Kopfes klatschnaß gewesen war.

Am Nachmittag des darauffolgenden Tages fand man ihn, ziellos über den Parkplatz eines neunzig Meilen vom Flugplatz entfernten Supermarkts irrend, und diagnostizierte eine schwere Amnesie.

Er konnte sich weder an seinen Namen noch an seine Adresse erinnern, und er brauchte fast eine Woche, bis er seine Frau Maria wiedererkannte. Als man ihn fragte, was geschehen war, erzählte er, er habe in der Wüste ein Rudel Eselhasen gejagt und sich verirrt. Er brauchte nicht lange, um sich bewußt zu werden, daß dies eine Scheinerinnerung war, die man ihm eingepflanzt hatte, um zu überdecken, was wirklich mit ihm geschehen war.

Russell erholte sich nie wieder. Im Lauf der folgenden Jahre war er zerstreut und depressiv und von der Idee besessen, die Ereignisse jener Nacht zu rekonstruieren. Die Versuche, die flüchtigen Erinnerungsmomente festzuhalten, verschlangen seine gesamte Energie und seine ganzen Ersparnisse. Er machte eine Psychotherapie, versuchte es mit Hypnose und reiste zu Leidensgenossen, die behaupteten, ebenfalls entführt worden zu sein. Während dieser rastlosen Zeit brach Marias Krankheit aus. Ihre Haut wurde flekkig, und nachts bekam sie furchtbare Kopfschmerzen, die manchmal von Schüttelfrost begleitet wurden. Als Russell endlich aus seinen eigenen Problemen auftauchte und bemerkte, wie krank seine Frau war, fuhr er sie nach Los Angeles ins Krankenhaus. Doch es war bereits zu spät. An dem Tag, an dem man feststellte, daß sie an der Addison-Krankheit litt, einer an sich leicht zu therapierenden Insuffizienz der Nebennierenrinde, starb sie im Schlaf.

Während das riesige tiefschwarze Schiff über ihn hinwegglitt, ballte Russell die Fäuste und wünschte sich nichts sehnlicher, als ein paar dieser behenden Zwerge, die er in dem Schiff vermutete, mit bloßen Händen zu erwürgen. Das Ding bewegte sich mit einer Geschwindigkeit von etwa zweihundert Meilen pro Stunde in nördlicher Richtung. Als es sich so weit entfernt hatte, daß die Sonne wieder auf den Parkplatz herabbrennen konnte, war Russell verschwunden.

Die ersten, die in Washington, D. C., das herannahende Schiff zu Gesicht bekamen, waren die Touristen, die sich auf der Aussichtsplattform auf der Spitze des Washington Monument drängten. Der Anblick löste eine Massenflucht aus; die Besucher flohen die Treppen des hundertfünfundachtzig Meter hohen Ausflugsziels hinunter und trampelten alles nieder, was sich ihnen in den Weg stellte. Das erste Opfer war eine elfjährige Nigerianerin aus Lagos, die in der Hauptstadt zu Besuch weilte. Obwohl ihr Vater versucht hatte, sie mit seinem Körper zu beschützen, war jemand auf ihren Rücken getreten, als sie mit dem Kopf auf einer der Stufen lag. Lange nachdem die letzten Flüchtenden entkommen waren, gelang es dem Vater schließlich, sie nach draußen zu schaffen, aber da war sie bereits bewußtlos und gelähmt. Die National Park Rangers, die nicht gewußt hatten, daß sich noch jemand im Innern befand, waren längst wieder abgezogen.

Der Mann sah hilfesuchend die grasbewachsene Anhöhe hinunter, wo die Menschen in heillosem Durcheinander davonrannten. Am Himmel hinter dem Capitol Hill, über der Staatsgrenze von Maryland, schwebte eine der monströsen schwarzen Scheiben. Sie zog Schwaden schwarzen Rauchs hinter sich her und näherte sich langsam. Vergeblich versuchte der Mann, auf sich aufmerksam zu machen; seine Fragen nach einem Krankenhaus wurden von den Fliehenden ignoriert. Keiner hielt an.

Tausende verstörter Besucher strömten aus dem Smithsonian und den anderen Museen auf der Mall. Als sie ins Freie kamen und das scheibenförmige Monster herankriechen sahen, gerieten die meisten von ihnen in Panik. Menschenscharen stoben in alle Himmelsrichtungen davon, Mütter, die von ihren Kindern getrennt worden waren, standen hilflos im Chaos, die Namen ihrer Kleinen rufend. Andere blieben unvermittelt stehen und begannen, verzweifelt zu fluchen oder Gott anzurufen. Hier und da hatten sich einander vollkommen Fremde um einen Baum geschart und starrten wortlos zum Himmel. Zahllose Menschen waren zu Boden gestürzt, manche beteten, andere versuchten, mit den Armen den Kopf zu schützen. Legionen von Bundesangestellten kamen die granitenen Treppen der Bundesgebäude heruntergerannt und versuchten, rempelnd und stoßend die Eingänge der U-Bahn zu erreichen. Das Ding am Himmel löste ein alles andere auslöschendes Gefühl des Schreckens aus, ein Todesengel, der unaufhaltsam heranrückte.

Weniger als eine Meile entfernt, im Weißen Haus, telefonierte Whitmore mit dem russischen Präsidenten Yetschenko.

«Ja, ich verstehe», sagte er zu dem zugeschalteten Übersetzer. «Sagen Sie ihm, daß wir ihn kontinuierlich informieren werden und daß Rußland und die Vereinigten Staaten in dieser Sache Verbündete sind.» Während seine Botschaft ins Russische übersetzt wurde, sah er Connie an und verdrehte die Augen. «In Ordnung, sagen Sie auf Wiedersehen. *Doswidanja.*»

«Was war das denn?» wollte Connie wissen.

«Ich weiß nicht. Ich glaube, er war betrunken.»

Plötzlich flogen die Türen auf, und ein verängstigtes Stabsmitglied stürzte in den Raum. «Es ist da», rief die Frau und rannte zu einer der hohen Balkontüren. Whitmore und Grey sahen sich an, dann erhoben sie sich und folgten der erregten Frau.

«Daddy!» Patricia Whitmore kam mit Tränen in den Augen auf ihren Vater zugeflogen.

«Du solltest unten sein», fuhr ihr Vater sie an. Doch im nächsten Moment bemerkte er sein Fehlverhalten und ließ sich auf die Knie fallen, um seine Tochter, die sich ihm in die Arme warf, aufzufangen. Aufgeschreckt von der angespannten Stimmung, die das Weiße Haus ergriffen hatte, war sie ihren Babysittern davongelaufen. Whitmore hob sie in die Höhe und trug sie tröstend in einen stillen Winkel des Büros.

Als er sich wieder umwandte, stand sein gesamter Beraterstab schreckensstarr auf dem Balkon. Mit seiner Tochter in den Armen ging er zu ihnen.

Das massige schwarze Schiff kroch unheilschwanger auf das Capitol zu und legte seinen riesigen Schatten über die Hauptstadt. Der Bug hatte bereits den Anacostia River überquert. Instinktiv verstärkte Whitmore den Griff um seine schluchzende Tochter und zog sie enger an seine Brust, um sie vor dem fuchteinflößenden Anblick zu schützen. Ohne es zu merken, hatten Connie und ihre Kollegen einander umarmt und sich an den Händen gefaßt, um das Gleichgewicht zu bewahren und die Drohung, die von diesem Ding ausging, abzuwehren. Lediglich die Agenten des Secret Service, die auf dem Dach patrouillierten, schienen unbeeindruckt, einzig darauf bedacht, Schaden vom Präsidenten abzuwenden.

«O mein Gott», flüsterte Connie, «was machen wir jetzt?»

«Ich muß zur Nation sprechen», sagte Whitmore, «da draußen sind zahllose verängstigte Menschen.»

«Ja», antwortete sie, «einer davon bin ich.»

Die drei Dutzend Schiffe, von denen nichts bekannt war, als daß sie angekommen waren, legten sich über die mächtigsten und am dichtesten bevölkerten Städte der Erde: Peking, Mexico City, Berlin, Karatschi, Tel Aviv, San Francisco.

In Japan hatten die Bürger von Yokohama beobachtet, wie der Feuerball aus dem Himmel herabgestürzt war, sich in zweitausend Meter Höhe abgefangen hatte und gleich einem Kessel kochenden Rauchs über der Stadt hängengeblieben war. Der Bug des Schiffes ragte aus den dichten Wolken und schob sich langsam vorwärts. Das schier unglaubliche Ausmaß des Schiffes verschlug der Menge, die von den Docks aus zusah, den Atem und verwandelte sie dann in einen kreischenden Mob. Das Schiff befand sich nun direkt über ihren Köpfen und tauchte den gewaltigen Hafen mehrere Minuten lang in bebendes, künstliches Zwielicht, bis es in nördlicher Richtung davonzog. Von den Dächern der Stadt aus war es immer noch zu sehen, als es vierzig Meilen entfernt über der japanischen Hauptstadt Tokio hing.

Im Hauptbahnhof von Yokohama begann die Stimmung sich zu normalisieren, als deutlich wurde, daß das Ding nicht mehr direkt über der Stadt hing. Die Menschen, die schwerbeladen mit ihren Habseligkeiten die Bahnsteige füllten, warteten geduldig auf die Züge, von denen sie hofften, sie würden sie in die Sicherheit der ländlichen Umgebung bringen. Bahnangestellte in blauen Uniformen dirigierten auf Kisten stehend mit weißen Handschuhen und Trillerpfeifen die Menge. Durch die Plexiglaswände des Gebäudes konnte man ein Bataillon amerikanischer Soldaten eines nahegelegenen Stützpunktes sehen, das in Marschformation die Straße hinunter einem unbekannten Bestimmungsort entgegentrottete. Für den Moment wenigstens schien es, als würde die Evakuierung geordnet verlaufen.

Ähnliche Szenen wiederholten sich in den anderen Metropolen. Jeder fünfte Erdenbewohner versuchte, eine der großen Städte zu verlassen, und die meisten von ihnen mußten feststellen, daß die Straßen, Züge und U-Bahnen nur einer verschwindend geringen Zahl Platz boten. Die Menschen, die sich auf den Bahnsteigen, Busbahnhöfen oder den Ladeflächen von Lastwagen drängten, sprachen zwar überall eine andere Sprache, das Thema war jedoch rund um die Welt dasselbe: Wer oder was befand sich im Innern dieser gigantischen Schiffe, und welche Absichten verfolgten sie? Das düstere Äußere der Schiffe überzeugte die meisten Menschen, daß es nicht um den Austausch von Gastgeschenken und feierliches Händeschütteln ging. Dennoch bewahrten manche ihren Optimismus. Die hochentwickelte Technologie der Schiffe, so argumentierten sie, ließe auf eine ähnlich weit fortgeschrittene Evolution schließen. Möglicherweise seien die Außerirdischen Repräsentanten einer höheren Zivilisation. Gewiß seien sie in der Lage, uns allerlei über das Universum zu lehren. Die Optimisten verglichen die Situation mit der von Eingeborenen auf einer unberührten Insel, die nach oben schauten und ein Flugzeug entdeckten. Natürlich würden sie erschrecken und annehmen, das Ende der Welt sei angebrochen, obwohl die Besatzung doch nur gekommen war, um ihre Neugier und ihren Entdeckungsdrang zu stillen.

Allerdings führten solche Argumente in der Regel zu dem Eingeständnis, daß die Menschheit noch nirgendwohin nur aus reiner Abenteuerlust aufgebrochen war. Die Menschen, die den Pilgervätern nach Amerika gefolgt waren, hatten die Indianer abgeschlachtet. Die Spanier hatten die Inkas mit Knechtschaft und Seuchen ausgerottet. Die ersten Weißen, die den afrikanischen Kontinent betraten, waren Sklavenjäger. Wann und wo immer Menschen neue Gebiete «entdeckt» hatten, schlug die Entdekkung in Eroberung um, die meist in den Völkermord an der Urbevölkerung mündete. Überall in der Welt richteten sich Gebete gen Himmel, die Neuankömmlinge möchten die Menschen zivilisierter behandeln als diese einander.

Einer der gigantischen Schatten verschluckte den New Yorker Hafen und tauchte die Freiheitsstatue in dämmriges Zwielicht. Er bewegte sich direkt auf Manhattan zu. Entlang des Hudson hatten sich hier und da vereinzelte Menschentrauben gebildet, überwiegend arme Leute, die mit eigenen Augen das düstere Schauspiel sehen wollten, das sie den Tag über im Fernsehen verfolgt hatten. Die unheilschwangere Vorahnung machte sich in einer Welle von Schreien Luft, die sich den Fluß hinaufwälzte, als das dunkle Schiff in Sichtweite kam. Lange bevor das Grollen des Schiffes den Verkehrslärm übertönte, hatte die kollektive Erregung der Stadt bereits ihren Höhepunkt erreicht. Allein schon aufgrund des Anblicks stoben die am Ufer versammelten Menschen in hellem Entsetzen davon, versuchten sich nach Hause, zu den U-Bahnhöfen oder ihren Fahrzeugen durchzuschlagen, wo sie instinktiv hofften, sicher zu sein.

Der Himmel über Wall Street und der Bowery verschwand, und eine markerschütternde Vibration erfaßte Lower Manhattan. Taxikühler barsten wie Trommelfelle, ein gellendes Hupkonzert erfüllte die Straßenschluchten. Sobald sie des gigantischen Dings ansichtig wurden, versuchten die Fußgänger, sich von den Gehwegen in Eingänge und Höfe zu retten. Andere rannten aus ihren Häusern, um das Schauspiel zu verfolgen. Und überall, so schien es, schrien die Menschen.

David stampfte durch pechschwarze Finsternis. Drei Stufen auf einmal nehmend, erreichte er das Dachgeschoß, warf sich mit der Schulter gegen die Tür und stand auf dem Dach, über das sich ein Gewirr von Kabeln zog, das die Sende- und Empfangsanlagen mit den darunterliegenden Büros verband. Sekunden nachdem er ans Tageslicht getreten war, wurde es ausgelöscht. Midtown Manhattan wurde in ein Halbdunkel getaucht wie sonst nur bei einer totalen Sonnenfinsternis.

«Gott helfe uns», stammelte David, als er dem Koloß zum Greifen nah gegenüberstand. Überwältigt vom schieren Gewicht des sich über ihm dahinwälzenden Dings, warf er sich reflexartig zu Boden. Die Unterseite war eine endlose schwarzgraue Fläche, die sich nach allen Seiten ausbreitete. Wie das computergenerierte Profil eines Traktorreifens war es mit scharf konturierten Reliefs gespickt, die ein haushohes, komplexes Muster formten. Obwohl sich das Ding hoch über der Stadt befand, wurde deutlich, daß es weitaus größer als Manhattan war. Im Westen ragte es bereits tief nach New Jersey hinein, während sich das andere Ende noch über Long Island befand. Es schien auf ihn einzustürzen, und er fühlte sich wie eine Mücke, die den Kühlergrill eines Sattelschleppers auf sich zukommen sieht. Um ihn herum begannen die Anlagen zu vibrieren. Ihr Geräusch vermischte sich mit dem steten Brummen, das aus den Straßen heraufschallte. David rannte zur Nordseite des Daches und sah, wie der Central Park in ein künstliches Dunkel gehüllt wurde.

David mußte an seinen Vater denken, der sich bestimmt schreckgelähmt und allein in seinem Reihenhaus befand. Er wußte, daß Julius nicht in einer Million Jahren freiwillig sein Heim verlassen würde. Wahrscheinlich vernagelte er gerade Türen und Fenster und bereitete sich auf ein neues Masada vor. Dann jedoch schoß David aus unerfindlichen Gründen das Bild durch den Kopf, wie sein Vater vollkommen gelassen am Küchentisch saß und Schach spielte. Seine Gedanken rasten zurück zu ihrer morgendlichen Partie im Park, und plötzlich dämmerte ihm eine grausige Erkenntnis. Er hatte eins und eins zusammengezählt.

«O mein Gott, das Signal!»

Die Baldwin Hills im Herzen des Los-Angeles-Beckens beherbergten eine merkwürdige Mischung aus heruntergewirtschafteten Ölfeldern und millionenschweren Eigenheimen. Viele der Häuser verfügten über Aussichten, die von Downtown bis zum Strand von Santa Monica reichten. Mercedes und Jaguar waren die vorherrschenden Marken in den großzügig geschwungenen Auffahrten. Die Medien charakterisierten die Gegend als «das wohlhabendste afroamerikanische Viertel des Landes». Am oberen Ende des Glen Clover Drive befand sich, eingezwängt zwischen zwei geräumigen Häusern, ein schmales Grundstück mit einem Bungalow, der direkt an den Abhang gebaut war. Das rotweiße Cottage mit dem sauberen, gepflegten Vorgarten besaß eine Terrasse aus Redwoodholz, die über den Abhang hinausgebaut war und quasi über der Stadt schwebte. Die Miete war extrem günstig. Die Mieterin war eine junge Frau namens Jasmine Dubrow, die erst vor zwei Jahren aus Alabama nach L. A. gekommen war.

Ein Kleinbus bog in die Auffahrt ein. Die Fahrerin, eine resolute Hausfrau namens «Joey» Dunbar, löste den Sicherheitsgurt ihres Beifahrers und half ihm, die Tür zu öffnen.

«Hier ist dein Schlüssel, Dylan», trällerte sie fröhlich.

«Danke, Miss Dunbar.» Dylan, Jasmines sechsjähriger Sohn, nahm den Hausschlüssel entgegen und rutschte vom Beifahrersitz, bis seine Füße den Bürgersteig berührten. Er trug das modische Outfit der Kinder in dieser Gegend: Oshkosh-Latzhosen, Nikes und einen You & I-Rucksack.

«Sagt alle schön auf Wiedersehen zu Dylan», zwitscherte Miss Dunbar. Die drei auf dem Rücksitz Festgeschnallten reckten ihre Arme über die Rückenlehne und winkten. Ihre Gesichter konnte

Dylan nicht sehen, trotzdem winkte er zurück. «Vergiß nicht, deiner Mutter zu sagen, daß du nächstes Wochenende bei uns schlafen kannst. Tschautschau. Ich warte, bis du drinnen bist.»

Ein Mercedes-Cabrio kam mit achtzig die Straße heruntergeschossen. Es flog über einen Schweller und setzte hart auf dem Pflaster auf. Joey drehte sich erzürnt um und versuchte zu erkennen, wer so durch ihre beschauliche Nachbarschaft raste; da bemerkte sie, daß zahlreiche Nachbarn auf ihren Dächern standen und mit Ferngläsern zum Himmel starrten. Schnell schaute sie in die andere Richtung, um festzustellen, worum es ging.

«Was denn? Was gibt's denn Spannendes?» fragte sie und suchte verwundert die Häuserfront ab. Dann sah sie das Ding am Himmel und verstummte. Sekundenlang starrte sie über die Dächer gen Westen und bleckte dabei unbewußt die Zähne. Einer der Nachbarn hatte den Rückwärtsgang eingelegt, seinen Wagen aus der Einfahrt katapultiert und war dann mit qualmenden Reifen davongejagt.

Noch ehe Dylan am Haus angekommen war, trat seine Babysitterin das Gaspedal durch und schlingerte davon. Dylan schaute verwirrt zum Himmel.

«Mommy, wach auf! Sieh dir das an», rief er, als er ins Haus stürmte. Er rannte geradewegs ins Schlafzimmer und hüpfte zu seiner Mutter ins Bett. «Mommy, komm raus, das mußt du dir angucken.»

Jasmine bedeckte ihre Blöße rasch mit dem Laken, machte aber keine Anstalten, der Aufforderung ihres Sohnes Folge zu leisten. «Was soll ich mir ansehen? Es ist doch noch viel zu früh.»

«Das Raumschiff!» Dylan hatte seine Comics gelesen und wußte genau, was zu tun war. Ohne Zeit zu verlieren, rannte er zum Vorderfenster, bereit, das Ding abzuschießen.

«Was ist eigentlich mit dem Hund los?» ließ sich die erschöpfte Stimme eines Mannes vernehmen.

Boomer, Jasmines Golden Retriever, hatte ein paar Minuten, bevor Dylan durch die Schlafzimmertür gestürmt war, zu jaulen und zu bellen begonnen. Jetzt war er Dylan ins Wohnzimmer gefolgt und kam mit einem Basketballstiefel im Maul zurückgetrottet, den er am Kopfende einer riesigen Beule deponierte, die sich an Jasmines Seite unter dem Laken abzeichnete. Die Beule drehte sich um und schlug das Laken zurück.

«Du willst mich einfach nicht ausschlafen lassen, was?»

Steven Hiller, ein gutaussehender, muskulöser Mann Ende Zwanzig, richtete sich unwillig auf und starrte den aufgeregten Hund an. Seine mürrische Miene brachte zum Ausdruck, daß er gerne noch eine Stunde länger geschlafen hätte. Er und Jasmine waren bis zum frühen Morgen unterwegs gewesen. Nach einer Tour durch die Nachtclubs hatten sie in Hal's Restaurant gesessen, bis Hal den Laden dichtmachte.

«Er versucht, Eindruck zu schinden», nuschelte Jasmine in ihre Kissen.

Verschlafen musterte Steven seine Umgebung. Von einem Poster an der Wand lachte ihn eine vergnügt herumtobende Delphinschule an, weitere Tümmler befanden sich in Form von Statuetten auf dem Schminktisch und den Nachttischchen. Vom Flur aus führte eine Spur hastig abgelegter Kleidungsstücke zum Bett. Vom Schminktisch blinzelte ihm ein gerahmter Schnappschuß zu, der ihn im Cockpit eines Kampfflugzeuges zeigte. Neben der Badezimmertür hingen zwei Bademäntel im Partnerlook. Er lauschte dem Lärm, den der Hund und der Junge veranstalteten, und war einen Moment lang überrascht, sich in so häuslichen Verhältnissen zu finden. *So leben Ehepaare*, dachte er bei sich. Wäre ihm dieser Gedanke vor ein paar Monaten gekommen, wäre er bestürzt in seine Kleider gefahren und hätte sich so schnell wie möglich aus dem Staub gemacht. Doch jetzt lehnte er sich lächelnd zurück und dachte: *Ich glaube, das gefällt mir.*

Er und Jasmine verbrachten seit einem halben Jahr jedes Wochenende zusammen, an dem Steve Urlaub hatte; ziemlich eng, ziemlich leidenschaftlich und ziemlich strapaziös. Aber daß er sich verliebt hatte, war ihm erst aufgefallen, als zwei Prototypen des neuen F-19-Bombers auf der El Toro Airbase, wo er stationiert war, gelandet waren. Normalerweise hätte die Ankunft zweier so seltener Vögel einen flugverrückten Piloten wie Steve auf dem Stützpunkt gehalten, damit er nicht die Möglichkeit verpaßte, sie zu fliegen. Als er sich entschloß, statt dessen seine Zeit mit Jasmine zu verbringen, bemerkte er, daß sich seine Prioritäten änderten.

Seit er die Fliegerakademie absolviert hatte, war er jeden Flugzeugtyp, über den die Air Force verfügte, geflogen. Wann immer eine Maschine, die er noch nicht kannte – sei es ein ausgedienter Bomber aus dem Zweiten Weltkrieg oder ein streng geheimes Spionageflugzeug –, auf dem Stützpunkt gelandet war, hatte es Steve geschafft, die Genehmigung für ein paar Übungsrunden zu erhalten. An Wochenenden, an denen nichts los war, sprang er in sein rotes Mustang-Cabrio und jagte über die 405 nach Los Angeles, wo er zwei Nächte lang durchfeierte und im Haus seiner Eltern oder bei einer Freundin ein paar Mützen Schlaf nahm. Er war beliebt bei den Frauen und wußte, wie man sie behandeln mußte. Dann hatten ihn seine Eltern eines Abends mit sanfter Gewalt überredet, sie auf eine ihrer steifen Dinnerparties zu begleiten, und dort war er zu seiner großen Überraschung dem Charme eines der weiblichen Gäste erlegen, nämlich jenem der überwältigenden Schönheit, die jetzt neben ihm lag. Er drehte sich um und bewunderte die Perfektion ihrer kaffeebraunen Haut und die anmutige Linie ihrer Schulterpartie.

Boomer hörte nicht auf zu kläffen. Er jaulte und lief mit eingezogenem Schwanz im Kreis herum. Steve wußte, daß es mit der Ruhe vorbei war. Er war wach. Er stand auf und stapfte ins Badezimmer. Während er sein morgendliches Geschäft verrichtete, bemerkte er einen Flakon, der auf der Klospülung stand. Bildete er es sich nur ein, oder vibrierte die Badelotion tatsächlich? So heftig konnte er nicht pinkeln. Das Rattern eines tieffliegenden Helikopters weckte seine Aufmerksamkeit; dem Geräusch nach zu urteilen, eine Marietta. Als er fertig war, spähte er aus dem schmalen Badezimmerfenster. Er konnte den Helikopter nicht sehen, die Nachbarn dafür um so besser. Ein Mann und eine Frau rannten zu ihrem Range Rover, warfen ein paar Gepäckstücke auf den Rücksitz und stoben im Rückwärtsgang die Auffahrt hinunter.

«Komisch», sagte er zu seinem Spiegelbild. Dann schaute er

wieder auf die Badelotion. Kein Zweifel, sie bebte, wenn auch nur leicht. Einen Augenblick lang blieb er mucksmäuschenstill stehen. Zwischen den Schüssen, die Dylan im Wohnzimmer abfeuerte, glaubte er, ein grollendes Geräusch zu vernehmen. Eilig ging er ins Schlafzimmer zurück und suchte nach der Fernbedienung.

«Wasmachstedenn, Baby?» Wenn sie müde war, war Jasmines Südstaatenakzent unüberhörbar.

«Ich glaube, es gibt ein Erdbeben. Mal sehen, was sie im Fernsehen sagen.»

«Wo's Dylan?» Mit einem Schlag hellwach, setzte Jasmine sich auf. «Dylan, Baby, komm her», rief sie ins Wohnzimmer. Der Fernseher ging an und zeigte eine lokale Nachrichtensprecherin, die etwas von einem Blatt ablas.

«... über Südkalifornien, doch bislang liegen uns noch keine Meldungen über Verletzte oder Sachschäden vor. Eve Flesher, die Sprecherin des Bürgermeisters, hat vor wenigen Minuten von der Rathaustreppe herab die Bevölkerung aufgefordert, Ruhe zu bewahren.» Während die MAZ von der improvisierten Pressekonferenz ablief, kam Dylan wie ein kleiner Rambo ins Zimmer gestürzt.

«Hey, Steve!»

«Hey, Dylan!» Steve schloß Dylan in die Arme. «Auf wen hast du denn geschossen, Outlaws oder was?»

Dylan starrte ihn an, als wäre er nicht ganz dicht. «Was für Outlaws? Ich schieß auf die Außerirdischen.»

«Außerirdische?» Jasmine und Steve tauschten wissende Blicke. Dylan hatte eine blühende Phantasie, und sie ermunterten ihn, sie zu benutzen.

«Und? Hast du welche erwischt?» fragte seine Mutter.

Dylan starrte sie nur verwirrt an. Er war alt genug, um es zu merken, wenn man ihn nicht ernst nahm. «Ihr denkt, ich mach Spaß, aber ich werd's euch zeigen.»

«Ich schau mir das Raumschiff an», sagte Jasmine, während Dylan sie aus dem Schlafzimmer zerrte. «Soll ich danach Kaffee machen?»

«Ich komm mit, das könnte ein Job für die Marines sein.» Auf dem Weg ins Wohnzimmer schaute Steve noch mal auf den Bildschirm. Wie fast jeden Monat, wenn ein leichtes Beben die Stadt erzittern ließ, schaltete der Sender auf die Seismographen der Cal-Tech-Universität in Pasadena. Als eingefleischter Kalifornier war Steve daran gewöhnt, Erdbeben zu ignorieren. Doch als er das Gerät abschaltete, war das Grollen immer noch zu hören. Es wurde sogar lauter.

Als in der Küche das Geschirr aus den Regalen fiel und klirrend auf dem Fußboden zerschellte, begann Jasmine, lauthals zu schreien. Steve rannte ins Wohnzimmer, wo Jasmine Dylan gerade vom Fenster wegzerrte. Irgend etwas da draußen hatte ihr eine Höllenangst eingejagt. Er riß die Verandatür auf und ging hinaus, bereit, sich mit allem und jedem anzulegen, was dort auf ihn wartete. Dachte er zumindest.

Eines der rätselhaften Schiffe hielt auf Downtown zu wie eine vergiftete Gewitterwolke. Die Santa-Monica- und San-Gabriel-Berge schienen an diesem fast smogfreien Morgen zwergenhaft klein, als hätte sie die überwältigende Größe des Dings schrumpfen lassen. Das Los-Angeles-Becken wirkte wie ein riesiges Stadion, über dem sich langsam ein bewegliches Dach schloß.

«Was ist das?» rief Jasmine von drinnen. Steve bewegte seine Lippen, brachte aber kein Wort hervor. Er versuchte, einen klaren Kopf zu bekommen, und begann, die Erscheinung zu inspizieren.

Der obere Teil des Schiffes bestand aus einer flachen, gewölbten Kuppel, die mit Ausnahme einer kraterähnlichen, etwa eine Meile breiten Einbuchtung an der Vorderseite glatt war. Aus dieser Ausbuchtung stach ein schwarzglänzender Turm hervor, der etwa die Größe und Form eines Wolkenkratzers hatte. Abgesehen von der Stelle, wo die Rückseite der Wölbung der Ausbuchtung folgte, war er rechteckig. Der gesamte Turm war pechschwarz. Unebenheiten an seiner Oberfläche ließen auf Tore oder Fenster schließen, die möglicherweise hinter schwarzen Schutzschirmen verborgen waren.

Die Unterseite des Schiffes war überwiegend flach und besaß ein ausgeprägtes Muster. Es ähnelte einer absolut symmetrischen grauen Blume mit acht Blütenblättern. Die Blütenblätter schimmerten bläulich und erstreckten sich über volle sieben Meilen bis zu den aufwärtsgebogenen Rändern des Schiffes. Aus der Ferne betrachtet, besaßen sie die geäderte Transparenz von Insektenflügeln. Jedes Blatt bestand aus achtzehn dicken Bohlen, Planken, die in langen Reihen übereinandergelegt waren, was den Eindruck einer zerklüfteten Oberfläche vermittelte. Darauf befand sich eine Ansammlung von Gebilden, die Industrieanlagen ähnelten. Für Steve sahen sie aus wie Docks, Verladekräne, Container, Glaskabinen und ähnliche Bauten, wie man sie in Häfen findet. Diese Bauten waren jedoch keine Einzelteile, die an der Unterseite befestigt waren, vielmehr wirkten sie wie Körperteile, die sich wie steinharte Tumore unter der glänzenden Haut abzeichneten. Das Herz der Blüte bestand aus einer glatten Stahlplatte, in der tiefe Furchen ein schlichtes geometrisches Muster bildeten. Zunächst dachte Steve, daß diese Furchen eine hieroglyphenähnliche Verzierung darstellten, doch als das Schiff über ihn hinwegzog, sahen sie eher aus wie die Fugen einer komplizierten Anordnung von Türen oder Schächten. Nichts an diesem Schiff schien der Verzierung zu dienen. Es handelte sich um einen schwebenden Frachter, der offensichtlich nach Nützlichkeitskriterien entworfen war, nicht um schön auszusehen.

Das erste, was Steve empfand, war Ekel. Es war nicht nur die schiere Größe des über ihm dräuenden Gebildes, auch nicht das instinktive Gefühl, unter einem Angreifer gefangen zu sein. Das Schiff hatte etwas Verstörendes an sich, etwas, was seiner Architektur eingeschrieben war. Es strahlte eine finstere, freudlose Zweckorientiertheit aus, die einen häßlichen utilitaristischen Zug im Charakter seiner Schöpfer offenbarte. Als hätte man den gesamten Industrieschrott, der jemals produziert wurde, zu einem einzigen riesigen Haufen verschmolzen und in diese verblüffende, komplizierte, grauenerregende Maschine verwandelt. Dennoch ging eine dunkle, magnetische Anziehungskraft von ihr aus, wie von den vergrößerten Aufnahmen von Flöhen oder Schwämmen, denen eine gewisse grausige Schönheit anhaftet.

Als David ins Erdgeschoß zurückkehrte, war das Gebäude bereits menschenleer. Die Monitore warfen ihr fahles Licht in den verlassenen Raum. David drehte die Lautstärke höher und hoffte auf Informationen, die seine neue Theorie bestätigen oder widerlegen könnten. CNN, dessen Übertragung noch immer gestört war, hatte in aller Eile ein buntes Logo gebastelt, eine Grafik aus Großbuchstaben, die auf den Betrachter zuwirbelten, bis sie den gesamten Schirm ausfüllten: DIE AUSSERIRDISCHEN: BEGEGNUNG ODER BEDROHUNG. Dahinter war ein zerzaust aussehender Wolf Blitzer zu erkennen, der in der künstlichen Dämmerung vor dem Pentagon stand.

«Mitarbeiter des Pentagons haben soeben die Berichte von CNN bestätigt. Weitere Luftschiffe wie das direkt über mir wurden über sechsunddreißig Großstädten rund um den Globus gesichtet. Niemand, mit dem ich hier gesprochen habe, ist bereit, eine offizielle Erklärung abzugeben, aber verschiedene Quellen haben inoffiziell ihr Entsetzen und ihre Enttäuschung darüber zum Ausdruck gebracht, daß unser weltraumgestütztes Frühwarnsystem versagt hat.»

Auf dem Bildschirm erschien eine weitere Grafik, eine Weltkarte, die die Lage der Raumschiffe anzeigte. David nickte, als er die Karte sah. Es war genauso, wie er es erwartet hatte. Er hörte eine Stimme, die aus Martys Büro kam, und ging hinein.

«Ja, ich weiß, Mom. Beruhige dich, bitte.» Marty war unter seinen Schreibtisch gekrochen und brüllte in den Hörer. Als David hallo sagte, erschrak Marty so sehr, daß er mit dem Kopf gegen die Schreibtischkante knallte. «Au! Nein, nichts, mir geht's gut. Ist nur jemand hereingekommen. Aber ja, Mutter, natürlich ein Mensch, er arbeitet hier.»

«Sag ihr, sie soll ihre Sachen packen und die Stadt verlassen.»

«Moment, Mom.» Marty hielt die Hand über die Muschel. «Wie? Was ist passiert?»

«Sag's ihr, verdammt!»

«Mom, hör auf zu quatschen und hör mir zu. Pack ein paar Sachen, setz dich ins Auto und fahr runter zu Tante Esther. Frag nicht. Fahr los. Ruf mich an, wenn du angekommen bist.»

Marty legte auf und kroch unter seinem Schreibtisch hervor.

«Also gut, jetzt sag mir, warum ich meine zweiundachtzig Jahre alte Mutter soeben nach Atlanta geschickt habe?»

David schritt grübelnd im Büro auf und ab.

«Erinnerst du dich, daß ich dir gesagt habe, das Signal in unserem Sender tendiert gegen null?»

Plötzlich fiel Marty die Bildstörung wieder ein, die ihm noch vor ein paar Stunden so viel Kopfzerbrechen bereitet hatte. «Nicht genau. Ein Signal im Signal oder so ähnlich.»

«Genau. Das verborgene Signal, Marty. Das ist ein Countdown.»

«Countdown?» Das hörte sich nicht gut an. Marty schob die Jalousien auseinander und spähte nach draußen auf die dunkle Scheibe. «Ein Countdown wofür?»

«Denk mal nach. Es ist wie beim Schach. Zuerst bringst du deine Figuren strategisch in Position. Und dann wählst du den richtigen Zeitpunkt für eine großangelegte Attacke auf die zentralen Figuren deines Gegners. Merkst du nicht, was die vorhaben?» David deutete auf das Fernsehbild des Schiffes, das über Peking schwebte.

«Die bringen sich über den wichtigsten Städten der Welt in Stellung und benutzen dieses Signal, um ihren Angriff zu koordinieren. In ungefähr sechs Stunden wird das Signal erlöschen, dann ist der Countdown abgelaufen.»

«Und dann?»

«Schachmatt.»

Marty brauchte eine volle Minute, um die Nachricht zu verdauen, dann stockte ihm der Atem. Er riß eine Coladose auf und griff nach dem Telefon.

«Ich muß ein paar Anrufe machen. Meinen Bruder Joshua, meinen armen Therapeuten, meinen Anwalt ... ach, mein Anwalt kann mich mal.»

David schnappte sich einen anderen Apparat und wählte eine elfstellige Nummer, die er selten anrief und trotzdem auswendig wußte. Während das Telefon klingelte, schalteten alle Fernseher im Büro auf dasselbe Bild.

Der Präsident der Vereinigten Staaten näherte sich dem Rednerpult im Pressesaal des Weißen Hauses, bemüht, Ruhe und Vertrauen auszustrahlen. *Alles unter Kontrolle, kein Grund zur Panik.* Umgeben von einigen Mitarbeitern, unter ihnen Grey und Nimziki, lächelte Whitmore angestrengt in die Menge.

«Meine lieben amerikanischen Mitbürger, liebe Bürger überall auf der Welt. In diesen Augenblicken werden wir Zeugen eines beispiellosen Vorgangs. Die jahrtausendealte Frage, ob wir Menschen im Universum allein sind oder nicht, ist ein für allemal beantwortet worden...»

«Presseabteilung.» Die Stimme am Telefon klang knapp und geschäftsmäßig.

«Ja, hier ist David Levinson. Ich bin der Ehemann von Connie Spano. Dies ist ein Notfall. Ich muß sie augenblicklich sprechen.»

«Tut mir leid, sie ist gerade in einer Sitzung. Kann ich etwas ausrichten?»

«Nein. Ich muß *auf der Stelle* mit ihr sprechen. Ich weiß, daß sie beschäftigt ist, ich seh sie ja im Fernsehen. Aber glauben Sie mir, das hier duldet keinen Aufschub. Also holen Sie sie.» Davids Stimme klang befehlsgewohnt.

«Bleiben Sie dran, bitte.»

David wandte seine Aufmerksamkeit wieder der Rede des Präsidenten zu. Connie stand im Kreis einiger Kollegen am Bühneneingang in der Nähe des Flurs, der zu den Büroräumen des Weißen Hauses führte. Ein junger Mann, wahrscheinlich der, den er gesprochen hatte, trat auf sie zu und flüsterte ihr etwas ins Ohr. Kurz darauf schlüpfte sie professionell und diskret durch den bewachten Ausgang. David atmete erleichtert auf. Er war nicht sicher gewesen, ob Connie seinen Anruf entgegennehmen würde.

«Was willst du?» zischte sie in den Hörer.

Vollkommen aus der Fassung gebracht, stammelte David unbeholfen drauflos: «Hör zu, Connie, du mußt von hier verschwinden. Ich meine, aus dem Weißen Haus. Du mußt das Weiße Haus verlassen.»

Keiner von ihnen wußte einen Moment lang, was er sagen sollte. Für David schien es, als würden sie eine unangenehme Unterhaltung wiederaufnehmen, die sie unzählige Male zuvor geführt hatten. Er wurde sich bewußt, daß er nicht in der Lage gewesen war, sich verständlich zu machen, und polterte los.

«Halt, warte, du verstehst nicht. Ihr müßt alle zusammen Washington verlassen.»

Connie ärgerte sich über sich selbst, weil sie die Pressekonferenz verlassen hatte, und versuchte, das Gespräch zu beenden. «Ich weiß es zu schätzen, daß du dir Sorgen machst, David, aber für den Fall, daß du es noch nicht bemerkt hast, wir haben hier eine kleine Krise. Ich muß Schluß machen.»

David merkte, daß sie gleich auflegen würde, und brüllte in den Hörer: «Ich hab den ganzen Tag an der Satellitenstörung gearbeitet. Ich hab's rausgefunden. Sie werden angreifen», platzte er heraus.

Einen Augenblick lang herrschte Schweigen in der Leitung. David dachte, sie würde sich durch den Kopf gehen lassen, was er gesagt hatte, doch dann stellte er fest, daß sie nur den Hörer abgedeckt hatte, während sie mit einem ihrer Assistenten sprach.

«Sie werden also angreifen», wiederholte sie. «Weiter.»

Er wurde wütend. Er rief an und versuchte, ihr das Leben zu retten, und sie redete mit ihm in einem derart herablassenden Ton. Das war das letzte, was er gebrauchen konnte.

«Genau. Angreifen», sagte er spitz. «Das Signal ist ein Countdown. Mit Signal meine ich das Signal, das die ganzen Übertragungsstörungen verursacht hat.» Er spürte, wie sie ungeduldig wurde, und daß er seine Gedanken nicht präzise formulieren konnte, machte ihn nur noch nervöser. «Ich war gerade auf dem Dach. Da ist es mir wie Schuppen von den Augen gefallen. Heute morgen habe ich ... Connie?»

Sie hatte aufgelegt. Er drückte die Wahlwiederholung, sah aber ein, daß es nichts nutzen würde. Sie würde keinen Anruf von ihm mehr entgegennehmen. Er blickte auf das krischelige Bild von Präsident Whitmore.

«... mein Stab und ich werden im Weißen Haus bleiben und versuchen, mit den Außerirdischen Verbindung aufzunehmen ...»

Als er dies hörte, wußte David, was er zu tun hatte. Er packte seinen Laptop und ein paar Disketten ein, schnappte sich sein Fahrrad und lief zum Ausgang.

«Marty», rief er zum Abschied durchs Büro, «hör auf rumzutrödeln und mach, daß du aus der Stadt kommst.»

Marty, der immer noch telefonierte, hörte nebenbei den Schluß von Whitmores Rede mit.

«... also bewahren Sie Ruhe. Wenn Sie sich veranlaßt fühlen, die Stadt zu verlassen, tun Sie dies bitte auf geordnete Weise. Ich danke Ihnen.»

Ein Taxi, das auf dem Bürgersteig entlangfuhr, stieß mit einem Lieferwagen zusammen, der dasselbe tat. David trat wild in die Pedale und schlängelte sich durch den dichten Verkehr. Rings um ihn herrschte der totale Stau. Selbst auf der Brooklyn Bridge kamen die Fußgänger schneller voran als die Wagen.

Fünfzehn Minuten später bremste er vor einem gepflegten Reihenhäuschen in Brooklyn. Fast wäre er von einer Matratze getroffen worden, die aus einem Fenster im ersten Stock geworfen wurde. Überall in der Straße packten die Anwohner ihre Habseligkeiten zusammen und versuchten, aus der Stadt zu kommen.

Er klopfte und hämmerte so lange an die Haustür seines Vaters, bis diese schließlich aufflog und er sich Auge in Auge mit einer doppelläufigen Schrotflinte wiederfand.

«Du meine Güte, Pops! Ich bin's!»

Julius senkte die Waffe, spähte vorsichtig links und rechts die Straße entlang und zog seinen Sohn dann über die Schwelle.

«Plünderer. Im Fernsehen haben sie gesagt, es würde schon losgehen. Aber bei Gott, ich schwöre, daß ich sie abknalle, wenn sie hier einzubrechen versuchen!»

«Hör zu, Pops, hast du noch den Valiant?»

Julius runzelte mißtrauisch die Stirn.

«Ja, den habe ich noch. Aber was interessiert dich das? Du hast doch nicht mal einen Führerschein.»

«Ich brauche keinen Führerschein», erwiderte David und schaute dem alten Mann in die Augen. «Du fährst!»

Steve stand neben dem Bett und packte seine Zivilkleidung ein, die er an diesem Wochenende nicht mehr würde tragen können. Er trug wieder seine Uniform und hatte ein schiefes Grinsen aufgesetzt. Die disziplinierte Konzentration und die athletische Anmut seiner Bewegungen verrieten, daß er es kaum erwarten konnte, zu seinem Stützpunkt zurückzukehren und den ungeladenen Gästen, falls nötig, eine Lektion zu erteilen. Jasmine lehnte an der Wand und kaute sichtbar aufgebracht an den Fingernägeln.

«Du könntest sagen, du hättest die Erklärung nicht gehört.»

Steve schmunzelte nur und packte weiter. «Du weißt, wie es ist, Baby. Sie rufen uns zurück, und ich muß mich melden.»

«Nur weil sie euch zurückbeordern ... ich wette, die Hälfte der Jungs kommt nicht.»

«Hey», unterbrach er sie, «was soll das, Jazzy?»

Sie sah aus, als würde sie gleich in Tränen ausbrechen, deshalb ging Steve zu ihr, um sie zu trösten. Er wollte sie in den Arm nehmen, aber sie schlug seine Hand weg und stieß dabei eine der Delphinstatuetten vom Nachttisch.

«Ich werd dir sagen, was das soll», schrie sie ihn an, riß die Vorhänge beiseite und deutete nach draußen. «Dieses Ding macht mir eine Scheißangst.»

Sie ließ sich gegen die Schranktür fallen und glitt zu Boden.

«Hör mir zu!» Steve hockte sich vor sie hin und hob den Glasdelphin auf. «Ich glaube nicht, daß die neunzig Milliarden Lichtjahre durchs Universum geflogen sind, bloß um einen Krieg anzufangen. Dies ist ein unglaublicher historischer Augenblick.»

Das klang abgedroschen, aber Steve meinte es ernst. Er kannte keine Furcht. Er war keiner der harten Kerle, die heimlich den Tod herbeisehnten, er hatte nur kein Verständnis dafür, daß man sich Angst einjagen lassen konnte. Er kannte genug Leute, die sich mit tausend kleinen Ängsten das Leben schwermachten, denen die Angst zur Gewohnheit wurde. Sie fürchteten sich so sehr davor zu versagen, gedemütigt zu werden oder körperlichen Schmerz zu erleiden, daß sie aufhörten, Risiken einzugehen, aufhörten, das Leben zu genießen. Was er an Jasmine immer am meisten bewundert hatte, war ihre Tapferkeit. Zwar mußte sie wie alle anderen mit den täglichen Ungewißheiten leben, doch konnten ihr Dinge, die für andere Menschen wie eine Zwangsjacke waren – Dinge wie Geld, Zeitpläne und die Meinung anderer –, nichts anhaben.

Er faßte sie an den Händen, und diesmal wehrte sie sich nicht. Doch als sie einander in die Augen schauten, war plötzlich die große Frage wieder da, die sie während der vergangenen Monate zu ignorieren versucht hatten: die Frage, was sie einander bedeuteten und ob ihre Beziehung eine Zukunft hatte. Steve schluckte. Er hatte eine kleine Schachtel in der Tasche, in der sich etwas befand, was er vor Wochen hatte anfertigen lassen; nun wollte er es herausnehmen und ihr überreichen. Seine Lippen versuchten vergeblich, die richtigen Worte zu formen. Er wollte sie etwas fragen, ihr die alles entscheidende Frage stellen. Doch die Frage würde verheerende Folgen für seine Karriere haben. Unfähig, sich zwischen den beiden Dingen zu entscheiden, die ihm am meisten bedeuteten, entschloß er sich zu einem Ausweichmanöver.

«Komm, bring mich zum Wagen.»

Jasmine war zwar tapfer, aber nicht furchtlos. Sie war schon zu oft im Stich gelassen worden und hatte dabei zuviel verloren, als daß sie der Situation mit Steves forschem Selbstbewußtsein hätte begegnen können. Sie hatte das Gefühl, daß es ihr endlich gelungen war, Ordnung in ihr Leben zu bringen, daß zum ersten Mal alles in die gewünschte Richtung lief, und nun brachte die Ankunft des mysteriösen Schiffes alles wieder zum Einsturz. Ihre Vernunft sagte ihr zwar, daß Steve den Befehl hatte, zu seinem Stützpunkt zurückzukehren, und daß dies nicht bedeutete, er würde sie verlassen, doch gleichzeitig war dies eine Krise, und seine erste Reaktion bestand darin, seine Sachen zu packen.

«Kann ich das mitnehmen?» Er hielt den kleinen gläsernen Delphin in der Hand. «Ich verspreche dir, ich bringe ihn zurück.»

Sie versuchte zu lächeln und nickte. Sie hatte keine andere Wahl, als es drauf ankommen zu lassen und ihm zu vertrauen.

Er hatte das Verdeck des Mustangs die Nacht über offengelassen, und als er hinauskam, entdeckte er Dylan hinter dem Lenkrad. Nachdem er den Jungen aus dem Wagen gehoben hatte, langte er auf den Rücksitz und holte eine Tüte heraus, die er dort deponiert hatte.

«Ich hab was für dich, Dylan. Weißt du noch, daß ich dir versprochen habe, ich würde Feuerwerk mitbringen?»

Steve reichte Dylan das Paket und sagte: «Aber du mußt vorsichtig damit umgehen.»

Dylan riß die Verpackung auf und brachte ein Bündel bunter Papierröhren zum Vorschein, an denen dünne Holzstäbe befestigt waren. Sie trugen den Aufdruck «FireStyx» und sahen aus wie Raketen.

«Wow!» sagte der Junge beeindruckt und hielt die kostbaren Stücke in die Höhe, damit seine Mutter sie inspizieren konnte. «Die Extragroßen, cool.»

Jasmine warf Steve einen Blick zu: *Na, vielen Dank auch.*

«Ich wollte sie heute abend mit Dylan im Park zünden, aber ... Na ja, man muß sie in die Erde stecken und anzünden. Sie fliegen etwa sieben, acht Meter hoch und machen einen hübschen Feuerregen.»

Jasmine hörte nur mit einem Ohr zu. Der Anblick des riesigen Schiffes, das über dem höchsten Gebäude von Downtown Position bezogen hatte, lenkte sie ab. Kurz nachdem es dort in Stellung gegangen war, hatte es begonnen, sich langsam um die eigene Achse zu drehen; das Grollen war verstummt.

Steve griff in seine Jackentasche und betastete die kleine Schachtel. Es machte ihm zu schaffen, Jasmine so verängstigt zu sehen.

«Ich hab mir überlegt», sagte er bedächtig, «warum packst du nicht ein paar Sachen? Dann könntest du mit Dylan ...», er sah verlegen die Straße entlang, «ihr könntet bei mir auf dem Stützpunkt übernachten.»

Die Einladung kam für Jasmine überraschend. Er hatte sie noch nie auch nur in die Nähe des Stützpunktes eingeladen, und sie hatte nie darum gebeten. Sie wußte, daß er gute Gründe hatte, sich nicht mit ihr sehen zu lassen. Plötzlich machte sie sich Sorgen um ihn.

«Bist du sicher, daß das o. k. ist? Macht es dir nichts aus?»

«Na ja», stöhnte er, «ich werde meine anderen Mädels anrufen und die Orgie absagen müssen, aber ansonsten macht es mir nichts aus.»

Sie boxte ihn gegen den Arm. «Da ist er wieder, der Superheld. Aber ich sag dir was, Captain, du bist nicht so unwiderstehlich, wie du glaubst.»

«Doch, bin ich.» Grinsend sprang er in seinen Wagen.

«Segelohren.»

«Hühnerbeine», gab er zurück und startete den Motor. Sie küßten sich zum Abschied, dann fuhr Steve davon und rief Jasmine noch über die Schulter zu: «Wir sehen uns heute abend.» Er sah im Rückspiegel, wie die beiden ihm nachwinkten, und fragte sich, ob es richtig gewesen war, Jasmine nach El Toro einzuladen. Es war nur eine Kompromißlösung.

Jasmine für ihren Teil war freudig erregt und erschrocken zugleich. Sie stand mit Dylan am Straßenrand und winkte dem roten Cabrio nach, bis es hinter einer Hügelkuppe verschwunden war, dann schaute sie wieder auf das langsam kreisende Ding, das wie ein krebsmutiertes Gänseblümchen am Himmel hing. Sie hob ihren Sohn hoch, trug ihn ins Haus und entwand ihm mit sanfter Gewalt die Feuerwerkskörper.

«Die nehm ich, danke.»

«Ach, komm schon, Mom!»

Julius' 68er Plymouth Valiant war in hervorragendem Zustand. Er bewahrte ihn unter einer Plane in seiner Garage auf, und die meisten Meilen auf dem Tacho stammten von seinen wöchentlichen Fahrten zum Supermarkt. Julius fuhr normalerweise nie schneller als lahme siebzig, nicht einmal außerhalb geschlossener Ortschaften, was einer der Gründe dafür war, daß David nie den Führerschein gemacht hatte. Doch diesmal handelte es sich um einen Notfall, deshalb fegte der alte Mann mit atemberaubenden neunzig Stundenkilometern über den Highway. Die Fernlichter schnellerer Fahrzeuge erfaßten sie wie die Augen stählerner Wölfe. Viele davon waren voll besetzt und bis unters Dach mit Koffern und Kühltaschen beladen. Manche hatten Matratzen aufs Dach geschnallt, was sich ungünstig auf die Aerodynamik auswirkte. Dennoch fuhren alle schneller als der Valiant, und beim Überholen drehten sich die Insassen nach den beiden Männern um, die gemütlich dahinzuckelten, als befänden sie sich auf einer sonntäglichen Spazierfahrt. Nach den ersten zwölf Stunden der Invasion stand den Menschen hinter den Windschutzscheiben die Furcht ins Gesicht geschrieben.

«Ras nicht so, du Fuzzi!» Julius schüttelte die Faust hinter einem Kombi her, der sie mit mehr als der doppelten Geschwindigkeit überholte.

«Neunzig, Dad, bitte», sagte David und versuchte, die Aufmerksamkeit seines Vaters auf den Tacho zu lenken. «Du gehst runter.»

«Ich geh runter?»

«Unter neunzig. Halt wenigstens die Geschwindigkeit.» David hätte am liebsten alle anderen Fahrzeuge überholt, doch er kannte die Prinzipien seines Vaters, und eines davon hieß «neunzig». Julius war fest davon überzeugt, daß der Wagen unter ihm zusammenbrechen würde, wenn er schneller fuhr. David biß sich auf die Zunge und versuchte, ruhig zu bleiben. Noch hatten sie Zeit. Zudem konnte er nicht zu sehr drängen, nachdem Julius klaglos eingewilligt hatte, ihn zu fahren.

David hatte erwartet, daß er sich sträuben würde, daß er wenigstens eine halbe Stunde über die Unsinnigkeit dieser Idee lamentieren würde. Doch sobald er ihm mit einem atemlosen Wortschwall auseinandergesetzt hatte, weshalb er unbedingt dorthin mußte, hatte Julius seinem Sohn fest in die Augen geschaut und offenbar etwas entdeckt, was ihn überzeugte.

«Mach mir ein Sandwich», hatte er achselzuckend gesagt. «Ich hol inzwischen meinen Mantel.»

Eine halbe Stunde später waren sie dank Davids unglaublicher Ortskunde aus der Stadt. Da er einen Großteil seines Lebens in

Taxis verbracht hatte, kannte David jede nur denkbare Abkürzung. Auf dem Highway nach Washington holte David seinen Laptop heraus, um mehr über das Signal herauszufinden. Er war noch immer überrascht, daß sein normalerweise störrischer Vater so widerstandslos mitgekommen war.

«Wir reden vom Weißen Haus, um Himmels willen», platzte Julius plötzlich heraus, während David auf die Ziffernfolgen auf seinem Laptop schaute. «Da kannst du nicht einfach hingehen, an der Tür klingeln und sagen: ‹Guten Abend, ich muß mal kurz mit dem Präsidenten reden.› Glaubst du, die wissen nicht längst, was du herausgefunden hast? Glaub mir, die wissen Bescheid. Die wissen über alles Bescheid.»

«*Das* wissen sie nicht, glaub mir», erwiderte David und versuchte, sich zu konzentrieren.

«Wenn du so verdammt schlau bist, dann erklär mir doch bitte, wieso du zehn Jahre am MIT warst, mit Auszeichnung abgeschlossen und all die Preise gewonnen hast, nur um jetzt als Fernsehelektriker zu arbeiten?» Die Frage zielte wie vieles, was Julius von sich gab, unter die Gürtellinie.

«Bitte fang nicht wieder damit an», knurrte David unwillig und hoffte, das Thema wäre damit erledigt. Sein mangelnder Ehrgeiz, wie es alle nannten, war einer seiner wundesten Punkte. Für seinen Job bei Compact war er hochgradig überqualifiziert, und nach dem Studium hatte er Angebote von Forschungsinstituten aus ganz Amerika erhalten. Noch immer erhielt er gelegentlich Briefe, in denen er gefragt wurde, ob er nicht an so unterschiedlichen Projekten wie dem hochmodernen Teilchenbeschleuniger in Texas oder der Biosphäre in Arizona mitarbeiten wolle. Die Firmen hätten ihm jeden Wunsch von den Augen abgelesen, doch er zog es vor, bei Compact zu bleiben. Er liebte sein New York, seinen Job, seinen Vater und, bis sie sich entschied, für Senator Whitmore zu arbeiten, auch seine Frau.

David tat so, als sei er in seinen Computer vertieft, doch die Frage hatte ihn verletzt. Was andere Leute über ihn dachten, interessierte ihn nicht im geringsten, doch daß sein Vater von ihm enttäuscht war, nagte an ihm.

«Sieben Jahre», murmelte er.
«Sieben Jahre? Was meinst du?»
«Ich war nur sieben Jahre am MIT, und ich bin kein Fernsehelektriker. Ich bin der verantwortliche Chefingenieur.»
«Entschuldige, Herr Chefingenieur», sagte Julius spöttisch und beugte sich über das Lenkrad. «Ich will damit nur sagen, daß sie in Washington ihre Leute haben, die sich damit auskennen. Aber wenn sie einen Kabelanschluß wollen, werden sie dir schon Bescheid sagen.»
Noch ein Schlag unter die Gürtellinie. David biß sich auf die Lippen und schaute erneut auf den Tacho.
«Du fährst schon wieder zu langsam.»

Die First Lady hatte die geräumige Hotel Lounge für sich. Ihre Mitarbeiter und Leibwächter hatten sich diskret zurückgezogen, damit sie ungestört mit ihrem Mann telefonieren konnte. Jedesmal, wenn sich die Tür öffnete, konnte sie die Reporter sehen, die, von einem halben Dutzend LAPD-Cops hinter einer Samtkordel in Schach gehalten, in der Hotel-Lobby darauf warteten, daß sie ihre versprochene Pressekonferenz abhielt.
«Marilyn?»
«Hallo, Tom. Wie geht's dir?»
«Den Umständen entsprechend gut.» In Washington war es elf Uhr abends, und Whitmores Stimme klang erschöpft.
«Wo bist du gerade?»
«Im Schlafzimmer. Ich dachte, es ist das beste, wenn ich mich eine Weile hinlege.»
«Gute Idee. Wie ist die Stimmung?»
«Hör mal», wechselte er das Thema, «ich laß dir einen Hubschrauber zum Biltmore kommen. Auf dem Dach ist ein Landeplatz. Ich will, daß du Los Angeles so schnell wie möglich verläßt. Wenn diese Dinger da oben auf die Idee kommen, uns etwas anzutun ...» Er beendete den Satz nicht.
Marilyn lächelte. «Ich dachte mir, daß du das sagen würdest. Ich habe gerade Connies Pressekonferenz gesehen. Tom, ich bin

stolz auf dich, daß du im Weißen Haus bleibst. Ich glaube, das war die richtige Entscheidung. Aber das Beispiel, das du damit geben willst, wirkt nicht sehr überzeugend, wenn sie mitkriegen, wie ich mich aus L. A. verdrücke.»

«Du befindest dich direkt unter dem Ding, nicht wahr?»

In der Tat befand sich ihr Hotel, das historische Biltmore, nur zwei Blocks vom First-Interstate-Gebäude entfernt, und das Zentrum des langsam rotierenden Schiffes war direkt über ihr. Downtown L. A., das an Freitagnachmittagen normalerweise von einer bunten Mischung aus Stretch-Limos und promenierenden Hispanos bevölkert wurde, war so gut wie ausgestorben; eine Geisterstadt.

«Ja, es ist immer noch da oben», gab sie zu. «Aber draußen wartet ein Dutzend Kamerateams, und Johanna arrangiert gerade eine Pressekonferenz und ein paar Interviews. Sobald wir damit durch sind, mach ich mich auf den Weg. Das versprech ich dir.»

«Kommt nicht in Frage. Ich weiß zu schätzen, was du da tun willst, aber wir haben keine Ahnung, was diese Schiffe vorhaben. Ich werde ...»

«Tom, hör mir zu», unterbrach sie ihn kurz und bündig. «Ich weiß, daß du dir Sorgen machst. Aber ich habe auch eine Verantwortung gegenüber den Leuten hier. Sie werden auf mich hören.»

Dagegen konnte er nichts einwenden. Zahllose Meinungsumfragen hatten bestätigt, daß Marilyn Whitmore die populärste Persönlichkeit in ganz Washington war. Was Jacqueline Kennedy mit Glamour erreicht hatte, war Mrs. Whitmore mit ihrer Ungezwungenheit gelungen. Sie hatte die Herzen der Nation für sich gewonnen, indem sie als erste First Lady barfuß und in Jeans durchs Weiße Haus geschlendert war. Sie besaß die schlichte, heroische Schönheit einer Pioniersfrau und eine geradlinige Art, sich zu artikulieren, die der Öffentlichkeit Vertrauen einflößte. Das politische Establishment mochte sie zwar nicht, doch für den einfachen Amerikaner stellte sie ein Symbol der Hoffnung dar. In den Korridoren der Macht war sie die Fürsprecherin der Massen, und nachdem die Popularität ihres Mannes in den letzten Monaten gelitten hatte, war sie zur schlagkräftigsten politischen Waffe der Administration avanciert. Sie fühlte, daß es ihre Pflicht war, sich an die Öffentlichkeit zu wenden und darauf hinzuwirken, daß die Evakuierung der Städte so geordnet wie möglich verlief.

Am Telefon entstand eine lange Pause.

«Okay, in Ordnung», willigte ihr Mann schließlich ein, obgleich sein Ton deutlich machte, wie wenig er von ihrem Vorhaben hielt. «Aber ich will, daß du in anderthalb Stunden auf dem Dach bist. Dort wartet ein Hubschrauber, der dich nach Colorado auf die Peterson Air Force Base bringen wird.»

«Gib mir zwei, und wir sind uns einig.» Dann wechselte sie das Thema und fragte nach ihrer Tochter. «Wie geht's meinem Spatz?»

«Gut. Sie wird von hier ausgeflogen, und ihr trefft euch in Peterson. Heute nachmittag hatten wir eine kleine Revolte. Sie hat das Kindermädchen ausgetrickst und kam ins Oval Office gerannt. Gerade als das Raumschiff über der Stadt auftauchte.»

«O mein Gott», stöhnte die Mutter. «Wie hat sie es aufgenommen?»

«Wie wir alle. Sie hat sich furchtbar erschrocken. Jetzt ist sie neben mir eingeschlafen. Soll ich sie aufwecken?»

«Nein, laß sie schlafen. Aber ich mache mir Sorgen, daß sie ganz allein fliegen muß. Bitte sorg dafür, daß sie an Bord ein Telefon bekommt, damit ich mit ihr reden kann.»

«Natürlich. Aber sie wird nicht allein sein. Dafür, daß meine Mitarbeiter im Weißen Haus bleiben, habe ich ihnen die Erlaubnis gegeben, ihre Kinder nach Peterson zu schicken. Andernfalls hätte es eine Meuterei gegeben.»

An der Schlafzimmertür des Präsidenten klopfte es leise.

«Moment, bitte», rief er, dann widmete er sich wieder seiner Frau. «Ich muß Schluß machen. Wahrscheinlich treffen wir uns morgen früh im NORAD.» Keiner der beiden wollte auflegen, doch die Pflicht rief. «Schatz ...»

«Ja?»

«Ich liebe dich.»

«Ich liebe dich auch. Sehr. Wir sehen uns in ein paar Stunden.»

«Ciao.»

Whitmore, der nur das Jackett abgestreift hatte, ehe er sich hingelegt hatte, ging zur Tür und öffnete sie. Im schwach erleuchteten Flur standen Grey und Nimziki.

«Wir haben den Bericht, um den Sie gebeten hatten, Sir», sagte Grey und reichte Whitmore ein Fax.

«Es sind immer noch sechsunddreißig Schiffe. Seit mehreren Stunden ist keines mehr hinzugekommen.»

«Und das hier sind die betroffenen Städte?» fragte Whitmore und studierte das Blatt.

«Jawohl, Sir.»

Whitmore nahm sich Zeit, den Bericht genau durchzusehen. Er bemerkte, daß Nimziki darauf brannte, etwas loszuwerden. Als der Präsident Grey schließlich das Papier zurückgab, konnte der Verteidigungsminister nicht länger an sich halten.

«Entschuldigen Sie die Formulierung, aber das ist absoluter Wahnsinn», stieß er zwischen zusammengebissenen Zähnen hervor. «Das kommt einem Selbstmord gleich. Wenn wir hier tatenlos herumsitzen, geben wir unsere Erstschlagfähigkeit preis. Wir sind hergekommen, um Sie dringend aufzufordern, etwas zu unternehmen. Genehmigen Sie einen Atomschlag.»

Das «wir» überraschte Whitmore. Er schaute Grey an und fragte ihn nach seiner Meinung.

«General?»

«Wie Sie wissen, Mr. President, werde ich jede Entscheidung von Ihnen unterstützen. Dies ist ein schwerwiegender Entschluß; das Feuer eröffnen oder stillsitzen. Doch ich neige dazu, Al in diesem Fall zuzustimmen. Vielleicht sollten wir zuschlagen.»

Greys Antwort kam einigermaßen überraschend. Obwohl die beiden sich auf den Tod nicht ausstehen konnten, hatten sie sich zusammengetan, um dem Präsidenten ihren Plan vorzutragen.

Whitmore lehnte sich gegen den Türrahmen, rieb sich die Augen und dachte einen Moment lang nach.

«Ich denke nicht», erklärte er schließlich. «Man gibt dem größten Kerl an der Schule keins auf die Nase, ehe man nicht genau weiß, daß er der Klassenrüpel ist.»

Nimziki wollte insistieren, aber ein scharfer Blick von Grey brachte ihn zum Schweigen. *Der Präsident hat gesprochen, und damit ist die Diskussion beendet.*

«Wie steht es mit unseren Versuchen, Kontakt mit ihnen aufzunehmen?» fragte Whitmore.

«Wir haben es auf allen möglichen Frequenzen probiert. Erfolglos», erläuterte Grey knapp. «Das Atlantic Command bemüht sich, eine Art visueller Kommunikation zu entwickeln, die wir direkt vor ihrer Haustür installieren können. Dann müssen sie uns antworten.»

«Hoffen wir, daß uns auch gefällt, was sie zu sagen haben.»

Niemand bemerkte, was für eine wunderbare Nacht es war; eine Million Sterne strahlten vom Himmel, der von einer milden Brise blank gefegt worden war. Die nervösen Bewohner des Trailer Parks waren ausschließlich um ihr Wohlergehen und ihr Überleben besorgt. Seit dem Nachmittag hatten Nachbar um Nachbar, Familien, die hier über Jahre gelebt hatten, ihre Habseligkeiten gepackt und sich davongemacht, nicht wenige von ihnen, ohne zu wissen, wohin. Gleichzeitig waren zahlreiche Neuankömmlinge eingetroffen, zumeist in schrottreifen Wohnmobilen, deren Motoren kurz davor waren, den Geist aufzugeben. Sie stauten sich am Eingang, wo der Manager eine eilig zusammengezimmerte Straßensperre errichtet hatte, an der ein dickes Weibsstück in einem blumengemusterten Sarong den Flüchtlingen, die mit verzagten Mienen hinter den Windschutzscheiben kauerten, eine saftige Gebühr abknöpfte, damit sie ihre armseligen Gefährte auf einen der staubigen Stellplätze fahren durften.

Landarbeiter hatten sich um ihre zerbeulten Fords versammelt, lauschten den spanischsprachigen Radiosendern und überlegten, in welche Richtung sie fliehen sollten. Verängstigte Frauen lugten alle paar Augenblicke durch die Fliegentüren ihrer Trailer und schauten sich nervös um, ehe sie sich wieder einschlossen. Alle waren aufs äußerste angespannt, aufgedreht wie risikosüchtige Spieler, die in einem Casino auf die Verkündung der Regeln eines neuen, unbekannten Spiels warteten.

Barfuß und mit untergeschlagenen Beinen beobachtete Miguel die Szenerie vom Dach seines Trailers. Er hatte das kleine Fernsehgerät mit nach oben genommen, weil er hoffte, dort einen einigermaßen ungestörten Empfang zu haben. Nachdem er eine Weile mit Kleiderbügeln und Alufolie herumexperimentiert hatte, wurde die Bildqualität nicht mehr besser. Er stützte sich auf die Hände und verfolgte die Nachrichten, während der warme Wind mit seinen schulterlangen Haaren spielte.

Seit ihrer Auseinandersetzung am Morgen bei den Tomatenfeldern hatte er nichts mehr von Russell gehört. *Typisch*, dachte er. *Immer wenn es eine Krise gibt, ist er wie vom Erdboden verschwunden.* Zum tausendsten Mal an diesem Tag schaute er in Richtung Los Angeles. Der dunkle, höckerförmige Umriß des geheimnisvollen Schiffes schwebte über den Ausläufern der Hügel, die die Stadt von der Wüste trennten. Die aufsteigende Sichel des Mondes warf einen unbestimmten Schimmer auf den östlichen Rand des Schiffes. Unmittelbar darunter krochen Tausende von Scheinwerfern durch den Canyon. Sie gehörten den Wagen, die die Stadt verließen. Miguel beobachtete, wie sich die weißen Scheinwerferlichter, die ihm auf dem Highway entgegenkamen, in rote Hecklichter verwandelten, als die Fahrzeuge vorbeischossen, um sich in Bakersfield, Fresno und noch entfernteren Zielen in Sicherheit zu bringen. Er dachte noch einmal über seinen Plan nach, den er schon den ganzen Nachmittag im Kopf hin und her gewendet hatte. Er mußte Troy und Alicia aus der Gefahrenzone schaffen. Die einzige Zuflucht, die ihm einfiel, war das Haus eines Verwandten in Arizona. Im Verlauf der letzten Jahre hatten die Casses die Brücken hinter sich gründlich abgebrochen.

Miguel zappte durch die Kanäle und überlegte, wie er Russell seine Idee beibringen sollte, wenn und falls dieser zurückkehrte. Dann sah er etwas im Fernsehen, das ihn fast so sehr verblüffte wie der erste Anblick des Raumschiffes. Einer der Regionalsender brachte ein Feature über die angeblichen heiteren Seiten der Invasion. Süffisant grinsend las ein Sprecher mit ironischer Stimme von einem Teleprompter ab: «... wurde ein Mann aus der Gegend, der als Schädlingsbekämpfer arbeitet, heute festgenommen, nachdem er mit einem antiquierten Flugzeug das San Fernando Valley überflogen und dabei Tausende von Flugblättern abgeworfen hatte.»

Miguel stöhnte laut auf, als er sah, wie sein Vater in Handschellen auf das Polizeirevier von Lancaster geführt wurde. «Ihr unternehmt besser was, Leute», bellte Russell das Nachrichtenteam an, «diese Außerirdischen haben mich vor zehn Jahren entführt, und damals hat mir keiner geglaubt. Die haben alle möglichen Experimente mit mir gemacht – die studieren uns schon seit Jahren. Wir müssen was unternehmen. Die wollen uns alle umbringen!»

Einer der Deputys zog Russell von der Kamera weg und schob ihn durch den Eingang des Reviers. Im Studio fuhr der Sprecher augenzwinkernd fort: «Eine ziemlich einzigartige Reaktion. Der Mann, der als Russell Casse identifiziert wurde und als Gelegenheitsarbeiter bekannt ist, wird zur Zeit von der Polizei vernommen. Auf den handgeschriebenen, fotokopierten Flugblättern behauptete er ...»

«Was kuckst du da?» Eine Stimme hinter ihm ließ Miguel aufschrecken, und er schaltete sofort um. Es war Troy, der die Leiter heraufgestiegen kam, um zu sehen, was sein Bruder machte.

«Nichts.» Miguels Stimme klang belegt. Er räusperte sich. «Hey, Troy, erinnerst du dich an Onkel Hector aus Tucson?»

«Klar doch. Der hat einen 64-Bit-SEGA-Saturn, weißt du noch?»

«Ja. Was hältst du davon, wenn wir ihn ein paar Tage besuchen?»

Der Junge nickte zustimmend. «Das wär cool.»

Miguel schaute zum Highway und überlegte. Dann traf er seine Entscheidung.

«Fang an zu packen. Wir fahren.»

Im Fernsehen hielt Marilyn Whitmore, die First Lady, eine Ansprache, in der sie die Bevölkerung bat, Ruhe zu bewahren. Miguel hatte keine Zeit mehr zu verlieren. Er zog den Stecker und trug das Gerät vorsichtig zur Dachkante.

Troy stand noch auf der Leiter und fragte verwirrt: «Fahren wir jetzt gleich?»

«Auf der Stelle.»

«Und was ist mit Dad?»

Miguel sprang vom Dach des Trailers und landete gewandt auf dem Boden. Er stieg auf einen Reifen, um das Fernsehgerät herunterzuholen. Als er bemerkte, daß sein Bruder sich nicht regte, zischte er ärgerlich: «Hast du nicht verstanden, Troy. Pack deine Sachen und sieh zu, daß du fertig wirst.»

Dann stapfte er in die Dunkelheit hinaus, um nach seiner Halbschwester zu suchen. Er wußte ziemlich genau, wo er sie finden würde.

«Aber wir können doch nicht ohne Dad fahren», jammerte der Junge. Miguel sah sich nicht einmal um.

Er ließ seine Hand unter ihre Bluse gleiten.

«Das könnte unsere letzte Nacht auf Erden sein», flüsterte er. «Du willst doch nicht als Jungfrau sterben, oder?» Er versuchte, es halb scherzhaft klingen zu lassen, aber doch irgendwie ernst. Er pokerte, wie weit er gehen konnte.

Die Frage machte Alicia nervös. Sie wollte Zeit gewinnen und öffnete ihre Lippen zu einem weiteren langen, wilden Kuß, der ihn rückwärts gegen die Fahrertür preßte. Auf ihm liegend, holte sie Luft und schaute auf ihn herab. Der gelbe Schein einer Verandalampe tauchte das Führerhaus des Trucks in schummriges Licht.

«Wie kommst du darauf, daß ich noch Jungfrau bin?»

Die Frage machte ihn verlegen, ermutigte ihn aber auch, und er hoffte, daß er sie nach wochenlanger Knutscherei und Fummelei heute nacht soweit hätte. Alicia konnte zwar keine Gedanken lesen, aber das brauchte sie auch nicht. Sie spürte seine Erregung deutlich genug an seinem drängenden Becken und an der Art, wie sich seine Finger in ihre Hüfte gruben.

Mit drei Leuten in einem sieben Meter langen Trailer zu hausen war wie ein endloses Wochenende in der Hölle. Alicia, die demnächst fünfzehn wurde, wollte weg. Und die einzige Chance dazu bestand in ihren Augen darin, daß ein Mann sie da herausholte.

Der Typ, den sie gerade küßte, war zwar nicht unbedingt ein Mann, aber er war das Beste, was sie auftreiben konnte. Andy war achtzehn und hielt sich für eine große Nummer im Trailer Park. Er teilte sich mit seiner Mutter, der Managerin, den größten festinstallierten Trailer. Er hatte einen festen Job, einen neuen Toyota mit einer grandiosen Stereoanlage, und er schmiedete Pläne für eine eigene Wohnung. Alicia mochte ihn, aber sie war noch nicht bereit, mit ihm zu schlafen. Sie merkte, daß ihre Unterhaltung zu weit gegangen war, und überlegte krampfhaft, wie sie sich aus der Situation herauswinden konnte, ohne als Eiszapfen dazustehen.

Andy grübelte noch immer über die Jungfrauenfrage nach, als die Tür, an der er lehnte, plötzlich aufgerissen wurde. Die beiden Jungverliebten wären beinahe herausgefallen. Alicias Bruder starrte auf sie herab.

«Was zum Teufel willst du hier, Miguel?» Sie klang wütend und verlegen, doch als sie sich von Andy löste, war sie insgeheim erleichtert.

«Los, komm, wir fahren nach Tucson.»

«Aber sicher», sagte sie und verdrehte die Augen. «Als ob ich mit dir irgendwohin fahren würde.»

Ohne weitere Worte langte Miguel an Andy vorbei und packte Alicias Handgelenk. Er zerrte sie aus dem Wagen, wobei Andy mit herauspurzelte. Alicia landete unsanft auf dem Boden und stieß einen wütenden Schrei aus.

«Hey, Kumpel, nicht so hastig», sagte Andy drohend.

Miguel machte sich bereit, ihn mit einem gezielten Schwinger auszuschalten. Sein wilder Blick lähmte den Jungen, der zurückwich und stammelte: «Hey, schon gut, alles cool.»

Alicia schäumte. Während sie über den staubigen Platz davonstampfte, brüllte sie: «Miguel Casse, du bist so ein Arschloch. Du mußt dringend mal zum Psychiater. Ich werd's Daddy erzählen, was du da gerade abgezogen hast, und ich bete, daß er dich ordentlich verdrischt.» Dann rannte sie los und verschwand in der Dunkelheit.

Während Alicia drinnen schmollte, schnappten sich die Jungs ein paar Taschenlampen und machten sich an die Arbeit. Zwanzig Minuten später hatten sie die Wasser- und die Stromleitung gekappt, Fahrrad und Motorrad am Heck befestigt und die Klappstühle und den Grill im Wagen verstaut. Der Trailer der Casse-Familie war abfahrbereit. Miguel setzte sich auf den Fahrersitz, schnallte sich an, ließ den Motor an und schob das automatische Getriebe auf DRIVE. Doch er fuhr nicht los.

Im blendenden Licht der Scheinwerfer stand plötzlich sein Stiefvater. Er schwankte leicht und sah aus wie ein übergewichtiger, geistig minderbemittelter Elch. Russell war gerade rechtzeitig aus dem Gefängnis entlassen worden, um ihnen den Tag zu verderben. Miguels erster Impuls war, Gas zu geben, ihn umzufahren und seinen fetten, besoffenen Arsch in Grund und Boden zu walzen. Statt dessen legte er den Leerlauf ein und wartete.

Russell schlurfte zur Fahrertür, so sorglos und fröhlich wie immer.

«Gut gemacht, Kinder. Könnt ihr Gedanken lesen? Laßt uns hier abhauen. So weit weg wie möglich.» Er sah auf den dunklen Schatten, der über Los Angeles lag, und schüttelte den Kopf. «Keiner versteht mich, Miguel. Niemand will mir glauben, daß dieses Ding da Los Angeles in ein Schlachthaus verwandelt. Merk dir meine Worte, Sohn.» Miguel starrte nur feindselig zurück.

Ohne Miguels Feindseligkeit zu beachten – vielleicht bekam er sie auch gar nicht mit –, befahl Russell dem Jungen, die Tür zu öffnen und ihn ans Lenkrad zu lassen. Statt dessen stieg der Junge aus und machte die Tür hinter sich zu.

«Die haben dich rausgelassen?»

Schuldbewußtsein oder Verlegenheit waren Russell fremd. «Du hast verdammt recht. Sie haben mich rausgelassen. Seit wann ist es ein Verbrechen, wenn man seine Meinung frei äußert? Schon mal was vom Ersten Verfassungszusatz gehört? Wie auch immer, die haben jetzt andere Sorgen, glaub mir. Und jetzt laß uns fahren.»

Als Russell einsteigen wollte, blockierte Miguel zitternd die Tür.

«Wir fahren ohne dich. Und versuch nicht, uns aufzuhalten.»

Endlich hatte er die volle Aufmerksamkeit seines Stiefvaters.

«Was redest du da?»

«Wir haben die Schnauze voll», sagte Miguel, so ruhig er konnte. «Wir haben die Schnauze gestrichen voll, ständig deine Scheiße auszubaden und uns mit dir abzuquälen.» Miguel atmete tief durch und achtete auf Russells Hände. «Wir haben genug Geld, um es bis Tucson zu schaffen und eine Weile bei Onkel Hector zu wohnen.»

Russell glotzte ihn an, als hätte er noch nie etwas Verrückteres gehört.

«Einen Teufel werdet ihr», polterte er los; laut genug, daß es der ganze Trailer Park mitbekam. «Ich bin immer noch dein Vater, Bürschchen, vergiß das nicht.»

Das reichte. Miguels Geduld war erschöpft, und nun explodierte er. Er ging hoch wie eine Rakete.

«Bist du nicht. Du bist nicht mein Vater. Du bist bloß ein besoffenes Schwein, das meine Mutter geheiratet hat. Sie mußte auf dich aufpassen wie auf ein verschissenes Baby, und als sie krank geworden ist, was hast du da für sie getan? *Nichts!* Du hast einen Dachschaden, Russell, du bedeutest mir gar nichts. Und jetzt geh aus dem Weg.» Er beruhigte sich ein wenig. «Ich sorg für uns, und du sorgst für dich.»

Russell holte tief Luft und dachte nach. Er hatte immer halb damit gerechnet, daß so etwas passieren würde, aber jetzt, da es soweit war, fühlte er sich, als hätte man ihm ein Messer ins Herz gerammt.

«Und was ist mit Troy?»

«Genau davon rede ich. Du bist so ein verdammter Egoist. Überleg ein einziges Mal in deinem Leben, was wohl für ihn das Beste ist. Wer hat sich denn immer um ihn gekümmert? Wer ist ständig unterwegs und treibt Geld, Jobs und Medizin auf? Hm? Wer? Immer wenn du es vergeigst, bleibt es an mir hängen. Ich bin derjenige, der das Geld für seine Medizin zusammenkratzt.»

Miguel hätte endlos weitermachen können, aber ein Klirren unterbrach ihn abrupt.

«Hör auf damit! Ich bin kein Baby mehr», brüllte Troy. Er war ausgestiegen und schmiß seine Ampullen vor sich auf den Boden. «Ich brauch diese blöde Medizin nicht, und ich brauch auch niemand, der auf mich aufpaßt.»

Als er merkte, was geschah, hechtete Miguel auf seinen Bruder zu und packte ihn am Kragen, um zu verhindern, daß er die letzte Ampulle zerbrach, doch während ihres Handgemenges gelang es Troy, die Ampulle fallenzulassen und mit dem Fuß zu zertreten. Wütend packte ihn sein Bruder an den Haaren und schüttelte ihn.

«Weißt du, was das Zeug kostet? Und was ist, wenn du wieder einen Anfall kriegst? Antworte mir.»

Er wollte eine Antwort, doch plötzlich verwandelte sich sein Zorn in Niedergeschlagenheit und dann in Verzweiflung. Er hatte es versucht. Er hatte versucht, seinem Stiefvater die Stirn zu bieten und ihre Flucht zu organisieren. Er hatte versagt. Elendiglich versagt. Wortlos und leer wandte er sich ab und verschwand im Trailer.

«Tut mir leid», sagte Troy leise.

«Komm, laß uns fahren, Troy-Boy.»

Russell führte den Jungen zum Wagen.

David hielt sich beständig vor Augen, daß der Gentleman, der neben ihm am Steuer saß, sein Vater war, den er lieben und ehren und dem er dankbar sein sollte. Andererseits machte ihn Julius völlig verrückt. Vater und Sohn Levinson waren nicht mehr so eng zusammengewesen seit jenem Sommer, in dem David dreizehn geworden war und die Familie den Höllentrip nach Florida unternommen hatte, um Tante Sophie zu besuchen, die krank war und deshalb nicht zu Davids Bar-Mizwa hatte kommen können. Julius, der sonst immer regen Anteil an dem Geschehen um ihn herum nahm, schien jedoch weniger am Verkehr interessiert zu sein als an seinem endlosen Monolog. Seit sie New York verlassen hatten, redete er ununterbrochen, schnitt ständig neue Themen an, analysierte, kritisierte und warf Fragen auf, die er postwendend beantwortete. Zweimal die Woche, während ihrer

Schachpartien im Park, ging das in Ordnung. Doch hier, gefangen in diesem vorsintflutlichen Plymouth, der auf ausgeleierten Stoßdämpfern mit neunzig Stundenkilometern wie ein Ozeandampfer über den Highway rollte, trieb sein ständiges Gerede David an den Rand des Wahnsinns. Während der letzten halben Stunde hatte Julius den Inhalt der Filme heruntergespult, die er kürzlich gesehen hatte, wie zum Beispiel «Der Blob» von 1959 und die erste Version von «Krieg der Welten». Für Julius, einen eingefleischten Verschwörungstheoretiker, gab es einfach zu viele Koinzidenzen, als daß nicht irgendwo irgendwer gewußt haben mußte, daß dies passieren würde. Er unterbrach seinen Redefluß nur ein einziges Mal, um einem seltsamen neuen Geräusch zu lauschen, das der Motor von sich gab.

David biß sich auf die Zunge und schwieg. Schließlich war dies für ihn die einzige Möglichkeit, nach Washington zu kommen. Alle paar Minuten schielte er auf den Tachometer und schaute dann auf die Uhr.

«Neunzig», erklärte Julius jedesmal mit dröhnender Stimme, wenn er bemerkte, daß sein Sohn auf die Geschwindigkeit achtete. «Ich mach neunzig die Stunde. Wenn ich schneller fahre, fliegt uns der Motor um die Ohren. Glaub mir.»

David blieb nichts anderes übrig, als sich zurückzulehnen und ruhig zu bleiben. Alle paar Minuten kamen sie an einem Fahrzeug vorbei, das mit kochendem Kühler auf dem Seitenstreifen stand. Der entgegenkommende Verkehr staute sich bereits bis zurück nach Washington. David dachte, daß es nur noch eine Frage der Zeit sein konnte, bis die frustrierten Autofahrer die Mittelleitplanke niedermähten und sich ihrer Fahrspur bemächtigten. Genau das passierte in diesem Augenblick einige Meilen vor ihnen unter den Augen der Polizei. Doch noch hatte die unförmige Mühle aus Chrom und Stahl den Highway für sich allein. David drehte sich um und schaute durch das Rückfenster. Keine Scheinwerfer zu sehen, nur der ausgestorbene Highway. Er schaute nach vorn. Auch keine Rücklichter, abgesehen von einem offenbar verlassenen Streifenwagen, der mit offenen Türen und blinkenden Blaulichtern schräg auf der Überholspur parkte. Doch als sie vorüberfuhren, konnten sie keine Spur des Maryland State Troopers entdecken, der den Wagen mitten auf dem Highway abgestellt hatte.

«Wir müssen bald da sein», sagte David. «Außer uns ist niemand in diese Richtung unterwegs.»

«Alle Welt versucht verzweifelt, aus Washington rauszukommen. Wir sind die einzigen Dummköpfe, die *rein*wollen.»

Der Highway führte in einer langgezogenen Kurve über einen Hügel. Als sie auf der Kuppe ankamen, konnten sie zum erstenmal den District of Columbia erkennen. Die Lichter der Hauptstadt, die sich in den Nachthimmel erhoben, wurden von der Unterseite eines gigantischen Raumschiffs zurückgeworfen, das genauso aussah wie das über New York. Die Lichter der Stadt waren gerade hell genug, daß sie das gräuliche Blumenmuster erkennen konnten. Keiner der beiden gab einen Ton von sich, als sie den Hügel hinunterrollten. Dann wurde der Anblick von einem Pinienhain verdeckt, und Julius räusperte sich.

«David, ich habe plötzlich das dringende Bedürfnis, Philadelphia einen Besuch abzustatten. Dort gibt es keine fliegenden Untertassen. Wie wär's, wenn wir einfach kehrtmachten und...»

«Schau auf das Tempo, bitte.» Der alte Mann hatte nicht bemerkt, daß sie nur noch fünfzig fuhren, und David wurde um so ungeduldiger, je näher sie der Stadt kamen. Er langte auf den Rücksitz, holte sich den Laptop nach vorn und schaltete ihn ein. Er zog eine CD aus einer Plastikhülle und schob sie ins Laufwerk.

Julius wußte zwar, was eine CD war, hatte aber noch nie eine gesehen.

«Was zum Teufel hast du da?» wollte er wissen.

David zeigte ihm die Companion Disk, Volume II, und schwenkte sie theatralisch.

«Auf diesen beiden CDs, Pops, findest du jedes einzelne Telefonbuch von Amerika.»

«Auf zwei kleinen Platten?»

«Kaum zu glauben, was?» Davids Finger flogen über die Tastatur.

Julius hätte es zwar nie zugegeben, aber er war beeindruckt. Er lehnte sich hinüber und sah zu, wie endlose Namenslisten über den Bildschirm liefen.

«Laß mich raten. Du suchst ihre Telefonnummer.»

«Exakt, Sherlock.»

«Nur eine Frage. Wie kommst du darauf, daß eine so wichtige Person wie Constance im Telefonbuch steht, damit jeder Spinner sie anrufen kann?»

«Ihr Handy hat sie immer eintragen lassen. Für Notfälle. Die Frage ist, unter welchem Namen. Manchmal benutzt sie nur die Anfangsbuchstaben, manchmal einen Spitznamen...»

Er probierte verschiedene Möglichkeiten durch, während Julius ihm interessiert zusah. Nachdem er erfolglos etwa zwei Dutzend Namen eingegeben hatte, war ihm seine Enttäuschung anzumerken.

«Doch nicht drin, was?»

«Ich finde sie.» David klang fast überzeugend. «Ich bin bloß noch nicht drauf gekommen. Normalerweise steht sie unter C. Spano, Connie Spano, Spunky Spano oder so...»

«Spunky?» Sein Vater war offensichtlich amüsiert. «Das gefällt mir, versuch's damit.»

«Spunky war ihr Spitzname auf dem College.»

«Hast du's schon mit Levinson versucht?»

David runzelte die Stirn.

«Ich bitte dich. Sie hat meinen Namen nicht einmal angenommen, als wir geheiratet haben. Wieso sollte sie sich jetzt, wo wir uns getrennt haben, plötzlich Levinson nennen? Tut mir leid, aber das ist ein bißchen weit hergeholt.»

Julius zuckte mit den Schultern und starrte beleidigt nach vorn. Na wennschon. Was kümmerte es ihn, wenn seine Vorschläge keinen Versuch wert waren. Schließlich gab David nach.

«Von mir aus. Versuchen wir's mit Levinson.»

Julius beugte sich wieder herüber und beobachtete die vorbeihuschenden Namen so konzentriert, als versuchte er, dem Lauf einer Roulettekugel zu folgen. Plötzlich stoppte der Durchlauf, und die Maschine piepte.

«Na also, kenn ich mich aus oder nicht?» fragte der alte Mann sarkastisch.

Plötzlich ließ ein gellender Schrei sie beide auffahren. Ein Streifenwagen kam ihnen mit Blaulicht und Sirene auf ihrer Seite des Highways entgegengerast. Schlimmer noch, er führte einen Konvoi von streßgeplagten Flüchtlingen an, die um jeden Preis die Hauptstadt hinter sich lassen wollten.

«O mein Gott», stammelte Julius. Er schob seine Brille hoch, beugte sich über das Lenkrad und bereitete sich auf das Unvermeidliche vor.

Sobald David merkte, daß sie zu schnell fuhren und bereits zu nah an den entgegenkommenden Fahrzeugen waren, um eine Kollision zu vermeiden, tat er das einzig Menschliche: Er stieß einen markerschütternden Schrei aus. Julius riß den Wagen erst nach links und entwischte knapp der Stoßstange des Führungsfahrzeugs, dann nach rechts, Sekundenbruchteile bevor er frontal mit einem Kombi zusammenstieß. Zwei Wagen vor ihm versuchten eine Vollbremsung, kamen ins Schleudern, prallten gegeneinander und dann gerade noch so rechtzeitig wieder auseinander, daß Julius durch die sich auftuende Lücke schießen konnte.

«Fahr langsamer», brüllte David leichenblaß. Doch Julius beugte sich entschlossen über das Lenkrad, kniff die Lippen zusammen und jagte mit fast unverminderter Geschwindigkeit weiter. Während links und rechts von ihm die Fahrzeuge ineinanderknallten und wie Bowlingpins durcheinandergewirbelt wurden, schlängelte sich der Mario Andretti der Pensionäre geschickt und offenbar furchtlos zwischen ihnen hindurch. Nach etwa zweihundert Metern entdeckte er eine Abfahrt, riß mit einer einzigen Bewegung das Steuer herum, jagte den Wagen mit quietschenden Reifen von der Überholspur auf das Bankett und erwischte die Ausfahrt.

Mit klopfenden Herzen, offenen Mündern und blutleeren Knöcheln starrten die beiden wortlos geradeaus, bis Julius den Wagen sanft zum Stehen brachte. Ehrfürchtig wandte sich David um und sah seinen Vater an.

«Saubere Leistung, Dad, alle Achtung.» Dann lachte er los, ohne zu wissen warum.

Julius atmete schwer. Er fischte sein Taschentuch heraus und wischte sich die Stirn.

«Ja. Nicht schlecht, was? Nicht ein Kratzer im Lack.»

Dann mußte auch er lauthals lachen, obwohl das Ganze absolut nicht komisch gewesen war. Es war das triumphierende, nervöse Gelächter von Männern, die mit knapper Not dem Tod entronnen waren. Einen Augenblick lang vergaßen sie ihr Ziel, saßen nur da und lachten sich die Seele aus dem Leib, während in der Ferne das riesige dunkle Schiff drohend am Himmel stand.

Jasmine wußte nicht, weshalb sie überhaupt auf die Bühne ging, sie wollte es nur hinter sich bringen. Der ganze Tag war wie ein grell erleuchteter Alptraum gewesen. Selbst jetzt, als sie die Bänder ihres seidenen Bikinis zurechtzog, fühlte sie sich, als würde sie schweben.

Das Auftauchen der riesigen Schiffe hatte den gesamten Globus in tiefe Verwirrung gestürzt. Manche glaubten, es handele sich um die Reiter der Apokalypse, die gekommen seien, um Sintflut, Hunger und Feuer über Gottes grüne Erde zu bringen. Andere erwarteten einen beseligenden, festlichen Akt, mit dem das Zeitalter intergalaktischer Harmonie und Zusammenarbeit begänne. Während die einen verzweifelt versuchten, aus den Städten zu entkommen, hielten andere – wie etwa der Schuster in Jasmines Viertel – unbeeindruckt an ihrer täglichen Routine fest. Doch der gewohnte Rhythmus der Arbeitswelt, die unzähligen, immer gleichen täglichen Verrichtungen erwiesen sich als ebenso trügerisch wie ein Spiegelbild auf einer ruhigen Wasseroberfläche. Die Ankunft der Schiffe war wie ein riesiger Stein, der in den Teich geplumpst war und den Alltag in einen verzerrten Traum verwandelte. Ihrer Regeln und Maßstäbe beraubt, wußte die Welt nicht mehr, wie sie sich verhalten sollte.

Jasmine war nur zur Arbeit gegangen, um ihren Gehaltsscheck abzuholen, und das hätte sie auf ihrem Weg nach El Toro nicht länger als eine Viertelstunde aufhalten sollen. Doch dann war sie Mario über den Weg gelaufen. Mit seinen maßgeschneiderten Anzügen, dem zurückgegelten Haar und seiner ständigen Erwähnung einflußreicher Bekanntschaften war der fünfzigjährige Barbesitzer ein Prachtexemplar eines alternden Möchtegern-Mafioso. Das «Seven Veils» war alles, was er besaß, und seine erste Reaktion auf die Krise war: «The show must go on.» Mario war in der Vergangenheit häufig beschuldigt worden, ein Vampir zu sein, der seinen Mädchen das Blut aussaugte und den letzten Cent aus ihren Körpern herauspreßte, ehe er sie auf die Straße setzte. Als Jasmine ihren Scheck verlangte, begann er zu betteln, auf sie einzureden und ihr zu drohen, bis sie schließlich einwilligte, an diesem Abend aufzutreten. Wenn sie ihre fünf Sinne beisammengehabt hätte, hätte sie ihn ausgelacht, ihm gezeigt, wohin er sich den Scheck stecken konnte, und sich aus dem Staub gemacht. Doch niemand hatte seine fünf Sinne beisammen.

Immerhin konnten die Schiffe abdrehen und verschwinden. Und was war, wenn Steve beschloß, daß er sich eine Frau mit einer bewegten Vergangenheit und einem sechsjährigen Sohn nicht antun wollte? Wo würde sie einen Job finden, der nicht nur gut bezahlt war, sondern ihr auch die Möglichkeit bot, ihre Arbeitszeit selbst zu bestimmen? Sie hoffte zwar verzweifelt, daß Steve sie nicht im Stich lassen würde, und war sich seiner auch einigermaßen sicher. Doch man hatte ihr schon zu oft den Boden unter den Füßen weggezogen, und schon aus Rücksicht auf Dylan wollte sie kein Risiko mehr eingehen.

Mario kannte ihre Situation und nützte sie weidlich zu seinem Vorteil aus, bis er sie endlich überredet hatte, auf die Bühne zu gehen. Er kannte Jasmine schon lange und wußte Bescheid über ihre Vergangenheit in Alabama, bevor Dylan zur Welt gekommen war. Sie hatte in einer Kaschemme in irgendeinem Kuhdorf getanzt, wo man sie «entdeckt» und nach Mobile gebracht hatte. Dort hatte Mario sie aufgegabelt. Nach einem ihrer Auftritte hatte er ihr einen Drink spendiert, sich mitfühlend ihre Lebensgeschichte angehört und sie überredet, ihr Glück im Westen zu versuchen, wo sie ihre Vergangenheit hinter sich lassen und anständiges Geld verdienen konnte.

Eines mußte man Mario lassen: Er hatte nie versucht, mit ihr ins Bett zu gehen. Er hielt eine professionelle Beziehung zu ihr aufrecht und respektierte ihre Arbeitseinstellung. Sie war stets pünktlich, ließ im Gegensatz zu den meisten anderen Mädchen die Finger von Drogen und Alkohol und ließ sich nicht mit den Kunden ein. Der Nachteil an ihm war, daß er genau wußte, welche Knöpfe er drücken mußte, wenn er etwas von ihr wollte. Und genau die drückte er, als sie nach ihrem Scheck fragte. Er erinnerte sie an die Männer, denen sie vertraut hatte, unter anderem an den, der sie mit Dylan sitzenlassen hatte. Als er ihre Zweifel ausreichend genährt zu haben glaubte, legte er einen Zahn zu und drohte, sie zu feuern, wenn sie ihm nicht half, den Laden am Laufen zu halten – ein elender kleiner Tyrann, der alles tat, um die Kontrolle über sein schäbiges Reich zu behalten.

Die stampfende Baßlinie ihres Songs dröhnte aus dem Lautsprecher, und darüber legte sich die Stimme des Ansagers vom Band: «Gentleman, es wird Zeit, die Krawatten ein wenig zu lokkern, denn was euch jetzt erwartet, ist extrem heiß. Applaus für die reizende ... Sabrina!»

Jasmine sprang auf die Bühne, ins blendende Scheinwerferlicht. Anmutig trippelte sie in konzentrischen Kreisen auf ihren High Heels über die Bühne, bis sie die blankpolierte Messingstange erreicht hatte. Mit geschmeidigen Fingern liebkoste sie die Stange, stieß sich abrupt ab, wirbelte über die Bühne und schleuderte ihr durchsichtiges Cape von sich.

Dann fiel die Maske der brünstigen Tigerin plötzlich von «Sabrina» ab. Sie hatte kein Publikum. Keiner der etwa hundert Stühle vor der Bühne war besetzt. Die einzigen Gäste waren ein paar Männer, die sich um den Fernseher drängten. Es waren Stammgäste, die weder Heim noch Familie hatten, die sie hätten beschützen können, Männer, die auch heute aus demselben Grund im «Seven Veils» gelandet waren, aus dem sie sonst hierherkamen: um nicht allein zu sein. Vier oder fünf der Tänzerinnen hatten sich zu ihnen gesellt und verfolgten die Nachrichten.

Ohne jeden Zweifel war dies der schlimmste Augenblick in Jasmines Stripper-Karriere. Sie kam sich plötzlich dumm vor und wurde wütend. Während sie fast nackt im Scheinwerferlicht stand, wurde ihr bewußt, weshalb sie eigentlich hergekommen war. Sie hatte gewollt, daß Mario ihre Zweifel an Steves Redlichkeit nährte, sie an all ihre gescheiterten Beziehungen erinnerte oder vielmehr an all die Versager, die sie im Stich gelassen hatten. War er nicht auch abgehauen und hatte sie und Dylan allein gelassen, als das Raumschiff aufkreuzte? Doch was sie wirklich wütend machte, wütend auf sich selbst, war, daß sie Dylan mitgebracht und unnötiger Gefahr ausgesetzt hatte. Es war an der Zeit, nach El Toro zu fahren und herauszufinden, ob auf Steve Verlaß war. Sie streifte ihre High Heels ab und schlüpfte unbemerkt von der Bühne.

Wie ein Rohrspatz fluchend, betrat sie die Garderobe. «Ich glaub's nicht, daß ich mich von diesem Hundesohn so hab vollquatschen lassen. Ich bin nur hergekommen, um meinen Scheck abzuholen. Was ist bloß mit mir los?» Sie ließ sich auf einen der Stühle vor den Schminkspiegeln fallen und wischte sich angewidert das Bühnen-Makeup ab. Neben ihr saß ein neunzehn oder zwanzig Jahre altes, ausgebranntes Mädchen und glotzte auf ein tragbares Fernsehgerät.

«Unglaublich, was da abgeht. Total cool.»

Sie nannte sich Tiffany, hatte einen hochgewachsenen, anmutigen Körper, gigantische Brüste und wildwuchernde schwarze Haare, die sie zu einer wirren Frisur hochgesteckt hatte. Sie zündete sich eine neue Zigarette am Stummel der letzten an und sagte langsam und leicht weggetreten: «Ich hab dir gesagt, daß sie da draußen sind, und du hast gesagt, ich hätte 'nen Knall.»

Im Fernsehen verlasen zwei Sprecher mit besorgten Mienen die Nachrichten. Der Empfang war nach wie vor gestört.

«Unser nächster Bericht kommt aus der Abteilung ‹So was gibt's nur in Kalifornien›. Auf den Dächern der Wolkenkratzer in Downtown befinden sich Hunderte von UFO-Enthusiasten. Gestern vormittag gegen zehn Uhr, kurz nachdem das Zentrum des Schiffes unmittelbar über dem Gebäude der First Interstate

Bank Position bezogen hatte, stürmten zahllose Menschen die Dächer, offenbar, um die Besatzung willkommen zu heißen. Viele führten selbstgefertigte Schilder mit sich. Gordie Compton befindet sich mit dem News CamCopter am Schauplatz des Geschehens.»

Ein verwackeltes, von einem Hubschrauber aus aufgenommenes Bild erschien. Der Suchscheinwerfer der Maschine durchschnitt den Abendhimmel und schwenkte auf die Krone der Skyline von Los Angeles, das First Interstate Building. Auf dem Hubschrauberlandeplatz auf dem Dach des Gebäudes befand sich etwa ein halbes Hundert Menschen. Als der Scheinwerfer sie erfaßte, begannen sie zu johlen und zu toben und ihre handgemalten Schilder zu schwenken. Auf einigen waren Sätze wie «NEHMT MICH MIT» oder «EXPERIMENTIERT MIT MIR» zu lesen.

«Apropos Schilder, fast hätt ich's vergessen. Sieh mal, was ich gemacht hab.» Tiffany griff in ihren Beutel und brachte ein Pappschild zum Vorschein, auf das sie mit Buntstiften in weitschweifigen, mädchenhaften Buchstaben «WIR KOMMEN IN FRIEDEN» und ein Marsmännchen gemalt hatte.

Jasmine packte Tiffany am Arm.

«Laß das ja sein», zischte sie. «Hör mir zu, Mädchen. Du willst doch nicht etwa zu diesen Idioten raufgehen?»

Tiffany verdrehte die Augen und blies verträumt eine Rauchwolke an die Decke.

«Ich geh rüber, sobald meine Schicht vorbei ist. Kommst du mit?»

«Schau mich an», Jasmine faßte sie unter dem Kinn. Wie die meisten von Marios Mädchen hatte Tiffany das Gefühlsleben und die Intelligenz einer Glühbirne. Außerdem war sie süchtig und hatte einen verhängnisvollen Hang zu Männern, die sie mißbrauchten. Seit sie sich begegnet waren, hatte Jasmine das Mädchen unter ihre Fittiche genommen.

«Ich will nicht, daß du da raufgehst, Tiffany. Versprich mir, daß du das bleibenläßt.»

Tiffany glotzte sie mit großen Kulleraugen an, bis Jasmine fauchte: «Versprich es.»

«Okay, okay, ich versprech's», sagte Tiffany schließlich schmollend und warf das Pappschild hinter sich.

«Danke. Hör mal, ich muß die Stadt verlassen, und ich möchte, daß du keine Dummheiten machst, bis ich wieder da bin.»

Jasmine schaute auf die Uhr. Steve fragte sich wahrscheinlich schon, wo sie blieb. Sie wollte Tiffany nicht allein lassen, aber sie mußte los. Als Mario auf dem Weg zu seinem Büro in der Garderobe vorbeischaute, hatte sie sich bereits umgezogen.

«Was zum Teufel hat der Junge in meinem Büro zu suchen», polterte er. «Und wem gehört der verdammte Köter hier?»

Dylan saß in Marios Büro und sah sich ein Video an. Jasmine schob sich an Mario vorbei und hob ihren Sohn hoch.

«Wie oft soll ich euch verdammten Bräuten noch sagen, daß Kinder im Club nichts verloren haben.»

«Nicht einfach, heute 'nen Babysitter aufzutreiben», konterte Jasmine, schnappte mit der freien Hand ihre Tasche und eilte zum Ausgang.

«Hey! Hiergeblieben, junge Frau. Wo willst du hin? Du hast mir versprochen, heute zu arbeiten. Wenn du jetzt gehst, bist du entlassen.»

Jasmine hielt einen Augenblick im Türrahmen inne, warf einen letzten Blick zurück und sagte: «War nett, für dich zu arbeiten, Mario.»

Die Stimmung im Umkleideraum der Piloten auf El Toro war nachdenklich und gespannt. Captain Steven Hiller kam hereingeschlendert und stellte fest, daß die meisten Männer für sich allein saßen oder sich in kleinen Grüppchen leise grübelnd unterhielten. In der Ecke seines Geschwaders dagegen herrschte eine andere Stimmung. Die Männer des 23. Taktischen Lufteinsatzgeschwaders hatten sich gelassen zurückgelehnt, schwatzten, lasen und scherzten herum. Die «Black Knights», wie der offizielle Spitzname des Geschwaders lautete, waren eine lockere Truppe. Ihr Emblem zierte Spinde, T-Shirts, Jacken und sogar den einen oder anderen Oberarm.

Jimmy Franklin, Steves Partner und bester Freund, hatte die Beine hochgelegt und lauschte mit hinter dem Kopf verschränkten Armen einem Transistorradio. Er brauchte sich nicht umzudrehen, um zu wissen, daß Steve eingetroffen war. Die beiden hatten so viel Trainingszeit miteinander verbracht und einander sowohl in der Luft als auch am Boden den Rücken freigehalten, daß sie automatisch wußten, wo der andere sich befand.

«Wo zum Teufel hast du gesteckt?» rief Jimmy. «Warte, laß mich raten. Du bist bestimmt im Stau steckengeblieben.»

Steve stellte die Tasche vor seinem Spind ab und mischte sich unter seine Ledernacken.

«Ich wette, ihr Jungs habt den ganzen Tag auf euren fetten Ärschen gesessen und gewartet, daß ich aufkreuze», scherzte er, denn er wußte, daß seine Jungs den ganzen Tag mit Alarmübungen zugebracht hatten. Die Marines antworteten, indem sie Steve ihre Handtücher spüren ließen. Grinsend schlenderte er zu seinem Spind zurück. Jimmy erhob sich und kam zu ihm herüber.

«Diesmal ist es wirklich ernst, Stevie, verdammt ernst. Die haben alle auf den Stützpunkt zurückbeordert, und wir hatten den ganzen Tag über Alarmstufe gelb.»

Steve öffnete seinen Spind und sah, daß er Post bekommen hatte. Er blätterte den Stapel Briefe durch, bis er auf einen großformatigen Umschlag stieß, der das NASA-Emblem trug. Mit spitzen Fingern – wie man ein Negativ aus der Entwicklerflüssigkeit zieht – fischte er den Umschlag heraus. Er starrte einen Augenblick darauf, ehe er ihn Jimmy in die Hand drückte.

«Mach du ihn für mich auf. Ich kann nicht.»

«Du wirst 'ne richtige Pfeife, weißt du das?»

Wenn Steve Hiller der talentierteste und am härtesten arbeitende Pilot auf dem Stützpunkt war, dann war Jimmy Franklin der furchtloseste. Er hatte vor nichts Angst und war jederzeit bereit, es zu beweisen. Er riß den Brief auf und las leise den Inhalt vor, so daß nur Steve es hören konnte.

«Hier steht: ‹Sehr geehrter Captain Hiller, Marine Corps› bla bla bla. ‹Wir bedauern Ihnen mitteilen zu müssen, daß trotz Ihrer ausgezeichneten Leistungen ...›»

Jimmy las nicht weiter. Er wußte, daß die Nachricht seinem Freund schwer zusetzen würde.

«Hör zu, Kumpel, ich hab's dir schon mal gesagt. Es spielt keine Rolle, daß du vom Apache bis zur Harrier alles fliegen kannst. Wenn du das Spaceshuttle fliegen willst, mußt du anfangen, in ein paar Ärsche zu kriechen.»

Es war das dritte Mal, daß sie ihn ablehnten. Angewidert langte Steve in seinen Spind und riß ein Hochglanzfoto ab, welches das Spaceshuttle Columbia bei der Landung auf der Edwards Air Force Base zeigte. Direkt daneben hing ein Schnappschuß von Jasmine.

Jimmy gab sich alle Mühe, Steve aufzuheitern.

«Komm, ich erklär dir meine ganz persönliche Arschkriecher-Technik. Zunächst mußt du die richtige Höhe einnehmen. Wenn ich einen General kommen sehe, gehe ich sofort auf ein Knie. Das bringt mich exakt auf die gleiche Höhe mit seinem Arsch.»

Steve fühlte sich, als hätte man ihm ein Messer ins Herz gebohrt. Als er seine Jacke in den Spind stopfte, fiel etwas aus der Tasche auf den Boden. Ehe sich Steve danach bücken konnte, hatte Jimmy es schon aufgehoben. Es war eine kleine Schachtel, die Jimmy sogleich öffnete. Darin befand sich ein wunderschöner Verlobungsring mit einem Diamanten. Der glitzernde Stein saß in einer goldenen Fassung, die die Form eines springenden Delphins hatte.

Zum erstenmal seit Wochen war Jimmy sprachlos.

«Jasmine steht auf Delphine», erklärte Steve ein wenig verlegen.

«Soll das ein Ehering sein?» fragte Jimmy, der noch immer am Boden kniete.

«Verlobungsring.» Steve glaubte, einen leicht vorwurfsvollen Unterton in Jimmys Frage gehört zu haben. Sie hatten sich unzählige Male über Steves Traum, das Shuttle zum Mond zu fliegen, unterhalten, und jedesmal hatte Jimmy ihm den Rat gegeben, die Stripperin fallenzulassen.

«Ich dachte, du würdest mit ihr Schluß machen», brummte Jimmy.

In diesem Moment gingen ein paar Jungs eines anderen Geschwaders vorüber. Sie sahen, wie Jimmy am Boden kniete und Captain Hiller einen Ring entgegenstreckte. Die Jungs kippten fast aus ihren Stiefeln. Als sie merkten, wie komisch sie auf die anderen wirkten, sprangen Jimmy und Steve, von «Ich bin nicht schwul»-Panik erfaßt, auseinander. Dann schnappte sich Steve die Schachtel und steckte sie weg.

«Steve, hör auf mich. Die Brüder von der NASA sind echt besorgt um ihr Image. Sie wollen, daß alles schön seine Ordnung hat. Du hast dir schon einen Fehler geleistet, als du schwarz auf die Welt gekommen bist. Wenn du jetzt auch noch eine Stripperin heiratest, kannst du dir das Shuttle abschminken. Du weißt, daß ich recht habe.»

Steve war sich darüber im klaren. Sobald sich Jasmine im Gästehaus als sein Gast eintragen würde, waren seine Hoffnungen, irgendwann einmal das Shuttle zu fliegen, wahrscheinlich ein für allemal geplatzt. Er preßte seinen Kopf gegen die Spindtür und spürte das kalte Metall an seiner Stirn.

Die mächtigen Scheinwerfer, die normalerweise das Weiße Haus anstrahlten, waren aus Sicherheitsgründen abgeschaltet worden. Zwei Panzer und ein Zug schußbereiter Marines waren am Fronttor postiert worden, das auf die hellerleuchtete Pennsylvania Avenue führte, auf der sich Hunderte von Washingtoner Bürgern versammelt hatten. Neben den Reportern und denen, die einfach keinen Schlaf fanden, hatten sich auch kleine Grüppchen eingefunden, die mit Kerzen in den Händen beteten und eine Mahnwache abhielten. Eine Gruppe militanter Pazifisten marschierte auf dem Gehweg auf und ab und hielt Schilder in die Höhe, auf denen Slogans wie «KEINE PROVOKATIONEN» und «GEWALT ERZEUGT GEWALT» standen. Überall war Polizei, in Uniform und in Zivil.

Als zwei Cops eine Straßensperre beiseite schoben, um ein paar Pressefahrzeuge durchzulassen, reihte sich Julius unter sie ein und passierte die Straßensperre, als wäre er Walter Cronkite.

Selbst nach all den Jahren, in denen er seinen Vater beobachtet hatte, konnte David immer noch nicht erkennen, ob er tatsächlich so abgebrüht war oder nur blindlings vorpreschte. Nachdem er den Plymouth zum Stehen gebracht hatte, wandte sich Julius an seinen Sohn.

«Okay, wir sind da. Willst du klingeln, oder soll ich das für dich tun?»

David bedachte seinen Vater mit einem Clint-Eastwood-Blick, klappte sein Handy auf, las Connies Nummer von seinem Laptop ab und gab sie ein. Er hörte ein Besetztzeichen.

«Perfekt, sie telefoniert gerade.»

Manchmal schien David einfach Unfug zu reden.

«Was bitte ist perfekt daran, wenn du jemand anrufen willst und die Leitung besetzt ist?» wollte sein Vater wissen.

David bearbeitete die Tastatur seines Laptops. «Ich habe ein Programm, mit dem ich ihr Signal orten und ihre exakte Position bestimmen kann. Sogar im Weißen Haus.»

Julius wollte etwas sagen, doch als er begriff, was David eben gesagt hatte, verschlug es ihm für einen Moment die Sprache.

Dann fragte er aufrichtig neugierig: «So was kannst du?»

«Jeder anständige Fernsehelektriker kann so was», antwortete David mit einem diabolischen Grinsen.

Im Weißen Haus stand Connie in einem der Korridore und regelte eine persönliche Angelegenheit. Sie hatte ihre Nachbarin und Freundin Pilar angerufen, die gerade zu ihren Eltern nach New Jersey aufbrechen wollte. Pilar versprach, Thumper mitzunehmen, Connies Katze. Kaum hatte sie aufgelegt, klingelte es wieder. «Ja?»

«Connie, leg nicht auf.»

Als sie Davids Stimme erkannte, verdrehte Connie die Augen zur Decke. Sie lehnte sich an die Wand.

«Wo hast du diese Nummer her?»

«Geh zum Fenster. Direkt vor dir müßte sich ein Fenster befinden.»

Widerstrebend sah sie sich um und entdeckte tatsächlich kaum einen Meter von ihr entfernt ein Fenster. Sie trat heran, zog die spitzenbesetzten weißen Vorhänge auseinander und spähte hinaus.

«Okay, ich stehe am Fenster. Und wonach soll ich suchen?»

Aber es bedurfte keiner weiteren Erklärung. Als sie auf die Straße blickte, sah sie, wie eine große, schlaksige Gestalt auf die Kühlerhaube eines alten blauen Wagens kletterte und wie wild zu winken begann. Binnen Sekunden hatten Secret-Service-Agenten den Wagen umstellt und David «heruntergeholfen». Durch das Telefon konnte Connie hören, wie David auf die Männer einredete und ihnen bedeutete, daß er sich mit jemandem im Weißen Haus unterhielt.

Kurz darauf meldete sich eine geschäftsmäßige Stimme:

«Wer spricht da?»

Connie identifizierte sich und versicherte dem Agenten trotz ihrer Bedenken, daß der Mann auf dem Wagen kein Irrer war. Sie sah auf die Uhr und entschied, daß sie hinuntergehen könnte, um sich ein oder zwei Minuten mit ihm zu unterhalten.

Der Funkenregen eines Schweißbrenners prallte vom Helikopter ab und verging zischend auf dem Boden der Andrews Air Force Base. Der Mann mit der Schutzmaske legte letzte Hand an die «Operation Willkommensgruß», einen hastig organisierten Versuch, mit den Besuchern in Verbindung zu treten. Tragbare Arbeitslampen, wie man sie im Straßenbau benutzte, waren nebst den dazugehörigen Generatoren auf die Landebahn verbracht worden. Hundertschaften von Journalisten und Kameraleuten waren so nahe an den Schauplatz des Geschehens herangerückt, wie es ihnen die wachhabenden Soldaten gestatteten.

Im Zentrum des Geschehens stand ein dreißig Meter langer und zehn Meter hoher Apache-Kampfhubschrauber, das feinste Stück Helikoptertechnologie, über das die US-Streitkräfte verfügten. Am Rumpf des Helikopters war ein eigens konstruierter Stahlrahmen angebracht, der dazu bestimmt war, eine gigantische Anzeigetafel zu halten. Auf der Suche nach einer Möglichkeit, mit den stummen Goliaths am Himmel zu kommunizieren, hatten die Ingenieure schließlich einen Plan ausgetüftelt. Sie waren zum RFK-Stadion gefahren, wo gewöhnlich die Washington Redskins ihre Football-Spiele austrugen, und hatten die Anzeigetafel abmontiert. Die fünfzehn Meter hohe Tafel bestand aus dreihundertsechzig Lampen, die via Computersteuerung so ziemlich jedes Muster abbilden konnten. Die Tafel war zur Andrews Air Force Base gebracht und dort unter den Apache montiert worden, der jetzt aussah, als hätte er ein Paar Tragflächen bekommen.

Als die Rotorblätter sich langsam in Bewegung setzten, brach ein Blitzlichtgewitter los. Die Reporter brüllten den Soldaten und Presseoffizieren, die sie auf Distanz halten sollten, ihre Fragen zu und eilten auf ihre Positionen, um ihre Kommentare zu sprechen. Sekunden später wurden sie live von Millionen von Menschen in aller Welt empfangen, die den Beginn der «Operation Willkommensgruß» verfolgten.

«Was Sie hinter mir sehen», versuchte ein CNN-Reporter den Lärm zu übertönen, «ist ein Apache-Kampfhubschrauber, der mit einer computergesteuerten Anzeigetafel ausgestattet wurde. Die Verantwortlichen im Pentagon hoffen, daß dies der erste Schritt sein wird, um mit dem außerirdischen Flugobjekt Kontakt aufzunehmen. Doch welche Botschaft werden wir übermitteln? In welcher Sprache? Wir haben vor wenigen Augenblicken mit einem der Männer gesprochen, die an der Entwicklung der ersten irdischen Botschaft an diese unergründlichen Besucher beteiligt waren. Er erklärte uns, daß es sich um eine Friedensbotschaft in der Sprache der Mathematik handelt...»

Sobald die Rotorblätter ihre Startgeschwindigkeit erreicht hatten, zog sich das Bodenpersonal zurück, und der Pilot hob ab, wobei er darauf achtete, die Maschine waagerecht zu halten, damit die Tafel nicht abrutschte. Der Hubschrauber stieg senkrecht nach oben und nahm Kurs auf die dunkle, metallische Drohung, die am Abendhimmel hing. Ein Schwarm kleinerer, mit Kameras ausgestatteter Hubschrauber folgte ihm. Überall auf der Welt saßen die Menschen wie gebannt vor den Bildschirmen. Selbst im

Weißen Haus hatte sich eine beträchtliche Anzahl Militärs und Zivilisten um die Monitore geschart, um den Fortgang des Dramas zu verfolgen.

«Wo sind wir?»

Der halbe Raum fuhr auf und salutierte, als der Präsident hereinkam.

«In der Luft», berichtete General Grey. «Kontaktaufnahme erfolgt in etwa sechs Minuten.» Währenddessen war das dröhnende Knattern des Apache über der Stadt zu hören. Mehrere Offiziere traten an die Fenster und beobachteten, wie der Hubschrauber höher stieg und den Rendezvouspunkt an dem weit herausragenden Turm ansteuerte, der die Vorderseite des Raumschiffs zu markieren schien. Präsident Whitmore stand mit den anderen in der Mitte des Raums und beobachtete das Geschehen in grimmigem Schweigen.

Nur ein paar Schritte weiter, am Ende des Flurs, stieg ein unrasierter Julius Levinson mit von der Fahrt zerknitterten Hosen aus einem alten Fahrstuhl. Er machte kein Geheimnis daraus, daß ihn die Umgebung beeindruckte. Während Connie und David heftig flüsternd den Flur hinuntergingen, begutachtete Julius seine Erscheinung im Spiegel.

«Oh, oh, wenn ich gewußt hätte, daß ich den Präsidenten treffe», sagte er laut, «hätte ich mir eine Krawatte umgebunden. Schau dich bloß an, du siehst aus wie ein Schlemihl.»

Wortlos kam Connie zurückgeeilt, hakte ihren Schwiegervater unter und zerrte ihn hinter sich her, bis sie vor dem Oval Office standen. Es war leer, aber Julius hatte das Gefühl, den Geist der großen Amerikaner zu spüren, die hier residiert hatten. Er konnte kaum glauben, was ihm dieser seltsame Tag beschert hatte. Unbewußt strich er sich mit den Fingern durchs Haar, um seine äußere Erscheinung etwas aufzubessern.

«Ihr beiden wartet hier», sagte Connie, «ich bin gleich zurück.» Im Hinausgehen sagte sie warnend zu David: «Ich weiß nicht, ob er sich freuen wird, dich zu sehen.»

«Connie», drängte David, «wir verschwenden unsere Zeit. Ich bin wahrscheinlich der letzte, den er jetzt anhören will.»

«Natürlich wird er dich anhören», mischte sich Julius ein, bereit, seinen Sohn zu verteidigen. «Wieso nicht?»

«Weil ich ihm das letzte Mal, als wir uns gesehen haben, einen Kinnhaken verpaßt habe.»

Julius schluckte und faßte sich mit beiden Händen ans Herz. Sein Blick wanderte zwischen Connie und David hin und her.

«Du hast dem *Präsidenten* eine verpaßt?»

Connie blieb im Türrahmen stehen. «Damals war er noch nicht der Präsident», erklärte sie. «David war überzeugt, ich hätte eine Affäre mit ihm, was natürlich nicht stimmte.»

Mit diesen Worten schloß sie die Tür hinter sich und machte sich auf den Weg zum Konferenzraum. Als sie hörte, wie Julius drinnen lospolterte, mußte sie lächeln.

Vor dem Konferenzraum blieb sie kurz stehen. Sie ging privat wie auch beruflich ein gewaltiges Risiko ein, wenn sie den Präsidenten aus einer hochkarätigen Besprechung zu einer Unterredung mit ihrem unberechenbaren Gatten holte. Doch David hatte sie überzeugt, daß er etwas Bedeutendem auf der Spur war, und sie glaubte, daß der Präsident es erfahren sollte. Sie atmete tief durch, ging forsch hinein, marschierte direkt auf Whitmore zu und flüsterte ihm ein paar Worte ins Ohr.

«Jetzt sofort?» fragte er ungläubig.

Seine Pressesprecherin nickte. Alle Augen waren auf sie gerichtet. Ihr Timing hätte nicht schlechter sein können. «Operation Willkommensgruß» stand drei Minuten vor der Kontaktaufnahme. Aber Whitmore wußte, daß er sich auf Connies Urteil verlassen konnte. Ohne ein Wort zu verlieren, wandte er sich vom Fenster ab und ging zur Tür.

«Sie wollen doch jetzt nicht gehen?» Nimziki sorgte dafür, daß jeder im Raum das merkwürdige Verhalten des Präsidenten mitbekam. Whitmore ging hinaus, ohne ihn zu beachten.

«Mann o Mann, wie um alles in der Welt halten Sie es bloß mit diesem Kretin aus?» fragte Connie draußen auf dem Flur.

«Er stand jahrelang an der Spitze der CIA. Er weiß, wer welche Leichen im Keller hat. Das ist nicht unpraktisch. Und jetzt sagen Sie mir, wer mich da eigentlich sprechen will.»

Statt ihm zu antworten, schob Connie ihn sanft ins Oval Office. Als Whitmore David sah, blieb er wie angewurzelt stehen.

«Verdammt, Connie, für so was habe ich keine Zeit.»

Connie hatte diese Reaktion vorausgesehen und deshalb bereits die Türen geschlossen und sich davor aufgebaut. Ein eisiges Schweigen entstand.

Julius, der die Situation besser verstand, als er sich anmerken ließ, brach schließlich das Eis, indem er mit ausgestreckter Hand auf den Präsidenten zuging: «Julius Levinson, Mr. President. Es ist mir eine Ehre.»

«Ich habe dir gesagt, daß er mich nicht anhören würde», sagte David schmollend zu Connie.

«Es wird nur einen Augenblick dauern», versicherte Julius dem Präsidenten.

Präsident Whitmore sah Connie sprachlos an und fragte sich, wie sie auf die Idee gekommen war, diese beiden schrägen Vögel in solch einem Augenblick ins Weiße Haus zu schleifen. Erst als er sich anschickte, das Oval Office zu verlassen, faßte sich David ein Herz.

«Ich kenne die Ursache der Satellitenstörungen», sagte er ruhig.

Whitmore drehte sich um und sah ihn an. «Fahren Sie fort.»

«Die Schiffe sind rund um die Welt in Position gegangen.» Er trat an den Schreibtisch des Präsidenten und malte einen Kreis auf einen Notizblock. «Wenn man die Aktionen der Schiffe koordinieren will, ist es nicht möglich, ein Signal an alle zugleich auszusenden.» Er zeichnete ein paar Linien auf das Papier, um zu demonstrieren, wie die Erde die Signale blockieren würde.

«Sie sprechen von quasioptischen Verbindungen?»

«Genau. Die Rundung der Erde verhindert das, deshalb benötigt man die Satelliten ...» David fügte seiner Zeichnung ein paar Trabanten hinzu «... um die einzelnen Schiffe zu erreichen. Ich habe ein Signal ausgemacht, das in unser Satellitensystem eingebettet ist, und dieses Signal ...»

Ehe er seinen Satz vollenden konnte, flog die Tür auf, und ein Mitarbeiter streckte den Kopf herein. Er hatte eine dringende Mitteilung.

«Verzeihung, Mr. President. Es geht los.»

Bis jetzt hatte David dem Präsidenten noch nichts erzählt, was dieser nicht schon aus den Berichten wußte, die das Space Command im Laufe des Tages geliefert hatte. Der Präsident griff nach der Fernbedienung und schaltete den Fernseher ein. Der Apache befand sich direkt vor dem gewaltigen Raumschiff und schaltete soeben die Anzeigetafel ein. Die starken Strahler begannen zu blinken und kreierten eine sich wiederholende Abfolge von Lichtsignalen. Die SETI-Wissenschaftler hatten nach stundenlangen Online-Konferenzen und einem Faxgewitter eine schlichte mathematische Progression entwickelt, von der sie hofften, es handele sich um eine universell verständliche Kommunikationsform. Die Sequenz wiederholte sich alle drei Minuten, dann folgte das Wort FRIEDEN in zehn verschiedenen Sprachen. Das war zwar nicht berauschend, aber immerhin ein Anfang. Die Botschaft, die auf der Anzeigetafel aufblinkte, war für die meisten Erdenbewohner, einschließlich des Präsidenten, unverständlich. Whitmore wandte sich wieder an David.

«Also, sie benutzen unsere Satelliten, um miteinander in Verbindung zu treten?»

David drehte seinen Laptop, so daß der Präsident den Schirm sehen konnte, und zeigte ihm die Grafik, die er geschaffen hatte, um das Signal darzustellen.

«Diese Kurve ist eine chronologische Darstellung des Signals. Als ich es entdeckte, wiederholte es sich alle zwanzig Minuten. Dann wurde es kürzer, und jetzt wiederholt es sich alle drei Minuten. Es scheint, als würde es schwächer werden, aber die Sendestärke bleibt konstant. Es sieht aus, als würden sie es auf Null runterfahren. Es muß sich um eine Art Countdown handeln.»

Gedankenverloren wandte der Präsident seinen Blick wieder dem Fernsehapparat zu.

«Tom, diese Dinger da oben ...» David wurde sich seines Lapsus bewußt und wurde förmlich. «Mr. President, diese Dinger da oben benutzen unsere Satelliten, um ihren Countdown abzuspulen. Die Uhr tickt.»

«Wann wird das Signal verschwunden sein?»

David öffnete ein Fenster auf seinem Computerbildschirm. «Einunddreißig Minuten.»

Whitmore schaute auf den Fernseher. Der riesige Helikopter wirkte vor der endlosen grauen Masse des Eindringlings wie ein Moskito.

Was David sagte, machte Sinn und bestätigte seine schlimmsten Befürchtungen. Bis jetzt hatte er eine abwartende Haltung eingenommen, doch wenn David in bezug auf den Countdown richtig lag, wurde es Zeit zu handeln. Er nickte David zu, verließ den Raum, ging den Korridor hinunter und betrat den Konferenzraum mit einem vollkommen neuen Schlachtplan.

«General Grey, ich möchte, daß Sie die Koordination des Atlantic Command und des Southwest Command übernehmen. Sagen Sie ihnen, sie hätten fünfundzwanzig Minuten Zeit, so viele Menschen wie möglich aus den Städten zu evakuieren.»

«Aber Mr. President ...»

«Und sorgen Sie dafür, daß der Chopper von diesem verdammten Schiff abdreht. Rufen Sie ihn sofort zurück.»

Grey sprach in die Direktverbindung zur Andrews Air Force Base und gab die Anweisungen seines Oberbefehlshabers weiter. Nimziki dagegen nutzte die Situation, um seine Karriere voranzutreiben und weitere Macht an sich zu ziehen. Er ließ den Blick demonstrativ über die Versammelten schweifen und versuchte, den Eindruck zu vermitteln, der Präsident breche unter dem Druck der Verhältnisse zusammen und ändere ohne ersichtlichen Grund seine Position.

«Mr. President.» Seine Stimme war voller falscher Höflichkeit. «Weshalb ziehen wir uns zurück? Was hat Ihren Sinneswandel veranlaßt?»

Whitmore ignorierte ihn. «Mit sofortiger Wirkung beginnen wir, das Weiße Haus zu evakuieren. In fünf Minuten will ich zwei Chopper draußen auf dem Rasen haben. Jemand soll runtergehen und meine Tochter holen.»

Berater und Mitarbeiter stoben auseinander, um den neuen Anordnungen Folge zu leisten.

«Sir.» Grey hielt den Hörer bedeckt. «Ich habe General Harding vom Atlantic Command in der Leitung. Wie geordnet soll die Evakuierung ablaufen?» Grey war wie alle anderen verwirrt von Whitmores plötzlichem Kurswechsel. Doch es blieb keine Zeit mehr, seine Frage zu beantworten.

«Sie reagieren!»

Sofort verstummte das Getuschel, und alle wandten sich den Monitoren zu. Am Fuß des Turms kam ein dünner grüner Lichtstrahl von etwa fünf Zentimeter Umfang zum Vorschein. Fast wie ein Finger, der sich durch die Dunkelheit tastet, schob er sich vor, wurde länger und stieß schließlich gegen den Hubschrauber, der sich eine Meile entfernt befand. Als der Strahl ihn erfaßte, wurde der Apache sichtlich durchgeschüttelt und einige Meter zurückgedrängt. Der Strahl, der hell genug war, daß er vom Boden aus zu erkennen war, hatte die milchig-grüne Farbe von Jade. Millionen von Fernsehzuschauern konnten sehen, wie der Helikopter kämpfen mußte, um seine Position zu halten.

Die Stimme des Piloten klang gelassen, als er sich über Funk meldete.

«Dieser Lichtstrahl schien eine Art Masse oder Energie zu besitzen. Wir haben ein paar Turbulenzen und werden ganz schön durchgeschüttelt.» Während er sprach, übertönte ein gewaltiges Quietschen seine Worte. Zwei riesige Panzerplatten, hinter denen sich die Quelle des geheimnisvollen grünen Lichtstrahls verbarg, öffneten sich mit einem ohrenbetäubenden Kreischen.

«Hört sich an, als ob Gottes Fingernagel über eine gewaltige Schiefertafel kratzt», vermeldete der Pilot mit säuselndem Südstaatenakzent.

Als die Platten sich öffneten, begann das Licht aus dem Innern die 1500-Watt-Strahler der Anzeigetafel zu überblenden. Die Männer im Hubschrauber schlugen die Hände vor die Augen und versuchten weiterhin, ihre Position zu halten. Dann erreichte sie der Befehl des Präsidenten. Der Pilot legte einen Schalter an seinem Funkgerät um, so daß Millionen Menschen seine Stimme hören konnten.

«Wir haben den Befehl erhalten, umzukehren und die Operation Willkommens …»

Er konnte den Satz nicht mehr beenden. Ein grüner Lichtpfeil schoß plötzlich durch den Nachthimmel und traf den Helikopter. Der Apache barst in einer einzigen gewaltigen Explosion. Es sah aus, als hätte jemand eine Libelle mit einer .22er abgeschossen. Die Explosion erleuchtete den Himmel, dann war plötzlich alles dunkel. Der Lichtstrahl war verschwunden. Nur ein paar Teile Helikopterschrott waren noch übrig, die langsam wie Schneeflocken herabschwebten. Die Öffnung am Fuß des Turms schloß sich, und es schien wieder, als würde der Riese am Himmel schlafen.

In einem Hotelzimmer in Los Angeles klingelte das Telefon. Und klingelte. Marilyn Whitmore war zu geschockt von dem, was sie eben gesehen hatte, als daß sie hätte abnehmen können. Sie hatte gerade die letzten Kleinigkeiten in einem Aktenkoffer verstaut, als der Helikopter explodierte. Das Fernsehen wiederholte die Szene in Zeitlupe. Eine grobkörnige Ausschnittsvergrößerung zeigte die letzte Aufnahme des Piloten, der vergeblich seinen Kopf in den Armen zu bergen suchte, ehe die Explosion ihn auslöschte. Marilyn saß auf dem Bett und wurde von Mitgefühl für den Mann und seine Familie überschwemmt. Ihr war übel. Und der Gedanke, was diese Reaktion der Außerirdischen für die Menschheit bedeutete, machte es noch schlimmer. Schließlich nahm einer der Secret-Service-Agenten aus ihrer Eskorte den Hörer ab und identifizierte sich.

Er hörte aufmerksam zu, dann sagte er:

«Jawohl, Sir. Ich verstehe, Sir. Jawohl, Sir, auf der Stelle. ... Sie ist direkt neben mir. Wünschen Sie mit ihr zu sprechen, Sir? ... Jawohl, Sir. Ich verstehe.»

Er legte auf und wandte sich an Mrs. Whitmore.

«Das war der Präsident, Madam. Ich soll Ihnen ausrichten, daß er Sie über alles liebt, und Sie augenblicklich aus Los Angeles evakuieren. Wir haben die Südtreppe bereits absperren lassen. Wir gehen aufs Dach.»

«Dann mal los», erwiderte sie, riß sich zusammen und ging hinaus.

Als sie auf dem Dach ankamen, setzte ein Transporthubschrauber der Army bereits zur Landung an. Mrs. Whitmore fragte sich, ob es eine gute Idee war, mit dem Helikopter zu fliegen, da das Raumschiff über ihnen möglicherweise Geschmack daran gefunden hatte, wehrlose Hubschrauber zu verspeisen. Während die Rotorblätter die milde Abendluft aufwirbelten, ließ Marilyn ihren Blick über die Skyline schweifen und bemerkte, daß sich auf den Dächern der Wolkenkratzer sonderbare Szenen abspielten. Zahlreiche Helikopter waren in der Luft und erleuchteten mit ihren Suchscheinwerfern die Dächer der Gebäude.

Jasmine öffnete die Wagentür und stieg aus. Sie befand sich auf der Überholspur des alten Pasadena Freeway. Der Verkehr in ihrer Richtung war fast vollständig zum Erliegen gekommen, sie schaffte bestenfalls noch eine Meile pro Stunde. Auf der anderen Seite des Mittelstreifens ging es schneller voran. Die Fahrer, die versuchten, Los Angeles in nördlicher Richtung zu verlassen, hatten die Gegenfahrbahn übernommen. Direkt vor ihr befand sich ein Tunnel, der durch eine steile Hügelkette führte. Die Vorstellung, in einem Tunnel festzusitzen, während das Schiff über ihr war, ließ sie frösteln.

Frustriert stieg sie wieder ein. Sobald sie den Tunnel hinter sich hätte, würde sie nach einer Möglichkeit suchen, auf die Gegenfahrbahn zu gelangen und etwas von der Zeit aufzuholen, die sie mittlerweile verloren hatte. Und wenn sie die Leitplanke durchbrechen mußte. Es war fast elf Uhr abends. Wenn es so weiterging, würde sie El Toro kaum vor nächster Woche erreichen. Dylan und Boomer wurden bereits gereizt und unruhig. Jasmine suchte nach dem Verkehrsfunk.

«... haben die Behörden eine Totalevakuierung von Los Angeles County angeordnet. Autofahrer werden gebeten, die Freeways zu meiden und auf die Nebenstraßen auszuweichen. Dort bewegt sich der Verkehr deutlich schneller.»

«Das erzählt er uns jetzt.» Jasmine sah ihren Sohn an und schüttelte verbittert den Kopf. Der Junge zuckte nur mit den Schultern. Die Autoschlange schob sich zehn Meter weiter.

Der Präsident und seine Entourage verloren keine Zeit. Am Fuß der Treppe begegneten sie einem Mitarbeiter, der Patricia geholt hatte. Von dort eilten sie auf den Rasen und bestiegen die wartenden Hubschrauber. Die zwanzig Männer und Frauen wirkten trotz der einundzwanzig Stunden, die sie bereits ununterbrochen gearbeitet hatten, frisch und unverbraucht. Sie joggten über den Rasen und verteilten sich auf die blauweißen Hubschrauber, die das Präsidialsiegel an den Türen trugen.

General Grey war bereits an Bord und telefonierte, als der Präsident seine Maschine bestieg.

«Ist meine Frau schon in der Luft?»

Whitmores scharfer Ton ließ keinen Zweifel daran, daß er ein Ja erwartete.

«Sie werden jede Sekunde starten. Sie steigen gerade ein.»

Connie kam als letzte an Bord. Sie sah verwirrt aus und war es auch. Die Marines, die den Zugang zu den Helikoptern kontrollierten, hatten David und Julius nicht durch die Absperrung gelassen. Sie durften nicht mit. In der Maschine waren noch einige Plätze frei, aber der Präsident hatte seine Nase in einem Fax des Außenministeriums vergraben, und Connie wagte es nicht, ihn zu bitten, David mitzunehmen. Außerdem war es zu spät. Das Bodenpersonal schloß bereits die Tür, und der Air-Force-Pilot brachte die Rotoren auf Startgeschwindigkeit. Irgendwie mußten David und Julius sich auf eigene Faust durchschlagen und versuchen, die Stadt zu verlassen. Und wenn Daivds Countdown-Theorie stimmte, dann blieben ihnen dazu höchstens noch zehn Minuten.

«Tom ...» Der Klang ihrer Stimme überraschte sie. Als Präsident Whitmore seinen Sessel herumschwang und sie ansah, fand sie plötzlich keine Worte mehr. Statt dessen deutete sie nach draußen, wo David und Julius von den Marines festgehalten wurden. Als der Präsident die beiden entdeckte, erhob er sich, eilte zum Einstieg und schob eigenhändig die Tür auf. Über das Dröhnen der Rotorblätter hinweg brüllte er den Männern draußen etwas zu. Einer von ihnen rannte sofort über den Rasen und brachte die Levinsons zum Hubschrauber. Als die beiden an Bord kamen, ließ Whitmores Miene keinen Zweifel daran, daß sie sich setzen und den Mund halten sollten. Das taten sie denn auch. David entdeckte zwei freie Plätze neben Connie und hatte bereits seinen Laptop aufgeklappt, als der Hubschrauber abhob. Connie sah ihm über die Schulter und beobachtete, wie der Countdown ablief.

11:07, 11:06, 11:05 ...

Als der Helikopter davonschwebte, schaute Connie hinunter auf die Menschen, die auf dem Rasen des Weißen Hauses zurückgeblieben waren. Keiner von ihnen sah aus, als würde er bald sterben. Im Gegenteil, sie bewegten sich geschäftig, auf ihre jeweiligen Aufgaben konzentriert. Connie hatte das Gefühl, daß diese Konzentration sie zu beschützen schien. Es gab noch genug zu tun. Einen Augenblick war ihr, als beobachte sie die Szenerie an der Himmelspforte: Einige wurden hereingelassen, andere dem Verderben preisgegeben. Sie versuchte, den Gedanken abzuschütteln. Ganz gewiß würden diese hart im zweiten Glied arbeitenden Männer und Frauen, mit denen sie die letzten drei Jahre zusammengearbeitet hatte, noch genauso da sein, wenn der Hubschrauber zurückkehrte.

11:01, 11:00, 10:59 ...

Die letzten Stufen flog sie fast, wie von Zauberhand nach oben gezogen, in Richtung des freudig erregten Partylärms, der ihr entgegenschallte. Schließlich stieß sie die Feuertür auf und trat ins Freie. Hunderte lachender, johlender, trinkender Menschen tanzten im Takt der gellenden Kakophonie, die die drei konkurrierenden Ghettoblaster produzierten. Eine Gruppe von Frauen, die wie Sekretärinnen aussahen, hatten sich «UFO-Anzüge» übergestreift; sie trugen weiße Catsuits und kegelförmige Kappen, die sie unter dem Kinn festgezurrt hatten. Ein Paar, das sich offenbar ein wenig zu wichtig nahm, hatte sich mit samtenen Roben, kunstvollen Kronen und juwelenbesetztem Zepter aufgetakelt und war als intergalaktisches Herrscherpaar erschienen. Sie saßen stoisch inmitten des Tohuwabohus, als warteten sie darauf, daß ein königlicher Bote zu ihnen herabschwebte. Geburtstagskostüme waren ebenfalls sehr beliebt. In der Mitte des Daches hatte sich eine Gruppe junger Hippies, die aussahen wie Deadheads, ihrer Kleider entledigt und war in einen tranceartigen rituellen Tanz versunken. Eine Polonaise schlängelte sich durch die Menge, und als sie Tiffany passierte, drückte ihr einer der Tänzer eine Tequilaflasche in die Hand. Sie fühlte sich, als hätte sie gefunden, wonach sie schon immer gesucht hatte. Als hätte sie endlich die wildeste, verrückteste, coolste Party der Welt entdeckt. Die, zu der man sie bislang niemals eingeladen hatte. Tatsächlich hatten fast alle, die sich auf dem Dach der First Interstate eingefunden hatten, eines gemein: Sie waren Nerds, verschrobene Freaks. Lachend nahm Tiffany einen tiefen Schluck aus der Flasche.

Noch erstaunlicher als die Party war der Anblick des Schiffes. Sein Zentrum befand sich direkt über dem Gebäude. *Das Auge des Hurrikans*, dachte Tiffany und schenkte der schaurig-schönen Oberfläche des Schiffes einen langen Blick. Die langen silbernen Streifen, von denen die Leute sagten, sie sähen aus wie Insektenflügel, waren in Wirklichkeit ein Netzwerk durchsichtig schimmernder Röhren, Tanks und Docks, die den Eindruck einer auf dem Kopf stehenden Stadt vermittelten. Und groß genug war das Ganze. Ehrfürchtig nach oben starrend, malte sie sich das Innere des Schiffes aus, träumte davon, in wichtiger Mission hindurchzugleiten. Jemand zerrte sie am Ärmel und holte sie auf die Erde zurück. Ein nicht mehr ganz junger, bärtiger Mann drehte einen Joint. Er deutete auf die nackten Tänzer und sagte: «In den letzten Tagen des Dritten Reichs, als die Alliierten vor Berlin standen und alle wußten, daß es gelaufen war, daß ihre Welt untergehen würde, da haben sie auch solche Orgien veranstaltet. Damit haben sie den Streß bewältigt.»

«Von mir aus», lachte Tiffany den Mann an, drückte ihm die Flasche in die Hand und watete ins Zentrum der Party. Sie zog ihr

«WIR KOMMEN IN FRIEDEN»-Schild hervor und schwenkte es. Es war voll hier oben, auf dem Dach drängten sich viel zu viele Menschen. Einige der UFO-Enthusiasten tanzten nur wenige Zentimeter von der ungesicherten Dachkante entfernt an dem fünfundsechzig Stockwerke tiefen Abgrund, der sich unter ihnen auftat.

Plötzlich tauchte ein Polizeihubschrauber aus den Straßenschluchten auf. Er hatte seine Lautsprecher voll aufgedreht.

«Verlassen Sie sofort das Dach. Das ist ein Befehl. Der Präsident der Vereinigten Staaten hat die Evakuierung von Los Angeles angeordnet. Begeben Sie sich unverzüglich und geordnet zur Treppe.»

Die Leute reagierten, wie nicht anders zu erwarten; sie buhten und warfen mit allem, was sie gerade in den Händen hielten, nach dem Hubschrauber. Die meisten von ihnen hatten der Polizei bereits ein Schnippchen geschlagen, als sie sich durch die Absperrung gedrängt hatten und heraufgekommen waren. Der Chopper umkreiste einmal das Gebäude und nahm dann Kurs auf die nächste Wolkenkratzer-Party.

Über ihnen brach ein gewaltiger Lärm los, ein tiefes, gleichmäßiges Grollen, wie der Klang von hunderttausend Kesselpauken. Alle hielten den Atem an und verrenkten sich die Hälse, um Zeugen des erstaunlichen Spektakels zu werden, das sich über ihren Köpfen abspielte. Das Zentrum des Schiffes öffnete sich. Die Außerirdischen bereiteten eine Kontaktaufnahme vor. Riesige ineinandergreifende Tore klappten nach unten. Das gesamte Zentrum, das eine Meile Durchmesser hatte, das Blütenherz inmitten der Blume, öffnete sich langsam und enthüllte das schwach beleuchtete Innere des Schiffes. Genau in der Mitte blieb ein kleiner Sektor übrig, der sich nicht bewegte. Es war die Spitze eines langen, nadelartigen Gebildes. Während die Tore ringsum langsam aufglitten, senkte sich die Nadel auf die Stadt herab. Sie war lang und dünn, nur in der Nähe des unteren Endes wies sie eine diamantförmige Ausbuchtung auf, wie eine Schlange, die einen Apfel verschluckt hatte. Der Schaft hatte etwas an sich, was ihn zugleich biologisch-natürlich und ekelerregend wirken ließ. Das

Gebilde ragte aus dem Unterteil des Schiffes hervor und hing wie eine knospende Blume am Nachthimmel, während die Tore sich langsam senkten und wie eine erblühende schwarze Rose auseinanderglitten. Als sie senkrecht über der Erde standen, hörte das Grollen auf, doch der Schaft senkte sich weiter herab, bis seine Spitze nur noch rund sechzig Meter über Tiffany und ihren neugewonnenen Freunden schwebte.

Der Hubschrauber, der die First Lady transportierte, kurvte mit Höchstgeschwindigkeit durch die Skyline von Los Angeles. Der Pilot hatte gesehen, was der «Operation Willkommensgruß» widerfahren war, und wollte seinen Passagier so schnell wie möglich aus der Gefahrenzone bringen. Obwohl ihr Bestimmungsort im Nordosten lag, flog er Richtung Süden, da dies der kürzeste Weg aus Downtown war.

«Vielleicht handelt es sich um eine Art Aussichtssturm», bemerkte einer von Marilyn Whitmores Mitarbeitern.

Dann kam das grüne Licht. Die Nadelspitze glühte auf und erleuchtete Downtown mit einem gleißenden Lichtstrahl, der dieselbe milchig-grüne Farbe hatte wie jener, der den Hubschrauber über Washington ausgelöscht hatte. Zwischen dem Ozean und den Bergen gab es keinen Menschen mehr, der nicht zum Himmel geblickt und die unheimliche Schönheit dieses Lichts bewundert hätte. Der Strahl war so sanft, so friedfertig, so zauberhaft, daß er wie ein Zeichen der Freundschaft wirkte. Ein paar Minuten lang schien alles gut zu werden. Es würde zu keiner Konfrontation kommen. Das Licht schien zu bedeuten, daß die Erde eine harmonische Begegnung mit einer fremden Zivilisation erwarten durfte. Der Partylärm auf den verschiedenen Dächern verebbte. Die Geschichte des Planeten war im Begriff, sich für immer zu verändern, und die Dachbesucher wußten, daß sie sich im Zentrum des Geschehens befanden. Sie reckten ihre Schilder in die Höhe und warteten darauf, daß es losging.

Auf der Andrews Air Force Base, außerhalb von Washington, flogen die Türen des Präsidentenhubschraubers auf, noch ehe er die Erde berührt hatte. Davids Countdown-Theorie wurde mittlerweile äußerst ernst genommen, und es war keine Zeit zu verlieren. Secret-Service-Agenten eskortierten Präsident Whitmore und seine Begleiter eilig über die Landebahn und die Gangway der Air Force One hinauf. Die Turbinen der Boeing 747 heulten bereits startbereit auf. Kaum hatte das Bodenpersonal die Gangway weggeschoben, löste der Pilot die Bremsen, und das Flugzeug rollte auf die Startbahn. Während sie beschleunigten, schnallte ein Besatzungsmitglied Julius, der als letzter die Gangway heraufgekommen war, in seinen Sitz. David klappte seinen Laptop auf und sah zu, wie die letzten Sekunden heruntertickten.

00:25, 00:24, 00:23 ...

Ein scharfer weißer Lichtstrahl schoß innerhalb des grünen Schafts herunter auf das Gebäude der First Interstate. Jeder UFO-Enthusiast im Umkreis von fünfzig Metern wollte die Stelle erreichen, wo der Strahl das Dach berührte, in der Hoffnung, daß er vielleicht auserwählt und an Bord des Schiffes gehoben würde. Wie tollwütige Hunde kämpften sie um das Privileg, Botschafter der Erde zu werden.

Während sie sich stießen und miteinander rangen, zog sich Tiffany in die Nähe der Treppe zurück, wo es weniger aufgeregt zuging. Zahlreiche tragbare Fernseher waren in Betrieb genommen worden und zeigten, daß derselbe scharfe weiße Strahl auch von den Schiffen über den anderen Metropolen ausgesandt wurde. In Paris war er auf Notre-Dame gerichtet, in Berlin auf den Reichstag, in Tokio auf den Kaiserpalast, in San Francisco auf das Convention Center, in New York auf den Central Park, in Peking auf die Verbotene Stadt, in Tel Aviv auf die Kuppel der Synagoge, in London auf die Nelson-Statue auf dem Trafalgar Square und in Washington auf die Spitze des Washington Monument.

Dann hatte das Warten ein Ende. Der weiße Strahl wurde sichtlich größer und heller, bis er so grell war, daß man nicht mehr hinsehen konnte. Jedermann im Umkreis von zwei Meilen wandte sich ab und vergrub das Gesicht in den Armen. Denen, die es nicht taten, schmolz die Netzhaut. Ein schriller Ton, ähnlich dem eines Zahnarztbohrers, erscholl und wurde lauter und lauter, bis er zu einem alles durchdringenden Donner angewachsen war. Die schreckerstarrten Menschen auf den Dächern fielen auf die Knie und versuchten, ihre überlasteten Augen und Ohren zu schützen, während ihre Schreie in dem Donnermeer untergingen. Dann hörte für einen Moment alles auf.

Zwei Herzschläge lang war das Licht verschwunden, und es war totenstill. Die benommenen Gläubigen hatten gerade genug Zeit, rätselnd nach oben zu blicken.

WHAM!! Ein blendender weißer Lichtstrahl schoß aus der Nadel heraus, und das First Interstate explodierte von innen heraus, wurde in Milliarden Bruchstücke zersprengt, von denen keines größer als eine Spielkarte war. Tiffany hatte keine Zeit mehr zu schreien. Das donnernde Licht stieß mit unglaublicher Gewalt herab, und innerhalb von zwei Sekunden war das Gebäude verschwunden. Eine Feuerwalze schoß empor und breitete sich nach allen Seiten aus. Eine Wand der Vernichtung, ein schreckliches Flammenmeer wälzte sich durch die Stadt und zerstörte alles. Jedes Haus, jedes Gebäude, jeder Baum, jedes Straßenschild, selbst der Asphalt schmolz und wurde weggeblasen, als hätten ein Hurrikan, eine Flutwelle und eine Atombombe ihre Kräfte vereint. Autos wurden durch die Luft geschleudet, Gebäude stürzten in sich zusammen wie Kartenhäuser, und die ganze Stadt wurde unter einem gigantischen Feuersturm begraben. Die Wand der Vernichtung schob sich in alle vier Himmelsrichtungen und fegte die Stadt der Engel vom Angesicht der Erde.

Der vielleicht schrecklichste Aspekt dabei war, daß sie sich nur langsam bewegte. Eine Atomexplosion hätte ihre Opfer binnen Sekundenbruchteilen getötet, ehe sie gewußt hätten, wie ihnen geschah. Doch der Feuerball rollte wie eine gleißende Flutwelle durch die Stadt und gab seinen Opfern reichlich Zeit zu sehen, was auf sie zukam. Alles rannte und floh, aber es gab kein Versteck. Die wenigen, denen es gelang, unter die Erde, in Bunker und Keller zu fliehen, erstickten. Der Feuersturm saugte ihnen den Sauerstoff aus den Lungen und briet sie bei lebendigem Leib.

In Washington wurden das Weiße Haus und sämtliche Gebäude um die Mall herum – das Lincoln und das Jefferson Memorial, das Smithsonian-Museum – im Nu dem Erdboden gleichgemacht. Dann verwandelte sich die Explosion in eine Feuersbrunst, die sich kreisförmig ausbreitete.

Binnen Sekunden hatte sie das Capitol Building mitsamt dem Hügel, auf dem es stand, verschlungen. Gegenüber wurde das Pentagon atomisiert.

Dasselbe grausige Geschehen wiederholte sich in allen Metropolen, über denen die Schiffe schwebten.

Sechsunddreißig der stolzesten Schöpfungen der Menschheit, in denen Millionen und Abermillionen von Menschen zu Hause gewesen waren, wurden systematisch vom Antlitz der Erde getilgt.

Sechs Sekunden, ehe die hinteren Räder von Air Force One von der Startbahn abhoben, war die digitale Anzeige auf Davids Laptop auf 00:00 heruntergetickt. Der grelle Lichtblitz, der die Vernichtung von Washington verkündete, war bereits durch die Fenster zu sehen gewesen. David grub seine Fingernägel in die Polster der Armstützen und schaute zur Decke.

Julius war der einzige, dem nicht der Angstschweiß ausbrach. Er wußte, daß ihm nichts anderes übrigblieb, als zu hoffen, daß seine Stunde noch nicht geschlagen hatte. Als das Flugzeug in den Himmel stieg, atmeten alle auf und glaubten schon, sie wären gerettet. Einen Moment später erreichte die Feuerwalze die Andrews Air Force Base. Sie war immer noch dreißig Meter hoch. Sie fegte durch den Stützpunkt, zerfetzte ihn und jagte hinter dem Flugzeug her über die Startbahn. Die 747, die sich immer noch im Steigflug befand, hatte eine Höhe von einhundertfünfzig Metern erreicht, als sie von der Brunst eingeholt wurde, die unter ihr hindurchjagte. Obwohl sie sich hoch über dem Flammenmeer befand, erfaßte der Luftdruck das Heck der Maschine und versetzte ihr einen gewaltigen Stoß. Flaschen zerbrachen und Koffer flogen aus den Ablagen, aber Air Force One war mit knapper Not entkommen.

Der Tunnel war eine lange, düstere Betonröhre, die aus den zwanziger Jahren stammte. Neben der Fahrbahn liefen auf beiden Seiten enge Gehsteige entlang, die sich alle hundert Meter zu kleinen Ausbuchtungen erweiterten, in denen sich rußbedeckte Türen befanden. Zusammen mit einigen anderen Fahrern lauschte Jasmine den Rundfunknachrichten. Die lebhafte Beschreibung des zauberhaften grünen Lichtstrahls lockte zahlreiche Fahrer aus ihren Wagen. Sie zogen die Zündschlüssel ab und rannten zum Ausgang des Tunnels, wo sie das Geschehen von einem Felsvorsprung aus beobachten konnten. Jasmine drückte auf die Hupe. Sie befand sich nur zehn Wagenlängen vom Ausgang des Tunnels entfernt und wollte nichts von einem verdammten grünen Lichtstrahl wissen. Schließlich fand sie sich damit ab, daß sie feststeckte, und schaltete den Motor aus, um Benzin zu sparen.

Besorgt hörte sie, wie der Sprecher den blendenden weißen Strahl beschrieb, der das grüne Licht durchschnitt. Als die Explosion die Stadt in ein Inferno verwandelte, begann der Nachrichtensprecher hysterisch zu schreien.

«Mein Gott, mein Gott! Es zerstört alles. Es breitet sich ...»

Dann war die Stimme weg. Jasmines Instinkte übernahmen das Kommando. Sie schnappte sich Dylan und hievte ihn aus dem Wagen. Dylan hatte gerade noch Gelegenheit, sich seinen Rucksack zu angeln, in dem die tollen Feuerwerkskörper steckten, die Steve ihm geschenkt hatte. Ihr Kind im Arm, spurtete Jasmine Richtung Tunnelausgang. Im Laufen warf sie einen Blick über die Schulter. Schon brannte der Himmel hinter ihr weiß und orange. Sie sah sich schutzsuchend um, entdeckte eine der Ausbuchtungen und schlüpfte hinein. Sie versuchte, die morsche Holztür zu öffnen, aber sie war verschlossen. Sie wandte sich um und sah in den Tunnel zurück. Die Feuerwalze rollte bereits auf sie zu. Menschen sprangen panisch aus ihren Wagen und rannten, andere kurbelten hastig die Fenster hoch und verriegelten die Türen. Plötzlich gingen im Tunnel die Lichter aus. Sie hatte keine Zeit mehr zu verlieren. Sie wandte sich wieder zur Tür und trat blindlings dagegen. Der Feuersturm hatte den Eingang erreicht und raste mit ohrenbetäubendem Lärm durch den Tunnel. Hilflose Schreie und das blecherne Krachen weggefegter Wagen umtosten sie. Jasmine setzte sich Dylan auf die Hüfte, senkte die Schulter und rannte gegen die Tür. Das morsche Holz splitterte, sie flog hindurch und landete unsanft auf dem Hintern.

«Boomer!» rief sie und sah sich schnell in dem Geräteraum um, der vom herannahenden Feuer erleuchtet wurde. Sie war auf einer Maschendrahtabdeckung gelandet, die zu einem Instandhaltungstunnel und weiter in das weitverzweigte Netz der städtischen Kanalisation führte. Kurz bevor das Feuer ihren Wagen wegblies, sprang Boomer von der Motorhaube aus hinterher.

Sie rollte sich über Dylan und schützte den Jugen mit ihrem Körper. Während der Feuersturm durch den Tunnel tobte, kam ein scharfer Wind aus der Kanalisationszuleitung. Die steinernen Mauern hielten zwar die Flammen ab, aber das Feuer verbrauchte binnen Sekundenbruchteilen den gesamten Sauerstoff. Dadurch wurde frische Luft durch die Kanalisation angesaugt, und die Sogwirkung hätte Jasmine und Dylan um ein Haar in das Flammenmeer geworfen. Mit der einen Hand hielt sich Jasmine krampfhaft an dem Drahtgitter fest, während sie mit der anderen Dylan umklammerte. Ohne den kühlenden Luftstrom wären die drei in der Hitze verschmort.

Dann, plötzlich, war alles vorüber. Tausende Tonnen Felsbrokken und Geröll blockierten die Tunnelausgänge. Der Hügel war kollabiert. Noch immer zitternd, rollte sich Jasmine auf den Rücken. Sie wußte, daß sie nur durch schieres Glück noch am Leben war. Was sie nicht wußte, war, daß sie, Dylan und Boomer – die drei einzigen Überlebenden im Tunnel – unter Tonnen von Schutt begraben waren.

Tokio hatte die höchste Anzahl von Opfern zu beklagen. Die Japaner hatten sich von der drohenden Katastrophe am wenigsten aus der Fassung bringen lassen und so weit wie möglich versucht, ohne Panik ihren Geschäften nachzugehen. Doch als das komplizierte Zugverbindungssystem aus dem Takt geriet, brach in den U-Bahnhöfen die Hölle los. Die Hälfte derer, die es geschafft hatten, aus der Stadt zu entkommen, waren auf Fahrrädern oder zu Fuß geflohen. Die Wolkenkratzer-Metropole, bis dahin die teuerste Immobilie der Welt, wurde vollständig zerstört. Das Ausmaß der Vernichtung war viermal so groß wie das der Atombombenexplosionen von Hiroshima und Nagasaki zusammen. Im Umkreis von dreißig Kilometern hatte die Feuersbrunst alles dem Erdboden gleichgemacht und jegliches Leben ausgelöscht. Noch in Yokohama und Omiya wurde die Hälfte der Bevölkerung getötet.

Manhattan war verschwunden. Die «Insel» war in einen ausgedörrten Landstrich verwandelt worden, auf dem bis hinauf nach Yonkers kein Stein auf dem anderen geblieben war. Aus der dichten Wolke von Rauch und Staub erhoben sich brennende Feuersäulen zum Himmel, die von geborstenen Gasleitungen genährt wurden. Nur ein paar schiefe und krumme Mauerreste wiesen noch darauf hin, daß hier einmal Gebäude gestanden hatten. Lediglich tief im Innern der U-Bahnschächte hatten einige Menschen überlebt. Auf der Südseite von Staten Island und bis weit nach New Jersey hinüber wurden die, die nicht unmittelbar den Tod gefunden hatten, mit schweren Verbrennungen unter ihren eingestürzten Häusern begraben.

Nirgendwo auf der Erde gab es auch nur einen einzigen Überlebenden, der nah genug war, um zusehen zu können, wie sich die langen Feuernadeln wieder in die Schiffe zurückzogen. Die blütenförmigen Tore schlossen sich wieder und bildeten ein undurchdringliches, luftdichtes Siegel. Die gewaltigen Schiffe waren bereit, Kurs auf ihre nächsten Ziele zu nehmen.

«Verdammt noch mal. Ich hab's gewußt. Ich hab's gewußt. Ich hab's gewußt! Seit zehn Jahren versuche ich, alle vor dieser Bande zu warnen.» Ohne die Augen von der Straße zu nehmen, drehte Russell das Radio leiser. «Kinder», brüllte er nach hinten, «habe ich nicht versucht, die Leute zu warnen?»

In seinem betrunkenen Zustand hatte er keine Ahnung, wie traumatisiert seine Kinder von den Ereignissen waren, die sie im Radio verfolgt hatten. Alicia hatte den Kopf auf das Linoleum der Tischplatte gelegt und schluchzte. Miguel hatte den Arm um sie gelegt und starrte blind auf die Josuabäume, die im Scheinwerferlicht auftauchten.

«Wo steckt Troy?» fragte Russell in den Rückspiegel.

Das jüngste Mitglied des Casse-Klans richtete sich in seinem Bett im Heck des Wagens auf und sagte mit schwacher Stimme: «He, ihr da, mir geht's nicht so gut.»

Russell drehte sich nach hinten.

«Wann hast du zum letzten Mal deine Medizin genommen?»

«Weiß ich nicht mehr», stöhnte der Junge. «Vor drei oder vier Tagen, glaube ich.»

«Das stimmt nicht», sagte Miguel, «ich hab dir heute morgen welche gegeben.»

«Ich weiß, aber ich hab sie nicht genommen. Ich dachte, ich würde sie nicht mehr brauchen.»

«Was hast du damit gemacht, Troy? Wo hast du sie hingetan?»

Statt zu antworten, stand Troy auf, ging zur Tür und bedeutete Russell, daß er raus wollte. Russell fuhr an den Straßenrand, und Troy stürzte aus dem Trailer. Kurz darauf übergab er sich in die Büsche, während Alicia ihn stützte.

Russell ging ein paar Schritte den Highway entlang, weit genug, um einen Schluck Whisky zu nehmen, ohne daß die Kinder es mitbekamen. Sie befanden sich mitten im Death Valley, irgendwo an der Grenze zu Nevada. Es war eine wunderbare Nacht, ein Sternenmeer strahlte am Himmel. Russell schlenderte die Straße entlang und schaute nach oben. Als er auf eine Hügelkuppe kam, bemerkte er etwas Seltsames: eine Konstellation anderer Art.

«Miguel», rief er leise. «Komm und schau dir das an.»

In einem flachen Wüstental hatten sich Tausende von Wohnmobilen, Campern, Trailern und gewöhnlichen Fahrzeugen bei einem einsamen Rasthaus versammelt. Die schimmernden Lichter dieser Wagenburg waren wie ein Echo auf die Sterne am Himmel. In gewisser Hinsicht war es ein wunderschönes Bild.

«Ist das nicht toll?»

«Vielleicht hat jemand da unten Medizin», sagte Miguel. «Laß uns fragen gehen.»

Als das Ende der Welt eingeläutet wurde, befand sich Steve in der ausgestorbenen Kantine und versuchte, einen Anruf zu machen. Wieder und wieder warf er seinen Quarter in den Schlitz und tippte Jasmines Nummer in den Apparat. Und jedesmal antwortete ihm eine digitalisierte Stimme:

«Im Augenblick sind alle unsere Leitungen besetzt. Bitte legen Sie auf und versuchen Sie es später noch einmal.»

Noch einmal fischte Steve die Münze aus der Rückgabe und warf sie wieder ein. Er wußte, daß die Kommandoebene des Stützpunktes darauf brannte, einen Gegenschlag auszuführen, aber ehe nicht das Okay aus Washington eingetroffen war, konnte Steve nichts anderes tun, als sich die schrecklichsten Dinge auszumalen, die Jasmine und Dylan zugestoßen sein mochten.

«Im Augenblick sind alle unsere Leitungen besetzt. Bitte legen Sie auf und ...»

«Verdammt!» Steve knallte den Hörer auf die Gabel. In diesem Augenblick sprintete Jimmy in die Kantine.

«Auf geht's, Daddy-O!» brüllte er Steve entgegen. «Der Befehl ist da.» Jimmy hatte bereits seinen Fliegeroverall an, und das Adrenalin pochte in seinen Adern, doch er beruhigte sich, als er bemerkte, daß Steve wegen irgend etwas verzweifelt war.

«Wasslos?»

Steve versuchte nicht, seine Gefühle zu verbergen.

«Ich kann weder meine Eltern noch Jasmine erreichen. Sie sollten schon seit Stunden hier sein.»

Jimmy näherte sich seinem Freund so vorsichtig wie einem aufgescheuchten Vollblüter. Er legte seine Hand auf Steves Schulter und sagte: «Hey, Bruder, hast du nicht gehört, was passiert ist? Diese durchgeknallten Marsmännchen haben L. A. platt gemacht. In die Luft gejagt. Washington und New York auch. Die haben ein paar ganz schwere Geschütze an Bord, Bruder.»

Als Steve das hörte, preßte er die Hände gegen die Schläfen, als würde ihm gleich der Kopf explodieren.

«Nein», stöhnte er auf. «Sag, daß das nicht wahr ist. Oh, Scheiße, Jimmy, ich hab alles versaut. Warum hab ich sie nicht einfach ins Auto gesetzt und mitgenommen?» Er trat ein paarmal gegen einen Getränkeautomaten und schlug sich mit der Faust gegen die Stirn. «Was hab ich mir bloß dabei gedacht?»

Jimmy stieß ihn gegen die Wand; der Schock riß ihn kurzfristig aus seiner Wut heraus.

«Hör zu, vielleicht kommt sie noch. Vielleicht war sie schon unterwegs und ist rechtzeitig davongekommen. Aber wie auch immer, dreh jetzt nicht durch. Wir haben immer noch einen Job zu erledigen.»

Er ließ seinen Freund los und trat zurück. Steve schaute ihm zwar geradewegs in die Augen, aber seine Gedanken waren offensichtlich woanders. Jimmy wußte nicht, was er noch sagen sollte, also dachte er, es sei am besten, ihn für eine Weile allein zu lassen.

«In fünf Minuten ist eine Einsatzbesprechung in J 201. Sieh zu, daß du da bist.»

Eine Viertelstunde später stand Steve vor dem Mannschaftsraum und holte tief Luft. Dann stieß er die Tür auf und marschierte so forsch wie immer hinein. Insgesamt saßen fünfunddreißig Piloten an Pulten und hörten Lieutenant Colonel Watson zu, der sie mit Informationen über den Feind ausstattete. Watson, ein muskulöser Mittfünfziger, gehörte zu den spiegelblanken Marines, die erwarteten, daß alles nach Vorschrift lief, und keine Hemmungen hatten, jemanden fertigzumachen, der sich nicht hundertprozentig danach richtete. Doch Watson war es nie gelungen, aus der Kombination Hiller-Franklin schlau zu werden. Sie waren seine besten Piloten, aber gleichzeitig auch ein Paar unberechenbare Draufgänger, die ständig die Vorschriften verletzten.

Als Steve hereinmarschierte und Watson sah, blieb er wie angewurzelt stehen. Der Colonel trug keine Uniform, sondern Jeans und ein schwarzes Sweatshirt, die Klamotten, die er am Leib gehabt hatte, als er auf den Stützpunkt zurückgeeilt war. Angesichts der angespannten Situation hatte keiner der Männer etwas zu Watsons ungewöhnlicher Kleidung gesagt. Doch Steves Auftritt veränderte mit einem Schlag die Atmosphäre im Raum. Er schenkte Watson einen langen, ausdruckslosen Blick, dann sperrte er erstaunt den Mund auf und drehte sich zu den Piloten um. Sie mußten einfach lachen.

«Captain Hiller, schön daß Sie es einrichten konnten, zu uns zu stoßen.»

Steve wußte, was das bedeutete, und ließ sich auf den Stuhl fallen, den seine Jungs für ihn freigehalten hatten. Watson erklärte, daß das Mutterschiff hinter dem Mond lauerte und daß die Städtezerstörer sich von dort aus Richtung Erde aufgemacht hatten. Er zeigte ihnen die Satellitenbilder, die das Space Command ihm gefaxt hatte, konnte aber wenig Erhellendes dazu sagen.

Es dauerte nicht lange, bis Steve merkte, daß Jimmy den anderen etwas gesteckt haben mußte. Er fühlte ihre Blicke auf sich gerichtet, wie sie ihn musterten und nach Anzeichen von Ablenkung suchten. Doch Steve war zu sehr Profi, um den Männern, von denen er erwartete, daß sie ihm in die Schlacht folgten, auch nur das geringste Zeichen von Schwäche zu zeigen. Während Watson seinen Vortrag hielt, beugte er sich langsam zu Jimmy.

«Hast du Schiß, Mann?»

«Nein», erwiderte Jimmy, «du?»

«Nee!» Steve wies den Gedanken von sich, doch dann verzog er das Gesicht, als wollte er im nächsten Augenblick losheulen.

«Doch. Ich hab Schiß. Halt mich fest!»

Das reichte. Die Black Knights im hinteren Teil des Raumes prusteten los.

Watson hatte seinen Vortrag so gut wie beendet, als das Gelächter losbrach. Normalerweise wäre er außer sich geraten, aber ihm war klar, warum Steve sich so verhielt, und da er nicht wußte, ob einer seiner Jungs den Tag überleben würde, wollte er es ihnen nicht unnötig schwermachen.

«Captain Hiller», fragte er sarkastisch, «haben Sie der Unterweisung irgend etwas hinzuzufügen?»

«Tut mir leid, Sir. Es ist nur so, daß wir alle richtig scharf darauf sind, den Außerirdischen ein bißchen den Arsch zu versohlen.»

Watson lächelte. «Na, dann los.»

Die Black Knights marschierten zu ihren Maschinen. Sie strahlten etwas aus, was ihnen weder Ausrüstung noch Ausbildung vermitteln konnte. Sie hatten das unerschütterliche Selbstbewußtsein derer, die wissen, daß sie die Besten sind. In lockerer Formation folgten sie Captain Hiller, ihrem Führer. Als sie sich ihrem gepanzerten Hangar näherten, öffneten sich die Tore mit der Präzision eines Uhrwerks. Drinnen befanden sich fünfunddreißig F/A-18-Maschinen, das Handwerkszeug der Elitetruppen des Marine Corps. Mechaniker und Ingenieure umschwärmten die Maschinen und machten sie startklar.

«Merkt euch eines», rief Steve seinen Männern zu, bevor sie sich auf ihre Flugzeuge verteilten. «Wir sind die ersten, die man da hochschickt. Wir werden sie also nur beobachten. Rausfinden, womit wir es zu tun und was sie auf der Pfanne haben. Wenn es haarig wird, blasen wir die Sache ab und treffen uns wieder hier. Okay, Jungs, Abflug!»

Die Männer stoben auseinander und eilten im Laufschritt zu ihren Maschinen. Während ihre Stiefel über den Beton polterten, wandte sich Steve an Jimmy.

«Hast du den Siegestanz dabei?»

«Aber klar doch, Captain», antwortete Jimmy, zog eine lange Havanna aus seiner Brusttasche, steckte sie zwischen die Lippen und ließ sein Feuerzeug aufschnappen. Es war seit langem eine fast rituelle Gewohnheit der beiden, nach jeder erfolgreichen Mission eine der geschmuggelten Zigarren zu rauchen.

«Nicht so voreilig, Flash Gordon», bremste Steve seinen Freund und sprang ins Cockpit. «Du weißt doch, erst anzünden, wenn die fette Lady gesungen hat.» Was nichts weiter hieß als: wenn die Sache gelaufen war.

«Verstanden, Captain», zwitscherte Jimmy, erleichtert, daß Steve den Verlust seiner Freundin weggesteckt hatte.

Doch sobald Steve allein im Cockpit saß, krümmte er sich vor Kummer. Er konnte nicht aufhören, an Jasmine und Dylan zu denken. Die Piloten schnallten sich an, kontrollierten die Systeme, ließen die Turbinen aufheulen und rollten zur Startbahn.

Der Präsident saß allein und gedankenverloren in einem der Konferenzabteile. Connie glitt in den schweren Sessel neben ihrem Chef. Eine Weile lauschten sie dem gedämpften Heulen der Turbinen. Obwohl jeder an Bord unter Schock stand, beunruhigte es sie, den Präsidenten so bewegungslos dasitzen und auf seine Hände starren zu sehen. Sie brauchte nicht zu fragen, woran er dachte. Sie wußte, daß ihn sein Gewissen plagte. Millionen von Amerikanern waren in den vergangenen Stunden getötet worden, und er fühlte sich dafür verantwortlich.

«Sie haben getan, was Sie konnten, Tom. Und eine Menge Menschenleben gerettet. Sie haben keinen Grund, an sich zu zweifeln.»

Whitmore verharrte regungslos, er sah nicht einmal auf.

«Ich hätte die Städte Stunden früher evakuieren lassen können. Ich hätte es sogar tun müssen.» Er seufzte auf. «Als ich Kampfpilot im Golfkrieg war, war alles so einfach. Wir wußten, was wir zu tun hatten, und das haben wir getan. Jetzt ist nichts mehr einfach. Eine Menge Menschen sind heute ums Leben gekommen, Connie.» Endlich sah er sie an. «Wie viele von ihnen könnten noch am Leben sein?»

Connie merkte, daß er keinen Trost wollte. Deshalb blieb sie bei ihm sitzen und leistete ihm stillen Beistand, bis General Grey den Gang herunterkam. Noch ehe er ein Wort sagen konnte, sah der Präsident ihn an und fragte: «Gibt es Neuigkeiten von meiner Frau?»

Greys Gesicht verlor seine Strenge. Er zögerte einen Moment, ehe er dem Präsidenten die schlimme Nachricht mitteilte.

«Der Hubschrauber ist noch nicht auf Nellis eingetroffen, und es besteht kein Funkkontakt. Es tut mir leid, Tom.» Der General starrte auf seine Schuhspitzen und fügte hinzu: «Ich habe den Tower instruiert, ein Aufklärungsflugzeug loszuschicken, vielleicht gibt es ein Notsignal.»

Alle Präsidentenmaschinen waren mit einem isotopenbetriebenen Notsignal ausgestattet, das es – im Falle einer Entführung etwa – möglich machte, die Maschinen zu orten, doch bislang hatten die Radarschirme nichts angezeigt. Entweder blockierte die Rauchwolke über Los Angeles das Signal, oder es hatte die Maschine so schlimm erwischt, vermutete Grey, daß selbst die Titanummantelung des Senders zerstört worden war.

Alle drei waren der Auffassung, daß die First Lady bei dem Angriff ums Leben gekommen war. Der Präsident wurde kreidebleich. Er fühlte sich, als hätte man ihn in den Magen getreten. Doch er war immer noch der Führer der Nation und reagierte auf sein persönliches Schicksal, indem er sich wieder auf seine Pflichten konzentrierte.

«Welche anderen Neuigkeiten gibt es?»

«Die Kampfflugzeuge sind in der Luft.»

Whitmore atmete tief durch, erhob sich und folgte dem General ins Heck des Flugzeugs. Alles war plötzlich sehr viel einfacher geworden. Es herrschte Krieg.

Die beiden Männer betraten die militärische Kommandozentrale an Bord der Air Force One. Im Gegensatz zu den Pastelltönen und dem hohen Komfort im übrigen Teil des Flugzeugs war die Kommandozentrale bis unter die Decke mit Technik vollgestopft. Der sieben mal sieben Meter große Raum war erfüllt vom Blinken der Radarschirme und vom Brummen der Funkgeräte. Kopfhörerbewehrte Techniker saßen über Computer und Karten gebeugt. An einer Wand befand sich ein gläserner

Leuchttisch, auf dem die Positionen der feindlichen Schiffe markiert waren.

Nimziki war bereits anwesend. Er stand über den Leuchttisch gebeugt und verfolgte die Manöver des Feindes. Seine Miene war halb besorgt, halb angeekelt. Ohne genau sagen zu können weshalb, wußte Whitmore auf den ersten Blick, daß der Mann eine Show abzog, mit der er die anderen davon überzeugen wollte, daß der Präsident inkompetent war. Von Beginn der Krise an hatte er versucht, an Whitmores Selbstvertrauen zu kratzen. Und zwar mit Erfolg. Obwohl er den Verteidigungsminister rein menschlich verabscheute, fragte sich Whitmore, ob eine solche Situation nicht besser von einem eiskalten Taktiker wie Nimziki bewältigt werden würde. Er hatte das Gefühl, daß sein Instinkt womöglich versagte. Sein politisches Gespür war bereits in bedauerlichem Zustand. Nun begann er auch noch, seinen Kampfgeist zu verlieren. Zwar hatte er nicht den geringsten Zweifel daran, daß er eine Kämpfernatur war, aber die Aufgabe, ganze Armeen zu verschieben, war etwas anderes. Er ging an den Leuchttisch, warf einen Blick darauf und versuchte, das Ausmaß der Katastrophe abzuschätzen.

«Alle Satelliten-, Mikrowellen- und Bodenverbindungen mit den zerstörten Städten sind unterbrochen. Wir glauben, wir stehen vor einem Totalverlust.»

Grey sprach mit schwerer, leiser Stimme. Ein weiterer Tritt in den Magen, doch Whitmore behielt die Fassung und schaute auf einen der Radarschirme.

«Wo sind unsere Kampfbomber?»

Grey besprach sich kurz mit einem der Techniker, ehe er verkündete: «Voraussichtliche Ankunftszeit am Zielobjekt in vier Minuten.»

Nimziki durchquerte den Raum und setzte sich an eines der Funkgeräte. Er setzte ein Paar Kopfhörer auf, um Kontakt mit dem NORAD und dem Generalstab aufzunehmen.

Während die 747 den Mittleren Westen überflog, wurde sie von leichten Turbulenzen geschüttelt, die von den Männern in der Kommandozentrale nicht wahrgenommen wurden. Doch in der Passagierkabine litt David unter jedem Rütteln, als befände er sich auf der Achterbahn von Coney Island. Der Schweiß stand ihm auf der Stirn, und auf seinem Schoß lag eine Kotztüte bereit, die das Präsidialsiegel trug. Connie saß in seiner Nähe und versuchte zu telefonieren. Julius schaute interessiert aus dem Fenster. Er versuchte, die Aussicht zu genießen, doch Davids Benehmen wurde langsam eine Zumutung.

«Wir sind an Bord der Air Force One, um Himmels willen», sagte er angewidert. «Und du wirst trotzdem luftkrank?»

«Bitte, Dad. Nicht reden.»

Doch entweder hatte Julius ihn nicht gehört, oder es war ihm egal. «Schau mich an.» Er stand auf, trat in den Gang und klopfte sich auf den Bauch. «Hart wie Stein. Schönes Wetter, schlechtes Wetter, spielt keine Rolle.»

Dann, als David schwächlich zu ihm aufsah, unterstrich er seine Unverwüstlichkeit mit heftigen Handbewegungen.

«Wir können hochgeschleudert werden, absacken, rauf, runter, macht mir nicht das geringste aus. Vor, zurück, links, rechts ...»

Davids Augen weiteten sich, als er seinem Vater zusah, wie er alle Möglichkeiten durchspielte, die einen Magen in Aufruhr versetzen konnten. Plötzlich floh er mit seiner Kotztüte Richtung Heck, wo sich die Toiletten befanden. Julius schaute Connie amüsiert an. «Was hab ich gesagt?»

Connie setzte sich neben ihren Schwiegervater.

«Er wird immer noch luftkrank, was?»

«Hodophobie. Reiseangst nennt er es.»

«Hör mal her.» Connie ergriff seine Hand. «Bei all der Aufregung habe ich keine Gelegenheit gehabt, euch beiden zu danken. Ihr habt eine Menge Leben gerettet. Meines eingeschlossen.»

Julius beugte sich zu ihr herüber und lächelte verschwörerisch.

«Mach dir nichts daraus, Spanky.»

«Du meinst Spunky», lachte sie. «Den Namen habe ich eine Ewigkeit nicht mehr gehört. Hat er dir davon erzählt?»

Er sah sich nach unerwünschten Zuhörern um und vertraute ihr ein Geheimnis an.

«Sobald er das mit dem Signal herausgekriegt hatte, hat er nur noch darüber nachgedacht, wie er dich erreichen könnte. Ich glaube, er liebt dich noch immer.»

Connie seufzte. «Liebe war noch nie unser Problem.»

«All You Need Is Love», zitierte Julius. «Das stammt von John Lennon, einem weisen Mann, dem man in den Rücken geschossen hat. Traurige Sache.»

Connie nickte zustimmend und versuchte, ein Grinsen zu unterdrücken.

Vier Stunden nachdem der Feuersturm durch den Tunnel gefegt war und sie in einem riesigen Grab eingeschlossen hatte, glaubte Jasmine, endlich einen Ausgang gefunden zu haben. Sie hatte das Drahtgitter hochgehoben und war in das Labyrinth der Kanalisation hinabgestiegen, das unter der Stadt verlief. Die betonierten Schächte hatten ebene Böden, waren vier Meter hoch und stockfinster. Nur das Geräusch tropfenden Wassers war zu hören, und der schwache Geruch von Öl lag in der Luft. Zuerst versuchte Jasmine, Boomer dazu zu bewegen, sie durch die undurchdringliche Dunkelheit zu führen, doch der Hund erwies sich als Feigling und überließ es ihr, sich vorwärts zu tasten. Die feuchten Wände waren voller modriger, schleimiger Überraschungen. Sie waren gerade einmal einige hundert Meter weit gekommen, als Jasmine glaubte, Schritte zu hören. Bei dem Gedanken, einer der Invasoren befände sich bereits im selben Gulli wie sie, stockte ihr das Herz.

Sie kniete nieder, legte Dylan die Hand über den Mund und flüsterte: «Hör mal.»

Der Schießpulvergeruch von Dylans Feuerwerksraketen erinnerte sie daran, daß sich im Rucksack ein Heftchen Streichhölzer befand. So leise wie möglich öffnete sie den Reißverschluß des Schreibmäppchens, kramte die Streichhölzer heraus und zündete eines an. Die Kammer war in beide Richtungen leer. Das Streichholz brannte herunter und wurde von einer unerwarteten Brise ausgeblasen. Das hieß, daß es einen Ausweg geben mußte. Sie lauschte auf weitere Schritte und führte ihre Familie so vorsichtig wie möglich weiter. Sie nahm ihren Sohn auf den Arm und spürte, wie sehr er sich mittlerweile fürchtete.

«Du machst das großartig, Baby, nur ruhig bleiben.» Jedes andere Kind hätte sich inzwischen die Augen ausgeheult, schoß ihr durch den Kopf.

Als sie sich stetig an der Wand entlang vorantastete, waren ihre Sinne zum Zerreißen gespannt. Mehrere Male glaubte sie, wieder Schritte zu hören. Jedesmal zündete sie ein Streichholz an, konnte aber nichts entdecken. Dann spürte sie einen leichten Lufthauch in ihrem Gesicht. Sie setzte Dylan ab und tastete die Wand ab, bis sie eine Öffnung fand, eine kleine quadratische Lücke etwa einen Meter über dem Boden. Vorsichtig steckte sie den Arm hindurch, um festzustellen, was dahinter lag. Sie erwartete fast, ein Wesen aus einer anderen, feindlichen Galaxis zu berühren. Plötzlich schrie sie unterdrückt auf und zog hastig die Hand zurück.

Sie hatte etwas durch die Dunkelheit huschen sehen. Es dauerte einige Augenblicke, bis ihr klar wurde, daß es sich um ihre eigenen Hände gehandelt hatte. Ein schwacher Lichtschein fiel durch eine Öffnung herein, die zu einem weiteren Tunnel über ihr führte, vielleicht der Ausweg aus diesem feuchten Grab.

«Baby, ich glaube, wir kommen hier raus. Ich heb dich hoch, und du sagst mir, ob du was erkennen kannst, okay?»

Kaum hatte Dylan den Kopf durch die Öffnung gesteckt, brüllte er auch schon: «Ich seh Licht! Es kommt von draußen!»

Wenige Minuten später marschierten sie dem Sonnenlicht entgegen, das durch die Tunnelöffnung hereinfiel.

Unmittelbar vor dem Ausgang kokelte ein auf dem Dach liegender Wagen. Während Boomer vorauslief, bahnten sie sich ihren Weg durch ein Gewirr loser Kabel und die Überreste zerschmetterter Fahrzeuge.

Als sie ins gleißende Morgenlicht traten, tat sich vor ihren Augen eine neue Welt auf: L. A. nach der Apokalypse. Sie waren etwa achtzehn Meilen vom Epizentrum entfernt, und das Viertel, in das es die Dubrows verschlagen hatte, sah aus wie Nagasaki nach der Bombe. Die meisten Gebäude, vor allem jene an den Ost-West-Verbindungen, wo der Sturm am heftigsten getobt hatte, waren verschwunden; aus den Fundamenten gerissen und weggefegt. Asche hatte den Boden grau gefärbt, der Himmel sah schmutzigweiß aus, und Staub und Asche wirbelten durch die Luft. Nirgendwo regte sich etwas, und einen Augenblick fragte sich Jasmine, ob sie und Dylan die letzten Menschen auf der Erde wären.

Der Junge griff nach der Hand seiner Mutter und begann zu weinen, ohne zu wissen warum.

«Mommy, was ist passiert?»

Jasmine nahm ihn auf den Arm.

«Ich weiß es nicht, Dylan. Deine Mommy weiß es nicht.»

Hoch über ihr peitschten Flugzeuge durch die Wolken. Ein Geschwader von fünfunddreißig Kampfbombern flog nach Norden auf das Raumschiff zu.

«Ist das Steve da oben in den Flugzeugen?»

«Vielleicht. Ich weiß es nicht. Warum winkst du nicht? Für alle Fälle.»

Vor der Küste von Orange County donnerten die Black Knights in einer Höhe von elftausend Fuß der Schlacht entgegen. Die Raketenabschußbasen von Seal Beach sahen funktionstüchtig aus, doch im Landesinnern war die Verwüstung vollkommen. Die Feuersbrunst hatte eine kreisrunde Fläche der Vernichtung hinterlassen, und im weiteren Umkreis loderten zahlreiche Feuer, die von herumfliegenden brennenden Trümmern entfacht worden waren.

Das Raumschiff zeichnete sich wie ein stahlgewordenes Verhängnis am Horizont über den San-Gabriel-Bergen ab. Aus den Überresten der Ölraffinerie von Wilmington stiegen schwarze Rauchsäulen zum Himmel und zwangen die Piloten, auf den postkartenblauen Pazifik auszuweichen, dessen Strände von Millionen von Tonnen ausgelaufenen Öls verdreckt und mit angeschwemmten Wrackteilen übersät waren. Mit versteinerter Miene musterte Steve die Zerstörung. Er hatte nun keinen Zweifel mehr, daß Jasmine tot war. Wenn sie es geschafft hätte, der Feuerwand zu entkommen, hätte sie längst auf El Toro eintreffen müssen. Verzweifelt stammelte er ein paar Flüche und schlug mit der Faust gegen die Cockpitverkleidung.

Jimmys Stimme kam über die Kopfhörer.

«Mal den Teufel nicht an die Wand, Daddy-O. Bestimmt ist sie rechtzeitig rausgekommen.»

Es war einen Moment lang still in der Leitung, dann sprach Steve zu seinem Geschwader.

«Es geht los, Jungs. Zeit durchzuladen.»

Steve gab eine Folge von Befehlen in den Computer ein, der vor ihm in die Instrumentenkonsole eingelassen war, und sofort öffneten sich die freitragenden Klappen an der Unterseite der Maschine. Die Luft-Luft-Raketen waren abschußbereit. Gleichzeitig schob ein mechanischer Arm die Infrarot-Zieloptik vor die Augen des Piloten. Als Steve hindurchsah, verwandelte sich der Himmel vor ihm in eine pulsierende graugelbe Computerwelt. Er richtete das Fadenkreuz auf die Animation des Raumschiffs und zentrierte es auf den Turm.

Die Techniker an Bord der Air Force One schalteten sich in den Funkverkehr ein. «Kampfgeschwader Los Angeles meldet Feuerbereitschaft. Ziel im Visier.»

«New York und Washington sind ebenfalls bereit.»

Eine weitere Stimme schaltete sich zu.

«Gentlemen, hier spricht Air Force General Grey, Oberkommandierender des Allied Space Command. Im Namen des Präsidenten der Vereinigten Staaten, der sich an Bord von Air Force One befindet, und des Generalstabs von NORAD wünsche ich Ihnen eine erfolgreiche Mission. Gott sei mit Ihnen! Feuern Sie nach eigenem Ermessen.»

Die Black Knights befanden sich immer noch zehn Meilen von dem Raumschiff entfernt und dreißig Sekunden außerhalb der Reichweite ihrer Raketen, doch die schiere Größe des Schiffes vermittelte das Gefühl, wesentlich dichter dran zu sein. In dem Maße, wie die Einzelheiten des Schiffes sich abzeichneten, wuchs der Kloß im Hals jedes einzelnen Piloten. Der üblicherweise lautstark geführte Funkverkehr kam zum Erliegen.

«Draufhalten, Jungs», befahl Steve. «Noch fünfzehn Sekunden.»

«Sieht aus wie eine der fetten, alten Zecken, die wir unten in Carolina haben», versuchte einer der Piloten mit breitem Südstaatenakzent die Stimmung zu lockern.

«Dann wollen wir mal Kammerjäger spielen», munterte Steve seine Crew auf. «Fünf Sekunden noch, drei, zwei, eins, Feuer!»

Die Raketen wurden ausgeklinkt und schossen vorwärts. Radargesteuert flogen sie auf ihr Ziel zu wie ein Elritzenschwarm, der einen großen grauen Wal angriff. Nachdem sie sich ihrer Bombenlast entledigt hatten, zogen die F-18 nach oben. Keiner der Piloten erwartete ernsthaft, daß ein Schiff dieser Größe mit einer einzigen Angriffswelle zum Absturz gebracht werden konnte. Ihre Mission bestand darin, verschiedene Zonen des Schiffes zu beschießen, dann festzustellen, wo sie den größten Schaden anrichten konnten, und diese Informationen an das nächste Geschwader zu übermitteln, das bereits startklar auf dem Stützpunkt wartete. Als die F-18 abdrehten, achteten sie sorgfältig auf die Flugbahn der Raketen. Plötzlich, etwa eine Viertelmeile vor dem Ziel, explodierten alle Geschosse gleichzeitig.

«Verdammt!»

«Ich hab nicht mal gesehen, daß sie zurückgeschossen haben», sagte Jimmy beeindruckt. Als der Rauch sich verzogen hatte, wurde deutlich, daß das Schiff keinen Treffer abbekommen hatte.

«General, hier spricht Knight One», funkte Steve an die Air Force One. «Es sieht so aus, als hätte das Zielobjekt unsere Raketen abgeschossen. Keine Wirkung am Zielobjekt. Ich wiederhole: keine Wirkung am Zielobjekt. Wir gehen jetzt näher ran und versuchen es mit Sidewindern.»

«Richtige Entscheidung, Knight One», antwortete General Grey. «Schwärmen Sie aus.»

«Sechs mal fünf, Jungs. Sechs mal fünf.»

Die kleineren Sidewinder waren Kurzstreckenraketen, die das Luftabwehrsystem des Raumschiffs auf eine härtere Belastungsprobe stellen würden. Diesmal würden die Knights statt dreißig Raketen einhundertachtzig abfeuern. Das Geschwader teilte sich in sechs Einheiten auf, die in verschiedene Richtungen davonjagten, um das Schiff einzukreisen. Falls das Schiff über ein Luftabwehrsystem verfügte, so lag die Vermutung nahe, daß es sich in dem Turm an der Spitze befand. Als alle Einheiten ihre Positionen erreicht hatten, gab Steve den Befehl zum Angriff.

«Jeder kontrolliert sein Radar. Wir starten aus sieben Meilen Entfernung. Diesmal gehen wir näher ran. Feuerdistanz eine Meile.»

Eine Meile ist ein beruhigender Abstand, wenn man sich nicht bewegt, doch wenn man mit einer Geschwindigkeit von vierhundert Meilen pro Stunde auf etwas zuschießt, das hundertmal größer ist als der Superdome, wird die Fehlertoleranz verschwindend gering. Steve wußte, daß er bis ans Limit ging, aber er wollte dem Monster unbedingt ein paar Dinger verpassen, bevor sie zum Stützpunkt zurückkehrten.

«Attacke!»

Auf Kommando gingen alle dreißig F-18 auf Angriffskurs und jagten von allen Seiten auf das Raumschiff zu. Nervös kontrollierten sie den Distanzanzeiger in ihrer Zieloptik, wo der gelbe Himmel von einem wachsenden grauen Fleck verdrängt wurde. Als sie fast schon mit dem Schiff zusammenzustoßen schienen, zeigte der Distanzanzeiger eine Meile an, und die Sidewinder wurden automatisch ausgeklinkt. Jede Maschine feuerte sechs Raketen ab, die einen dünnen Kondensstreifen hinter sich herzogen. In dem Augenblick, als sie bis auf eine Viertelmeile an das Schiff herangekommen waren, explodierten sie.

Plötzlich wurde Steve klar, warum die Raketen nicht trafen.

«Abdrehen, abdrehen», brüllte er, «sie haben ein Schild!»

Er riß den Steuerknüppel hoch und zog die Maschine fast senkrecht nach oben, wobei er gegen seinen Sitz gepreßt wurde, als säße ein Elefant auf seinem Schoß. Neunundzwanzig Knights schafften das Manöver. Nur Zolfeghari, das Schlußlicht seiner Formation, war bereits zu schnell. Er versuchte, unter einer langsameren Maschine abzutauchen, doch dann knallte er mit der Unterseite gegen das unsichtbare Kraftfeld, wobei der austretende Treibstoff, der am Schild herabrann, explodierte und das Flugzeug zerfetzte.

Steves Einheit war senkrecht vor dem Turm in die Höhe gestiegen.

«Die müssen eine Art Schutzschild haben. Wir kehren um.»

Doch das sollte nicht so einfach werden. Noch während das Geschwader an dem Turm vorbeiflog, öffnete sich ein Paar mächtiger Tore. Wie von der Hand eines Giganten aufgerissen, glitten die Tore blitzschnell auf, und ein Schwarm kleinerer Raumjäger schoß aus der Öffnung. Es waren etwa vierzig oder fünfzig perlgraue Schiffe, die Steve und seinen Männern den Fluchtweg abschnitten. Während er dem Schnittpunkt entgegenjagte, warf Steve einen Blick in die Öffnung und sah, wie einer der Angreifer direkt auf ihn zuschoß. Er hatte das Gefühl, ein riesiges, hungriges Insekt starre ihn durch die Cockpitverglasung an. Als er sich in Erwartung des Zusammenpralls duckte, war er bereits hundert Meter aus der Gefahrenzone. Auch die drei folgenden Piloten kamen unbeschadet davon, doch der vierte, «Big Island» Tubman, schaffte es nicht mehr. Seine Maschine prallte frontal mit einem der scheibenförmigen Raumjäger zusammen und verursachte direkt vor den Toren des Mutterschiffes eine gewaltige Explosion. Doch während Tubmans Maschine atomisiert wurde, blieb der feindliche Jäger intakt. Er schwankte kurz, als wäre er vorübergehend benommen, dann gewann er das Gleichgewicht wieder und flog weiter, als wäre nichts geschehen.

Als Steve an der Öffnung vorbeigeflogen war, hatte er im Innern eine Art Stützpunkt ausgemacht, der aussah wie ein komplett überdachter Flughafen, in dem Hunderte von kleinen Raumjägern in Trauben an den Wänden parkten. Die gewaltige Architektur des Gewölbes erinnerte ihn an ein Nest oder einen Bienenstock.

Er drehte sich halb um die eigene Achse, legte die F-18 kopfunter und beobachtete, wie die grauen Angreifer herausgeschossen kamen. Ihre Zahl war inzwischen auf etwa hundert angewachsen, doch sie flogen nicht etwa in geordneter Formation, sondern wild durcheinander. Aus der Ferne sahen sie aus wie ein Schwarm Fledermäuse. Plötzlich stoben sie auseinander und zerstreuten sich in alle Himmelsrichtungen, um den Angriff auf ihr Schiff zu rächen.

«Mayday! Mayday! Feindliche Maschinen in der Luft. Sie kommen aus dem Turm.» Ein Lichtstrahl zischte kreischend an Steve vorüber, dann noch einer.

«Oh, Scheiße!»

Er blickte zurück und sah, daß eines der hungrig ausschauenden Schiffe wie aus dem Nichts aufgetaucht war und sich hinter ihn gesetzt hatte.

«Sechs Uhr», warnte ihn Jimmy. «Paß auf sechs Uhr auf, Steve.»

«Ich seh ihn.» Steve wußte, daß ihm schnell etwas einfallen mußte. Das ganze Geschwader war dabei, sich über dem Raumschiff zu sammeln, und die schnelleren feindlichen Maschinen begannen, sie einzukreisen. Sollte er das Geschwader dennoch über dem Schiff zusammenziehen, damit sie einander beistehen konnten, oder würde sie das zu willkommenen Zielscheiben machen? Er hatte sich noch nie in solch einer Situation befunden und fragte sich, welche Taktik er wählen sollte. Zudem verwirrte ihn die Tatsache, daß es einem der Angreifer in null Komma nichts gelungen war, sich hinter ihn zu setzen. Steve hielt sich für geschickter als jeden anderen Piloten, den er kannte, und von einem Gegner gleich zu Beginn eines Luftkampfes ausgetrickst zu werden war eine neue Erfahrung für ihn.

«Ausweichmanöver!» schrie er und jagte seine Maschine gerade noch rechtzeitig in eine Seitwärtsschleife, ehe eine Lasersalve ihn erwischte.

«Bleibt in geschlossenen Gruppen! Behaltet euren Abstand voneinander bei!»

Die grauen Feindmaschinen, die wie metallische Mantas dahinglitten, feuerten hochkondensierte Energiestöße ab, tödliche Lichtkugeln, die wie Leuchtspurgeschosse durch die Luft flirrten und einen gleißend hellen Schweif hinter sich herzogen. Steve wechselte alle paar Sekunden abrupt den Kurs, und so gelang es ihm, sich zum Rand des schwarzen Städtezerstörers zu schlängeln. Unterdessen wurde er Zeuge von zwei Explosionen, die zwei Mitglieder seiner Crew auslöschten.

Während der Ausbildung hatte man ihnen immer und immer wieder eingetrichtert, daß Luftkämpfe manchmal binnen Sekunden entschieden wurden, daß sich das Blatt schlagartig wenden konnte. Hier hatte er den Beweis. Die stolzen Knights, die sich gerade noch als Helden der Lüfte gefühlt hatten, bekamen nun Feuer unter dem Hintern und wurden einer nach dem anderen abgeschossen. Bei ihrer regellosen Flucht teilten sie sich in Zweiergruppen auf und versuchten, einander Feuerschutz zu geben.

Steve ging in den Sturzflug und beschleunigte, obwohl er sich mit rasender Geschwindigkeit dem Boden näherte. Sein Verfolger setzte ihm nach. Während die schwarze Erde, die einmal Los Angeles gewesen war, auf ihn zuraste, widerstand Steve dem Impuls abzubremsen. Im Gegenteil, er erinnerte sich, wie es dem Apache-Helikopter bei der «Operation Willkommensgruß» ergangen war, und beschleunigte weiter. In zehn Sekunden würde er entweder sehr viel Glück gehabt haben oder tot sein.

«Wo steckst du, Jimmy?»

«Genau dort, wo du mich brauchst, Stevie, ich hab den Drecksack direkt vor mir. Wenn du ihn mir servieren kannst, mach ich ihn fertig.»

Steve brach seine Ausweichmanöver ab und wagte es etwa anderthalb Sekunden lang, pfeilgeradeaus zu fliegen. Glücklicherweise war das alle Zeit, die Jimmy brauchte.

«Verzieh dich!» brüllte er. Während Steve über die Tragfläche wegkippte, feuerte Jimmy eine Sidewinder ab. Doch fünf Meter bevor die Rakete den Raumjäger erreichte, explodierte sie. Der Raumjäger überschlug sich, wurde einen Moment lang durchgerüttelt und flog dann weiter, als wäre nichts geschehen.

«Scheiße, die kleinen Wichser haben auch Schutzschilde!»

Steve zog seine Maschine in einem Looping nach oben, bereit, auf den desorientierten Angreifer zu feuern. In einiger Entfernung sah er, wie zwei weitere amerikanische Maschinen von den Leuchtspurgeschossen gesprengt wurden. Als er wieder in Position war, saß ein Verfolger Jimmy im Nacken.

«Roll weg, Jimmy, ich geb dir Deckung.»

Jimmy kippte gerade noch rechtzeitig ab, um einer weiteren Salve von Leuchtspurgeschossen auszuweichen. Steve nahm einen der grauen Mantas ins Visier und schoß eine Sidewinder ab. Der außerirdische Pilot wich aus, doch die Search&Destroy-Elektronik der Sidewinder machte den Kurswechsel mit. Das Lenkwaffensystem war so ziemlich der einzige Vorteil, den die Menschen in diesem Luftkampf besaßen, doch er nützte wenig, denn die Sidewinder explodierte wie alle anderen am Schutzschild des Eindringlings. Immerhin schafften es Hiller und Franklin, ein paar Sekunden lang unbehelligt die Hollywood Hills entlangzufliegen. Doch sie mußten ohnmächtig zusehen, wie die grauen Untertassen über ihnen rudelweise Jagd auf ihre Kameraden machten und einen nach dem anderen vom Himmel holten. Leuchtspurgeschosse erhellten den Himmel, und die Luft war von den Wrackteilen der amerikanischen Kampfflugzeuge gesättigt. Ein weiteres Paar Angreifer setzte ihnen nach und deckte sie mit einem Geschoßhagel ein.

«Vielleicht können wir sie abhängen. Folge mir.»

«Dann nichts wie weg. Paß auf, Stevie, sie kommen aus Richtung zwei Uhr.»

Die beiden Piloten schalteten auf Supercruise, und die starken Turbinen der F-18 beschleunigten dröhnend. Sie machten einen gewaltigen Satz nach vorne, flogen in östlicher Richtung über die Berge und ließen ihre Verfolger weit hinter sich. Dachten sie zumindest. Während ihre Maschinen beschleunigten, bekamen die Piloten die Gesetze der Schwerkraft zu spüren. Binnen Sekunden von weniger als Mach 1 auf über Mach 2 zu beschleunigen ist, als säße man in einer Mondrakete. Wenn die Maschine nach vorne schießt, werden die Eingeweide mit aller Gewalt gegen das Rückgrat gepreßt. Man hat das Gefühl, als würden Ohren, Lippen und Wangen vom Kopf gerissen. Die Landschaft unter Steve und Jimmy verschwamm zu einem undeutlichen Dunst. Als sie ihre

Endgeschwindigkeit erreicht hatten, war ihnen schwindlig und übel. Steve versuchte, sich umzublicken. Die Mantas waren dicht hinter ihnen und holten auf.

«Gib Stoff, Jimmy, sie kommen näher.»

«Wir sind schon über Mach 2.» Jimmy klang benommen.

«Egal, gib Stoff!» Wieder wurden die beiden Piloten in ihre Sitze gepreßt. Die Kontrollarmaturen zeigten an, daß sie über dem Limit waren, während sie mit mehr als der doppelten Schallgeschwindigkeit über die kalifornische Wüste jagten.

«Ich muß an Höhe gewinnen, Partner. Ich fühle mich ... ah, ich fühle mich ... ich weiß nicht.» Jimmy war kurz davor, das Bewußtsein zu verlieren. Er wußte, daß die mit schwindelerregender Geschwindigkeit unter ihm wegrasende Erde langsamer erscheinen würde, wenn er höherstieg.

Steve hatte den Eindruck, daß die Verfolger es vermieden, allzu nahe am Boden zu fliegen, doch Jimmy befand sich bereits im Steigflug, also folgte er ihm.

«Halt die Mühle gerade, Jimmy, du driftest nach rechts.»

«Hau ab, Stevie.»

«Hör auf mit der Scheiße. Wir schaffen's beide, hörst du? Aber du darfst nicht langsamer werden.» Steve drosselte das Tempo ein wenig, um den Sichtkontakt zu halten, und sah, wie Jimmys Maschine weiter nach rechts abdrehte. Die Verfolger kamen näher.

«Los, weg jetzt, Jimmy! Gib Stoff!»

Doch es war zu spät. Die Angreifer hatten sich hinter ihn gesetzt und ihn unter Feuer genommen. Steve brüllte in sein Mikro und versuchte verzweifelt, Jimmy wieder aufzuwecken. Vergeblich. Er warf einen schnellen Blick zurück und sah, wie die Maschine seines Partners, bereits meilenweit entfernt, steuerlos dahinflog. Gerade als er abschwenken und ihm folgen wollte, bemerkte er den Lichtblitz. Die Verfolger hatten sich getrennt, und einer von ihnen hatte Jimmy abgeschossen.

Steve heulte aus vollem Leib auf, als er zusehen mußte, wie sein Freund abstürzte, und begann, unkontrolliert an seinen Instrumenten zu zerren, wodurch das Flugzeug wie wutgeschüttelt

«Sechsunddreißig Raumschiffe nähern sich der Erde, Mr. President, möglicherweise in feindlicher Absicht. Wir müssen DEVCON 3 auslösen.»

«Marty, hör auf rumzutrödeln, und mach, daß du aus der Stadt kommst.»

«Mein Gott, mein Gott! Es zerstört alles! Es breitet sich ...»

«Alle Satelliten-, Mikrowellen- und Bodenverbindungen mit den zerstörten Städten sind unterbrochen. Wir glauben, wir stehen vor einem Totalverlust.»

«Mommy, was ist passiert?»

«Ich weiß es nicht, Dylan. Deine Mommy weiß es nicht.»

«Ha! Kein Raumschiff ist jemals von der Regierung geborgen worden?»

«Ladies und Gentlemen, was Sie hier sehen, bezeichnen wir hier unten liebevoll als die Freak-Show.»

«Hören Sie, Doktor, mein Junge ist schwer krank. Er braucht sofortige Hilfe.»

«Das kommt von den Amerikanern. Sie wollen eine Gegenoffensive organisieren.»

«Wir haben getan, was wir konnten, um sie zu tarnen. Die Spitze ragt ein wenig heraus.»

«Ich bin Pilot, Will. Ich gehöre in die Luft.»

«Nein, stopp, halt! Wir können noch nicht starten. Zigarren, Mann. Ich muß noch Zigarren besorgen.»

«Ich muß dir etwas gestehen. Ich vertrag das Fliegen nicht besonders.»

hin und her schwankte. Er rammte den Geschwindigkeitsregler so brutal nach vorne, daß der Knüppel knirschte, und jagte die Maschine ans absolute Limit. Bei deutlich mehr als Mach 2 war die Landschaft unter ihm fast nicht mehr zu erkennen. Er flog über die hügelige Wüste, die ab und zu von einem Highway durchschnitten wurde. Gelegentlich blitzte eine Kleinstadt unter ihm auf. Er hatte das Gefühl, in einem Flugsimulator zu sitzen, dessen Geschwindigkeitsregler auf «Unmöglich» stand. Ein paar Minuten lang verdunkelten Wut und Schmerz ihm die Sinne. Er flog pfeilgeradeaus, ohne auf seine Verfolger zu achten. Wenn er die Möglichkeit gehabt hätte, wäre er wie ein Kamikaze frontal auf jeden Feind zugejagt, der sich ihm in den Weg gestellt hätte. Doch als seine Wut ein wenig nachließ, sah er sich um und entdeckte einen einzelnen Verfolger, der ihm geduldig auf fünf Uhr folgte. Er wußte, daß er keine Chance hatte, ein Feuergefecht zu gewinnen, und suchte sein Heil in der Flucht. Doch im wolkenlosen Himmel über der verlassenen Einöde des Death Valley boten sich nicht viele Möglichkeiten, sich zu verstecken. Plötzlich blitzte etwas am weißen Wüstenhorizont auf, und wie aus dem Nichts tauchte eine Stadt vor ihm auf. Er schwenkte nach Norden ab und flog darauf zu. Binnen Sekunden lag die Stadt unter ihm. Steve sah gerade genug von ihr, um zu erkennen, daß es sich um Las Vegas handelte.

Die Turbinen begannen unter der Beanspruchung zu ächzen. Ihr Heulen sagte Steve, daß er sie nicht mehr lange quälen konnte. Während er weiter Richtung Norden flog, huschte unter ihm etwas vorbei, was wie ein Stützpunkt aussah, dessen zwei sich kreuzende Startbahnen über einen Salzsee verliefen. Ein paar Radarschüsseln drehten sich langsam auf ihren Towern, und es sah aus, als würden neben einem Hangar ein paar getarnte Lastwagen parken. Er hielt nach einem Zeichen Ausschau, daß sie bemerkten, was los war, und ihm Unterstützung schickten. Er hatte noch nie von diesem Stützpunkt gehört; seines Wissens gab es so weit nördlich von Vegas überhaupt keine Militäreinrichtungen.

Dann wurde ihm plötzlich klar, was er zu tun hatte. Er legte die Maschine hart nach rechts, überflog den Stützpunkt und zog sie über eine Hügelkette, die vor zehntausend Jahren diesen See geschaffen hatte. Er warf einen Blick auf seinen Kompaß und flog exakt Richtung Osten. Keine zwei Minuten später hatte er gefunden, was er suchte: den Grand Canyon; seine Geheimwaffe.

Ohne zu zögern, stellte er die Turbinen ab. Der Manta segelte überrascht über ihn hinweg, während er in den Canyon hinabglitt. Er drückte die Maschine tiefer und tiefer zwischen die roten Felsen hinunter, bis er beinahe im Colorado fischen konnte, dem Fluß, dessen Wasser seit Millionen von Jahren dieses zerklüftete, ehrfurchtgebietende Wunder in den felsigen Wüstenboden gefressen hatten. Sein Gegner folgte ihm und war ihm in null Komma nichts wieder auf den Fersen.

«Okay, du Wichser. Jetzt wird's lustig», knurrte Steve, schlängelte sich mit höchstem Tempo durch die zerklüftete Felsformation und erteilte seinem Verfolger eine Lehrstunde in Luftakrobatik. Das größere Schiff folgte ihm unbeholfen und riß mit seinen Kanten riesige Felsbrocken ab, doch sein Schutzschild verhinderte, daß seine Flugfehler fatale Folgen hatten. Und nicht nur das, nach einer Weile schien sein Gegner den Dreh herauszuhaben, wie man durch diesen Hindernisparcours flog, und feuerte sogar ein paar Salven auf Steves F-18 ab.

Steve spürte den Druck und tauchte in einen sehr viel schmaleren Seitencanyon. Hier war praktisch kein Platz mehr für Fehler. Die Serpentinenschlucht war an manchen Stellen kaum doppelt so breit wie das Flugzeug, doch Steve wußte, daß es in so einer Situation keinen Sinn machte, defensiv zu fliegen. Er beschleunigte und kurvte elegant durch den Canyon. Er war sich sicher, daß sein Verfolger früher oder später an den Felsen zerschellen würde, wenn er dieses Ballett lange genug durchhielt. Plötzlich blinkte an seiner Instrumentenkonsole ein Licht auf. Sein Tank war fast leer.

«Verdammt, du bringst mich allmählich zur Weißglut, du gottverdammter Möchtegern-Darth-Vader!»

In Sichtweite erhob sich eine massive Felswand; der Canyon endete in einer Sackgasse. Steve wußte, daß er ein toter Mann war, wenn er den Canyon wieder verließ. Deshalb setzte er alles auf eine Karte. Er nahm das Tempo weg und ließ seinen Treibstoff ab. Aus beiden Tanks strömte der verbliebene Treibstoff nach hinten aus und nebelte seinen Verfolger ein. Dann schaltete Steve die Nachbrenner ein und zündete so den Treibstoff, der sofort einen heißen Schweif hinter ihm bildete. Doch als Steve sich umblickte, sah er, wie sein Verfolger unversehrt aus dem Flammenmeer auftauchte.

«Verflucht! Okay, wenn du mich abschießen willst, dann mußt du mir erst mal beweisen, daß du auch blind fliegen kannst.»

Er zog die Reißleine des Bremsfallschirms, der sich mit einem Knall hinter ihm öffnete. Sofort drückte Steve die Abwurfautomatik, die den Fallschirm von der Maschine löste. Wie er gehofft hatte, flatterte der Schirm einen Moment lang durch die Luft, bis sein Verfolger voll in ihn hineinflog. Mittlerweile summte der Alarm in seinen Kopfhörern, das Zeichen, daß sein Treibstoff vollkommen aufgebraucht war. Er merkte bereits, wie die Turbinen husteten, als Luft in die Zuleitungen geriet.

«Dann zeig uns mal, ob du tatsächlich voll ausgerüstet bist.»

Mit diesen Worten kappte Steve die Leitungen zu seinem Helm, zog den Gurt fest und richtete die Maschine geradewegs auf die Felswand aus. Hinter ihm streifte der Raumjäger die Wände des Canyons, schüttelte den Fallschirm ab und beschleunigte, um zu Steve aufzuschließen.

Hundert Meter vor dem Aufprall schloß Steve die Augen und riß an einer Leine, die sich an seinem Sitz befand. Sekundenbruchteile später zerschellte die Maschine mit ohrenbetäubendem Krachen an der Felswand.

Der außerirdische Pilot sah, was auf ihn zugerast kam, und riß sein Schiff scharf nach oben. Drei Meter fehlten, dann wäre er sauber über die Canyonkante gekommen, doch statt dessen knallte der Manta gegen einen überhängenden Felsen, der hundertmal so groß war wie er. Der Aufprall riß das Heck des Schiffes nach oben, und es wurde in einer Wolke von Staub und Felsbrokken über den Rand des Canyons gewirbelt, überschlug sich mehrfach und krachte schließlich auf den felsigen Wüstenboden, wo es wie eine geknickte Münze liegenblieb.

Als er sah, wie das UFO durch die Luft geschleudert wurde, lachte Steve, der noch immer in seinem Sitz festgeschnallt saß, aus vollem Hals. An seinem Fallschirm hängend, schwebte er langsam durch die heiße Morgenluft von Arizona. Schließlich setzte er kurz und hart auf dem Boden auf, rollte sich ab, schnallte sich von seinem Sitz los und erhob sich. Ohne Zeit zu verlieren, marschierte er auf seinen in der Nähe liegenden Verfolger zu. Die Grillen in den ausgedörrten Büschen zirpten in den höchsten Tönen. Steve war benommen und wütend und kurz davor, völlig auszurasten.

Je näher er dem abgestürzten Angreifer kam, desto bedrohlicher wirkte dieser. Der Raumjäger war mit einem Dutzend Panzerplatten bewehrt. An der Stelle, wo sich sein Heck nach oben gebogen hatte, war eine davon halb abgerissen. Darunter sah er aus wie ein frisch gehäutetes Tier. Seine Muskeln, Sehnen und Bänder bestanden aus Tausenden exakt zusammengefügter mechanischer Teilchen. Eingebettet in eine dicke, klebrige Schicht durchsichtiger Gelatine, schimmerten sie gespenstisch weiß in der Wüstensonne.

Die letzten Meter legte Steve vorsichtig zurück und tastete dabei mit ausgestreckten Händen nach dem unsichtbaren Schutzschild. Er war nicht da. Steve entdeckte eine Art Luke, die aufgegangen war, schwang sich auf das UFO und erreichte mit sieben langen Schritten das Zentrum des Schiffes. Mit aller Kraft riß er die Luke ganz auf.

Im selben Moment schrie er auf und sprang zurück. Drinnen befand sich ein Lebewesen, ein Außerirdischer, der herauszukriechen versuchte. Ein gewaltiger, muschelförmiger Kopf reckte sich aus der Luke. Unterhalb der tiefen leeren Augenhöhlen besaß die Kreatur einen kurzen Rüssel, ein zuckendes Gewirr von Sehnen und Knorpeln, das wie die öligen weißen Wurzeln eines Baumes aussah. Feuchte Tentakel baumelten vom Kinn und den Ohren herab und tasteten die Umrisse der Luke ab. Der dicke, knöchrige Hals blähte sich nach außen und verjüngte sich oben auf dem Kopf zu einer Spitze. Mitten durch das Gesicht der Kreatur verlief ein tiefer Riß, der vom Kinn bis zur Spitze des kegelförmigen Kopfes reichte, wo die beiden Schädelhälften ineinander zu verschmelzen schienen. Es sah aus wie eine Kreuzung zwischen einem mittelalterlichen Ritter in voller Rüstung und einer Küchenschabe.

Nachdem er dem ekelerregenden Wesen einen Augenblick zugesehen hatte, wie es aus der Luke zu kriechen versuchte, tat Steve seine verdammte Pflicht. Er knallte dem Monster die Faust mit voller Wucht mitten in die Visage. Der Schädel des Außerirdischen prallte mit einem widerlichen Knacken gegen den Rand der Luke, dann brach er bewußtlos zusammen.

Steve starrte auf den schlaffen Körper des Monsters herab, bis seine Wut und seine Angst verebbten. Schließlich setzte er sich, griff in seine Brusttasche und förderte die nur leicht beschädigte Havanna zutage. Er biß die Spitze ab, spuckte sie dem bewußtlosen Feind ins Gesicht, zündete sie an und nahm einen langen, tiefen Zug. Dann stieß er wütend den Rauch aus und sagte:

«Das ist mal eine unheimliche Begegnung nach meinem Geschmack!»

Die Flüchtlinge im Death Valley verbrachten die Nacht im Freien, wo sie unter dem Sternenhimmel in zahllosen Grüppchen erbittert über ihr weiteres Vorgehen stritten. Sie hatten sich in einem knochentrockenen Tal zusammengefunden und ihre Wohnwagen und Trailer in einem wilden Durcheinander abgestellt. Die ganze Nacht über versammelten sich immer neue Gruppen im staubigen Licht der Scheinwerfer, mit Kaffeebechern und Schrotflinten bewehrte Schatten, die bereit waren, ihren Lagerplatz gegen jede Art unwillkommener Besucher, seien sie irdischer oder außerirdischer Natur, zu verteidigen. Abgestorbene Josuabäume lieferten das Brennmaterial für das zentrale Lagerfeuer, an dem ein Plan nach dem anderen geschmiedet, verworfen oder angenommen wurde, bis ein Neuankömmling mit einer Ladung frischer Gerüchte eintraf. Daraufhin wurden alle Übereinkünfte über den Haufen geworfen, und die Debatte ging wieder von vorne los.

Russell hatte ausnahmsweise keinen Mist gebaut. Er verschwieg seine berüchtigte Entführung und sorgte dafür, daß die Debatten einigermaßen diszipliniert verliefen. Er hielt eisern an ihrem allerersten Vorhaben fest, nach Las Vegas zu fahren, um Benzin und Vorräte aufzunehmen, und dann in die Weiten von Arizona aufzubrechen.

Gegen acht Uhr morgens trafen die fünfzig Trailerbesitzer, mit denen die Casses ihren Treck planten, die letzten Vorbereitungen für die Abfahrt. Einige hatten ihre Fahrzeuge bereits mit laufendem Motor an der Straße abgestellt und warteten, mit T-Shirts und Baseballkappen gerüstet, ungeduldig auf die anderen. Die Casses jedoch wurden durch Troy aufgehalten. Sein Zustand verschlechterte sich, ähnlich wie bei seinen ersten Anfällen. Auf seiner Haut bildeten sich große Flecken, und obwohl er noch keine Krämpfe hatte, zitterte er bereits heftig.

Miguel beschloß, es noch einmal zu versuchen. Zum dritten Mal durchstreifte er das Camp auf der Suche nach Medizin. Er wußte, daß die Aussichten, Hydrokortison aufzutreiben, gering waren, aber er hoffte, daß er einen Diabetiker fände, der ihm etwas Insulin abgeben konnte. Er fragte sich von Tür zu Tür, bekam jede Menge Hydrokortisonsalbe – ein Mittel gegen Juckreiz – angeboten und verprellte nicht wenige Spendenwillige, weil er nicht blieb, um ihnen den Unterschied zu erklären.

Langsam wurde es heiß draußen, doch Troy lag im Bett und zitterte vor Kälte unter einem dicken Stapel Decken. Russell saß an seiner Seite und legte ihm kalte Kompressen auf, während Alicia «süßen Tee» zubereitete.

«Du bist genau wie deine Mutter. Die war auch so stur. Sie war eine wunderbare Frau, Gott hab sie selig, aber wenn es darum ging, ihre Medizin zu nehmen, konnte sie halsstarriger sein als ein Maulesel.»

Troy hatte Angst. «Es tut mir leid, Dad, ich hätt die Medizin nicht kaputtmachen sollen. Es tut mir leid.»

«Vergiß es, Troy, was geschehen ist, ist geschehen. Wir werden schon welche finden.»

«Ich werd nicht sterben müssen wie Mom, oder?»

Die Frage traf Russell unvorbereitet und versetzte ihm einen mächtigen Schlag. Es gelang ihm nicht, Troys Frage kurzerhand abzutun und seinem kranken Sohn Mut zuzusprechen, denn er mußte daran denken, wie er an Marias Bett gesessen und dasselbe getan hatte.

Alicia bewahrte kühlen Kopf. «Du wirst wieder gesund», sagte sie kaltblütig. «Natürlich wirst du wieder gesund. Mach dir bloß keine Gedanken.»

Miguel kehrte mit leeren Händen zurück.

«Ich hab alles versucht. Nichts. Und mittlerweile machen sich die meisten abfahrbereit. Ein Typ kam vorbeigefahren und hat uns zugebrüllt, daß ein Raumschiff hierher unterwegs ist.»

Die Casses schauten sich erschrocken an.

«Dann laßt uns zusehen, daß wir hier wegkommen. Wir müssen sowieso los», sagte Russell mit einer Kopfbewegung zu dem Jungen.

«Unsere Gruppe fährt nach Süden. Wir werden die Nebenstraßen benutzen, aber in der Nähe von Las Vages kommen wir an einem Krankenhaus vorbei. Es sind nur ein paar Stunden, also denke ich, wir sollten jetzt losfahren.»

Russell stimmte zu. Dann klopfte es an der Tür. Alicia zwängte sich an Miguel vorbei und blieb im Türrahmen stehen. Auf der anderen Seite des Fliegengitters entdeckte sie einen gutaussehenden, etwa sechzehnjährigen Jungen mit rötlichen Haaren. Er hielt etwas in der Hand.

«Penicillin», verkündete er und hielt ein Gläschen Tabletten in die Höhe.

«Hallo, Penicillin, ich heiße Alicia.»

Als er merkte, daß er aufgezogen wurde, verzog sich sein Gesicht zu einem freundlichen Grinsen. «Oh. Ich heiße Philip. Philip Oster. Von gestern abend, erinnerst du dich?»

Als hinter ihr im Trailer ein plötzliches Rascheln ertönte, merkte der Junge, daß man seine Frage auch falsch verstehen konnte: «Du hast mir erzählt, daß dein kleiner Bruder krank ist.»

Das stimmte. Während des langen Abends waren sie einander mehrmals aufgefallen, hatten vielsagende Blicke gewechselt und schließlich den Mut gefunden, miteinander zu sprechen. Sie hatten kurz über Troys Krankheit geredet, und Philip hatte versprochen, daß er versuchen würde zu helfen. Und hier stand er nun mit einem Gläschen Penicillin.

«Naja, ich weiß, es ist nicht genau das, was er braucht, aber es müßte sein Fieber dämpfen.«

Alicia errötete und senkte den Blick. «Echt nett von dir, daß du uns hilfst», sagte sie und öffnete das Fliegengitter, um die Medizin in Empfang zu nehmen. Sie fühlte, daß ihr Vater hinter ihr stand und ihr über die Schulter schaute. Als Philip die große, unrasierte Gestalt sah, wich er ein wenig zurück.

«Ich wollte, ich ... das heißt, meine Eltern wünschten, sie könnten mehr tun», stotterte er. «Ich meine ... vielleicht wenn ... egal, wir brechen in ein paar Minuten auf.»

Alicias Augen leuchteten, als sie dies hörte. Ein wenig zu eifrig antwortete sie: «Wir auch. Wir kommen mit euch.» Doch als sie ihren Vater hinter sich grummeln hörte, fügte sie schnell hinzu: «Ich meine, wir fahren auch bald los.»

«Cool», sagte Philip und lächelte warm. «Tolles Flugzeug, das ihr da habt. 'n richtiger Oldtimer. Fliegt es noch?»

Russell hatte genug von dieser «Romeo und Julia»-Nummer. «Es reicht», brummte er. «Vielen Dank für die Medizin. Und jetzt hör auf, hier herumzuschnüffeln, und mach, daß du wieder zu deinem Trailer kommst.»

«Dad, ich bitte dich», sagte Alicia mit einem falschen Grinsen.

Doch Philip schien einigermaßen ungerührt. Mit einem charmanten Lächeln trat er zurück und sagte: «Dann sehen wir uns bei der nächsten Rast?»

Hingerissen von seiner jugendlichen Galanterie, sah Alicia ihm nach, als er zum teuren Wohnmobil seiner Eltern zurücklief. Als er verschwunden war, drehte sie sich um und stellte fest, daß die Männer der Familie, einschließlich Troy, sie erwartungsvoll anstarrten.

«Was ist?» wollte sie wissen. «Ich war bloß ein wenig nett zu ihm, weil er uns die Medizin gebracht hat.»

«Aber sicher doch.»

Die Kommandozentrale von NORAD, dem Nordamerikanischen Luftabwehrsystem, war der sicherste Ort der Welt. Sie befand sich in der Nähe von Colorado Springs, tief im Innern des Cheyenne Mountain. Sie war ein undurchdringlicher militärischer Kommandoposten, eine High-Tech-Zuflucht im Falle eines Atomschlags für die Führungspersönlichkeiten der Nation, insbesondere den Präsidenten. Die Mauern des Bunkers waren so konstruiert, daß sie einer in unmittelbarer Nähe stattfindenden Atomexplosion standhalten würden. Da sie sich tief unter der Erdoberfläche befanden, boten sie sogar noch größeren Schutz. Von der riesigen Schaltzentrale aus, die das Herzstück der Anlage bildete, konnte alles kontrolliert werden. Selbst wenn sämtliche amerikanischen Städte dem Erdboden gleichgemacht würden, wären die Techniker von Colorado aus in der Lage, die feindlichen Truppenbewegungen zu verfolgen, die eigenen Truppen in Übersee zu koordinieren und Raketenangriffe zu inszenieren. Der Vizepräsident, der Generalstab, verschiedene Berater und deren Familien befanden sich bereits in der Sicherheit des Berges und erwarteten die Ankunft des Präsidenten. Die NORAD-Computer waren mit denen an Bord der Air Force One verbunden.

Etwa zwölf Minuten nach den einseitigen, blutigen Luftkämpfen über New York, San Francisco, Los Angeles und Washington büßten die Experten an Bord der Air Force One die Fähigkeit ein, den militärischen Gegenschlag zu koordinieren. Zuerst verloren sie den Funkkontakt mit den entkommenen F-18-Bombern. Dann brach das erdumspannende Radarsystem zusammen. Und schließlich riß die Verbindung zu NORAD ab, und sie waren gezwungen, auf Mikrowellentelefone umzustellen.

«Die müssen unsere Satelliten unter Beschuß genommen haben. Wir verlieren sämtliche Kapazitäten.»

Sie schalteten auf das ULR-Radarsystem der Air Force One, das die Position der wichtigsten Fernmeldesatelliten anzeigte. Doch die verschwanden einer nach dem anderen vom Schirm. Die einzige Erklärung dafür war, daß die Invasoren dort oben waren, fünfzigtausend Kilometer über der Erde, in jener Höhe, in der ein Satellit in geosynchronem Orbit über einem bestimmten Punkt der Erdoberfläche bleiben konnte, und die Millionen Dollar teuren Apparaturen vom Himmel holten.

Die Militärs verfügten zwar noch über weitere Satelliten in Positionen unterschiedlicher Höhe, aber um sie für Kommunikationszwecke zu nutzen, mußte das Bodenpersonal die Empfangsschüsseln neu ausrichten. Noch bevor dies angeordnet werden konnte, gerieten die Stützpunkte selbst unter massiven Beschuß. Das letzte, was Air Force One von El Toro hörte, war der verzweifelte Schrei des Towers, «Feindangriff, Feindangriff», und noch ehe ein einziges Flugzeug aufsteigen konnte, war der Stützpunkt eine verkohlte Ruine. Langsam, aber sicher wurde die fliegende Festung des Präsidenten von der Außenwelt abgeschnitten.

Whitmore und seine Berater zogen sich zu der Sitzgruppe draußen vor der Kommandozentrale zurück und berieten über die rapide abnehmenden Optionen für einen Gegenschlag. Connie und Julius saßen in Hörweite und lauschten aufmerksam.

«Mir ist egal, wie ihr es anstellt, aber ich will, daß die Verbindung mit NORAD so schnell wie möglich wiederhergestellt wird», sagte General Grey zu einem seiner Adjutanten. «Macht euch an die Arbeit.»

«Jawohl, Sir», antwortete der Soldat knapp und verschwand wieder in dem chaotischen Durcheinander der Kommandozentrale.

«Wie ist die Lage auf Peterson?» fragte der Präsident. Er bezog sich auf die Peterson Air Force Base, auf der die Präsidentenmaschine in weniger als dreißig Minuten landen sollte.

Greys demoralisierte Miene sprach Bände.

«Wir setzen die Evakuierung der Stützpunkte fort, aber wir mußten bereits schwere Verluste hinnehmen.»

«Verdammt.» Der Präsident schlug mit der Faust auf die Armlehne. «Sie wissen nicht nur, wo sie uns am empfindlichsten treffen können, sondern sie gehen auch noch systematisch vor. Als würden sie eine verdammte Checkliste abhaken.»

«Ja, Sir», gestand Grey ein. «Das ist ein äußerst sorgfältig vorbereiteter Angriff. Es sieht so aus, als hätten sie unser Abwehrsystem durchschaut.»

David stolperte aus dem Badezimmer. Er sah erbärmlich aus. Er hörte die Unterhaltung mit und blieb in der Hoffnung, mehr zu erfahren, im Gang stehen. Was er dann hörte, ließ ihn seinen Magen vergessen. Nimziki hatte sich erhoben, war in die Mitte des Konferenzraums getreten und sprach mit herrischer Stimme.

«Wie Sie wissen, habe ich mit Commander Foley und den anderen Mitgliedern des Generalstabs in ständiger Verbindung gestanden, seit sie in NORAD eingetroffen sind.»

Jedes seiner Worte war offenbar darauf berechnet, den Präsidenten so schlecht wie möglich dastehen zu lassen.

«Wir sind der übereinstimmenden Auffassung, daß uns nur eine einzige vernünftige und ehrenhafte Handlungsmöglichkeit bleibt. Wir müssen, ohne zu zögern, zu einem großangelegten atomaren Gegenschlag ausholen. Sie mit allem angreifen, was wir haben.»

Das war wieder eine von Nimzikis erbärmlichen theatralischen Inszenierungen. Er versuchte, den Präsidenten unter Druck zu setzen, indem er ihn so mit dem Plan konfrontierte, als wäre dieser bereits beschlossene Sache. Whitmore mißfiel dieser Manipulationsversuch, aber er hatte ein Interesse an der Sache, deshalb sah er davon ab, seinen Verteidigungsminister zu kritisieren.

«Über amerikanischem Boden? Sind Sie sich überhaupt über die Konsequenzen eines solchen Ansinnens im klaren? Das würde Zehntausende, vielleicht Hunderttausende unschuldiger Amerikaner das Leben kosten.»

Völlig gelassen, ja fast amüsiert, servierte Nimziki seine vorbereitete Antwort.

«Um ganz offen zu Ihnen zu sein, Mr. President, ich habe damit gerechnet,daß Sie vor diesem Gedanken zurückschrecken würden. Aber wenn wir nicht bald zurückschlagen, wird von Amerika nicht mehr viel übrig sein, das sich zu verteidigen lohnte. Während meiner Unterredungen mit dem Generalstab ...»

«Sir.» General Greys Adjutant war aus der Kommandozentrale zurückgekehrt und unterbrach sie.

«Das kann warten», blaffte Nimziki ihn an, obwohl er dazu eigentlich nicht ermächtigt war.

«Es geht um NORAD, Sir», fuhr der Mann ängstlich fort. «Es existiert nicht mehr. Sie haben es ausgelöscht.»

Es dauerte eine Weile, bis die Männer die Tragweite der Nachricht begriffen. Ihre anfängliche Verwirrung wich der Bestürzung und schließlich einem Gefühl der Demütigung.

«Das ist unmöglich ...»

«Mein Gott, der Vizepräsident, der Generalstab.»

«Vielleicht ist das Kommunikationssystem außer Gefecht, aber das gesamte NORAD *kann* nicht zerstört worden sein.»

Der Adjutant wurde konkreter.

«Die Nachricht stammt von Piloten, die von der Peterson Air Force Base gestartet waren. Sie befanden sich in der Luft, als die Außerirdischen massive Kräfte über NORAD konzentrierten und den Komplex minutenlang unter Feuer nahmen. Sie schälten gewissermaßen den Stützpunkt aus dem Berg heraus. Dann vernichteten sie ihn. Kurz darauf wurde Peterson selbst angegriffen, und der Funkkontakt brach ab.»

«Wir fliegen doch nach Peterson, oder nicht? Wir brauchen ein neues Ziel!»

«Mr. President, wir müssen einen Nuklearangriff starten», insistierte Nimziki äußerst erregt. Um sicherzugehen, daß seine Botschaft auch ankam, landete er noch einen Tiefschlag: «Eine Verzögerung zum jetzigen Zeitpunkt hätte noch verheerendere Folgen als Ihr Zögern bei der Evakuierung der Städte.»

Der Präsident schoß aus seinem Sessel hoch und brachte sein Gesicht direkt vor Nimzikis Nase. «Das ist nicht das Thema hier.» Er war kurz davor, dem ihn überragenden Mann die Faust ins Gesicht zu schlagen, da wurden sie unerwartet unterbrochen.

«Das kann nicht Ihr Ernst sein», mischte sich David wutschnaubend ein. «Sagen Sie mir, daß Sie nicht ernsthaft vorhaben, eine Batterie gottverdammter Atombomben auf Ihr eigenes Volk zu werfen.»

Connie reagierte sofort. Sie schoß auf ihren Noch-Ehemann los und versuchte, ihn zurückzuhalten.

«David, nicht ...», warnte sie ihn. Sie erinnerte sich noch genau, wie David Whitmore eine verpaßt hatte. Wenn er das jetzt noch einmal tat, war es ein Staatsverbrechen. Sie wußte, daß es lange dauerte, bis David wütend wurde, doch wenn es erst einmal soweit war, explodierte er meist.

«Wenn ihr anfangt, Atombomben zu werfen», brüllte David weiter, «werden es die anderen Länder auch tun. Haben Sie eine Ahnung, was der Fallout für die Erde bedeuten würde? Überlegen Sie sich das mal! Kennen Sie die Langzeitschäden? Wir können uns ebensogut gleich hier, auf der Stelle, das Hirn wegblasen.»

Mit seinen einhundertneunzig Zentimetern wirkte David durchaus bedrohlich. Er stieß Connie beiseite, doch General Grey stellte sich flink zwischen das hysterische Computergenie und den Präsidenten. Obwohl um einiges kleiner, war Grey entschlossen, David niederzuschlagen, falls er seinen Präsidenten angreifen sollte. Sein Ton war höflich, aber bestimmt.

«Mr. Levinson, ich muß Sie daran erinnern, daß Sie hier Gast sind.»

Doch David echauffierte sich weiter, ohne auf ihn zu achten. «Das ist Irrsinn. Wir wissen nicht mal, ob ein Atomschlag gegen ihre Panzerung etwas ausrichten kann, aber wir wissen mit Sicherheit, daß er *uns* umbringen würde. Das wäre das Ende.»

Nimziki hatte genug von diesem Idioten. Gewohnt, daß seine Befehle ohne Widerrede befolgt wurden, zeigte er auf David und schnauzte ihn an.

«Sie halten Ihre verdammte Klappe und setzen sich auf der Stelle hin!»

Sein beleidigender Ton hatte nicht den gewünschten Erfolg. Im Gegenteil; er rief Julius auf den Plan.

«*Sie* sagen meinem David nicht, daß er die Klappe halten soll! Wenn er nicht gewesen wäre, wären Sie schon längst tot! Sie wären doch alle miteinander in die Luft geflogen.»

Der alte Mann fuchtelte erregt vor Nimzikis Nase herum. Connie, die spürte, daß gleich eine Prügelei ausbrechen würde, wollte Julius wegziehen, doch der fast Siebzigjährige ließ sich nicht beirren und las den hohen Tieren aus Washington die Leviten.

«Ich mache euch alle für das, was hier geschieht, verantwortlich. Ihr habt nichts unternommen, um es zu verhindern. Ihr habt es gewußt. Ihr wußtet, daß es früher oder später so kommen würde, und habt nichts dagegen getan. Und jetzt greift ihr meinen Sohn an.»

Julius irritierender Wutausbruch verhinderte eine Massenschlägerei. Wie bei allem, was er tat, war es unmöglich festzustellen, wieviel davon spontane Reaktion und wieviel Kalkül war. Der Anblick, wie er mit seinem knochigen Finger vor Nimzikis Nase herumfuchtelte, während Connie ihn wegzuzerren versuchte, lenkte alle für einen Moment ab. Der Präsident wußte, daß er sachlich bleiben mußte. Er holte tief Luft, faßte sich und antwortete auf die Anwürfe des alten Mannes.

«Sir, es gab nicht viel, was wir hätten tun können. Man kann uns einiges vorwerfen, aber in diesem Fall wurden wir vollkommen überrascht.»

«Kommen Sie mir nicht mit diesem Überraschungsgeschwätz. Seit Ende der Vierziger seid ihr im Besitz der fliegenden Untertasse, die über New Mexico abgestürzt ist.»

«O mein Gott, Dad, ich bitte dich», schnaubte David. Er hatte ein leidenschaftliches Pladoyer zur Rettung der Erde gehalten, und jetzt fing sein Vater mit dem UFO-Schwachsinn an, den er offenbar aus dem Fernsehen hatte.

«Wie hieß der Ort?» Julius war nicht zu bremsen. «Roswell? Genau, Roswell, New Mexico. Ihr habt das Raumschiff gefunden, die Körper der drei Außerirdischen, den ganzen Krempel. Dann habt ihr alles schön in einem Bunker verstaut ... wie hieß er noch? Einundfünfzig. Genau, Areal 51. So hieß er. Areal 51. Ihr habt seit Jahren Bescheid gewußt und nichts unternommen.»

Zum ersten Mal seit langem mußte der Präsident wieder lächeln. Ungefähr einmal im Monat traf er einen Bürger, der ihn auf das berüchtigte Areal 51 ansprach. Er hatte sich mit der Angelegenheit befaßt und festgestellt, daß es sich um eine Legende handelte, eine von UFO-Begeisterten zusammengebraute Verschwörungstheorie.

«Ungeachtet dessen, was die Boulevardpresse schreibt, Mr. Levinson, kann ich Ihnen versichern, daß die amerikanische Regierung niemals ein außerirdisches Raumschiff geborgen hat. Das Areal 51 existiert zwar, aber es gibt dort keine geheimen fliegenden Untertassen.»

Der Präsident schaute in die Runde und erwartete, daß seine Erheiterung die anderen anstecken würde. Doch er hatte sich geirrt.

«Ähem, entschuldigen Sie, Mr. President», meldete sich Nimziki zu Wort. Er schluckte schwer. «Aber das ist nicht ganz korrekt.»

Schockiert starrten alle den ehemaligen Chef des CIA an, der wußte, wo die Leichen vergraben waren, und warteten auf eine Erklärung.

Als Jasmine Dubrow in der zerstörten Stadt ans staubig flimmernde Tageslicht hinaustrat, befahl sie Dylan, mit Boomer zu warten. Sie selbst erklomm eine Böschung, die zu den Überresten des Freeway hinaufführte. Von ihrem Aussichtspunkt ließ sie den Blick über die Umgebung schweifen, und was sie sah, jagte ihr einen Schauer über den Rücken. Alles war zerstört, in Schutt und Asche gelegt. Das gewaltige schwarze Schiff war immer noch da oben, ein stiller Todesengel, der seine Schwingen über der Stadt ausgebreitet hatte. Die Explosion hatte Downtown L. A. vollständig ausradiert. Wo zuvor die Wolkenkratzer und historischen Gebäude gestanden hatten, in denen Tausende täglich ihrer Arbeit nachgegangen waren, befand sich nun nur noch eine schwarzverkohlte Senke. Sie mußte wegsehen und fühlte, wie die sanfte Meeresbrise ihre Wangen streifte. In der Ferne waren noch einige stehengebliebene Gebäude zu erkennen, doch auch ihre Fenster waren zerschmettert worden, und aus den Öffnungen quoll Rauch in die Morgenluft.

Während sie das Ausmaß des Schadens begutachtete, wurde ihr plötzlich klar, wieviel Glück sie gehabt hatte. Im Umkreis von vielen Meilen war die Zerstörung total. Die Häuser entlang des Freeway waren zerfetzt worden, und der Feuersturm hatte alles, was sich einmal darin befunden hatte, mit sich gerissen: Möbel,

Durchlauferhitzer, Fotoalben, halb gelesene Bücher, das Geschirr im Ausguß, schlafende Kinder. Ein altmodischer Kühlschrank, der noch abgerundete Ecken hatte, war aufrecht mitten auf dem Freeway gelandet. Die Hitze hatte ihn völlig verbogen. Geistesabwesend schaute Jasmine hinein und entdeckte ein Senfglas, das unversehrt in einem der Türfächer stand. *Seltsam*, dachte sie, *was überlebt*.

Sie kletterte wieder die Böschung hinunter zu Dylan, der etwas untersuchte, was am Boden lag. Als sie näher kam, stellte sie fest, daß es sich um ein Tier handeln mußte, wahrscheinlich um einen Hund. Der zerrissene Kadaver qualmte noch. Dylan wollte wissen, was das sei, doch Jasmine nahm ihn auf den Arm und trug ihn wortlos weg. Boomer lief voraus, und sie streiften eine Weile durch die Gegend, bis sie auf eine Garage stießen, die als Abstellplatz für Nutzfahrzeuge gedient hatte. Die Garage war in die stadtabgewandte Seite der Freeway-Böschung gebaut, und die Abraumtransporter, Bulldozer und Kranwagen standen noch immer so, wie sie vor dem langen Wochenende abgestellt worden warten. Die Fahrzeuge in der Nähe des Eingangs waren verkohlt, ihre Reifen und Kabel verschmort. Doch im Innern des höhlenartigen Baus fand Jasmine einen alten Vierachser, einen schweren Pick-up, dessen signalrote Lackierung unversehrt geblieben war. Sie kletterte ins Führerhaus und suchte den Schlüssel. Bingo. Als sie die Sonnenblende herunterklappte, fiel er ihr in den Schoß. Sie rief Dylan und Boomer zu, sie sollten einsteigen, ließ den Motor an und pflügte durch eine Barriere ineinander verkeilter Werkzeuge und eingestürzter Dachbleche ins Sonnenlicht.

Binnen weniger Minuten hatte sie die Überreste eines breiten Boulevards ausgemacht und holperte in südlicher Richtung, umkurvte eingestürzte Ladenzeilen und überfuhr halbverbrannte Telefonmasten. Alle paar Minuten stieß sie auf ein Hindernis, das der Pick-up nicht bewältigen konnte. Dann hielt sie an, kletterte auf die Motorhaube und hielt nach einer Möglichkeit Ausschau, die Trümmer zu umfahren. Es war, als suchte man den Weg aus einem Labyrinth.

Nach drei oder vier Meilen entdeckte sie den ersten Überlebenden, einen etwa fünfzig Jahre alten Mann, der einen ramponierten Dreiteiler trug. Er saß still und reglos am Straßenrand und wies zahlreiche Schnittwunden auf, die wahrscheinlich durch herumfliegende Splitter verursacht worden waren. Genaues erfuhr sie nicht, denn der Mann sagte keinen Ton. Sie half ihm auf die Ladefläche, wo er sich stumm niederließ. Sie fuhren weiter. Während der nächsten halben Stunde fand Jasmine sechs weitere Überlebende. Drei von ihnen akzeptierten das Angebot, mitgenommen zu werden, dankbar, jemandem zu begegnen, der irgendwohin fuhr. Sie verfrachtete ihre Passagiere auf die Ladefläche, Dylan und Boomer belegten den Beifahrersitz.

Bald darauf entdeckten sie das erste Straßenschild. Eine Verkehrsampel, die durch den Feuersturm umgestürzt war, trug noch das blaue Schild «Sepulveda Blvd.». Das gab ihr zumindest eine Vorstellung, wo sie sich befand. Sie schaute zum Himmel und dann in die Richtung, in der sie den Pazifik vermutete.

«Tut Buße, Sünder!»

Jasmine fuhr mit pochendem Herzen herum. Ganz in ihrer Nähe stand ein heruntergekommen aussehender Mann auf einem riesigen Ziegelhaufen, der eingestürzten Wand eines Kinos. Irgendwo mußte er ein Stück unverbrannte Pappe aufgetrieben haben, auf das er einen Bibelvers gekritzelt hatte. In der anderen Hand hielt er einen Kreuzschlüssel, den er wie ein Kruzifix schwenkte. Aus Jasmines Blickwinkel stand er direkt vor der bröckelnden Innenwand des Kinos, die mit einer Gruppe Cowboys inmitten einer alten Westernkulisse bemalt war und einen bizarren Hintergrund für den Prediger abgab.

«Das Ende ist da! Gott der Allmächtige hat sein Urteil gesprochen, und das Ende ist da!»

«Ich fahre Richtung El Toro. Springen Sie hinten rein, wenn Sie mitwollen.»

«Er hat mit feurigen Zungen gesprochen», brüllte er in den Himmel. «Dein ist die Heimsuchung des Skorpions, dies ist das Ende!»

Der Gepeinigte schrie weiter ins Nichts und wandte sich von den Menschen auf dem roten Pick-up ab.

Widerstrebend ließ Jasmine ihn zurück. Sie kam zu dem Schluß, daß es nicht ihr Job war, all diese Menschen zu retten. Doch kaum war sie einen Block weiter, entdeckte sie noch einen möglichen Überlebenden. Auf dem Parkplatz eines kleinen Einkaufszentrums schwelte ein umgestürzter, olivfarbener Army-Helikopter.

Jasmine und der stumme Mann stiegen aus und näherten sich dem zerstörten Chopper. Pilot und Kopilot hingen zerschmettert in ihren Gurten. Doch im Innern lag eine Frau, die ein teures blaues Kleid trug.

Jasmine kroch hinein und zog die Frau heraus. An Nase, Mund und Ohren klebte getrocknetes Blut, ein sicheres Indiz, daß sie innere Blutungen hatte. Jasmine und der Stumme legten sie sanft auf den Boden und schauten einander an. Beide hatten die Frau erkannt: Es war die First Lady Amerikas, Marilyn Whitmore.

Als sie sie vorsichtig hochheben wollten, um sie zum Pick-up zu tragen, kam Dylan auf sie zugelaufen.

«Hey», rief Jasmine. «Hab ich dir nicht gesagt, du sollst im Wagen warten?»

Plötzlich zerschnitt das unverwechselbare Geräusch einer Pumpgun, die durchgeladen wurde, die Stille. Jasmine wirbelte herum und sah einen bierbäuchigen Weißen in einer Jagdjacke auf sie zukommen. Der Bierbauch hatte zwei weitere Gestalten im Schlepptau, die schmutzige Tarnjacken trugen; einer von ihnen schob einen ramponierten Einkaufswagen vor sich her, in dem ihre Beute verstaut war, die sie offenbar beim Plündern gemacht hatten. Sie sahen aus wie schmierige Aasgeier, die nach dem Unglück die wenigen Überreste durchwühlten.

«Sieht aus, als hätten wir unser Transportproblem gelöst. Das 'n verdammt hübscher Laster, den du da hast. Schlüssel steckt?»

Das letzte, was Jasmine gebrauchen konnte, war ein durchgeknallter Redneck, der sie mit einer Waffe bedrohte. Irgendwie schaffte sie es, sich ein Lächeln abzuringen.

«Hallo, ihr könnt gern mitfahren. Wir wollen sowieso los, Richtung Süden nach ...»

«Halt's Maul, du schwarze Schnalle», brüllte der Fettsack und richtete die Waffe auf Jasmines Kopf. Seine Kumpels liefen wie zu groß geratene Kinder zum Pick-up. Während der größere anfing, die Verletzten von der Ladefläche zu zerren, suchte der andere nach dem Zündschlüssel. Boomer, der immer noch im Führerhaus saß, stupste den Eindringling in der Hoffnung an, gestreichelt zu werden.

«Kein Schlüssel da», brüllte der Mann dem Bewaffneten zu.

«Okay», wandte sich der Fettwanst an Jasmine und den Stummen, «einmal frag ich noch höflich, dann pust ich euch das Gehirn weg. Wer von euch beiden hat die verdammten Schlüssel?»

«Tut Buße, Sünder! Das Ende ist da!» Der irre Prediger war dem Pick-up gefolgt. «Gottes Gericht ist über euch gekommen! Tut Buße!»

«Haunse ab, Meister, das hier geht Sie nix an», warnte der Bierbauch.

Doch der Prediger torkelte unbeirrt auf sie zu, und Jasmine zog Dylan an sich und tastete nach einer der Raketen in seinem Rucksack.

«Gottes Wille duldet keinen Widerspruch», geiferte der abgerissene Prophet. «Sein Wort ist allmächtig!»

«Mal sehn», lachte der Bierbauch und zog den Abzug durch. Eine Ladung Schrot riß den Prediger von den Beinen und warf ihn mit zerfetzter Brust zu Boden. Der Schuß hallte durch die leere, verwüstete Gegend. Jasmine hatte bereits ein Streichholz angezündet, doch als die Lunte der Rakete nicht sofort Feuer fing, löschte sie es schnell wieder zwischen den Fingern. Der Mann schaute nicht weniger ungläubig auf seine Tat als die anderen. Offensichtlich hatte er noch nie auf jemanden geschossen. Seine Kumpels warfen sich nervöse Blicke zu.

«Und jetzt gibste mir besser die Schlüssel, Schnalle.»

Boomer, ohne Frage der schlechteste Wachhund der Welt, war, bis der Schuß ertönte, freudig um die Rednecks herumgesprungen. Doch nun kam er plötzlich mit gefletschten Zähnen angeschossen und bellte den Bierbauch feindselig an. Vielleicht war der Kerl ein Tierfreund, vielleicht hatte er Schuldgefühle, jedenfalls zögerte er, den Hund zu erschießen.

«Ruf deinen Köter zurück», brüllte er, den Lauf seiner Pumpgun nur wenige Zentimeter von den gefletschten Zähnen des Retrievers. «Ruf ihn zurück, oder ich knall ihn ab, ich schwör's.»

Jasmine zündete die Rakete. Das buntgefärbte Schwarzpulver schoß mit viel größerer Wucht, als sie für möglich gehalten hätte, aus der Hülse. Sie richtete die drei Meter lange Stichflamme voll auf den Schützen und ging auf ihn los. Der brennende Schwefel blieb an seinem Gesicht und seinen Händen kleben. Unwillkürlich ließ er die Waffe fallen und versuchte, sein Gesicht mit den Händen zu schützen. Noch ehe der Schrei des Rednecks verklungen war, hatte Jasmine die Waffe aufgehoben, die Kammer kontrolliert und durchgeladen. Als er wieder sehen konnte, hatte sich das Blatt gewendet.

«Die Schnalle stammt aus Alabama, und ihr Daddy war ein passionierter Jäger. Also bilde dir bloß nicht ein, ich wüßte nicht, wie man damit umgeht.» Mit diesen Worten zog sie den Abzug durch und jagte eine Schrotladung dicht am Ohr des Fettsacks vorbei. Sie lud erneut durch, und die leeren Patronenhülsen segelten zu Boden.

«Und jetzt rat ich euch, einen hübschen kleinen Spaziergang zu machen und dahin zu verschwinden, wo ihr hergekommen seid.»

Die drei Aasgeier gehorchten nur allzugern. Sie rannten über eine kleine Anhöhe davon, nicht ohne sich jedoch noch einmal umzudrehen und Jasmine zu verfluchen, bevor sie verschwanden.

Jasmine und der Stumme schleppten die bewußtlose Mrs. Whitmore zum Pick-up. Plötzlich öffnete die First Lady den Mund und sagte mit leiser, fast erstickter Stimme: «Das war tapfer.»

Steve senkte die Schultern und stemmte sich gegen das Gewicht der Leinen. Er hatte den bewußtlosen Außerirdischen in den Fallschirm seines Schleudersitzes gewickelt und schleppte ihn schimpfend und fluchend durch den glutheißen Sand hinter sich her.

«Weißt du eigentlich, daß das mein freies Wochenende ist?

Aber nein. Du mußt hier aufkreuzen und den großen Macker markieren, und jetzt muß ich deinen schlaffen, schleimtriefenden Arsch durch die Wüste kutschieren, während du nichts Besseres zu tun hast, als blöde mit deinen Dreadlocks zu wackeln.»

Die langen Tentakel der Kreatur hatten sich nämlich aus dem Schirm befreit und pendelten schlaff hin und her.

«Du glaubst wohl, du kannst so einfach hier runterkommen, die Sau rauslassen und mit mir und meinen Jungs Zoff anfangen?» Steve drehte sich um, als erwartete er tatsächlich eine Antwort. «Scheiße, ich hätte grillen können, du Mißgeburt!» brüllte er wütend.

Er stolperte auf den orangefarbenen Fallschirm zu und bearbeitete das eingewickelte Häuflein komatöser Biomasse mit brutalen Tritten, bis er außer Atem war. Keuchend sagte er: «Aber ich bin überhaupt nicht sauer.»

Steve wußte, er würde demnächst Wasser benötigen, da ihm der Schweiß in Strömen über den Körper rann. Er ließ sein Bündel im Wüstensand liegen, kletterte ächzend auf eine kleine Düne und suchte den Horizont ab. So weit das Auge reichte, erstreckten sich braune Hügelketten unter dem stahlblauen Himmel. Die vom Sand aufsteigende Hitze flimmerte wie die Wellen eines silbernen Ozeans. Als er gerade wieder umkehren und zu seinem Kriegsgefangenen hinunterklettern wollte, fiel ihm ein Glitzern auf. Es schien von einem einige Meilen entfernten Hügel zu kommen. Bald stellte er fest, daß es sich um Fahrzeuge handeln mußte. Vor ihm, keinen Kilometer entfernt, lag offenbar eine Straße. Er sprintete den Hügel hinab, schnappte sich die Fallschirmleinen und stampfte los. Wenige Minuten später hatte er den alten zweispurigen Highway erreicht, ließ sich am Straßenrand nieder und beobachtete erstaunt, wie eine Armada von Trailern, Wohnmobilen, Minibussen und Pick-ups auf ihn zurollte.

«Hey, Schleimkopf, da kommt unser Bus.» Steve grinste breit und stellte sich winkend in die Mitte der Straße. «Falls ihr nicht anhalten wollt, müßt ihr mich schon platt machen.»

Doch die etwa eine Meile lange Karawane hielt an. Steve ging zu einem der vorderen Fahrzeuge, das einen alten Doppeldecker im Schlepptau hatte.

«Captain Steve Hiller, United States Marine Corps.»

Der Fahrer, ein großer Lockenkopf, der einen makabren Humor zu besitzen schien, lehnte sich aus dem Fenster und fragte: «Können wir Sie irgendwohin mitnehmen?»

Zwei Minuten später war Steve von zwei Dutzend neugierigen Mitgliedern der Karawane umringt. Er nahm einen tiefen Schluck aus einer Wasserflasche, ehe er ihnen erklärte, was er in seinem Fallschirm hatte. Damit sicherte er sich ihre ungeteilte Aufmerksamkeit. Er sagte, er müsse nach Vegas, zur Nellis Air Force Base, hier ginge es um die Nationale Sicherheit.

«Tut mir leid, Soldat», meldete sich ein älterer Mann, der ein Gewehr trug. «Im Radio haben sie gesagt, daß sie Nellis ausgebombt haben. Ausradiert.»

Steve ging zu seinem Fallschirm und versetzte ihm zwei weitere wütende Tritte.

«Na schön. Aus der Luft habe ich ganz in der Nähe einen Stützpunkt gesehen. Lag an einem ausgetrockneten Salzsee. Jemand muß mich dahin bringen.»

Mehrere seiner Zuhörer kramten Landkarten hervor. Obwohl ein paar davon ziemlich detailliert waren, war auf keiner ein Stützpunkt verzeichnet. Den Karten zufolge war die ganze Gegend nichts weiter als ein riesiges Raketentestgelände, zu dem Zivilisten keinen Zutritt hatten. Und um die Sache noch verworrener zu machen, gab es nicht nur einen, sondern vier Salzseen.

«Glaubt mir, es gibt ihn», versicherte Steve den anderen.

Den meisten war die ganze Sache zu gespenstisch. Sie wollten möglichst weit weg von den Außerirdischen und waren nicht erpicht darauf, einen von ihnen durch die Gegend zu fahren. Die Führer der Karawane waren zwar bereit, Steve und seinen Gefangenen mitzunehmen, aber nicht, ihr wertvolles Benzin bei einer fruchtlosen Suche in einem militärischen Sperrgebiet zu vergeuden.

Da trat der Lockenkopf mit dem makabren Humor vor und

sprang Steve bei. Er schob ein paar Kartenleser beiseite und ergriff das Wort.

«Groom Lake», sagte er zu Steve. «Groom-Lake-Testgelände, das ist der Stützpunkt, den Sie gesehen haben. Zwei Startbahnen, die sich wie ein X kreuzen, vier oder fünf Hangars am Fuße eines Hügels, hab ich recht?»

«Stimmt genau.» Steve und die anderen hörten aufmerksam zu, als der massige Mann den Weg dorthin beschrieb und Straßen und Wege auf der Karte skizzierte, die die Vermessungsbehörde ausgelassen hatte. Als der Mann fertig war, fragte ihn Steve:

«Wie kommt's, daß Sie sich in dieser Gegend so gut auskennen?»

Der Sohn des Mannes, ein etwa siebzehnjähriger langhaariger Junge, mischte sich ein wenig zu vorschnell ein: «Wir wohnen hier.»

«Ich heiße Russell Casse», sagte sein Vater mit leiser, fast verschwörerischer Stimme. Er schüttelte Steve die Hand und fuhr fort: «Vor ungefähr zehn Jahren bin ich schon mal mit diesen kleinen Blutsaugern aneinandergeraten, und ich würde alles tun, um sie ordentlich in ihre dreckigen kleinen Ärsche zu treten. Was dagegen, wenn ich mir das Ding mal anschaue?»

Steve kümmerte es nicht, ob der Mann verrückt war, solange er nur bereit war, ihm zu helfen. «Überhaupt nicht. Ist aber kein schöner Anblick.»

«Ich hab sie schon mal gesehen. Große schwarze Augen, kleine, spitze Mäuler, weiße Haut.»

Sein Sohn trottete hinter ihnen her, nicht sonderlich begeistert von der Idee, dem Piloten zu helfen. Schon aus zehn Meter Entfernung erkannte Russell, daß etwas nicht stimmte. Die langen Tentakel, die aus dem Fallschirm hingen, hatten nichts mit den Außerirdischen gemein, von denen er glaubte, sie hätten ihn vor fast zehn Jahren entführt.

Steve schlug das Nylongewebe zurück. Die Männer und Frauen, die ihnen zu dem Fallschirm gefolgt waren, sprangen angeekelt zurück. Russell starrte die Kreatur an und war aus ganz anderen Gründen schockiert. Das Wesen war zu groß, zu knochig und zu furchteinflößend, als daß es eines der zarten kleinen Monster hätte sein können, die ihn entführt hatten.

Könnte dies eine vollkommen andere Spezies von Außerirdischen sein, fragte er sich, *oder habe ich mir das alles doch nur eingebildet?*

Auf einmal schien das sicherste Ereignis in Russells Vergangenheit, der Augenblick, der sein Leben ruiniert hatte, ganz und gar nicht mehr sicher zu sein. Ihn schwindelte, und er mußte sich mit der Hand auf Miguels Schulter stützen, sonst wäre er zusammengesackt.

«Dad, denk an Troy. Wir müssen ihn ins Krankenhaus bringen.»

Russell schaute seinen Jungen einen Augenblick verwirrt an, dann nickte er und ging zum Trailer zurück.

«Was ist jetzt», rief Steve ihm nach. «Fahren wir nach Groom Lake, oder was?»

Russell hatte seine Zusage schon wieder vergessen. «Hören Sie, Kumpel, ich würd Ihnen ja gern helfen, aber ich hab 'nen kranken Jungen im Wagen. Wenn wir nicht schnell seine Medizin auftreiben, ist er in ein paar Stunden tot. Fahren Sie einfach in die Richtung, die ich Ihnen gesagt habe. Dürfte etwa zwei Stunden von hier sein.»

«Wir bringen Sie hin», meldete sich ein großgewachsener, braungebrannter Mann. «Philip, räum die Ladefläche des Pickups leer und pack alles in den Camper.»

Der rothaarige Junge warf Alicia einen traurigen Blick zu und machte sich auf den Weg, die Anweisungen seines Vaters zu befolgen.

«Halt, Mr. Casse, warten Sie.» Steve lief hinter Russell her, der irgendwie schmerzerfüllt wirkte. «Ich verstehe ja, daß Ihr Sohn diese Medizin braucht. Aber überlegen Sie mal. Ein Stützpunkt dieser Größe hat mit Sicherheit ein Hospital mit allem, was Sie brauchen. Haben Sie nicht gesagt, es wäre in zwei Stunden zu schaffen?»

Russell sah seinen Sohn an. «Deine Entscheidung.»

Miguel dachte kurz nach. «Vielleicht schaffen wir's in anderthalb.»

Als sie über die endlose Wüste von Nevada dahinjagten, meldete Captain Birnham, der Pilot der Air Force One, linker Hand sei die Nellis Range zu sehen. Die Passagiere, die aus den winzigen Bullaugenfenstern spähten, waren vom Anblick des kleinen Stützpunktes, der einen ziemlich schäbigen Eindruck machte, einigermaßen enttäuscht. Oberirdisch bestand Areal 51 lediglich aus einem ausgedehnten Hangar, der von einigen kleineren umgeben war, einem Paar gekreuzter Startbahnen sowie einer Ansammlung von Radarschüsseln und Baracken. In einiger Entfernung standen zwar über die Wüste verteilt noch weitere Gebäude, doch der allgemeine Eindruck an Bord der Air Force One war, daß die geheime Anlage, die sich zwischen den steilen Hügeln duckte, nicht besonders viel hermachte.

Wie vereinbart, gab es keinen feierlichen Empfang für den Präsidenten. Sobald sie gelandet waren, wurde die Präsidentenmaschine zum großen Hangar dirigiert, dessen Tore sich automatisch öffneten. Einige wenige Soldaten schoben eine Gangway an die blauweiße Boeing, in der Whitmore und seine Entourage bereits ungeduldig auf den Ausstieg warteten. Nimziki, der in der Kommandozentrale über seinen nächsten Schachzug gegrübelt hatte, gesellte sich zu ihnen. Bis sich die Ausgänge öffneten, versuchte jedermann, ihn höflich zu ignorieren.

Am Fuße der Gangway erwartete sie Major Mitchell, der Kommandant des Stützpunktes. Er hatte rund vier Dutzend Soldaten antreten lassen und salutierte knapp.

«Willkommen auf Areal 51, Sir.»

Whitmore erwiderte den Gruß und sagte: «Wir haben keine Zeit zu verlieren.»

«Hier entlang.» Mitchell benötigte keine lange Erklärung dafür, warum der Präsident beschlossen hatte, seinem abgelegenen Stützpunkt mitten in einer globalen Katastrophe einen Besuch abzustatten. Er war wegen des Raumschiffs gekommen. Deshalb ging er ohne Zögern voran, obwohl er dabei juristisch gesehen gegen ein Bundesgesetz verstieß.

Mitchell war eine beeindruckende, einschüchternde Erscheinung, gut aussehend wie ein Profiboxer mit kantigem Kinn. Er war ein Karrieresoldat, der sich, obwohl noch keine dreißig, bereits mit erstaunlicher Geschwindigkeit nach oben gedient hatte. Seine Vorgesetzten in Fort Cayuga hatten ihn, beeindruckt von seinen Leistungen, auf seinen gegenwärtigen Posten als Kommandant von Areal 51 befördert, wo er für alles mit Ausnahme der wissenschaftlichen Forschung verantwortlich war. Wenn irgend etwas geschah, wußte es Mitchell als erster und befand sich nicht selten an Ort und Stelle, um die Ereignisse mitzuverfolgen. Er war sich bewußt, daß sein gegenwärtiger Posten nur ein Sprungbrett zu höheren Aufgaben in Washington war. Andererseits wußte er aber auch, daß jede Verletzung der Geheimhaltungsvorschriften, sei es durch Infiltration oder durch ein Informationsleck, irgend etwas, das die Medien auf Areal 51 aufmerksam werden ließ, ihn für immer und ewig an einen Schreibtisch irgendwo im hintersten Idaho verbannen würde. Deshalb nahm er seinen Job äußerst ernst.

Er geleitete die Gruppe in einen düsteren korridorähnlichen Raum, an dessen Seiten sich verschlossene Bürotüren befanden. Am anderen Ende standen ein Trinkwasserspender und ein paar verwelkte Pflanzen. Mitchell betrat den Raum als letzter und schloß die Tür hinter sich. «Bleiben Sie bitte von den Wänden weg», warnte er, nahm eine Abdeckung ab und legte einen Schalter um. Ein hydraulisches Surren ertönte, und der Raum begann, in einem Betonschacht nach unten zu sinken; dabei schienen die Bürotüren an den Wänden nach oben zu steigen. Der gesamte Raum war ein Fahrstuhl.

Während die anderen beeindruckt herumstanden, kochte der Präsident langsam über.

«Warum zum Teufel bin ich nicht über diesen Ort informiert worden?» fragte er und schaute Nimziki drohend an.

«Zwei Worte, Mr. President: *glaubwürdiges Dementi.*» Dies eine Mal wirkte Nimziki aufrichtig und bescheiden. «Die Entscheidung darüber ist lange vor meinem Amtsantritt gefallen. Die Sache sollte nicht publik werden. Hoover ging davon aus, daß sie zum Spielball der Politik werden würde, und so wurde sie als ‹streng vertraulich› klassifiziert, und bis zum heutigen Tage …»

«Genug», zischte Whitmore. Nichts, was Nimziki sagte, konnte den von ihm angerichteten Schaden wiedergutmachen. «Glaubwürdiges Dementi, daß ich nicht lache.»

Nimziki verschwieg, daß Militär, CIA und FBI sich unter anderem deshalb konspirativ darüber verständigt hatten, den Zwischenfall geheimzuhalten, weil sie im Kalten Krieg einen Vorteil gegenüber den Russen erzielen wollten. Deshalb hatte man dem Projekt im Areal 51 eine fünfundzwanzigjährige Sperrfrist verpaßt. Doch obgleich sowohl der Kalte Krieg als auch die Sperrfrist während Nimzikis Amtszeit zu Ende gegangen waren, hatte er die Angelegenheit nicht öffentlich gemacht. Er hatte den Ehrgeiz, sich um ein nationales Amt zu bewerben, vielleicht sogar für die Präsidentschaft zu kandidieren, und wie er die Dinge betrachtete, konnte er, wenn er die Geheimhaltung zugab, nur verlieren, während er alles gewinnen konnte, wenn er die Kontrolle über das Projekt behielt.

Metalltüren öffneten sich und gaben den Blick auf etwas frei, was wie die Dekontaminationszentrale einer Forschungsklinik aussah. Dutzende von Masken und weißen Overalls hingen neben einer Batterie Waschbecken an den Wänden. Die Gruppe durchquerte den Raum und kam an eine Doppeltür aus Plexiglas. Dahinter befand sich ein nur teilweise sichtbarer Arbeitsbereich. Menschen in sterilen weißen Overalls mit Masken und Haarnetzen bewegten sich durch das Blickfeld.

«Dies ist unser statikfreier Clean Room», verkündete Mitchell stolz, gestattete seinen Besuchern einen kurzen Blick hinein und wollte sie gerade sanft zur nächsten Station ihres Rundgangs drängen, als der Präsident ihn unterbrach.

«Na, dann zeigen Sie mal.»

Mitchell wußte nicht so recht, was er sagen sollte. Da drin befand sich nichts übermäßig Interessantes, und er war sicher, wenn Whitmore wüßte, wie viele hunderttausend Dollar an Steuergeldern es kosten würde, die Anlage zu dekontaminieren, würde er nicht darauf bestehen, sie zu betreten.

«Nun, Sir, eigentlich ist der Eintritt nur ...»

Das war definitiv nicht die Antwort, die Whitmore hatte hören wollen. Er wiederholte seinen Wunsch, diesmal in einer Form, die keine Zweifel offenließ.

«Öffnen Sie sofort die verdammte Tür!»

Plötzlich konnte Mitchell die Tür nicht schnell genug aufmachen. Er steckte seine Magnetkarte in den Scanner, und die Glastüren öffneten sich mit einem leisen Surren. Die elfköpfige Gruppe betrat die keimfreie, hochmoderne Forschungseinrichtung. Als sie sich im Innern befanden, stellten sie fest, daß sie von draußen nur einen Bruchteil der Anlage hatten einsehen können. Die Kammer war wenigstens hundert Meter lang, und in der Mitte führte eine achtzig Zentimeter hohe Rampe hindurch. Auf beiden Seiten waren die wie Astronauten mit weißen Anzügen, Kopfbedeckungen und Schuhschützern ausstaffierten Mitarbeiter mit einer Vielzahl von Projekten beschäftigt.

Sie schwenkten Roboterarme, führten Laserexperimente durch, studierten Grafiken und Tabellen oder saßen einfach nur herum. Doch als Präsident Thomas Whitmore unerwartet auftauchte, ließen sie alles stehen und liegen. Mitchell ging ein paar Schritte voraus und erläuterte mit knappen Worten die Arbeit der einzelnen Bereiche. Die Qualität und der Entwicklungsstand des Geräteparks waren erstaunlich, in vielen Fällen geradezu ultramodern. Jede Kleinigkeit war vom Feinsten, und alles war perfekt organisiert.

«Wo zum Teufel kommt das alles her?» fragte Whitmore General Grey flüsternd. «Wer finanziert das?»

Julius, der am Ende der Gruppe mitgeschlendert war, hatte die Frage vernommen.

«Sie haben doch nicht im Ernst geglaubt, das Sie wirklich zehntausend für einen Hammer und dreißigtausend für eine Klobrille ausgegeben haben?»

Der alte Mann kicherte vor sich hin und bemerkte gar nicht, daß er zumindest teilweise recht hatte. Die Versorgungsoffiziere der Militärs hatten jahrzehntelang Mittel für Areal 51 aus anderen Töpfen abgezogen. Doch der Löwenanteil des Budgets kam direkt vom Kongreß. In jedem Haushalt befand sich ein Posten, der als «Geheimfonds» bezeichnet wurde und aus dem Gelder an

Projekte flossen, die als zu sensibel galten, als daß man die Volksvertreter darüber informieren wollte. In der Regel handelte es sich um Entwicklungskosten für neue Waffensysteme.

An der gegenüberliegenden Seite des Raums führte eine massive Stahlrampe zu einer dicken Tür aus Titan und Stahl. Ein Elektromotor bewegte einen Mechanismus, und die Tür hob sich. Zwei Wissenschaftler in weißen Kitteln kamen gebückt hindurch und gingen dem Präsidenten entgegen.

Dr. Brackish Okun war der Leiter der Forschungsabteilung. Er war etwa fünfundvierzig Jahre alt und hatte eine wilde graue Mähne, die ihm bis auf die Schultern fiel. Die Hände hatte er tief in den Taschen seines Laborkittels vergraben, und sein schlurfender Gang erinnerte an den eines Hippies. Er hatte ein breites, ungeniertes Grinsen aufgesetzt, das der Präsident häufig bei Kindern sah, die ihm die Hand schütteln durften.

«Gott, auch das noch», murmelte der Präsident vor sich hin. Er hatte in den letzten sechsunddreißig Stunden bereits viele seltsame Begegnungen gehabt, aber einer wie Okun war ihm noch nicht über den Weg gelaufen.

Mitchell spielte den Gastgeber. «Mr. President, ich möchte Ihnen Dr. Okun vorstellen. Er leitet seit fünfzehn Jahren unsere Forschungsabteilung.»

Okun war ein seltsamer, hochaktiver Mensch, der offensichtlich zuviel Zeit unter der Erde verbracht hatte. Seine zerknitterte graugelbe Krawatte verschmolz fast mit dem Ton seiner blassen Haut. Er blieb einen Augenblick nickend und grinsend vor dem Präsidenten stehen, ehe er abrupt dessen Hand ergriff und sie mit übertriebenem Enthusiasmus schüttelte.

«Wow, Mr. President, wahrhaftig eine Ehre, Ihnen zu begegnen, Sir. Äh, und das hier ist mein Kollege Dr. Issacs.»

Issacs, ein gutaussehender Mann mit Bürstenschnitt und Ziegenbärtchen, schien die zurechnungsfähige Hälfte des Teams zu sein.

Als Issacs vortrat, um dem Präsidenten ebenfalls die Hand zu schütteln, beugte sich Okun zu einem seiner maskierten Mitarbeiter und flüsterte: «Ist das nicht cool.» Whitmore warf ihm einen mißbilligenden Blick zu, den Okun zu bemerken schien. «Wenn wir Ihnen hier unten ein wenig seltsam vorkommen, dann, weil sie uns nicht allzuoft an die frische Luft lassen», sagte er entschuldigend.

«Das kann ich verstehen», bemerkte der Präsident mit kaum verhohlener Ironie.

«Also. Ich schätze, Sie sind hier, um die dicke Enchilada zu begutachten», mutmaßte Okun. «Dann folgen Sie mir bitte.»

Die Mitglieder der Präsidentengruppe sahen einander verdutzt an, folgten dem sonderbaren Wissenschaftler aber trotzdem in den angrenzenden Raum. Sie verließen die lange Forschungshalle, gingen eine Rampe hinauf und betraten einen engen Flur, dessen Wände aus Beton waren. Dort befand sich eine weitere Stahltür. Issacs steckte eine Magnetkarte in einen Schlitz, holte rasch Luft und drückte einen überdimensionierten Knopf in der Wand. Ein kleines rotes Alarmlicht begann zu blinken und ein Summer ertönte, dann senkte die Wand sich vor ihnen wie eine Zugbrücke und gab einen spektakulären Anblick frei.

Es handelte sich um eine gewaltige, düstere Betonkammer, fünf Stockwerke hoch und etwa genauso breit. Bewaffnete Wachen patrouillierten mit entsicherten Gewehren auf stählernen Gerüsten, die rings um die Kammer liefen. In der Mitte des Raums befand sich auf einer eigens angefertigten Plattform das Herzstück der Anlage: ein außerirdischer Raumjäger, dessen mitternachtsblaue Panzerung unter den Arbeitsleuchten schimmerte. Er sah aus wie eine exakte Kopie der Flugmaschinen, die die Black Knights vom Himmel geholt hatten. Die Neuankömmlinge waren sichtlich beeindruckt. Staunend gingen sie die Rampe hinunter.

Sie hatten noch nie etwas Vergleichbares gesehen, und es war völlig anders, als sie erwartet hatten. Die eigentliche Form war ihnen vertraut; es sah aus, als hätte man zwei Untertassen Rand auf Rand aufeinander gelegt. Damit erklärten sich zumindest die unzähligen, über die Jahre hinweg zusammengetragenen Beschreibungen von UFOs, doch es waren die Details, die das zwanzig Meter lange Schiff so abstoßend und faszinierend machten.

Entlang des «Rückgrats» des Schiffes verlief eine knapp zwei Meter hohe knochige Struktur, die die Wissenschaftler «die Flosse» nannten. Sie begann am höchsten Punkt und verjüngte sich am Heck zu einer scharfen Spitze. Die Oberfläche schien aus großen Panzerplatten zu bestehen, die untereinander durch einen komplizierten Mechanismus verbunden waren. Diese metallisch wirkenden Scharniere schienen mit der gleichen Präzision gearbeitet zu sein wie die Muskulatur einer menschlichen Hand.

Die Gruppe begab sich auf eine Plattform und betrachtete den faszinierenden dunklen Vogel, der wie ein schlafender Stegosaurier in einem ausgestorbenen Museum vor ihnen lag. Am vorderen Teil des Schiffes befand sich eine Art Cockpit mit breiten, flachen Fenstern. Darunter, ganz vorn an der Nase, standen gekrümmte Gebilde vor, die in scharfen Spitzen ausliefen und wie die Scheren eines riesigen Insekts aussahen. Mehr als einer der Betrachter stellte sich schaudernd vor, von diesen mächtigen Klauen zerquetscht zu werden, ehe er im Maul des Insekts verschwand.

Eine beträchtliche Anzahl Wissenschaftler war mit dem Schiff beschäftigt. Sie kontrollierten, veränderten Kleinigkeiten, leuchteten die Oberfläche mit seltsamen blauen Lampen ab. Ihre Werkzeuge schoben sie auf kleinen Wägelchen vor sich her, so daß sie wie hypertechnisierte Automechaniker wirkten. An verschiedenen Stellen zogen sich lange graue Narben zickzackförmig durch die Oberfläche und wiesen darauf hin, daß die Wissenschaftler das Schiff zusammengeflickt hatten, nachdem es über der Wüste von New Mexico abgestürzt war.

«Hübsches Mädchen, was?» sagte Okun und wackelte mit den buschigen Augenbrauen.

«Ha! Kein Raumschiff ist jemals von der Regierung geborgen worden», flüsterte Julius so laut, daß alle es hören konnten.

Whitmore schob sich an Okun vorbei, um besser sehen zu können. Er trat direkt unter das Schiff und berührte es. In die Oberfläche waren dünne Rillen eingraviert, die ein Muster bildeten.

«Diese Rillen», fragte der Präsident, «wissen Sie, was sie bedeuten?»

«Wir haben keine Ahnung», erwiderte Okun, als hätte er nie einen Gedanken darauf verschwendet. Tatsächlich aber hatte er geradezu manisch über deren mögliche Bedeutung nachgedacht. Er hatte es sogar geschafft, eine Besuchsgenehmigung für Dr. D. Jackson, einen führenden Kryptologen, zu besorgen, der drei frustrierende Wochen damit verbracht hatte, sie zu entschlüsseln, ehe er zu einem anderen Regierungsprojekt abberufen worden war.

«Wollen Sie damit andeuten, Sie befinden sich seit vierzig Jahren im Besitz eines außerirdischen Raumschiffs und haben nichts herausgefunden?» fragte Whitmore gereizt.

«Nein, nein, nein», versicherte Okun schnell. «Wir wissen jede Menge darüber. Aber mit den megacoolen Sachen ist es erst in den letzten achtundvierzig Stunden losgegangen. Sehen Sie, wir können ihre Form der Energieversorgung nicht nachahmen. Aber seit diese Typen überall aufgetaucht sind, haben sich die ganzen Sachen da drin von selbst eingeschaltet. Die letzten vierundzwanzig Stunden waren voll geil – irre spannend!»

Der Präsident explodierte.

«Da draußen sind Millionen von Menschen ums Leben gekommen! Ich finde, *geil* ist nicht ganz das richtige Wort dafür.»

Die Worte des Präsidenten hallten von den höhlenartigen Wänden des Raums wider und brachten alle Anwesenden zum Schweigen. Der Präsident hatte Dampf abgelassen. Er ging zum anderen Ende des Schiffes, um seine Gedanken zu ordnen, doch in seinem Kopf hatte sich ein einziges Bild festgesetzt: wie Marilyn, seine Frau, von einem Feuersturm überrollt wurde. Ausdruckslos starrte er in die düstere Tiefe des Raums, und seine Augen wurden feucht. Er würde nicht in Tränen ausbrechen, diese Schwäche wollte er sich nicht erlauben. Er holte tief Luft und wischte sich über die Augen, wobei er so tat, als massiere er seine Schläfen.

General Grey ergriff das Wort und brach das betretene Schweigen.

«Doktor, ich bin sicher, Ihnen ist klar, daß wir uns in einer Krisensituation befinden. Also, was können Sie uns über den Feind sagen?»

Dem langhaarigen Wissenschaftler schien langsam der Ernst der

Lage bewußt zu werden, und er antwortete in wesentlich sachlicherem Ton.

«Nun, mal sehen. Sie sind gar nicht so sehr anders als wir. Sie atmen Sauerstoff und zeigen vergleichbare Reaktionen auf Hitze und Kälte ... Das ist wahrscheinlich der Grund, weshalb sie an unserem Planeten interessiert sind.»

«Moment mal. Wie kommen Sie darauf, daß ...», platzte David heraus, doch dann besann er sich und sah sich fragend um. Grey und Whitmore bedeuteten ihm fortzufahren. «Was bringt Sie auf den Gedanken, sie wären an unserem Planeten interessiert?»

«Nur eine Vermutung», erwiderte Okun und benutzte seine Krawatte, um seine Brille zu putzen. «Sie sind wie wir Tiere, die einen Überlebensinstinkt besitzen. Vielleicht hat eine Katastrophe sie von ihrem Planeten vertrieben, und nun driften sie suchend durchs All. Außerdem vermute ich, daß sie weite Räume benötigen, da sie offenbar Farmer oder Rancher sind, die irgendwelche Tiere züchten.»

«Woher wissen Sie das?»

«Die Antwort befindet sich direkt über Ihnen. Diese Platten, die Panzerung. Wenn man sie unter dem Mikroskop untersucht, findet man hauchdünne Riefen, ja sogar Poren!»

Okun bemerkte, daß ihm niemand folgen konnte.

«Das bedeutet natürlich, daß die Platten eher biologischer denn mineralischer Natur sind. Jede einzelne von ihnen ist so einzigartig wie ein menschlicher Fingerabdruck. Wir wissen nicht, wie sie das machen. Ich vermute mit einer Biotechnologie, mit der die DNA so manipuliert wird, daß diese Panzerschalen in exakt derselben Größe wachsen. Dr. Issacs hingegen nimmt an, sie züchten Tiere in vorgefertigter Form, so ähnlich wie die Chinesen, die die Füße ihrer Frauen eingebunden haben, damit sie nicht größer wurden. Was das Alter der Platten betrifft, können wir nicht vollkommen sicher sein. Wir haben einen Karbon-C-14-Test entwikkelt, der darauf hindeutet, daß das Wachstum etwa achtzig Jahre dauert. Und wenn unsere Methoden verläßlich sind, sind die Panzerplatten dieses Schiffes zwischen drei- und neuntausend Jahre alt.»

Okun, der im Grunde seines Herzens immer ein verschmitzter Collegejunge geblieben war, schaute seine Besucher spitzbübisch an.

«Hey, wollen Sie sie sehen?»

Berichte über UFOs, die am Himmel aufkreuzten, waren in den Wüstengegenden des amerikanischen Südwestens nichts Ungewöhnliches. Fast alle stammten von wenig verläßlichen Zeugen, die behaupteten, allein gewesen zu sein, als sie die Raumschiffe gesichtet hatten. Und es war auch unvermeidlich, daß Meldungen, die von höchst glaubwürdigen Zeugen stammten, wie etwa dem damaligen Gouverneur von Georgia, Jimmy Carter, Dutzende Nachahmer auf den Plan riefen.

Doch in der Nacht des 4. Juli 1947 hatte sich etwas ereignet, das niemand wegerklären konnte. Mehrere hundert Einwohner der Stadt Roswell in New Mexico behaupteten, gesehen zu haben, wie ein leuchtendes, scheibenförmiges Objekt mit einem Durchmesser von etwa zwanzig Metern in nordwestlicher Richtung am Himmel vorbeizog. Sie überschwemmten das örtliche Sheriffbüro, den lokalen Radiosender und die Zeitung mit Anrufen. In der Gewißheit, daß das Ding, das sie beobachtet hatten, nicht von dieser Welt war, versammelte sich die gesamte Stadt in Restaurants und auf Parkplätzen. Die Bürger erzählten sich gegenseitig, was sie gesehen hatten, und suchten nervös den Himmel nach ungewöhnlichen Flugbewegungen ab. Die Reaktion der Öffentlichkeit grenzte zeitweilig an Hysterie, und als die US-Streitkräfte wenige Tage später eine Presseerklärung herausgaben, war das ungewöhnliche Phänomen noch immer das Hauptthema. Die aufsehenerregende Erklärung wurde von Colonel William Blanchard abgegeben, der beim 509. Bombergeschwader in Roswell stationiert war und es später bis zum Vier-Sterne-General und Stellvertretenden Oberbefehlshaber der US-Luftwaffe brachte. Sie beinhaltete, daß die Armee das Wrack einer fliegenden Untertasse geborgen habe, die wahrscheinlich außerirdischen Ursprungs sei.

Am Nachmittag, nachdem das UFO gesichtet worden war, hatte ein ortsansässiger Rancher namens W. W. «Mac» Brazel Wrackteile eines ungewöhnlichen Flugobjekts auf seinem Besitz entdeckt. Die Wrackteile bestanden aus einem Material, das er noch nie gesehen hatte, und einige der Trümmer trugen Markierungen, die an Hieroglyphen erinnerten. Mac war den Spuren der Trümmer gefolgt, bis er auf das Schiff stieß – und auf den Körper, von dem er später behauptete, ihn nie gesehen zu haben.

Da er annahm, es handele sich um ein Experimentalflugzeug des nahegelegenen Luftwaffenstützpunktes, fuhr er in die Stadt und rief das fünfundsiebzig Meilen entfernte Flugfeld an. Wenig später war ein Trupp Nachrichtenoffiziere zur Stelle und inspizierte das Wrack. Noch in derselben Nacht gaben sie die Neuigkeit an die Presse.

Doch dann dementierten sie plötzlich ihre eigene Geschichte. Nachdem diverse hochrangige Militärdelegationen den Schauplatz besichtigt hatten, wurde eine zweite Pressekonferenz einberufen. Dort wurde erklärt, es habe sich um einen Wetterballon gehandelt. Und zwar um einen seltsamen, neuartigen Wetterballon, der vermutlich von den Sowjets stamme. Niemand glaubte ihnen auch nur ein Wort, aber die Militärs hielten an ihrer Geschichte fest. Die Reporter, die von überall her angereist waren, erhielten keine Genehmigung, das Wrack in Augenschein zu nehmen. Es war bereits an einen unbekannten Ort gebracht worden, wo weitere Untersuchungen stattfinden sollten.

Das leuchtende Flugobjekt, das in jener Nacht über Roswell aufgetaucht war, war ein Erkundungsschiff, das den Kontakt zu seinem am Rande der Erdatmosphäre lauernden Mutterschiff verloren hatte. Wie schon bei Hunderten von Flügen zuvor, hatte das Schiff stundenlang die Erde beobachtet und erforscht. Seine Mission war fast beendet, als das Mutterschiff plötzlich entdeckt zu werden drohte und davonstob. Die Kundschafter hatten sich weiter vorgewagt, als sie sollten, und befanden sich jenseits der Erdkrümmung, wodurch die Energiezufuhr vom Mutterschiff abgeschnitten wurde. Als die Besatzung feststellte, daß sie nur noch Reserven für wenige Minuten hatte, geriet sie in Panik. Anstatt an Höhe zuzulegen, schoß das Schiff in nordwestlicher Richtung davon, um zu seinem ursprünglichen Einsatzort zurückzukehren. Während es dahinjagte und seine Sensoren den unmittelbar bevorstehenden Kollaps des Energiesystems meldeten, baute sich um das Schiff herum ein negatives Ionenfeld auf, das in Verbindung mit der schiffseigenen Energie jenes matte Leuchten hervorrief, das von der Erde aus zu sehen war. Zu spät. Das linke Triebwerk explodierte, und wenige Sekunden später stürzte das Schiff über der Wüste ab.

Zwei der Außerirdischen überlebten den Absturz, der dritte kam ums Leben. Der stärkere der beiden Überlebenden mühte sich eine Stunde, bis es ihm gelang, die Luke zu öffnen und sich nach draußen zu hieven. Er rutschte von dem Schiff und schleppte sich vierzig Meter durch den Wüstensand, ehe er von einer Horde Kojoten angegriffen wurde. Während er von den Wüstenhunden zu Tode gebissen und gerissen wurde, fühlte sein Gefährte im Innern des Schiffes jeden grausamen Biß und hörte jeden seiner lautlosen Schreie. Er verharrte paralysiert in der Kabine, bis am nächsten Morgen die Erdlinge anrückten. Der Außerirdische wurde per Helikopter nach Roswell gebracht und von dort mit einem Lazarettflugzeug zu einer neugeschaffenen, der allerhöchsten Geheimhaltungsstufe unterliegenden Einrichtung gebracht. Zum Areal 51.

Okun führte sie zu einer Tür, die so massiv war wie die Tür eines Banktresors, und öffnete sie mit einem auffälligen dreieckigen Schlüssel. Issacs schlüpfte in den stockdunklen Raum und tastete eine Weile herum, bis er den Lichtschalter gefunden hatte. Der ehemalige Hochsicherheits-Vortragssaal mit den ansteigenden Sitzreihen vor dem Podium war über die Jahre zu einem Mausoleum für Okuns ausrangierte Ausrüstung geworden. Der Präsident und seine Entourage mußten sich ihren Weg durch teuersten Wissenschaftsschrott bahnen, um ans andere Ende des Saales zu gelangen. Das Herzstück des Raums war ein Trio metallischer Zylinder von etwa eineinhalb Meter Durchmesser, die bis zur Decke reichten.

«Ladies und Gentlemen», sagte Okun im Ton eines Conférenciers, «was Sie hier sehen, nennen wir hier unten liebevoll die Freak-Show.»

Er hätte in diesem Ton weiterschwadroniert, denn im Lauf der Zeit hatte er eine richtige Nummer daraus gemacht, doch ein Stirnrunzeln des Präsidenten brachte ihn zum Schweigen. Er tippte einen Code in ein altmodisches Sicherheitssystem, und die drei Zylinder schwebten nach oben und verschwanden in der Decke.

Darunter befanden sich drei gläserne Tanks, in denen die Körper der drei toten Außerirdischen friedlich wie Meerjungfrauen in einer Formaldehydlösung schwebten. Ihre langen, zerbrechlich wirkenden Körper, die gelblich-orange im Licht schimmerten, befanden sich in verschiedenen Stadien des Verfalls. Die spindelförmigen Rümpfe hingen wie die Schwänze von Kinderdrachen von ihren riesigen ballonartigen Köpfen. Billardkugelgroße schwarze Augen, die sich links und rechts der kleinen schnabelförmigen Nasen wölbten, gaben den Gesichtern einen verdutzten Ausdruck, als wären sie nicht weniger überrascht als die Erdlinge auf der anderen Seite des Glases.

Okun beobachtete die Gesichter seiner Besucher und registrierte die üblichen Reaktionen. Einige sahen ängstlich drein, manche neugierig und wieder andere wandten sich angewidert ab.

«Als mein Vorgänger, Dr. Welles, diese drei fand, sahen sie völlig anders aus. Sie trugen biomechanische Anzüge, monströs aussehende Dinger mit langen Tentakeln, die aus dem Rücken wuchsen, und kürzeren, die aus dem Gesicht sprossen. Die beiden hier waren bei dem Absturz ums Leben gekommen, und erst während der Autopsie entdeckte Dr. Welles die Kreaturen im Innern. Als wir sie ihrer Anzüge entkleidet hatten, waren wir in der Lage, einiges über ihre Anatomie herauszufinden. Ihre Sinne sind um ein vielfaches schärfer als unsere. Die Augen sind wesentlich größer als unsere, wie Sie sehen, und besitzen keine

Iris, die die Lichtmenge steuern könnte. Die Hör- und Geruchsorgane sind miteinander verbunden und enden hier in der Nase. Unsere Theorie ist, daß sie Geräusche nicht nur hören, sondern auch riechen können. Das gleiche gilt für Gerüche, sie scheinen in der Lage zu sein, Gerüche zu hören. Cool, was?»

Hoppla, da war es ihm wieder herausgerutscht. Okun hielt entschuldigend die Hände in die Höhe. Doch der Präsident war zu sehr mit den Außerirdischen beschäftigt, als daß er darauf geachtet hätte.

«Fahren Sie fort.»

«Okay, wo waren wir stehengeblieben? Kreislauf. Sie besitzen kein zentrales Organ, kein Herz, wie wir es kennen. Das Blut wird durch die Kontraktion der Muskeln bewegt. Sie haben auch keine Stimmbänder, deshalb nehmen wir an, daß sie auf andere Weise miteinander kommunizieren.»

«Und auf welche?» mischte sich David ein. «Ich nehme nicht an, daß Sie Handzeichen oder Körpersprache meinen.»

«Nein. Sie scheinen eine Art extrasensorischer Wahrnehmung zu besitzen.»

«Telepathie», fügte Issacs bündig hinzu. «Sie können Gedanken lesen.»

«Nun ja, Dr. Issacs, wie wir ausführlich diskutiert haben, gibt es keine unumstößlichen wissenschaftlichen Beweise, die diese Behauptung untermauern.» Okun schaute sarkastisch grinsend zur Decke. «Ich will mich hier nicht in Spekulationen ergehen und bei unseren Besuchern den Eindruck erwecken, wir wären eine Horde von Spinnern.» Er warf Issacs einen vernichtenden Blick zu, doch Issacs starrte eisig zurück.

«Was zum Teufel reden Sie da?» wollte Grey wissen.

Issacs trat aus dem Schatten und begann zu erklären: «Das mittlere hier hat nach dem Absturz noch achtzehn Tage überlebt. Dr. Welles hat alles getan, um das Leben der Kreatur zu retten. Am zehnten Tag berichtete er, er hätte das Gefühl, das Wesen würde seine Gedanken lesen. Am elften Tag behauptete er, er hätte mit der Kreatur wortlos über Eindrücke und Gefühle kommuniziert. Diese Unterhaltungen dauerten so lange, bis die Kreatur schwächer wurde und schließlich starb. Er entnahm diesen ‹Unterhaltungen›, daß diese Wesen uns nichts Böses wollten, daß ihre Absichten friedlich waren. In seinen Aufzeichnungen bezeichnete Dr. Welles das Wesen als seinen Freund. Deshalb haben wir auch niemanden alarmiert. Wir hatten keine Ahnung, daß so etwas passieren könnte.»

Als der bärtige Wissenschaftler geendet hatte, richteten sich alle Blicke auf Whitmore. Wenn seine Begleiter erwartet hatten, er würde den Wissenschaftlern verzeihen, daß sie die Welt nicht von der Invasion der aggressiven Außerirdischen gewarnt hatten, sahen sie sich getäuscht. Ohne auf Issacs einzugehen, wandte sich Whitmore an Okun.

«Mich beschäftigt immer noch, was Sie vorhin bei der Besichtigung des Schiffes gesagt haben. Sie sagten, ‹das ist wahrscheinlich der Grund, weshalb sie an unserem Planeten interessiert sind›, und dann erwähnten Sie etwas von Tierzucht. Wissen Sie, wovon sich die Kreaturen ernähren?»

Die Vorstellung, daß die Menschheit nackt in Pferchen zusammengetrieben und vor den Toren eines Schlachthofs gemästet werden könnte, war zuviel für Julius.

«Das ist ja abscheulich. Soll das heißen, diese Dinger da wollen uns zu Würstchen verarbeiten?»

«Ich weiß es nicht, deshalb frage ich ja den Doktor.»

Der Gedanke beunruhigte Okun sichtlich. Die Art und Weise, wie seine Gesichtsmuskeln zuckten, ließ darauf schließen, daß er sich die Situation lebhaft vorstellte.

«Nun, sie besitzen Münder, wenn auch nur sehr kleine, die sich direkt unter der Nase befinden und kaum mehr sind als schmale Schlitze. Die Autopsie hat ebenfalls erbracht, daß sie über eine Art Verdauungsapparat verfügen, der eine hochätzende Flüssigkeit absondert. Allerdings haben wir keinerlei Mageninhalt gefunden, so daß wir nicht sagen können, was sie essen.»

«Eine Frage noch.» Der Präsident trat auf Okun zu. «Wie können wir sie vernichten?»

«Schwere Frage», erwiderte Okun und verschränkte die Hände über dem Kopf, um besser denken zu können. «Natürlich sind ihre Körper wesentlich fragiler als unsere. Das wirkliche Problem scheint mir deshalb zu sein, die Technologie zu überwinden, mit der sie sich zu ihrem Schutz umgeben haben. Und ausgehend von dem wenigen, was wir zu sehen bekommen haben, würde ich sagen, daß ihre Technologie weitaus höher entwickelt ist als die unsrige.»

David war um die gläsernen Tanks herumgeschlendert, um die sehnigen Körper näher in Augenschein zu nehmen, als der Präsident plötzlich nach ihm rief.

«David, Sie haben doch schon einen Teil ihrer Technologie entschlüsselt. Sie haben ihren Code geknackt und innerhalb kurzer Zeit ihr Signal transkribiert.»

David war überrascht, daß der Präsident ihn mit Vornamen anredete. Als er antwortete, verzerrte das Glas des Zylinders seine Züge.

«Oh, ich weiß nicht recht, *Tom*. Ich bin doch nur über das Signal gestolpert, weil es den Satellitenempfang gestört hat. Ich weiß nicht, ob ich eine große Hilfe bin.»

«Zeigen Sie ihnen, was Sie entdeckt haben. Ich möchte, daß Sie beide», damit meinte er David und Okun, «Ihre Köpfe zusammenstecken. Hoffentlich fördern Sie ein paar Antworten zutage.»

Dann beugte er sich so weit zu David herüber, daß die Herausforderung nicht zu übersehen war.

«Mal sehen, ob Sie wirklich so clever sind, wie Sie glauben.»

BETRETEN VERBOTEN
UNBEFUGTE WERDEN FESTGENOMMEN
ZUWIDERHANDLUNGEN SIND EIN VERSTOSS
GEGEN BUNDESGESETZE,
DER MIT GEFÄNGNIS BIS ZU DREI JAHREN
BESTRAFT WERDEN KANN.

Die Schilder standen im Abstand von fünfhundert Metern entlang der einspurigen Straße, die zum Groom Lake führte. Weitere Schilder warnten vor verborgenen Kameras und Radarüberwachung. Die Warnungen waren ernst zu nehmen. Man hatte sie aufgestellt, um die aufdringlichen UFO-Fanatiker abzuschrecken, die auf das Gelände zu kommen und einen Blick auf die fliegenden Untertassen zu erhaschen versuchten, die die Regierung – je nachdem, welcher Version man Glauben schenkte – entweder gefangen oder gebaut hatte. Wenn es ein Tag wie jeder andere gewesen wäre, hätten zwei MP-Teams in den Büschen gelauert, um etwaige Eindringlinge festzunehmen. Doch einen Tag wie diesen hatte die Welt noch nicht erlebt.

Steve saß mit seinem Gefangenen und vier mit Schrotgewehren bewaffneten Männern auf der Pritsche des Pick-ups. Sie achteten genauestens darauf, ob sich unter dem orangefarbenen Fallschirm etwas bewegte. Falls das Ding zu Bewußtsein kommen sollte, waren sie feuerbereit. Es schien eine Ewigkeit zu dauern, bis sie den hohen, stacheldrahtbewehrten Metallzaun erreichten. Sie fuhren auf den Haupteingang zu, neben dem ein Wachhäuschen stand.

Zwei Soldaten, die das Pech hatten, am Tag, an dem die Welt unterging, Wachdienst zu haben, schalteten die Nachrichten ab und kamen mit M-16-Gewehren im Anschlag nach draußen. Als Steve sich aufrichtete, rief ihn einer der beiden an: «Tut uns leid, Captain, aber ohne Genehmigung können wir Sie nicht passieren lassen.»

«Sie wollen meine Genehmigung sehen? Dann kommen Sie mal her, Gefreiter. Ich zeig Ihnen meine Genehmigung.»

Widerstrebend näherte sich der Soldat der Pritsche. Steve packte ihn am Kragen, riß den Fallschirm beiseite und stieß den Gefreiten mit der Nase fast auf das gespenstische Außenskelett. Der Soldat schreckte zurück und machte sich in die Hosen.

«Heilige Muttergottes», entfuhr es ihm. «Laß sie durch. Laß sie durch.»

Als David den Kopf durch die Einstiegsluke steckte, hatte er das Gefühl, eine merkwürdige, exotische Galaxis zu betreten. Das Innere des Schiffes war eine düstere, bedrückende Kammer. Die gerundeten Wände troffen geradezu vor unheimlicher, halborganischer Technologie. Das Ganze erweckte eher den Eindruck eines Grabmals als den eines Flugobjekts. Sein erster Impuls war, wieder herauszuklettern und das Ganze abzublasen. Okun, der sich bereits im Innern befand, machte die Sache noch schlimmer, indem er manisch grinsend meinte: «Ich glaube, Sie werden das irre cool finden. So geht's mir zumindest.»

David quetschte seine ein Meter neunzig in die wabenartige Kabine und zwängte sich nach vorn, wo er wenigstens durch die getönten Scheiben einen Blick auf die «normale» Umgebung des Betonbunkers werfen konnte. Wie Okun versprochen hatte, wimmelte es im Cockpit von sonderbaren Geräten und blinkenden Lichtern. Es gab eine Hauptkontrollkonsole, doch David hatte Schwierigkeiten, sie zu identifizieren. Unregelmäßige, dicke Stränge, die wie Adern aussahen, liefen durch das Armaturenbrett, dessen Lampen nicht einfach blinkten, sondern eher pulsierten, als folgten sie einem unsichtbaren Herzschlag. Die Kabine gab David das Gefühl, in die Gedärme eines prähistorischen Insekts gekrochen zu sein.

«Wir haben rund um die Uhr Leute hier drin gehabt, die herauszufinden versucht haben, wie der ganze Mist funktioniert. Ein paar Sachen haben wir ziemlich schnell geknackt. Zum Beispiel dieses Zeug da.» Er griff nach einem Schlauch, der aussah wie ein Stück getrockneter Eingeweide. «Der gehört zum Lebenserhaltungssystem der Kabine. Er läuft da rüber, zu einer Filteranlage. Und dieser Apparillo da ist ein Teil der Antriebssteuerung. Entweder eine Art manuelle Steuerung oder das Gaspedal.»

«Gehören die Sitze zur Standardausstattung?» fragte David und rutschte in einen der Ledersitze, die an den Boden geschraubt waren. Während Okun ihm erzählte, wie sie die schleimigen ‹Körperbehälter› gegen irdische Sitzgelegenheiten ausgetauscht hatten, fiel sein Blick auf eines der Instrumente. Es schien sich um einen Bildschirm aus einer durchsichtigen Membrane, möglicherweise der dünnen, bernsteinfarbenen Schale eines Tieres zu handeln, auf dem ein grünes Lichtmuster flackerte. Er beobachtete das grüne Licht eine Weile und fing dann an, mit dem Fuß den Takt zu klopfen. Okun fragte etwas, erhielt aber keine Antwort.

«Hallo. Erde an Levinson.»

«Verzeihung. Was haben Sie gesagt?»

«Ich fragte, ob Sie etwas Interessantes entdeckt haben.»

«Vielleicht. Entschuldigen Sie bitte.» David starrte wie gebannt auf das Muster auf dem Schirm.

«Connie», rief er plötzlich nach draußen. «Bist du noch da?»

«Ja», rief sie durch die offene Luke.

«Hast du noch meinen Laptop?»

«Hab ich.»

«Ich brauch ihn.»

Ehe sie antworten konnte, bemerkte David, was für einen Ton er angeschlagen hatte. Wie früher, als sie noch zusammengewesen waren und er sich wie ein verzogenes Genie benommen hatte, das erwartete, daß sich alle Welt nach ihm richtete. Er sprang aus dem Sitz und ging zur Luke. Connie hatte bereits ihr High Heels abgestreift und kletterte die Eisenleiter hoch. Als Davids Gesicht in der Luke auftauchte, schien sie überrascht.

«Miss Spano, habe ich Ihnen in letzter Zeit gesagt, daß Sie ein höllisch guter Kumpel sind?»

Sprachlos drückte ihm Connie den Computer in die Hand.

«Nein, hast du nicht.»

«Danke.» David schenkte ihr ein Lächeln und verschwand wieder. Etwas an dem grünen Licht kam ihm bekannt vor; es erinnerte ihn an das Signal, das er entdeckt hatte. Er klappte den Laptop auf, lud das erforderliche Programm und erklärte Okun währenddessen: «Diese Muster hier auf dem ... äh ... ich glaube, Sie haben es ‹Apparillo› genannt.»

«Nein, das ist das Dingsbums», erwiderte Okun trocken. «Bitte drücken Sie sich korrekt aus, wir wollen hier schließlich wissenschaftlich arbeiten.»

«Ich bitte tausendmal um Entschuldigung, Doktor. Die Muster hier auf diesem Instrument wiederholen sich periodisch, genau wie ...» Er drehte seinen Computer herum, so daß Okun den Schirm sehen konnte. «... genau wie ihr Countdown-Signal. Ich nehme an, sie benutzen diese Frequenz zur Kommunikation zwischen ihren Systemen. Vielleicht koordinieren sie so ihre Schiffe.»

Okun nickte, hatte aber noch Fragen. «Nehmen wir mal an, Sie hätten recht. Zwei Probleme: erstens, was wird über diesen Computer vermittelt, und zweitens, na und? Was können wir dagegen tun? Übrigens, auf welcher Uni waren Sie?»

«Ich habe ein phasenverkehrtes Signal eingespeist, um das Signal zu neutralisieren.»

«Und? Hat es funktioniert?»

David runzelte die Stirn.

«Na ja, es hat sie nicht daran gehindert, die Städte zu bombardieren, aber es hat das Problem mit dem Satellitenempfang gelöst, an dem ich gearbeitet habe. Ich war auf dem MIT. Warum? Und Sie?»

«Cal Tech. Nur so. Ich wollt's einfach wissen.»

Gerade als David daran zu zweifeln begann, daß Okun überhaupt etwas kapiert hatte, bewies der verschrobene Doktor, daß er sich über die Zusammenhänge im klaren war.

«Okay, trotzdem haben wir immer noch zwei Probleme. Erstens haben wir nicht die geringste Ahnung, was sie auf dieser Frequenz senden. Es können ihre Angriffsbefehle sein, vielleicht aber auch klassische Musik. Vielleicht ist das ihre Form von Radio. Zweitens, bei der Satellitenstörung hatten Sie eine Möglichkeit, das neutralisierende Signal zu übertragen, aber dieses Teil hier sieht wie ein Empfänger aus. Wie sollen wir damit ein neutralisierendes Signal senden?»

David sank niedergeschlagen in seinen Sitz zurück. «Ich hab noch ein kleines Problem. Ich bin aus meinem Büro gerannt, ohne mein Spektrometer mitzunehmen.»

Okun sah ihn verschmitzt an und tröstete ihn.

«Zum Glück sind Sie an der richtigen Stelle gelandet. Ich besitze nicht nur ein Spektrometer, sondern ein weiteres unverzichtbares Produkt menschlichen Erfindungsgeistes, das uns gute Dienste leisten wird.»

Er griff in seine Tasche und brachte einen billigen Schraubenzieher zum Vorschein.

«Nehmen wir den Schirm auseinander und schauen wir nach, ob wir das Ding so umpolen können, daß es als Sender funktioniert.»

«Cal Tech, was?» David fing an, den Kerl zu mögen.

Es dauerte nur wenige Minuten, bis die beiden Gehirnakrobaten ihr erstes Problem gelöst hatten. Sie rissen den Schirm ab und befestigten ein Paar Krokodilklemmen an den sehnigen Drähten an seiner Rückseite. Obwohl die Maschine vor Tausenden von Jahren in einem anderen Teil des Universums gebaut worden war, funktionierte ihr Datenübertragungssystem nach dem Binärcode, dem endlosen Fluß von Einsen und Nullen oder was immer das außerirdische Äquivalent dafür sein mochte. Solange der Laptop die Sequenzen lesen konnte, zerbrachen sich weder David noch Okun darüber den Kopf. Eine Techniker-Crew hatte Okuns Spektrometer aus dem Lager geholt und in das Cockpit gebracht. Während die Techniker die Kabine verließen, um noch einen Blick auf die «Freak-Show» zu werfen, drückte David die Enter-Taste und ließ die umgedrehte Sequenz ablaufen. Einen Moment lang passierte nichts, und die beiden Computercracks ließen enttäuscht die Köpfe sinken. Plötzlich erhob sich draußen ein fluchendes Geschrei. Durch die Cockpitfenster sahen David und Okun, daß eine Gruppe Techniker auf dem Hintern gelandet war. Die Männer standen wieder auf und versuchten, sich zu entfernen, doch wieder wurden sie von einem unsichtbaren Schutzschild aufgehalten.

«He», rief Okun, «wir haben das Kraftfeld aktiviert! Ich schätze, wir haben irgendwas falsch herum eingebaut, als wir's zum ersten Mal zu reparieren versucht haben.»

David ließ sich ausgelaugt und niedergeschlagen zurücksinken. Er war sicher gewesen, daß der bernsteinfarbene Schirm Teil des Kommandosystems war, doch nun dämmerte ihm, daß er lediglich ein paar Stunden damit zugebracht hatte, eine unbedeutende Reparatur durchzuführen. Er war wütend auf sich selbst und betrachtete angeödet das Armaturenbrett. Es existierten mindestens noch vierzig weitere Apparaturen, an denen man sich versuchen konnte, und es gab keine Garantie dafür, daß sie dadurch einen Schritt weiterkommen würden. Als er Major Mitchell bemerkte, der im Laufschritt auf das Schiff zustürmte, schaltete er das Kraftfeldsignal ab. Der Major entdeckte Okun hinter den Fenstern und rief ihm zu: «Sie haben einen von denen erwischt! Und er lebt noch!»

Sobald die Fahrstuhltüren auseinanderglitten, stürmte Mitchell los und hängte Okun und Issacs mühelos ab. Issacs, ehemals Leiter einer Notaufnahme in Boston, hatte sich geistesgegenwärtig seinen schwarzen Arztkoffer geschnappt. Während sie auf die Menge zuliefen, die sich am Eingang des Hangars eingefunden hatte, zog Okun eine Spur von Bleistiften, Bananensteckern, Teilen der Hauptkonsole des Schiffes und Werkzeugen inklusive des Rechenschiebers, den er seit der High-School benutzte, hinter sich her. Irgend jemand drückte Mitchell unterwegs ein Megaphon in die Hand.

«Alle, die nicht den Streitkräften angehören, treten bitte von der Trage zurück», brüllte er die rund einhundert Zivilisten an, die geholfen hatten, die Kreatur herzubringen. «Verlassen Sie sofort den Hangar und warten Sie draußen.»

Okun drängte sich durch die Menge und entdeckte einen riesigen, in einen Fallschirm eingewickelten Körper, der fest auf die Trage geschnallt war. Er zerrte so lange an dem Fallschirm herum, bis er den biomechanischen Anzug erkennen konnte.

«Wer hat das gefunden?»

«Ich, Sir. Captain Steve Hiller, U. S. Marine Corps. Sein Schiff ist über der Wüste abgestürzt.»

«Allein? Gab es nicht noch mehr?»

Die Frage überraschte Steve.

«In der Tat. Es waren insgesamt drei. Die beiden anderen sind beim Absturz ums Leben gekommen.» Er musterte den langhaarigen Professor von oben bis unten und konnte sich nicht verkneifen, ihn zu Fragen: «Woher wissen Sie das?»

«Wie lange ist der hier schon bewußtlos?» fragte Issacs.

«Seit ich ihm die Scheiße aus ...» Steve biß sich auf die Zunge und beschloß zu verschweigen, wie genau das Wesen das Bewußtsein verloren hatte. Statt dessen antwortete er: «Ungefähr drei Stunden.»

Die Trage wurde von einigen Soldaten eilig über den glatten Boden des Hangars gerollt. Die Zivilisten hatten dem Befehl, draußen zu warten, Folge geleistet. Mit zwei Ausnahmen.

«Entschuldigen Sie, Doktor», wiederholte Russell zum zehnten Mal. Er hatte den Arm um Miguels Schultern gelegt, und Steve erinnerte sich wieder, daß der rothaarige Riese dringend ärztliche Hilfe für seinen Sohn benötigte. Steve versuchte, Okun auf sich aufmerksam zu machen, doch der befand sich am anderen Ende der Trage. Es war zwecklos, jedermann dachte nur an das außerirdische Wesen.

«Bringt ihn runter in die Quarantäne», brüllte Okun, dann wandte er sich an seinen Kollegen. «Lebt er noch?»

Trotz der Aufregung rund um die schnell dahinrollende Trage hatte Issacs kühlen Kopf bewahrt. Mit einem Stethoskop horchte er die Brust des Monsters ab. «Noch atmet er.»

«Hören Sie, Doktor, mein Junge ist schwer krank. Er braucht sofortige Hilfe.»

Endlich schien Okun Russell zu bemerken, doch er hatte nur aufgeblickt, weil er den Fahrstuhlknopf suchte.

«Er trocknet aus. Ich will, daß eine Salzlösung bereitsteht, sobald wir unten sind.»

Okun schob sich an Russell vorbei und ging zur Schalttafel des Fahrstuhls. Er drückte einen Knopf, und der Raum senkte sich mit hydraulischem Surren. Doch er hatte sich noch keinen halben Meter bewegt, da kam er abrupt zum Stillstand.

Russell hatte mit der Faust auf die Nothalttaste geschlagen und griff nun nach dem Nächstbesten, der wie ein Arzt aussah. Er erwischte Dr. Issacs weißen Kittel. Er hob den Mann hoch, nagelte ihn an der Aufzugwand fest und starrte ihn mit blutunterlaufenen Augen aus nächster Nähe wütend an.

«Mein Junge hat ein Problem mit der Nebennierenrinde. Er hat einen Schock und wird kollabieren. Wenn er nicht sofort behandelt wird, stirbt er!» Issacs konnte Russells Schnapsfahne riechen.

Diesmal war Miguel stolz auf seinen Vater.

«Er braucht eine Hydrokortisonspritze oder zumindest etwas Insulin.»

Unbeeindruckt wandte sich Issacs an seinen Angreifer.

«Hört sich nach der Addison-Krankheit an. Ich habe Hydrokortison dabei.»

Russells Augen folgten Issacs Blick zu der schwarzen Tasche, die neben der Trage stand. Zwar gefiel es Issacs ganz und gar nicht, auch nur eine Sekunde dieses geschichtsträchtigen Ereignisses zu verpassen, doch er wußte, daß Okun den Operationssaal vorbereiten konnte, während er sich um den Jungen kümmerte.

«O'Haver, Miller, Sie kommen mit mir», befahl er, dann wandte er sich an Russell: «Bringen Sie mich zu ihm.»

In der Nähe von Anaheim stieß Jasmine auf den Freeway und fuhr Richtung Süden. Da sie die First Lady an Bord hatte, konnte sie auf der unebenen Straße nicht schneller als fünfzig fahren. Als die Sonne unterging und den rauchverhangenen Horizont in tausend verschiedenen Purpur- und Orangetönen färbte, schien es fast möglich, die Katastrophe, die hinter ihnen lag, zu vergessen. In der ganzen Gegend war der Strom ausgefallen, doch davon abgesehen schien in den Vierteln zu beiden Seiten des Freeway alles normal. In beiden Richtungen herrschte leichter Verkehr, und die Hitze des Tages wich einem warmen Sommerabend.

Sie folgte der Ausschilderung und nahm die Abfahrt nach El Toro. Unterwegs war sie bereits verschiedenen Leuten begegnet, die ihr gesagt hatten, daß El Toro getroffen worden war. Sie hatten ihr geraten, keine Zeit zu vergeuden, doch nun wollte Jasmine erst recht so schnell wie möglich dorthin. Egal, wie sehr der Stützpunkt in Mitleidenschaft gezogen worden war, sie hoffte, dort medizinische Hilfe für Mrs. Whitmore zu finden und, wenn sie Glück hatte, Steve zu treffen. Sie stellte sich vor, wie sie neben Steve hielt, der auf der Landebahn seine beschädigte Maschine reparierte, entschlossen, sie so schnell wie möglich wieder flugtauglich zu machen, um sich aufs neue in die Schlacht zu stürzen.

Doch sobald sie den Freeway verlassen hatte, wurden die Anzeichen der Zerstörung unübersehbar. Kurz darauf fand sie sich auf einer hügeligen Straße wieder, in der sich alle paar Meter riesige Schlaglöcher auftaten. Sie entdeckte eine Gruppe von Kindern, die etwas hügelaufwärts in den rauchenden Trümmern eines Gebäudes stocherten. Sie fuhr zu ihnen und rief ihnen zu: «Hey, ihr da, wißt ihr, wo El Toro ist? Der Marinestützpunkt?»

«Sie stehen drauf, Lady», brüllte einer von ihnen zurück.

Jasmine fuhr noch hundert Meter weiter, bevor sie inmitten der Ruinen anhielt und die Zündung abschaltete. Sie stieg aus dem Pick-up und ging ein paar Schritte auf die eingestürzte Fassade eines Gebäudes zu. Auf dem geborstenen Beton war noch zu lesen:

WILLKOMMEN IN EL TORO
LUFTWAFFENSTÜTZPUNKT DES MARINE CORPS
Heimat der Black Knights

Alles war zerstört. Die ganze Gegend war vom Feuersturm der Laserstöße dem Erdboden gleichgemacht worden. Statt einem emsigen Militärstützpunkt glich sie einem frischgepflügten Feld, aus dem sich hier und da ein paar rauchende Trümmer erhoben. Jasmine setzte sich auf den Boden und weinte, bis das letzte Abendlicht am Himmel verschwunden war.

Das offizielle Nationale Hauptquartier der Streitkräfte war vom Pentagon in ein lautes, provisorisches Büro fünfzig Meter unter der Erdoberfläche der Wüste von Nevada verlegt worden. Der Kontrollraum von Areal 51 war für die Überwachung der Testflüge von Prototypen und anderen Versuchsflugzeugen ausgelegt. Er war mit allen erdenklichen technischen Feinheiten vom alten Wählscheibentelefon bis zum globalen Radarüberwachungssystem ausgerüstet, doch kaum etwas davon funktionierte. Die Kommunikationssysteme waren weltweit zerstört worden, und mit jeder Stunde wurde der Schaden größer.

Major Mitchells Männer wurden von den Kommunikationsspezialisten der Air Force One unterstützt. Sie hatten drei CB-Funkgeräte von den draußen parkenden Trailern requiriert und waren jetzt damit beschäftigt, Informationen von Amateurfunkern zu sammeln, die sich mit Ausdrücken wie «10-4, alles klar, Kumpel» meldeten. Mittlerweile war die zweite Angriffswelle über die Erde hinweggerollt und hatte weitere Großstädte zerstört. Die Schiffe bewegten sich weiter und feuerten unaufhaltsam. Selbst tief unter der Erdoberfläche, Hunderte von Meilen vom nächsten Schiff entfernt, hatten die Menschen Angst. Ihnen wurde allmählich bewußt, daß, selbst wenn die Zerstörung aufgehalten werden konnte, das Land und die Welt nie wieder so sein würden wie früher. Nicht einmal annähernd. Sie wußten, daß sie den Kreaturen in den riesigen Schiffen hilflos ausgeliefert waren.

Selbst Nimziki war verängstigt. Er hatte keine Angst vor dem Tod, doch die Vorstellung, politisch am Ende zu sein, flößte ihm Furcht ein. Er hatte sein ganzes Leben lang härter als jeder andere daran gearbeitet, nach der Macht zu greifen und an ihr festzuhalten. Er hatte keine Spuren hinterlassen, stets auf Rückendeckung geachtet und sich unentbehrlich gemacht. Er war bis an die Spitze der CIA aufgestiegen und dann Whitmores Verteidigungsminister geworden, doch selbst das gab ihm nicht die erforderliche Macht. Dem «Eisernen After» glitten die Fäden aus der Hand. Er wußte, daß die Chancen, die Invasoren zurückzuschlagen, schlecht standen, doch im Geist bereitete er sich rein gewohnheitsmäßig schon auf seine Rückkehr nach Washington vor, wo er die Scherben aufsammeln, seine alten Verbindungen wiederherstellen und vor allem versuchen würde, die zu erwartenden Vorwürfe wegen seiner Geheimhaltungspolitik um das Arel 51 zu entkräften. Er betrat das sogenannte «Lagezentrum» und wollte telefonieren.

«Haben Sie noch ein paar geheime Asse im Ärmel, die uns vielleicht helfen könnten, diesen Krieg zu gewinnen?»

«Das war billig, General, und das wissen Sie auch.» Nimziki

wußte, daß Grey, der Whitmore gegenüber mehr als loyal war, früher oder später gegen ihn vorgehen würde.

«Ich glaube, ich erinnere mich an eine Stabsbesprechung gestern in Washington. Da haben Sie auf der verdammten Couch gesessen, während wir mit dem Präsidenten die Optionen eines Alarmstufe-gelb-Notstands diskutiert haben, und diesen Ort hier mit keiner Silbe erwähnt.»

«Ich habe dem Präsidenten den Rat gegeben, mit Atomwaffen zurückzuschlagen. Das halte ich immer noch für die beste Lösung, und wenn er mir gefolgt wäre, würden wir gar nicht erst hier sitzen. Und außerdem wußte ich nur, daß sich hier ein altes Raumschiff befindet.»

«Erzählen Sie mir keinen Mist, Nimziki. Sie haben Ihre Finger in mehr Ärschen als ein Darmspezialist, also kommen Sie mir nicht damit, Sie hätten nicht alles gewußt. Wann hatten Sie eigentlich vor, uns davon zu erzählen?»

«So verstehen Sie doch, das Projekt war als ‹Cosmic Top Secret› klassifiziert.»

Grey versuchte gar nicht, seine Abscheu zu verbergen. «Himmel, warum haben Sie nichts gesagt, als diese Außerirdischen aufgetaucht sind? Sie hätten das Leben von mehr als hundert amerikanischen Piloten retten können.» Grey starrte ihn an und versuchte, die Banalität des Bösen zu ergründen, die Nimziki verkörperte. Er wußte ganz genau, daß Nimziki die Information nur zurückgehalten hatte, um sein Fell zu retten.

«Also wirklich, den Tod der Piloten können Sie mir nicht anhängen. Wenn Sie gewußt hätten ...»

Die Atmosphäre im Raum änderte sich schlagartig, als Präsident Whitmore eintrat. Nimziki und Grey ließen voneinander ab, und die zwölf Techniker wandten sich wieder ihren Aufgaben zu. Connie ging zu einer mit Klebeband an der Wand befestigten Karte der USA, auf der die zerstörten Städte mit schwarzen Kreisen markiert waren.

«O mein Gott», stöhnte sie, als sie die Aktualisierung sah.

«Ist das bestätigt?» fragte Whitmore, auf die neu hinzugekommenen Kreise starrend. «Atlanta, Sacramento, Philadelphia?»

«Jawohl, Sir. Die Zerstörung dieser Städte wurde bestätigt. Außerdem haben wir Informationen über Angriffe auf andere Ziele, in erster Linie Luftwaffenstützpunkte.»

«In welche Richtung bewegen sie sich?»

Diesmal antwortete Grey. Er kam herüber und deutete auf die Karte.

«Es sieht so aus, als wollten sie das Washingtoner Schiff die Atlantikküste runterschicken, danach wahrscheinlich in die Staaten am Golf von Mexiko. Das Schiff, das Los Angeles zerstört hat, scheint sich die Westküste aufwärts zu bewegen, und das New Yorker ist auf dem Weg nach Chicago.»

Der Präsident setzte sich an den Konferenztisch und goß sich ein Glas Wasser ein, während Grey fortfuhr.

«Sie attackieren ganze Korridore, indem sie ihre kleinen Kampfmaschinen über bestimmten Gegenden aussetzen, wo sie dann besondere Ziele angreifen. Jedenfalls gehen sie nicht blindlings vor, soviel ist sicher. Aus Europa haben wir erfahren, daß das Pariser Schiff sofort nach Brüssel weitergezogen ist und das NATO-Hauptquartier zerstört hat, während ihre Kampfflieger verschiedene lebenswichtige Einrichtungen unserer westlichen Alliierten auseinandergenommen haben. Sie haben uns ganz offensichtlich ausspioniert und diese Invasion von langer Hand vorbereitet. Diese Schweine wußten ganz genau, wie und wo sie uns treffen konnten», schloß er mit einem vernichtenden Blick auf Nimziki.

Wutschnaubend wandte sich der Präsident an seinen Verteidigungsminister und wollte ihn zusammenstauchen. Doch dann wandte er sich ebenso plötzlich wieder ab. Es war jetzt nicht die Zeit, um mit Nimzikis verräterischem Verhalten abzurechnen, er würde ihn sich später vorknöpfen – falls es ein Später gab.

«Wie sieht es mit unserer Verteidigung aus? Wie viele Kapazitäten sind noch vorhanden?»

«Etwa fünfzehn Prozent, Sir.» Grey hielt einen Moment inne, um der Dramatik der Situation Nachdruck zu verleihen, dann fuhr er fort, die furchtbaren Konsequenzen zu schildern.

«Nach der Zeit zu urteilen, die sie benötigen, um eine Stadt zu zerstören, müssen wir mit der Vernichtung sämtlicher Großstädte der Welt in den nächsten sechsunddreißig Stunden rechnen.»

Whitmore nahm einen langen, tiefen Schluck. «Wir werden ausgerottet.»

Das häßliche Wort ließ die Anwesenden merklich zusammenzucken, doch es schien keines zu geben, das die Situation präziser beschrieben hätte. Es klopfte, und Major Mitchell betrat den Raum.

«Mr. President, ich bringe den Piloten, den Sie treffen wollten.»

«Holen Sie ihn herein.»

Whitmore erhob sich und rückte seine Krawatte zurecht, während Mitchell Steve hereinwinkte. Steve, der noch immer das schweißgetränkte T-Shirt und die Hosen seines Kampfanzugs trug, in denen er durch die Wüste marschiert war, fühlte sich nicht unbedingt in der Verfassung, einer Versammlung mächtiger Weißer gegenüberzutreten und schon gar nicht dem Präsidenten.

«Captain Steve Hiller, Sir», salutierte er.

«Stehen Sie bequem, Captain», antwortete der Präsident lächelnd, ohne den militärischen Gruß zu erwidern. Dank seiner unkonventionellen Art fühlte sich Steve sogleich etwas besser.

«Es ist mir eine Ehre, Ihnen zu begegnen, Captain. Sie haben da draußen eine höllisch gute Leistung vollbracht.»

«Danke, Sir. Ich habe nur versucht, meinen Job zu tun.»

«Sie sind in El Toro stationiert, nicht wahr?»

«Ja, Sir. Black Knights, Erstes Geschwader.»

«Schon mal was von den Hellcats aus Fort Bragg gehört?»

Steve konnte ein Grinsen nicht unterdrücken. Er wußte, daß Whitmore ebenfalls Kampfpilot gewesen war. Und während des Golfkriegs war der Name ‹Hellcats› zu einem geflügelten Wort geworden. Doch er hatte nicht erwartet, von seinem Oberbefehlshaber in eine Fachsimpelei verwickelt zu werden.

«Aber ja», sagte er.

«Was haben Sie gehört?» Whitmore ließ nicht locker.

«Zweitbeste Einheit der ganzen verdammten Streitkräfte, Sir. Direkt nach den Black Knights.»

Jetzt mußten beide in gegenseitiger Bewunderung grinsen.

«Wo steckt der Gefangene, den Sie mitgebracht haben?»

Mitchell nutzte die Gelegenheit, das Wort zu ergreifen. Er wollte zurück in den Operationssaal und die weitere Entwicklung verfolgen.

«Er ist in der medizinischen Abteilung, Sir. Die Ärzte sind optimistisch, daß er überlebt.»

«Ich weiß zwar nicht, ob das ein Anlaß zu Optimismus ist», sagte der Präsident, «aber ich möchte ihn mir ansehen.»

Das war das Stichwort für seinen Stab, die Unterlagen einzusammeln und sich in Bewegung zu setzen. General Grey trat vor und wollte Widerspruch anmelden, doch Whitmore duldete keine Einwände.

«Sehen Sie zu, daß dieser Mann hier alles bekommt, was er benötigt», sagte er mit Blick auf Steve und verließ an der Spitze seines Stabs den Raum.

«Entschuldigen Sie, General», wandte sich Steve an Grey, der bereits auf dem Weg in die medizinische Abteilung war. «Ich will so schnell wie möglich zurück nach El Toro.»

Nun, da er den Außerirdischen abgeliefert hatte, gab es für ihn keinen Grund mehr, länger zu bleiben. Er hatte noch immer Jimmys Stimme im Ohr, die ihm sagte, daß Jasmine die Explosion vielleicht überlebt hatte. Falls das stimmte, dann war El Toro der einzige Ort, wo er hoffen konnte, sie zu finden. Er fragte den General, ob er ein Funkgerät benutzen dürfe oder ob jemand eine Nachricht nach El Toro übermitteln könne.

Grey blieb abrupt stehen und legte Steve eine Hand auf die Schulter.

«Es tut mir leid, Sohn. Ich nehme an, Sie wissen es noch nicht. El Toro ist heute morgen angegriffen und vernichtet worden.»

Am Boden zerstört, blieb Steve zurück und rang nach Atem, während der General den anderen nacheilte.

Ein blutorangefarbener Mond erleuchtete die Ruinenlandschaft. Eine Stunde, nachdem sie sich auf die Suche nach Vorräten gemacht hatten, tasteten sich Jasmine und Dylan durch die

Dunkelheit zurück zu ihrem hellodernden Lagerfeuer. Jeder von ihnen trug eine Kiste mit Dosen, die sie in den Überresten der Kantine aufgestöbert hatten. Dylans Kiste enthielt eine Großküchenportion gebackener Bohnen, die halb soviel wog wie er, sowie ein paar verbogene Löffel, die sie im Schmutz gefunden hatten. Über den Eingang der Kantinenküche hatten sie Bretter gelegt und diese mit Erde bedeckt.

«Okay, Leute, Essen ist fertig.» Jasmine setzte ihre Kiste ab und holte einige Steakmesser aus ihrer Tasche. «Die können wir als Öffner benutzen.»

Der stumme Mann hatte während Jasmines Abwesenheit das Kommando übernommen und einiges geleistet. Die First Lady lag auf einem Bett aus Pappendeckeln und gefalteten Kleidern, und er hatte ihr seine eigene Jacke unter den Kopf geschoben. Jasmine hatte ein kleines Feuer entfacht, bevor sie losgezogen waren, und er hatte ein veritables Lagerfeuer daraus gemacht, das jeder Titelseite eines Pfadfindermagazins zur Ehre gereicht hätte.

«Verdammt gute Arbeit. Ich erkenne unseren Lagerplatz ja kaum wieder.»

Jasmine ging zur Frau des Präsidenten hinüber, um nach ihr zu sehen. Als sie näher kam, versuchte die First Lady, sich aufzurichten, was ihr große Schmerzen bereitete. Ihre Lungen waren voller Schleim, und sie bekam einen Hustenanfall.

Jasmine brachte sie dazu, sich wieder hinzulegen. «Bewegen Sie sich nicht», schimpfte sie. «Ich meine es ernst. Sie bleiben heute nacht so still wie möglich liegen, und morgen früh sehen wir zu, daß wir Hilfe finden.»

Sie half der Verletzten, etwas Ananassaft zu schlürfen. Dann starrten die beiden Frauen wortlos eine lange Zeit ins Feuer.

Der Stumme hatte inzwischen eine Dose mit Würstchen für Dylan geöffnet, der einen Freudentanz aufführte, während er sie verschlang. Der Tanz bestand darin, zum Himmel zu blicken und vor Freude über die leckere Mahlzeit mit dem Hintern zu wakkeln. Diese Bewegung wurde bei jedem Bissen wiederholt. Mit steinerner Miene beobachtete Jasmine seine Vorstellung. Heute abend konnten sie sich noch satt essen, doch in den kommenden

Tagen, darüber war sie sich im klaren, würden sie hungern müssen. Wo würden sie morgen etwas zu essen finden?

«Ihr Sohn», sagte Mrs. Whitmore schwach, «ein hübscher Junge.»

Jasmine wollte sie wieder tadeln, weil sie nicht still lag, fühlte sich aber zu geschmeichelt. «Mein Engel.»

«War sein Vater hier stationiert?»

Jasmine ließ einen tiefen, resignierten Seufzer hören. «Nein, er war nicht sein Vater. Ich habe aber gehofft, er würde sich um die Stelle bewerben.» Sie warf ein paar Kiesel ins Feuer. Sie war kurz davor, wieder loszuheulen, doch sie schluckte die Tränen hinunter.

Die First Lady spürte, daß sie das Thema wechseln sollte.

«Und was machen Sie beruflich?»

«Ich bin Tänzerin.»

«Oh, großartig. Modern? Ballett?»

Jasmine lächelte in die Flammen.

«Nein. Exotisch», erklärte sie, warf einen Blick auf die Präsidentengattin und fragte sich, wie viele Stripperinnen die First Lady wohl in ihrem Leben getroffen hatte und ob sie darüber die Nase rümpfen würde.

«Oh ... tut mir leid.»

«Muß es nicht. Ich schäme mich nicht dafür. Das ist zwar nicht mein Traumberuf, aber das Geld stimmt, und», sie nickte Richtung Dylan, «er ist es wert, daß ich mich um ihn kümmere.»

Jasmine erzählte normalerweise nicht jedem, womit sie ihren Lebensunterhalt verdiente. Sie schämte sich zwar nicht, aber stolz war sie auch nicht. Wenn die Sprache darauf kam, erzählte sie manchmal die Wahrheit und manchmal nicht. Manchmal sagte sie auch einfach gar nichts. Diesmal wünschte sie sich, sie wäre nicht so offen gewesen, denn sie war sich ziemlich sicher, daß ein anständiges Mädchen wie die Frau des Präsidenten ihr nicht mehr viel zu sagen haben würde, nachdem sie nun die Wahrheit kannte. Sie wollte etwas sagen, etwas wie «Machen Sie sich keine Sorgen, auch wenn ich strippe, werde ich morgen früh trotzdem einen Arzt für Sie auftreiben». Doch irgendwie hätte das dumm geklungen.

«Und was werden Sie tun, wenn es mit dem Tanzen vorbei ist?» fragte Marilyn. «Haben Sie Pläne für die Zukunft?»

Jasmine mußte wieder lächeln, denn diese Frage hatte sie sich schon unzählige Male gestellt. Die Zukunft hatte wie ein Damoklesschwert über ihr geschwebt. Und jetzt fühlte sie sich davon befreit.

«Ach, das habe ich mich selbst tagtäglich gefragt, aber wissen Sie was, ich glaube, das spielt jetzt keine Rolle mehr.»

«Mommy, kann ich noch ein paar Würstchen haben?»

«Komm mal her zu mir, Schatz. Ich möchte dich mit der First Lady bekanntmachen.»

Dylan, der hoffte, sich dadurch weitere Würstchen zu verdienen, kam herüber.

«Komisch. Ich war mir sicher, Sie hätten mich nicht erkannt.»

«Na ja, ich wollte nichts sagen. Ich hab für den andern gestimmt.»

Dr. Okun brachte sein Gesicht nahe an die Linse der Videokamera.

«Die folgende Aufnahme ist vom 3. Juli, 18 Uhr 45. Der Außerirdische hatte heute morgen um circa 9.00 Uhr einen schweren Flugzeugabsturz. Wie Sie sehen ...», er trat einen Schritt zur Seite und gab den Blick auf die zweieinhalb Meter lange Kreatur frei, die auf dem Operationstisch festgeschnallt war. «Wie Sie sehen, scheint das Ding ziemlich geschwächt zu sein.»

Tatsächlich kamen die einzigen Lebenszeichen der Kreatur von den kurzen Gesichtstentakeln, die hin und wieder zuckten. Die vier längeren Rückententakel, die zwischen zwei und vier Meter maßen, waren sorgfältig mit breiten Gurten festgeschnallt worden und rührten sich nicht.

Der Operationssaal war ein antiseptischer gekachelter Raum voller Gerätschaften aus Edelstahl und hatte mehrere hohe Panzerglasfenster zu dem Lagerraum mit Okuns sogenannter Freak-Show darin. Die großen Behälter, in denen sich die Körper der drei toten Außerirdischen befanden, waren in der abgedunkelten Kammer dahinter auszumachen.

Drei Assistenten, eine Anästhesistin und zwei Pfleger, führten präzise Handgriffe aus. Einer der Männer justierte eine komplizierte Maschine, die durch eine Reihe von Schläuchen mit einem großen Kessel Formaldehyd verbunden war. Der andere Pfleger reichte Okun einen Fäustel und einen Meißel, der so dick war eine Bahnschwelle. Okun hielt die Instrumente theatralisch in die Höhe und tat so, als wäre er Dr. Frankenstein aus einem alten Film.

«Sind die Systeme bereit?» Die Anästhesistin nickte, dann sprach der Professor wieder in die Kamera.

«Wir werden die Schädeldecke aufmeißeln und aufklappen, um an die Kreatur im Innern heranzukommen. Dies hier ist nur eine Art Rüstung.» Er klopfte auf den gelblichen Panzer. «Das Tier, das Sie im Augenblick sehen, gehört zu einer vollkommen anderen Spezies. Die Außerirdischen züchten und schlachten diese Tiere, dann werden sie ausgeweidet. Die inneren Organe werden herausgetrennt, die Muskulatur wird bewahrt. Schädel und Brust besitzen eine Naht, die es den Außerirdischen gestattet, hinein- und herauszuschlüpfen. Sie tragen den Körper dieses anderen Wesens. Es ist, als kröchen sie in einen Zombie. Durch einen Prozeß, der uns vielleicht immer unverständlich bleiben wird, werden die physischen Impulse der zerbrechlichen Kreatur im Innern vom Körper des größeren, robusteren Wesens ausgeführt. Bitte beachten Sie, daß die Tentakel offenbar unkontrolliert herumbaumeln. Wie Sie sogleich sehen werden, besitzt die Kreatur im Innern keine solchen Tentakel, deshalb ist es möglich, das sie diese Tentakel nicht manipulieren kann. Solange wir allerdings kein unversehrtes Exemplar dieser Gattung besitzen, wird die Funktionsweise dieser Bio-Rüstung uns weiter Rätsel aufgeben. Gentlemen, sind Sie bereit?»

Seine Assistenten waren mehr als bereit. Sie wollten ihren Job so schnell wie möglich hinter sich bringen und den Saal wieder verlassen. Während Okuns Videovortrag hatten sie nervös den knochigen Leviathan im Auge behalten und darauf geachtet, daß sich die Gurte nicht lockerten, da sie halb damit rechneten, daß das Ding plötzlich zum Leben erwachen könnte.

Okun setzte den Meißel an der Schädelnaht an und versetzte ihm ein paar kräftige Schläge, von denen jeder ein grauenhaftes Knacken der Knochen verursachte. Colin und Patrick, die beiden Pfleger, zogen die Schädelhälften auseinander, bis der Schädel aufsprang. Dann klappten sie Fleisch und Sehnen beiseite, bis diese flach auf dem Tisch lagen.

«O mein Gott.» Der Gestank, der aus dem Innern des Wesens strömte, ließ die vier Menschen zurückschrecken.

«Stinkt wie Ammoniak», sagte Patrick, dessen Augen bereits tränten. «Wir müssen die Tür öffnen.» Er hatte bereits seine Magnetkarte in der Hand, als Okun bemerkte, was er vorhatte.

«Nein!» brüllte der Professor. «Wir können nicht riskieren, einen intergalaktischen Virus freizulassen. Drehen Sie die Ventilation hoch. Jenny, halten Sie einhundert Kubik Thiopental-Natrium bereit, falls unser kleiner Freund hier Ärger machen will.»

Während die anderen den Brechreiz hinunterschluckten und sich die Augen wischten, fuhr Okun ungerührt mit seiner Untersuchung fort. Im Brustkasten des Wirtstieres versteckt, wurde die Schädeldecke des Außerirdischen sichtbar. Okun riß dem Tier die Kehle auf, dann den Brustkasten, bis der fleischige Kugelkopf des Außerirdischen bloßlag. Die riesigen, lidlosen schwarzen Augen starrten ihn an. Okun beugte sich herab, um das Gesicht in Augenschein zu nehmen, das von einem dicken Gelatinemantel eingehüllt war, offenbar das Leitmaterial, das die Impulse auf die Panzerung übertrug. Die Augen zeigten keine Reaktion, doch die schnabelförmige Nase begann zu zucken, als Okun sich ihr näherte. Eines der Gesichtstentakel bewegte sich schwach und rollte Richtung Augen. Okun stupste das Tentakel einmal an, dann ließ er zu, daß es sich mit der Kraft eines Neugeborenen um seinen behandschuhten Finger wickelte. Es schien sich um dieselbe freundliche Geste zu handeln, die sein Vorgänger, Dr. Welles, ausführlich in seinen Aufzeichnungen beschrieben hatte.

«Verdammt!» Colin kehrte zum Operationstisch zurück. Er hatte die Ventilation hochgedreht, die nun den größten Teil des starken, ätzenden Gestanks absaugte. «Kein Deo haben, aber den Weltraum erobern wollen.»

«Laßt mich frei», sagte Okun, an niemanden gerichtet.

«Wie bitte?» Seine drei Assistenten schauten ihn fragend an, doch Okun schien nicht bemerkt zu haben, daß er etwas gesagt hatte.

«Okay, holen wir ihn da raus. Ich werde ...» Mitten im Satz brach er ab und starrte ins Nichts.

«Doktor? Doktor Okun, ist alles in Ordnung mit Ihnen?»

Er starrte sie einen Augenblick lang an, als hätte er Schwierigkeiten, sich daran zu erinnern, wer sie waren und wo er sich befand. Dann kam er ganz plötzlich wieder zu sich.

«Oh, ja. Ich bin in Ordnung. Ich glaube, die Dämpfe haben mich ein wenig eingenebelt.»

«Die Tentakel zeigen gesteigerte Aktivitäten. Soll ich das Thiopental injizieren?» fragte Jenny.

Thiopental-Natrium, besser bekannt als angebliches Wahrheitsserum, war ein weitverbreitetes Barbiturat, mit dem der Patient während eines medizinischen Eingriffs ruhiggestellt wurde.

«Nein. Keine gute Idee. Keine Injektionen.» Wieder blickte Okun starr geradeaus und redete mit ruhiger, fast nuschelnder Stimme. «Nehmt die Gurte ab.»

Die drei Assistenten waren an Okuns seltsame Launen gewöhnt, doch so gespenstisch hatten sie ihn noch nie erlebt. Offenbar desorientiert, drehte er den Kopf langsam hin und her, während seine Augen von einem Gegenstand zum anderen zuckten, als mustere er eine ihm unbekannte Umgebung. Dann faßte er sich mit der freien Hand an den Kopf und schrie einmal kurz auf, als führe ihm ein stechender Schmerz hindurch. Jenny stieß einen der Pfleger an und versuchte, seine Aufmerksamkeit auf Okuns Handgelenk zu lenken. Eines der Rückententakel hatte sich befreit und sich oberhalb des Gummihandschuhs um das Handgelenk geschlungen.

«Sofort spritzen», befahl Jenny.

Patrick zog das sehnige Fleisch der Körperrüstung zurück und betupfte den Nacken des Außerirdischen mit einem alkoholgetränkten Wattebausch. Jenny stach die Nadel in das durchsichtige Fleisch und begann, den Kolben der Spritze herunterzudrücken.

Ehe auch nur einer von ihnen zurückweichen konnte, hatte sich das Tentakel von Okuns Handgelenk gelöst und traf Jenny wie ein Peitschenhieb im Gesicht. Blut spritzte auf, und die Ärztin wurde durch den Raum geschleudert. Blitzschnell zerrte dasselbe Tentakel an den Gurten und riß sie aus ihrer Verankerung. Dann fuhr es auf Colins Kopf nieder, der gerade zur Tür flüchten wollte. Patrick schnappte sich ein Skalpell und schwenkte es drohend vor der Kreatur, als könnte die kleine Waffe ihn vor der tobenden Bestie schützen. Das Monster stand auf und stürmte durch den Raum, wobei seine Klauenfüße über den sauberen Linoleumboden klapperten. Zwei der Tentakel hielten Patricks Arme fest, das dritte durchbohrte ihn. Es traf Patrick mitten ins Herz und trat am Rücken wieder aus. Patricks Körper krachte gegen den Formaldehydbehälter, der klirrend barst und seinen Inhalt über den Boden des Operationssaales ergoß. Dabei wurde einer der Vakuumschläuche losgerissen, und eine Dampfwolke breitete sich aus.

Die schweren Türen öffneten sich, und Mitchell geleitete den Präsidenten, seine Berater und Leibwächter in das Gewölbe. Der Operationssaal war vollständig in eine dichte Dampfwolke gehüllt. Als Mitchell dies bemerkte, griff er ohne zu zögern an sein Holster und öffnete es. Sofort riß einer der Secret-Service-Agenten den Präsidenten zur Seite, während der andere seine Waffe auf Mitchells Kopf richtete. Doch der stämmige Soldat nahm keine Notiz davon. Er sah, daß etwas nicht stimmte, eilte zur Trennscheibe und aktivierte die Sprechanlage.

«Dr. Okun, können Sie mich hören? Wenn Sie mich hören können, sagen Sie etwas, damit wir wissen, daß mit Ihnen alles in Ordnung ist.»

Keine Antwort. Nur die Dampfwolke waberte hinter der Scheibe. Mitchell wandte sich an den Präsidenten.

«Sir, da ist eine ...»

Wamm! Okuns blutüberströmter Körper krachte gegen die Scheibe. Um seinen Hals hatte sich ein dickes, zuckendes Tentakel geschlungen. Man konnte nicht erkennen, ob er tot war oder noch lebte.

Von der Dampfwolke verborgen, preßte der Außerirdische Okuns Gesicht so brutal gegen die Scheibe, daß es sich verzerrte. Okuns Lippen bewegten sich und formulierten etwas, doch es war nicht seine Stimme, die da sprach. Die Worte waren kaum verständlich, es hörte sich an, als brächte ein Todesröcheln ein letztes Mal die Stimmbänder zum Schwingen.

«Massmichbrei, Massmichbrei» krächzte die Stimme.

«Wir müssen ihn da rausholen», brüllte Mitchell. «Ich geh rüber und mach die Tür auf.»

«Bleiben Sie, wo Sie sind», befahl Generel Grey und trat näher an die Scheibe heran.

«Dr. Okun, können Sie mich hören?»

Wieder bewegten sich Okuns Lippen, und dieses Mal waren die Worte besser verständlich.

«... bringt mich um ... laßt mich frei ... sofort ...»

Grey und die anderen begannen, die Situation zu erfassen. Der Außerirdische benutzte Okun als Sprachrohr, er kontrollierte Okuns Körper wie ein Bauchredner seine Puppe. Der Formaldehydbehälter hatte sich selbsttätig abgeschaltet, und die Ventilation saugte den Dampf ab, so daß langsam erkennbar wurde, woher das Tentakel kam, das Okun an die Scheibe preßte. Es führte zur Decke, wo die Kreatur hing und heftig am Gitter eines Lüftungsschachtes zerrte, hinter dem es einen Fluchtweg vermutete. Doch das Gitter hielt, und so ließ sich das Monster zu Boden fallen und bewegte sich durch den wogenden Dampf auf die Scheibe zu. In der Mitte des Raumes blieb es zuckend stehen. Seine Umrisse waren nur schemenhaft zu erkennen.

Was die Tentakel anging, so hatte Okun nur zur Hälfte recht gehabt. Die Kreatur im Innern der Rüstung verfügte über keine entsprechenden Gliedmaßen, um sie zu steuern. Sie zappelten und baumelten unkontrolliert herum, bis der Außerirdische sie durch die Kraft seiner Konzentration seinem Willen unterwarf. Dann wurden sie zu seiner bevorzugten Waffe, mit der er von Geburt an umzugehen gelernt hatte.

Whitmore und seine Begleiter sahen den gespaltenen Schädel und die aufgetrennte Brust leblos links und rechts des starren

Rückgrats herabhängen. Das Wirtstier schien in der Tat ausgeweidet und vom Bauch bis zur Schädeldecke aufgeschlitzt worden zu sein, um eine Art kapuzenhafter Panzerung für die Kreatur in seinem Innern zu schaffen.

Noch einmal knallte sie Okuns schlaffen Körper gegen die Scheibe und benutzte wieder dessen Sprechwerkzeuge, deren Funktionsweise es sich offenbar schnell zu eigen machte.

«Laßt mich frei», kam es laut und deutlich über Okuns leblose Lippen.

Whitmore näherte sich der Scheibe.

«Weshalb seid ihr hergekommen? Was wollt ihr?»

Die pulsierende Schädeldecke des Außerirdischen tauchte zwischen den Hüftgelenkpfannen des Panzers auf. Schwarze Augen musterten die Umgebung. Dann erhob sich die Kreatur mit einem hörbaren Schmatzen aus dem unteren Teil seine Rüstung und starrte seine Bezwinger an. Unter einer dicken, transparenten Schleimschicht war deutlich die gelblich schimmernde Haut zu erkennen. Die großen, erschrockenen Augen erweckten den Eindruck eines von Natur aus scheuen Tieres, das von Feinden umringt ist.

Plötzlich schnappte Okun unter dem Bann der Kreatur nach Luft.

«Luft, Wasser. Nahrung. Sonne.»

«Ja, das alles haben wir», antwortete Whitmore durch die Sprechanlage. «Sag mir, woher kommt ihr, wo ist eure Heimat?»

«Hier», kam es langsam zurück. «Unsere neue Heimat.»

«Und vorher? Wo kommt ihr her?»

«Viele Welten.»

«Wir haben ausreichend Luft, Wasser und Sonne. Wir könnten sie mit euch teilen. Können wir einen Waffenstillstand aushandeln? Könnt ihr mit uns koexistieren?» Whitmore erhielt keine Antwort, aber er gab nicht auf. «Kann es Frieden zwischen uns geben?»

Einer seiner Berater flüsterte ihm zu, daß dem Ding der Begriff Frieden möglicherweise fremd sei. Deshalb suchte er einen anderen Zugang.

«Was wollt ihr? Was wollt ihr von uns?»

Der Außerirdische beantwortete die Frage, doch diesmal benutzte er nicht die unzulängliche Sprache der Menschen, um sich mitzuteilen. Es äußerte sich in seiner natürlichen Sprache, ohne Ton, ohne Gestik, ohne Emotionen. Vielleicht begann das Thiopental zu wirken, vielleicht hatte die Kreatur aber auch die Gedanken der Menschen gelesen und begriffen, daß es kein Entkommen gab. Sie begann in rasendem Tempo, telepathisch mit Whitmore zu kommunizieren, und zwar in einer Sprache, die aus Bildern und Sinneseindrücken bestand. Mit atemberaubender Geschwindigkeit nahm es Whitmore auf eine virtuelle Reise durch sein Gedächtnis mit. Der Informationsfluß war für Whitmores Synapsenkapazität zu schnell. Der Präsident stürzte rücklings zu Boden, griff sich an die linke Schläfe und schrie vor Schmerzen.

Binnen weniger Sekunden raste er durch Schlachten, die sich auf anderen Planeten zugetragen hatten, erfuhr, wie die Außerirdischen Planet um Planet erobert hatten, wie sie heuschreckengleich einen Ort nach dem anderen heimgesucht, die Umgebung kahlgefressen und sich vermehrt hatten, bis die Ressourcen erschöpft waren. Dann waren sie mit dem erforderlichen Proviant an Bord ihres Mutterschiffes zurückgekehrt und hatten sich auf den Weg zu den nächsten Weidegründen gemacht. Während der langen Reisen fielen die Wesen in einen tiefen Schlaf, aus dem sie ausgehungert erwachten, sobald sie sich dem neuen Ziel näherten, bereit, ihre kriegerischen Eroberungen fortzusetzen.

Whitmore begriff, das es keine Gnade geben würde. Der Außerirdische wußte nicht einmal, was Gnade war; sie war ihm so fremd wie den Menschen das Mitleid mit Schädlingen. Für die Außerirdischen waren die Menschen Ungeziefer, unnützes Geschmeiß, das vernichtet werden mußte. Und das war ihr Plan. Sie wollten die Menschheit vom Antlitz der Erde fegen. Das Ziel ihrer ersten Angriffswelle bestand darin, die großen Nester der Menschen auszuräuchern, ihre Verteidigungssysteme zu zerstören und Brückenköpfe zu bilden, von denen aus sie ihre Kolonisierung beginnen konnten. Dann würden sie viele Jahre hier leben, sich vermehren und neue Werkzeuge entwickeln, bis es Zeit wurde, stärker und zahlreicher zu ihrem nächsten Ziel aufzubrechen.

«Erschießt es», brüllte Grey.

Mitchell und die beiden Leibwächter des Präsidenten wirbelten herum und feuerten, bis ihre Magazine leer waren. Die Kugeln zerfetzten den zerbrechlichen weißen Körper des Außerirdischen, verteilten ihn über den Panzer seiner Rüstung, wo er dicke, schleimige Spuren hinterließ. Die Rüstung fiel krachend auf die feuchten Fliesen. Beide Kreaturen waren tot. Okun rutschte an der zerschossenen Scheibe herunter und brach zusammen.

Whitmore lag schwer atmend am Boden. Er war benommen und desorientiert. Als er sich aufsetzte, hielt er sich immer noch den schmerzenden Schädel.

«Zurück», knurrte Grey. «Laßt dem Mann Raum zum Atmen.»

«Wollte, daß ich verstehe ... kommunizierte mit mir», murmelte der Präsident. «Sie sind wie Heuschrecken, sie reisen von einem Planeten zum anderen. Ihre gesamte Zivilisation. Wenn sie alles kahlgefressen haben und sämtliche natürlichen Ressourcen erschöpft sind, ziehen sie weiter.»

Als tauche er aus einem Alptraum auf, saß Whitmore am Boden und versuchte, seine Eindrücke zu ordnen. Er wollte den anderen alles erklären, doch dafür war keine Zeit, denn es konnte nur eine Schlußfolgerung geben. Mühsam erhob er sich und wandte sich an Grey.

«General, bereiten Sie einen koordinierten Atomschlag vor. Ich will, daß jedes ihrer Schiffe mit einem nuklearen Sprengkopf angegriffen wird. Und zwar sofort.»

Grey schaute dem Präsidenten in die Augen, um sich zu vergewissern, daß dieser wußte, was er sagte. Der Fallout dieser gewaltigen Menge von Atomexplosionen würde dem Planeten und all seinen Geschöpfen schwersten Schaden zufügen. Doch als er feststellte, daß Whitmore bei klarem Verstand war, nickte er.

«Es wird einige Zeit dauern. Vielleicht eine Stunde.»

Dann verließ er mit der Last des ihm anvertrauten Befehls den Raum. Auf dem Weg zur Kommandozentrale mußte er an Nimziki vorbei, der bis dahin geschwiegen hatte. Als Grey an ihm vorüberging, verzog sich Nimzikis Gesicht zu einem höhnischen Grinsen. *Hab ich's dir nicht gesagt.*

Für die Menschen draußen vor dem Hangar war Steve Hiller ein Held. Außerdem war er einer von ihnen, einer, mit dem sie reden konnten. Die Wachen am Hangareingang waren unfreundlich und wortkarg. Für sie war die Trailerkarawane ein unwillkommener Störfaktor. Ihre Befehle lauteten, die Leute mit frischem Wasser zu versorgen und sie jeweils paarweise die Toiletten benutzen zu lassen, was zur Folge hatte, das in den Büschen ringsum reger Verkehr herrschte. Es war bereits dunkel, als Steve die Anlage verließ. Den Wachen erzählte er, er wolle im Auftrag von Dr. Issacs nach dem kranken Jungen sehen. Doch Steve schaffte es nicht bis zum Trailer der Casses. Etliche Leute, die in der Schlange vor dem Hangar darauf warteten, die Toiletten benutzen zu dürfen, erkannten ihn und begleiteten ihn auf den provisorischen Campingplatz, und Steve mußte auf dem Weg durch das Labyrinth zahllose Hände schütteln und jede Menge Fragen beantworten. Die Fragen waren immer wieder die gleichen. War der Außerirdische noch am Leben? Würden die Raumschiffe hier auftauchen? Warum ließ man sie nicht hinein? Wieso mußten sie hier draußen wie lebendige Zielscheiben kampieren? Steve mußte versprechen, den Kommandanten zu fragen, ob man sie nicht hereinlassen könne. Er ging von Trailer zu Trailer, lächelte und hörte zu. Aber er war nicht herausgekommen, um sich unter die Leute zu mischen. Sein Augenmerk war auf ein Paar Hueys gerichtet, zwei fette graue Transporthubschrauber, die etwa einhundert Meter vom Lager entfernt vor einem anderen Hangar standen. Steve beobachtete sie eine Weile und kam zu dem Schluß, daß sie nicht bewacht wurden. Dann entschuldigte er sich und marschierte über das Rollfeld, als wäre er in offizieller Mission unterwegs. Er hatte erwartet, von einer Wache über Megaphon angerufen zu werden, doch zu seiner Überraschung erreichte er unbehelligt die Maschinen. Er kletterte ins Cockpit und schaltete die Systeme ein. Der Hubschrauber hatte ausreichend Treibstoff, also schaltete er die Triebwerke ein. Doch kaum hatten sich die beiden Rotoren heulend in Bewegung gesetzt, blickte Steve in den Lauf eines M-16.

«Was machen Sie da? Kommen Sie sofort heraus!»

Der Gefreite am anderen Ende des Gewehrs sah keinen Tag älter als achtzehn aus. Er trug einen Tarnanzug, und sein viel zu großer Helm paßte ihm wie ein alter Nachttopf. Obwohl er die Waffe besaß, war klar, wer vor wem Angst hatte. Steve beschloß, es darauf ankommen zu lassen. Er langte hinter sich, zog den Sicherheitsgurt heraus und schnallte sich an.

«Captain Hiller, Marine Corps. Ich muß mir mal eben euren Chopper borgen.»

«Sie können nicht einfach ...» Der Junge sah sich hilfesuchend um, aber sie waren allein. «Einen Teufel werden Sie ..., Sir.»

Steve schätzte die Chancen, daß der Junge schoß, auf fifty-fifty. Er beschloß, es zu riskieren. Er griff zur Decke, schaltete die Scheinwerfer ein und machte die Maschine startklar.

«Soldat!» brüllte er über den Lärm der Rotorblätter hinweg, deren Luftstrom den Helm des Jungen hin und her hüpfen ließ. «Ich weiß, du willst mich nicht erschießen, aber wenn du meinst, du müßtest es tun, dann tut's jetzt, weil ich sonst weg bin.»

Der Junge sah ihn einen Augenblick lang sprachlos an. Dann brüllte er, ohne die Mündung zu senken: «Ich werde mir jede Menge Ärger einhandeln, Captain.»

«Den haben wir beide sowieso schon am Hals.»

Aus der Richtung des Haupthangars kam ein Jeep über das Rollfeld auf sie zugerast.

«In ein paar Stunden bin ich zurück, dann kann ich alles erklären.»

Gleich darauf erhob sich der schwere Vogel in die Lüfte und ratterte nach Westen.

Die Nachricht von Whitmores Entscheidung, einen Atomschlag zu führen, verbreitete sich wie ein Lauffeuer durch den unterirdischen Komplex und löste bestürztes Schweigen aus. Die Arbeiten kamen zum Stillstand. Überall bildeten sich kleine Grüppchen. Die meisten Leute hockten schweigend auf dem Boden und ergaben sich in ihr Schicksal. Keiner war über die Entscheidung glücklich, doch es wußte auch niemand eine Alternative. Man konnte nur noch abwarten.

Mit den Tränen kämpfend, schlüpfte Connie aus der Kommandozentrale, wo Whitmore sich an einen Tisch gesetzt hatte und nervös mit den Fingern trommelte, während der Atomschlag vorbereitet wurde. Sie gelangte in den hallenden Hangar, in dem das feindliche Raumschiff stand. Hinter einer Reihe von Fenstern entdeckte sie David, der in einer Bürozelle ruhelos auf und ab ging und Selbstgespräche führte. Sie stieg die Treppe zu dem Büro hinauf und stellte fest, daß er nicht mit sich selbst redete, sondern mit einer Flasche Scotch, die er in einem der Aktenschränke gefunden hatte.

«Ich nehme an, du hast es bereits gehört», sagte sie und schloß die Tür hinter sich.

«Oh, Miss Spano, Sie kommen gerade zur rechten Zeit.» Seine Stimme war zu laut. Er war bereits betrunken. Er schwenkte die Flasche und erklärte: «Einen Toast. Ich möchte einen Toast auf das Ende der Welt ausbringen.» Er warf den Kopf in den Nacken und nahm einen tiefen Schluck, bevor er ihr die Flasche anbot.

«Er hat sich die Entscheidung nicht leichtgemacht, David.» Sie fühlte sich schuldig, als wäre sie in seinen Augen Whitmores Komplizin.

«Connie, Schätzchen, laß gut sein. Du willst mir doch nicht sagen, daß du immer noch an diesen Kerl glaubst.»

«Er ist ein guter Mann.»

«Das muß er wohl sein», lachte David, ließ sich in einen Drehsessel fallen und fing an, sich im Kreis zu drehen. «Immerhin hast du seinetwegen ein Juwel wie mich verlassen. Nein. Entschuldige bitte. Nicht seinetwegen. Deiner *Karriere* wegen.»

Obwohl David sich so niederträchtig benahm, wollte Connie

sich rechtfertigen. «Es ging nicht nur um meine Karriere, David. Das war die Chance meines Lebens. Die Möglichkeit, etwas Sinnvolles zu tun, meinem Leben einen Sinn zu geben.»

«Und ich war eben nicht ehrgeizig genug für dich», erwiderte David gelassen. Der Gedanke hatte jahrelang an ihm genagt und ihn fast aufgefressen, doch mit einmal war es fast zum Lachen. «Ich hab meinen Arsch nicht hochgekriegt und war zu träge, mit dir die Karriereleiter hochzuklettern.»

«Du hättest alles machen können, wozu du Lust gehabt hättest», schrie sie ihn an. «Forschung, Lehre, Industrie. Bei deinem Talent.»

David zog eine Grimasse und imitierte die allzu bekannten Vorwürfe. «O ja, dieser David Levinson, so ein Potential, und was macht er daraus, arbeitet für so eine blöde Kabelgesellschaft. Läßt sein Gehirn einfach vertrocknen. Was für eine Verschwendung.» Es kotzte ihn an. «Was ist so schlimm daran, wenn man mit dem zufrieden ist, was man hat?»

«Aber hast du dir nie gewünscht, etwas anderes zu tun? Etwas Wichtigeres? An etwas Besonderem, etwas Bedeutendem beteiligt zu sein?»

Diese Worte trafen David mitten auf den vom Scotch bereits angeschlagenen Magen. Mit waidwunden Augen starrte er Connie an und sagte ihr die einfache Wahrheit.

«Ich dachte, ich *wäre* an etwas Besonderem beteiligt gewesen.»

Plötzlich fiel es ihr wie Schuppen von den Augen. Immer wenn sie über ihre Karriere geredet hatte, hatte er an ihre Ehe gedacht. Sie merkte, daß sie ihn verletzt hatte. Er kam zu ihr und holte sich die Flasche zurück.

«Wenn es dir noch was bedeutet», sagte sie leise, «ich habe nie aufgehört, dich zu lieben.»

«Aber das war nicht genug, stimmt's?» fauchte er sie an. Er ließ sich wieder in den Sessel fallen und nahm einen kräftigen Schluck.

In diesem Moment erkannte Connie, weshalb sie nach ihm gesucht hatte. Sie wollte sich mit dem Mann versöhnen, den sie noch immer liebte. Tief in ihrem Innern hoffte sie, angesichts des unausweichlich scheinenden Todes könnten sie einander vergeben, ihren Zorn begraben und einander Geborgenheit schenken. Doch statt dessen hatte sie dieses wutschnaubende, giftspritzende Kind angetroffen. Wie so häufig während ihrer Beziehung reagierte David auf Konflikte, indem er sich zurückzog. In sich selbst, in seine Arbeit oder was immer sich in Reichweite befand. Heute abend war es eine Flasche Johnny Walker.

Sie ließ ihn in seinem Sessel kreisend sitzen, ging mit Tränen in den Augen hinaus und schloß leise die Tür hinter sich.

Grey gelang es, den Atomschlag in weniger als einem Viertel der geplanten Zeit vorzubereiten. Als er in die Kommandozentrale zurückkehrte, stellte er erleichtert fest, daß die militärischen Funk- und Radarsysteme dank einiger kluger Köpfe in San Antonio teilweise wiederhergestellt waren. Den rings um die Stadt verteilten Air-Force-Stützpunkten war es gelungen, zwei Dutzend AWACS-Maschinen in die Luft zu bringen, die nun über die USA verteilt ihre Kreise zogen. Die riesigen Aufklärungsflugzeuge, deren Markenzeichen, die großen Radarschüsseln, sich unablässig drehten und Informationen an das hochkomplizierte Überwachungssysten in ihrem Inneren lieferten, hatten die Aufgaben der Kommunikationssatelliten übernommen, die diese jahrzehntelang zuverlässig erfüllt hatten. Die Mehrkanal-Relaisstationen der AWACS ermöglichten es den Streitkräften, ihre Verbindungen wiederaufzunehmen. Eine der ersten Nachrichten, die übermittelt wurden, stammte von Areal 51. Simultane Atomschläge sollten gegen alle über Amerika schwebenden Raumschiffe geführt werden.

Binnen weniger Minuten befand sich ein Quartett von Stealth-Bombern in der Luft und flog die Ziele an. Sie flogen «unsichtbar», das heißt, ihre Radarabwehr war aktiviert, aber die eigenen Funkverbindungen waren abgeschaltet, damit sie von den Städtezerstörern nicht entdeckt wurden, ehe sie in Schußweite waren. Als die Nachricht eintraf, daß die B-2 sich in der Luft befänden, wurde der Präsident gerade auf der Sanitätsstation von Dr. Issacs untersucht. Ohne zu zögern, stieß Whitmore den Arzt beiseite und eilte in die Kommandozentrale.

«Welches der Ziele werden wir zuerst erreichen?» fragte er, als er durch die Tür stürmte.

Ein Offizier wandte sich von seinem Monitor ab. «Das Schiff, das sich Houston nähert. Voraussichtliche Ankunftszeit sechs Minuten. Wir können es nicht mit Gewißheit sagen, weil unsere B-2 blind fliegen.»

Whitmore überlegte einen Augenblick, dann entschloß er sich, seine Pläne zu ändern.

«Wecken Sie die B-2 auf. Ich will sichergehen, daß wir alle auf demselben Stand sind.»

Der Offizier wandte sich wieder seinem Monitor zu und gab den Code ein, der automatisch die Funkverbindung zu den B-2 wiederherstellte. Augenblicklich ortete das Radar deren Positionen, und die vier Maschinen erschienen als blinkende Punkte auf den Schirmen. Die Maschine mit Kurs auf Houston war ihrem Ziel deutlich am nächsten.

«Okay, ich will folgendes», begann Whitmore zu erklären. «Ein Schiff, eine Bombe. Zuerst sehen wir uns mal an, was in Houston passiert. Vielleicht erwischen wir das Schiff ja, ehe es Houston erreicht. Wenn wir Erfolg haben, machen wir weiter und nehmen auch die anderen unter Beschuß.»

Er blickte zu Grey, der stirnrunzelnd einen Computerausdruck las.

«General, gibt es Nachricht von unseren Verbündeten?»

Gleichzeitig mit der Genehmigung des Atomschlags hatte der Präsident versucht, die anderen Nationen von ähnlichen Maßnahmen abzuhalten. Die Interkontinentalraketen waren in vielen Ländern darauf programmiert, automatisch auf die Radarmeldung eines Atomraketenstarts zu reagieren, und das letzte, was die Erde gebrauchen konnte, war eine Kettenreaktion computergestarteter Atomraketen.

«Wir haben die Zusage der meisten unserer Freunde. Sie wollen unsere Resultate abwarten», antwortete Grey. «Aber ich glaube, wir schaffen es nicht mehr, Houston zu retten.»

«Das ist bestätigt, Sir», meldete sich eine Stimme von den Monitoren. «Das feindliche Schiff befindet sich bereits über der Stadt.»

Der Präsident verzog keine Miene. Er wußte, Houston war so oder so verloren. Er gab den Befehl an die anderen B-2, erst zu feuern, wenn die Auswirkung der Bombe auf das Schiff über Houston abgeschätzt werden konnte.

Grey hatte angeordnet, Beobachtungsposten in gepanzerten Fahrzeugen im unmittelbaren Umkreis des Explosionsgebiets zu stationieren. Außerdem kreiste eine AWACS-Maschine in großer Höhe über dem Golf von Mexiko.

Die Einwohner von Houston hatten keine Zeit verloren. Trotz einer Vorwarnzeit von nur wenigen Stunden war die Stadt zu neunzig Prozent evakuiert, als die Erde unter dem herannahenden Schiff zu beben begann. Doch die Evakuierung war nicht ohne Opfer vor sich gegangen. Zweitausend Menschen hatten den Tod gefunden, und zahllose weitere waren verletzt worden, als die Flüchtenden alles, was sich ihnen in den Weg stellte, niedergetrampelt oder mit ihren Fahrzeugen überfahren hatten. Ähnliche heillose Fluchtbewegungen gab es auch in Kobe, Brüssel, Portland, Chicago und anderen Großstädten, die als potentielle Ziele der feindlichen Schiffe galten.

Whitmore bat um einen Augenblick des Schweigens. Nachdem er ein kurzes Gebet geflüstert hatte, befahl er den Atomschlag mit einem schlichten Kopfnicken.

«Mögen uns unsere Kinder vergeben.»

Die Luken der B-2 öffneten sich und entließen den vier Meter langen Marschflugkörper. Eine kurze Zeit lang flog er parallel zu dem fledermausartigen Bomber, während die Ortungssysteme in seiner Nase den Horizont abtasteten und seine Telemetrie konfigurierten. Eine Sekunde später schoß er vorwärts, zu seinem Rendezvous mit dem Schutzschirm des gigantischen Schiffes.

«Gefechtskopf ist ausgesetzt», berichtete der Pilot. Er drehte ab und versuchte, soviel Abstand wie möglich zwischen sich und die bevorstehende Explosion zu bringen.

In der Kommandozentrale hielten alle den Atem an und verfolgten den Kurs des Marschflugkörpers auf den Radarschirmen.

Wie geplant, näherte er sich dem Schild über dem Schiff, um den Schaden für die Stadt darunter so gering wie möglich zu halten.

Von dem AWACS-Aufklärer aus war eine gewaltige Explosion ultrahellen Lichts zu beobachten, dann verdampften die Vorstädte von Houston; ihre Gebäude wurden von der freigesetzten Energie weggefegt wie Schilfrohr von einer plötzlichen Sturmbö. Die Zerstörung breitete sich mit atemberaubender Geschwindigkeit in konzentrischen Kreisen aus. Binnen Sekunden war alles vorbei, und das ganze Gebiet war in eine dichte Rauchwolke gehüllt. Ein riesiger Atompilz erhob sich und schwebte in den Himmel. In der Kommandozentrale wurde die Explosion nur als leichtes Flimmern wahrgenommen, als eine kurze atmosphärische Störung, die über Südtexas hinwegzog, doch niemand litt unter dem Verlust unschuldiger Menschenleben mehr als die Männer und Frauen in diesem Raum. Whitmore und sein Stab standen mit gequälten Mienen da und warteten ab.

Minuten später brach der AWACS-Pilot die Funkstille.

«Unglücklicherweise sieht es so aus, als befände sich unser Ziel noch immer in der Luft.»

Die Besatzung der Kommandozentrale stöhnte kollektiv auf. Nach vierundzwanzig Stunden kontinuierlicher Enttäuschungen war dies hier wohl die schlimmste. Dies war die letzte Verteidigungslinie der Menschheit gewesen, die letzte Möglichkeit, die Invasoren zurückzuschlagen.

«Jawohl, bestätigt, Sir», fuhr der Pilot fort. «Wir haben jetzt klare Sicht. Das Ziel macht einen unversehrten Eindruck und befindet sich nach wie vor über Houston. Mein Gott, die haben nicht einmal einen Kratzer abbekommen.»

«Rufen Sie die anderen Flugzeuge zurück», sagte Whitmore leise.

Nimziki wollte es nicht glauben. «Die anderen Bomber könnten mehr Glück haben», wandte er ein. «Eines der Schiffe ist auf dem Weg nach Chicago. Wir haben noch genügend Zeit, es abzufangen und mit Mehrfachsprengköpfen zu beschießen. Wir können nicht einfach so aufgeben!»

«Ich sagte, rufen Sie sie zurück.»

Der Präsident sank auf einen Stuhl und starrte an die Decke. Der Fehlschlag hatte ihn davon überzeugt, daß es keine Möglichkeit gab, die Außerirdischen an der Landung zu hindern. Plötzlich hatte er das Gefühl, daß ihnen noch jede Menge Zeit blieb. Irgendwie wußte er aus seinem telepathischen Kontakt mit dem gefangengenommenen Außerirdischen, daß sie Jahre brauchen würden, um die gesamte Bevölkerung von ihrem Mutterschiff auf die Erde zu verfrachten. Im Lichte dessen, was soeben über Houston geschehen war, schien es an der Zeit, ihre Strategie zu überdenken und, statt die Außerirdischen weiter zu bekämpfen, über Wege nachzusinnen, wie man einer Invasion Widerstand leisten konnte. Whitmore sah nur eine einzige logische Handlungsmöglichkeit: Sie mußten abwarten, bis die Fremden ihre Kolonien errichtet hatten, und dann die Welt in die Luft jagen. Die Menschheit würde gnadenlos ausgemerzt werden, soviel wußte er. *Wenn wir Glück haben,* so sagte er sich, *können wir sie mit uns ins Verderben reißen.*

Gegen den Schlaf ankämpfend, betrachtete Jasmine die glühende Asche des Lagerfeuers. Sie war vollkommen erschöpft, doch zu viele Gefahren lauerten in der Dunkelheit, als daß sie gewagt hätte, die Augen zu schließen. Neben ihr lag Marilyn Whitmore ruhig atmend auf ihrem provisorischen Lager. Der Stumme war nicht mehr so stumm wie zuvor. Er schnarchte, als würde er dicke Baumstämme zersägen. In weiter Entfernung hörte Jasmine einen Hubschrauber rattern. Sie fragte sich, ob es richtig gewesen war, die First Lady von der Absturzstelle zu entfernen. Es war gut möglich, daß der Hubschrauber nach Marilyn suchte. Ihr Entschluß, nach El Toro zu kommen, erschien ihr plötzlich als schrecklicher Fehler, zumal sie unterwegs des öfteren gewarnt worden war. Sie hätte Marilyn sofort in ein Krankenhaus bringen müssen, doch dazu war es jetzt zu spät. In ihrer Hast, Steve zu finden, hatte sie die Scheinwerfer des Pick-ups zertrümmert, als sie durch Schutthaufen gefahren war, die ihr den Weg versperrten, und ohne Licht würde sie in der Dunkelheit nicht weit kommen.

Der Hubschrauber kam näher. Er suchte die Gegend mit einem Suchscheinwerfer ab. Doch erst, als er kaum mehr eine halbe Meile entfernt war, begann Jasmine zu hoffen, er könnte ihr kleines Lager finden. Sie nahm einen Zweig und stocherte in der Asche. Funken stoben auf. Die anderen erwachten und sahen den Chopper mit aufgeblendetem Scheinwerfer auf sie zufliegen. Jasmine sprang auf, winkte mit den Armen und deutete auf Mrs. Whitmore. Zu ihrer aller Überraschung landete der Hubschrauber in nicht allzu großer Entfernung. Jasmine lief auf ihn zu, um Hilfe zu holen. Als sie sah, wer den olivgrünen Vogel flog, brach sie in Tränen aus und lachte gleichzeitig vor Freude. Überglücklich legte sie die letzten Meter zurück, sprang durch die Luke und landete in Steves Armen. Sie bedeckte ihn mit Küssen, dann brüllte sie, den Lärm der Rotorblätter übertönend: «Du bist spät dran!»

«Ich wußte doch, wie sehr du dramatische Auftritte liebst», brüllte er zurück und grinste.

Steve holte eine Trage und brachte Marilyn zusammen mit dem Stummen in den Hubschrauber, um sie zum Areal 51 zu fliegen, obwohl es nicht so aussah, als würde sie lange genug leben, um ihren Mann wiederzusehen. Sie hustete wieder und spuckte Blut.

Steve rief Dylan zu, er solle mit Boomer einsteigen, dann zog er den Stummen zu sich heran und sagte: «Wir haben noch einen Platz frei, Kumpel. Willst du 'nen Freiflug nach Nevada?»

Als der Mann verneinend den Kopf schüttelte, zuckte Steve mit den Schultern. «Wie du willst. Laß uns abhauen, Jas.»

Als Jasmine an dem Stummen vorbei zum Hubschrauber ging, fragte sie: «Kommen Sie nicht mit?»

Der Stumme schaute sie nur mit traurigen Augen an und deutete auf die Verwundeten, die sie im Lauf des Tages aufgesammelt hatten. Er wollte sie nicht im Stich lassen. Sie gab ihm die Wagenschlüssel und sagte ihm, wo die Vorräte versteckt waren. Bevor sie sich zum Hubschrauber wandte, schaute sie ihm noch einmal in die Aguen.

«Hey, mein Name ist Jasmine Dubrow. Wie heißen Sie?»

Der Mann schaute sie an, als verstünde er nicht.

«Komm jetzt, Jas. Wir müssen los!» rief Steve, und so riß sie sich los, lief zum Hubschrauber, sprang hinein und schnallte sich fest. Als sie aufstiegen, sah sie zu, wie der Mann unter ihnen kleiner und kleiner wurde und schließlich verschwand.

Dr. Issacs fühlte sich wie ein Marathonläufer kurz vor dem Zusammenbruch. Dreißig Stunden ununterbrochenen Dienstes begannen, ihren Tribut zu fordern. Hohlwangig und mit blutunterlaufenen Augen untersuchte er Mrs. Whitmore, das Gesicht zu einem krampfhaften Lächeln verzogen. Als er feststellte, daß sie eingeschlafen war, erstarrte seine Miene wieder zu einer fahlen Maske. Kurz darauf sah er, wie der Präsident mit einem kleinen Mädchen auf dem Arm den Gang heruntergetrabt kam. Hinter ihm versuchten Connie und ein Secret-Service-Agent, Schritt zu halten.

«Wie geht es ihr?»

Issacs sah den Präsidenten mit einem Blick an, der alles sagte. Dann wandte er sich an das Mädchen und sagte: «Ich wette, du bist Patricia Whitmore.»

«Oh, woher weißt du das?» Die Sechsjährige war immer erstaunt, wenn fremde Leute ihren Namen kannten.

«Weil deine Mommy da drin ist und dich sehen will. Aber du mußt versprechen, daß du sehr behutsam mit ihr bist, okay? Sie ist sehr krank.»

Kaum daß der Präsident sie abgesetzt hatte, flog sie um die Ecke, als hätte sie kein Wort verstanden.

«Es tut mir leid, Mr. President», sagte Issacs. «Wenn wir sie früher gefunden hätten, dann vielleicht. Sie hat innere Blutungen. Aber selbst wenn wir sie sofort hätten bergen können, bin ich nicht sicher, ob ... Wir können nichts mehr für sie tun, Sir.»

Der Präsident legte eine Hand auf Issacs' Schulter, dann richtete er sich auf und stieß die Schwingtüren auf.

«Oh, mein Goldschatz!» Marilyn Whitmore bemühte sich, ihre Tochter in den Arm zu nehmen. Sie sah schwach aus, aber nicht so, als würde sie mit dem Tod ringen.

Patricia, der wieder einfiel, daß sie behutsam sein sollte, tätschelte vorsichtig den Bauch ihrer Mutter. «Mommy, wir hatten solche Angst. Wir wußten nicht, wo du bist.»

«Ich weiß, Kind. Es tut mir ja so leid. Aber jetzt bin ich bei dir.»

Issacs bedeutete den Pflegern, das Zimmer zu verlassen. Als sie alle draußen waren, trat Whitmore an das Bett und kniete neben Patricia nieder.

«Schätzchen, warum wartest du nicht draußen, damit sich deine Mommy ein wenig ausruhen kann.»

Widerstrebend gab das Kind seiner Mutter einen Kuß und ging zu Connie nach draußen. Sobald ihre Tochter das Zimmer verlassen hatte, bröckelte Marilyns tapferes Lächeln dahin. Tränen traten ihr in die Augen, und sie wimmerte vor Schmerz. Sie griff nach der Hand ihres Mannes.

«Ich hab solche Angst, Tom», flüsterte sie tränenüberströmt.

«Davon will ich nichts hören», versuchte Whitmore tapfer, sie aufzumuntern. «Der Arzt ist optimistisch, er sagt, du schaffst es.»

Sie lächelte und verdrehte die Augen. «Du Lügner», sagte sie und drückte seine Hand, so fest es ihre schwindenden Kräfte zuließen. Dann schmiegten sie sich aneinander und weinten. Sie weinten, küßten sich und schauten sich in die Augen, bis Marilyn Whitmore zum letztenmal einschlief.

Als der Präsident das Zimmer verließ, war sein Gesicht aschfahl, und seine Augen waren blutunterlaufen. Ein paar Leute standen in respektvollem Abstand auf dem Flur und warteten auf einen geeigneten Augenblick, ihre Fragen an ihn zu richten. Sie benötigten seine Zustimmung zu Kommuniqués, die Genehmigung von Truppenbewegungen – Entscheidungen, wie sie ein Präsident täglich tausendfach treffen mußte. Doch der Mann, der jetzt den Flur hinunterkam, fühlte sich überhaupt nicht wie ein Präsident. Vom Kummer überwältigt, sah er sich nicht in der Lage, irgendeine Führungsaufgabe zu übernehmen. Wortlos drängte er sich durch die Menge, bis er auf Jasmine stieß. Noch ehe er seine Stimme wiederfand, hatte sie seine Hand ergriffen.

«Es tut mir leid», sagte sie, «es tut mir ja so leid.» Sie plagte sich noch immer mit Schuldgefühlen, weil sie es versäumt hatte, Marilyn rechtzeitig zu einem Arzt zu bringen.

Whitmore schüttelte den Kopf. «Ich möchte Ihnen nur meinen Dank dafür aussprechen, daß Sie sich um sie gekümmert haben. Sie hat es mir erzählt. Sie scheinen eine sehr tapfere Frau zu sein.» Dann wandte er sich an Steve und brachte ein schwaches Lächeln zustande. «Und Ihnen auch. Danke, daß Sie mich ihr adieu sagen ließen.»

Patricia war ihrem Vater gefolgt. «Schläft Mommy jetzt?»

Er beugte sich hinab und nahm seine Tochter auf den Arm. Er spürte, daß er im Augenblick nicht die Kraft hatte, ihr alles zu erklären. Er drückte sie an sich und sagte nur: «Ja, mein Kind, Mommy schläft jetzt.»

Bis Connie endlich Julius aufgetrieben und ihn darum gebeten hatte, mit seinem Sohn zu sprechen, hatte David das kleine Büro in ein Katastrophengebiet verwandelt. Er benahm sich wesentlich betrunkener, als er tatsächlich war, hatte Stühle herumgeschmissen und den Kühlschrank in der Ecke umgeworfen. Durch die Glasscheibe konnte Julius sehen, wie er drinnen herumtobte, und er betrat eilig das Büro.

«David! David! Was zum Teufel machst du da? Hör auf!»

Zum Glück ging David die Luft aus, und er hielt lange genug inne, um seinem Vater sein Verhalten zu erklären. «Was glaubst du wohl, was ich mache? Ich richte eine Verwüstung an.»

«Das seh ich selbst. Aber warum? Wozu soll das gut sein?»

«Wir müssen den Regenwald niederbrennen, Pops. Wir müssen unseren Giftmüll freisetzen!» Zur Untermauerung kippte er einen Papierkorb aus und warf ihn gegen die Wand. «Wir müssen die Luft verschmutzen. Die Ozonschicht zerstören. Vielleicht schaffen wir es, diesen Planeten so zu verseuchen, daß sie ihn nicht mehr haben wollen.» Er zielte sorgfältig auf einen Kaffeebecher, den jemand auf einem Regal hatte stehenlassen, und trat nach ihm. Er verfehlte ihn um Lichtjahre und landete mitten in seinem Müll auf dem Hintern.

Bewundernd betrachtete Julius das Werk, das sein Sohn vollbracht hatte.

«Bravo, da hast du ja schon mal saubere Arbeit geleistet. Dieses Büro ist offiziell verseucht. Damit spielt es keine Rolle mehr, ob mich die Marsmännchen erwischen, denn wenn ich die Rechnung für das hier kriege, werde ich sowieso an einem Herzschlag krepieren.»

Er ging zu seinem Sohn, der sich flach auf den Rücken gelegt hatte und mit hinter den Armen verborgenem Kopf jammerte. Julius schob den Müll etwas zur Seite und setzte sich neben ihn. Er vermutete, daß Davids Stimmung mehr mit Connie zu tun hatte, als dieser zugeben mochte. Er suchte nach den richtigen Worten.

«Hör zu, jeder verliert irgendwann einmal seinen Glauben. Nimm mich zum Beispiel. Seit deine Mutter gestorben ist, habe ich nicht mehr gebetet.»

Vom Geständnis seines Vaters überrascht, öffnete David ein Auge.

«Aber manchmal», fuhr der alte Mann nachdenklich fort, «muß man innehalten und sich ins Gedächtnis rufen, was das Leben einem geschenkt hat. Und dankbar sein.»

David schnaubte und versteckte sich wieder hinter seinen Armen. «Und wofür bitte sollen wir jetzt noch dankbar sein?»

«Nun, zum Beispiel für ...» Julius schaute sich suchend um. Da ihm nichts Vernünftiges einfiel, sagte er, was ihm gerade in den Sinn kam. «Deine Gesundheit, genau. Immerhin bist du noch kerngesund.»

Er wußte, daß dies ein ziemlich schwaches Argument war, und konnte es David nicht verübeln, daß er wieder zu jammern anfing. Trotzdem packte er ihn am Arm und zerrte ihn auf die Füße.

«Komm jetzt, laß uns sehen, wo wir eine Jacke und eine Tasse Kaffee für dich finden. Der Alkohol schwächt deine Abwehrkräfte. Ich will nicht, daß du dir einen Schnupfen holst.»

Widerstrebend ließ sich David aufhelfen. Dann blieb er, von einer plötzlichen Eingebung durchzuckt, stocksteif stehen. Ein Lächeln huschte über seine Lippen.

«Was hast du da eben gesagt?»

«Über den Glauben? Manchmal kann es ein ganzes Leben lang dauern, bis ...»

«Nein, danach. Was hast du dann gesagt?» David drehte sich um und starrte nach draußen auf die außerirdische Flugmaschine.

«Was? Daß du dir sonst einen Schnupfen holst?»

«Genau, Pops, das ist es. Erkältung. Schnupfen. Das Immunsystem ist geschwächt. So einfach ist das. Pops, du bist ein Genie!»

Julius schenkte ihm einen langen, verwunderten Blick und fragte sich, ob sein Sohn nun vollkommen übergeschnappt war.

Nachdem es Julius schließlich gelungen war, Connie davon zu überzeugen, daß David wirklich auf etwas Wichtiges gestoßen war und nicht nur betrunken daherschwatzte, war Connie zum Präsidenten gegangen und hatte ihn gebeten, in den Hangar zu kommen, weil David ihm etwas demonstrieren wolle, was mit der außerirdischen Kampfmaschine zu tun habe. Er behauptete, er habe einen Plan.

Die Gruppe versammelte sich auf der Beobachtungsplattform und wartete.

«Also gut, Miss Spano, was soll das alles?» wollte Nimziki wissen, der den Hangar schon ungeduldig betreten hatte.

«Ich habe wirklich nicht die leiseste Ahnung», erwiderte sie an alle gewandt. «Er wollte uns etwas zeigen, was mit dem Raumschiff zusammenhängt.»

Nimziki, bereits erbost über die Vorstellung, von einem Zivilisten irgendwohin beordert zu werden, wurde durch die vage Auskunft noch ungehaltener. «Dann bringen wir es hoffentlich bald hinter uns. Wir haben Wichtigeres zu tun.»

Connie hatte genug von diesem aufgeblasenen Esel. Sie stemmte die Hände in die Hüften und wollte ihn gerade anfahren, als der Präsident die Rampe herunterkam. Er rief ein paar seiner Berater zu sich und wechselte einige knappe Worte mit ihnen.

Dylan, der neben Steve stand, fragte deutlich vernehmbar: «Fliegt dieses Ding im Weltraum?»

«Da kannst du sicher sein», antwortete Steve.

Dann erschien David in der Luke des Schiffes und kletterte die Leiter hinunter auf das Podest. Er erteilte einem Techniker, der sich noch im Schiff befand, ein paar letzte Anweisungen und schlenderte dann auf die Plattform zu.

«Nun, was haben Sie für uns, David?» Diesmal beinhaltete Whitmores Gebrauch des Vornamens keine Herausforderung. Whitmore hatte während der beiden vergangenen Tage so viel einstecken müssen, daß er kein Bedürfnis mehr verspürte, anderen seine Macht zu demonstrieren. Er hatte nicht weniger Angst als David, und er sprach mit ihm von Mann zu Mann.

«Ladys und Gentlemen, Jungens und Mädels», begann David und klang dabei wie der verstorbene Dr. Okun. «Ich habe eine kleine Demonstration vorbereitet, die nur wenige Augenblicke Ihrer Zeit in Anspruch nehmen wird.»

Mit diesen Worten langte er in eine Mülltonne und holte eine Coladose heraus. «Dann wollen wir den Burschen hier mal recyceln», sagte er zu sich selbst, lief zum Schiff zurück, reckte sich auf Zehenspitzen und stellte die Dose auf die Tragfläche. Nachdem er zur Beobachtungsplattform zurückgekehrt war, gab er dem Techniker, der hinter dem Fenster des Schiffes saß, ein Zeichen. Der Mann drückte einen Knopf und zeigte David dann den hochgereckten Daumen. David musterte die Anwesenden und stellte befriedigt fest, daß er ihre ungeteilte Aufmerksamkeit hatte.

«Major Mitchell, können Sie von Ihrer Position aus die Büchse von der Tragfläche schießen?»

Mitchell schaute den Präsidenten an, der sich mit einem Schulterzucken einverstanden erklärte. Mitchell, ein guter Schütze, schnallte sein Holster auf, zog die Pistole und blickte sich noch einmal verwundert um. Dann hob er die Waffe, zielte und zog ruhig den Abzug durch. Die Kugel schoß krachend aus dem Lauf und prallte vom Schutzschild des Schiffes ab. Der Querschläger traf mit einem lauten Klacken einen der stählernen Rundgänge über ihnen. Plötzlich verloren alle das Interesse an dem Experiment.

«Hoppla, an den Querschläger habe ich nicht gedacht», entschuldigte sich David. «Aber Sie sehen, daß die Büchse durch das unsichtbare Schild des Schiffes geschützt ist. Wir sind nicht in der Lage, dieses Abwehrsystem zu überwinden.»

«Das wissen wir bereits», mischte sich Nimziki ein. «Was soll das Ganze?»

«Meiner Auffassung nach», sagte David und kam damit zum interessanten Teil seiner Show, «müssen wir das System austricksen, wenn wir es nicht durchbrechen können.»

Er ging zu einem Werkzeugwagen, auf dem er seinen Laptop aufgebaut hatte. Von diesem führte ein Kabel durch das Schild ins Cockpit und dort in das Empfängerteil des Schildes, das er vor einigen Stunden repariert hatte.

«Es dauert nur einen Augenblick.»

David hämmerte eine Befehlskette in die Tasten und schaute dann, leise rückwärts zählend, auf seine Uhr.

«So, Major Mitchell, soweit es meinen Assistenten im Cockpit betrifft, wird die Büchse weiterhin durch das Schild beschützt. Er hat keinerlei Veränderungen vorgenommen. Nun, hätten Sie die Güte, ein letztes Mal auf die Büchse zu schießen?»

Mitchell schaute David gereizt an; es widerstrebte ihm, einen weiteren Querschläger durch den Hangar zu jagen. Er holte seine Waffe erst wieder hervor, als Grey ihm zunickte.

«Augenblick noch!» Steve wollte kein Risiko eingehen. Er trug Dylan ans obere Ende der Rampe und suchte hinter einem Betonvorsprung Zuflucht. Die meisten anderen folgten ihm. Mitchell zielte sorgfältig und schoß. Diesmal flog die Büchse davon, und die Kugel prallte von der Rückwand des Hangars ab.

«Wie haben Sie das gemacht?» fragte Grey sichtlich beeindruckt.

«Ich habe dem Ding einen Schnupfen angehängt.»

Julius nickte den anderen zu. Er platzte fast vor Stolz. Der gleichfalls beeindruckte Präsident ging zu David, der weiter an seinem Computer arbeitete.

«Genauer gesagt», fuhr David, ohne aufzublicken, fort, «habe ich ihm ein Virus eingepflanzt. Ein Computervirus. Hundsgemeine Dinger, die man kaum mehr los wird, wenn man sich mal angesteckt hat.»

Theatralisch drückte er die Enter-Taste und drehte den Laptop herum, so daß Whitmore und Grey die Grafik, die er auf den Schirm geholt hatte, begutachten konnten. Der Präsident studierte sie einen Moment und nickte dann zustimmend.

Grey, der mit Computern zwar umzugehen wußte, sie aber dennoch haßte, hatte den Blick nicht von David abgewandt. «Wollen Sie behaupten, daß Sie ein Signal senden können, das alle ihre Schutzschilde ausschaltet?»

David berührte mit der Fingerspitze seine Nase und sagte: «Exakt. Genau so, wie sie unsere Satelliten gegen uns gewendet haben, können wir ihr Schildsignal gegen sie einsetzen, wenn …»

«Wenn was?»

«Wenn es uns gelingt, das Virus ins Mutterschiff einzupflanzen. Dann würde es von dort auf die Städtezerstörer und die kleinen Kampfmaschinen übertragen. Okun hat berichtet, daß die gesamte Energie dieses Schiffes hier vom Mutterschiff kam, also muß das logischerweise auch für die großen gelten.»

«Ich will Ihnen ja nicht Ihre Party ruinieren, aber wie genau, bitte, wollen Sie das Mutterschiff mit dem Virus infizieren?» Nimziki hatte sich unbemerkt an den Rand der Plattform begeben und beugte sich nun übers Geländer, um einen Blick auf den Computerschirm werfen zu können. «Ich glaube nicht, daß sie eine Homepage im Internet haben.» Er schaute sich triumphierend um und wartete darauf, daß die anderen über seinen Scherz lachten.

Davids Antwort kam wie aus der Pistole geschossen. «Wir müssen diesen Raumjäger hier zum Mond fliegen und an das Mutterschiff andocken.» Er sagte das, als sei es die natürlichste, nächstliegende Sache der Welt.

Wie immer, wenn von einem Flug ins All die Rede war, spitzte Steve die Ohren. Er setzte Dylan ab und ging die Rampe hinunter, um Genaueres zu erfahren. David rollte eines der Satellitenbilder aus, die das Mutterschiff zeigten, den siebenhundert Kilometer langen Titanen, der hinter dem Mond geduldig darauf wartete, daß seine Zerstörer ihm den Weg freischossen. Voll konzentriert drückte er dem Präsidenten eine Ecke des unscharfen, postergroßen Fotos in die Hand.

«Hier, sehen Sie», sagte er und deutete auf etwas, das wie eine Landebucht aussah. «Hier könnten wir eindringen. Es scheint, als ob sie beim Bau ihrer Schiffe einer bestimmten Logik folgten. Wenn das Mutterschiff genauso konstruiert ist wie die Städtezerstörer, dann ist dies hier der Haupteingang.»

David spürte, daß die hohen Politiker und Militärs mehr als skeptisch dreinschauten.

«Wissen Sie was? Wahrscheinlich hat er recht.» Steve überraschte alle, sich selbst eingeschlossen, mit seiner abrupten Einmischung. Doch da sich alle nach ihm umdrehten, fuhr er fort: «Als ich über L. A. am Tor des Schiffes vorbeigeflogen bin, konnte ich direkt in das riesige Arsch ... ich meine, in das gewaltige Dock hineinsehen. Die kleineren Schiffe parken da in Trauben um ein zentrales Ding herum, das wie ein Turm aussieht.

Dr. Okun hat mir gezeigt, daß die lange, flossenartige Struktur an der Oberseite des Schiffes voll verdrahtet ist. Seine Hypothese war, daß es sich um eine Art Anschlußelement handelt, ganz gleich, was für Computerverbindungen sie benutzen. Wenn eines der Schiffe an einem größeren andockt, wird es mittels der Flosse angeschlossen.»

«Bitte, verschonen Sie mich mit Ihrer miesen Science-fiction», stöhnte Nimziki am Geländer. «Dieser Plan ist so voller Wenn und Aber, das ist ja lächerlich.»

Grey ignorierte ihn und fragte David: «Wie lange könnten wir ihre Schilde ausschalten?»

«Das ist die große Frage», erwiderte David. «Wenn sie das Virus einmal entdeckt haben, ist es vielleicht nur eine Frage von Minuten, bis sie es neutralisiert haben. Mein Virus ist nicht gerade kompliziert, weil ich nicht genug über ihr System weiß.»

«Sie schlagen also vor, daß wir einen weltweiten Gegenschlag innerhalb eines Zeitraumes von wenigen Minuten koordinieren?» Nimziki schüttelte den Kopf. Das war grotesk.

Grey wandte sich zu dem Verteidigungsminister um.

«Unsere Funkverbindung nach Asien steht wieder. Die Signale

sind zwar schwach, aber wir sollten in der Lage sein, damit entsprechende Instruktionen zu übermitteln. Wenn wir es schaffen, die verdammten Schilde auszuschalten, könnte es funktionieren.»

Nimzikis spöttisches Grinsen verschwand. Er war wütend, daß dieser Eierkopfidee so viel Aufmerksamkeit zuteil wurde, während die vollkommen logische Option eines Atomschlags, *sein Plan*, nach einem einzigen Mißerfolg fallengelassen worden war. Wenn es nach ihm gegangen wäre, hätte er die ganze verdammte Bande in das Raumschiff gesperrt und selbst auf den Knopf gedrückt. Halbherzig versuchte er, seine Kritik an Whitmore dadurch zu verbergen, daß er sich an alle wandte.

«Ich kann nicht glauben, daß Sie diesen Unsinn auch nur ansatzweise ernst nehmen. Wir haben weder die Ressourcen noch die Männer, um einen solchen Angriff zu starten. Wenn wir zwei Monate Zeit für die Planung hätten, vielleicht. Von diesem Müllhaufen hier ganz zu schweigen.» Er deutete auf das Raumschiff. «Der gesamte hirnrissige Plan hängt von dieser überhaupt nicht getesteten fliegenden Untertasse ab, die kein Mensch auf der Welt bedienen kann.»

Wieder mischte sich Steve ein. Er trat einen Schritt vor und räusperte sich. «Ähem, ich glaube, ich kann es, Sir.»

Nimziki warf ihm einen vernichtenden Blick zu, doch Steve ließ sich nicht beirren.

«Ich habe die Dinger in Aktion gesehen. Ich weiß, wie sie manövrieren.» Er sah den Präsidenten direkt an. «Mit Ihrer Erlaubnis, Sir, würde ich es gern versuchen.»

«Dieses Ding ist ein Wrack. Verdammt noch mal, es ist in den Vierzigern abgestürzt. Wir wissen nicht einmal, ob es noch fliegt.»

«Moment bitte.» David rückte sich wieder in den Mittelpunkt. An den Tragflächen hatte sich eine Gruppe von Okuns Technikern postiert. «Löst die Klammern!» rief er wie ein Zirkusdirektor. Er sah zu Connie auf, die auf der Plattform stand. Sie verdrehte die Augen, um ihm zu zeigen, für wie verrückt sie ihn hielt und wie stolz sie auf ihn war. «Na macht schon, löst die Klammern.»

Es dauerte etwas länger, als David erwartet hatte, aber als die Techniker die letzte Stahlklammer lösten, flog sie mit einem lauten Scheppern davon und knallte auf den Boden.

In Sekundenbruchteilen hatte sich das Schiff heftig schwankend über ihre Köpfe erhoben. Doch in einer Höhe von fünf Metern stabilisierte es sich und stand so ruhig in der Luft wie während der letzten fünfzig Jahre am Boden.

Mit offenen Mündern starrten die erstaunten Zuschauer David an.

«Noch Fragen?»

Alle schauten einander an. Selbst Nimziki fehlten die Worte. Schließlich brach Whitmore das Schweigen. Er schüttelte den Kopf, um zu demonstrieren, was er von dem Plan hielt, dann verkündete er:

«Die Chancen stehen zwar nicht gut, aber wir sollten es versuchen.»

Plötzlich redeten alle durcheinander. Fragen wurden gestellt, und Nimziki erklärte jedem, der es hören wollte, warum der Plan von vornherein zum Scheitern verurteilt sei. David trat an die Beobachtungsplattform, langte nach oben und zupfte Steve an der Uniform. Der junge Pilot wandte seinen Blick vom Raumschiff ab und beugte sich zu David hinunter.

«Glauben Sie wirklich, daß Sie das Ding da fliegen können?» fragte David und bekundete damit sein fehlendes Vertrauen in Steves Fähigkeiten.

Steve zahlte es ihm mit gleicher Münze heim.

«Glauben Sie, daß Sie den ganzen Quatsch hinkriegen, von dem Sie geredet haben?»

Wenige Minuten später begleitete Connie General Grey und den Präsidenten zurück in die improvisierte Kommandozentrale. Alle redeten durcheinander, beschäftigten sich mit Details und überlegten, wie man die schwierigen Hürden bei der Koordination eines weltweiten Gegenangriffs überwinden konnte. Zum erstenmal seit langem keimte wieder Hoffnung auf.

«Halt!» Das war keine Bitte, das war ein Befehl. Die drei schauten sich überrascht um und entdeckten Nimziki, der über den Flur auf sie zugestürmt kam.

«Was ist jetzt schon wieder?» murmelte Connie.

Der Verteidigungsminister baute sich vor dem Präsidenten auf, die beiden anderen ignorierte er. Seine Stimme war eisig. Wie üblich waren seine Worte so berechnet, daß sie möglichst tief trafen.

«Ich verstehe, daß Sie immer noch unter dem Eindruck des Todes Ihrer Frau stehen», begann er und rückte noch näher an Whitmore heran. «Doch das ist absolut keine Entschuldigung dafür, daß Sie nun einen weiteren tödlichen Fehler begehen. Eine objektive Analyse der Lage unter militärischen Gesichtspunkten ...»

Nimziki konnte seinen Satz nicht beenden. Ehe er wußte, wie ihm geschah, hatte ihn Whitmore am Kragen gepackt und gegen die Wand geschleudert. Dort nagelte er ihn fest. Sein Gesicht war keine drei Zentimeter von Nimzikis Nase entfernt.

«Der einzige Fehler, den ich begangen habe, war, einen scheinheiligen Intriganten wie Sie zum Verteidigungsminister zu ernennen. Aber Gott sei Dank ist das ein Fehler, den ich wiedergutmachen kann. Sie sind gefeuert!» Whitmore versetzte Nimziki einen letzten Stoß, ließ ihn los und trat einen Schritt zurück. «Kommen Sie mir nicht mehr unter die Augen, sonst lasse ich Sie wegen Gefährdung der nationalen Sicherheit unter Arrest stellen.»

Nimziki sah sich hilfesuchend zu Connie und Grey um; vergeblich. Whitmore setzte seinen Weg fort und knüpfte da an, wo er kurz zuvor unterbrochen worden war.

«Ich will, daß Major Mitchell jede Maschine, die er kriegen kann, herschafft und ein paar Piloten auftreibt, die sie fliegen können.»

Hinter ihnen redete Nimziki auf die Wand ein. «Das kann er nicht machen!»

Connie konnte einfach nicht anders. Sie drehte sich um und rief mit unverhohlener Genugtuung: «Hat er aber.»

Vier schweißüberströmte, unrasierte britische Piloten taten ihr Bestes, um der drückenden Hitze des saudiarabischen Sommers zu entkommen. Sie hatten ein geräumiges Segeltuchzelt aufgebaut, das einer von ihnen, ein Pilot namens Thomson, in seinem persönlichen Gepäck gehabt hatte. Darin saßen sie nun, schlugen die Zeit tot und warteten darauf, daß etwas passierte. Das Kommando schien Reginald Cummings zu haben. Obwohl er keineswegs der ranghöchste oder dienstälteste Offizier war, hatten die anderen ihn ohne weiteres zu ihrem Führer bestimmt, da er der einzige war, der einigermaßen über die Region Bescheid wußte. Die drei anderen hatten lediglich neue Flugzeuge zum Stützpunkt Khamis Moushait geflogen, als sie von den Ereignissen überrumpelt worden waren. Reg dagegen war hier stationiert. Er sprach passabel Arabisch, und was noch wichtiger war, er verstand es, mit den einheimischen Piloten umzugehen, ohne sie vor den Kopf zu stoßen – keine leichte Aufgabe im Mittleren Osten, aber eine, die angesichts ihrer gegenwärtigen Lage noch an Bedeutung gewann.

«Als wir über Malta waren, konnten wir den amerikanischen Funkverkehr mithören», sagte Thomson. «Er war nicht verschlüsselt, auch nicht zerhackt, nichts, und einer von ihnen hat gesagt, daß die Syrer noch ein intaktes Geschwader in der Nähe der Golan-Höhlen hätten.»

«Höhen, es heißt Golan-Höhen», korrigierte ihn Reg und zeigte sie ihm auf der Karte. «Sie hätten eine ausgezeichnete Ausgangsposition, um uns in einem Luftkampf zu unterstützen, wenn wir sie dazu bringen könnten, mit uns zu kooperieren. Dummerweise sind sie ein störrischer Haufen, und Teamarbeit ist ein Fremdwort für sie.»

Plötzlich wurde das Zelt unter lautem Geschrei aufgerissen. Thomson fiel rücklings von seinen Klappstuhl. Noch ehe er auf den Boden krachte, hatte er seine Pistole gezogen. Ein großer, vollbärtiger, dunkelhäutiger Mann brüllte etwas Unverständliches herein. Sein grüner Overall wies ihn als einen der Jordanier aus; vermutlich war er der einzige von ihnen, der kein Englisch sprach. Reg hatte keine Miene verzogen. Gelassen schaute er den Mann so lange an, bis dieser die Plane zurückfallen ließ und verschwand.

«Was zum Teufel war das denn?» Den drei Touristen-Piloten rauschte noch immer das Adrenalin durch die Adern.

«Sieht aus, als würden sie ein Signal empfangen. Im guten alten Morsealphabet. Sie können es aber nicht verstehen, deshalb hat er uns gefragt, ob wir rüberkommen und sehen können, ob es Englisch ist.»

«Morsealphabet? Was haben die hier? Telegrafenmasten?» fragte Sutton. Dann wandte er sich mit besorgter Miene an Reg. «Das ist nicht vielleicht 'ne Falle oder so?»

Reg zuckte nur mit den Schultern und ging voraus in die Nachmittagssonne. Mitten im Nirgendwo, auf dem ebenen Boden eines ausgetrockneten Sees wie des Groom Lake, auf dem sich Areal 51 befand, waren etwa hundert Kampfflugzeuge gelandet. Die Jets waren so geparkt, daß sie in hundert verschiedene Richtungen gleichzeitig starten konnten, wenn sie den Befehl dazu erhielten. Es war eine wahrhaft internationale Szenerie; die Piloten stammten aus elf verschiedenen Ländern, und nicht wenige von ihnen hätten einander unter anderen Umständen sofort unter Feuer genommen. Jetzt hatten sie sich widerstrebend verbündet.

«Ich kann's noch immer nicht glauben.» Reg lächelte und genoß die Ironie der Situation. «Fünfundsiebzig Jahre emsigster Diplomatie sind praktisch ergebnislos geblieben, und jetzt, nur vierundzwanzig Stunden nachdem diese Schweinehunde aufgekreuzt sind, sind wir alle eine große Familie.»

«So würde ich das nicht unbedingt ausdrücken», meinte Thomson, der neben Reg herging und nervös lächelnd eine Truppe irakischer Piloten grüßte, die im Schatten ihrer Maschinen saßen und rauchten. Die Irakis sahen die Briten ausdruckslos an, als diese vorbeigingen. «Ich bezweifle, daß diese Burschen einen ausgeprägten Familiensinn haben.»

«Was glaubst du, wie den Israelis da drüben zumute ist?» Die eindrucksvollen F-15 der Israelis, nach den Saudis das zweitgrößte Kontingent, parkten, exakt auf einen simultanen Start ausgerichtet, nur wenige Meter entfernt.

«Was gibt's?» rief einer von ihnen herüber, die Uzi lässig über die Schulter gelegt.

«Sie empfangen ein Signal. Morsealphabet.»

Der Mann warf seine Zigarette weg und trabte auf die Briten zu. «Bin ich eingeladen?»

«Warum nicht?» sagte Reg lächelnd, ohne sein Tempo zu verringern.

Im Innern des üppigen Saudi-Zeltes ging es zu wie auf einer Tauschbörse für elektronische Ausrüstung. Die Saudis hatten eine umfangreiche Funkanlage aus einem nahegelegenen Luftwaffenstützpunkt herbeigeschafft und die Geräte auf einem merkwürdigen Sortiment von Teppichen, Fallschirmen und Planen ausgebreitet. Arabische Piloten aus fünf verschiedenen Ländern unterhielten sich angeregt. Doch als die Piloten der feindlichen Nationen eintraten, wurde es schlagartig still. Die Männer starten einander an. Insbesondere die Tatsache, daß ein bewaffneter Israeli ihr Zelt betrat, schien die Araber nervös zu machen. Einen angespannten Augenblick lang hielten alle den Atem an. Dann gelang es Reg, das Eis zu brechen.

«*Latuklaka ya awlad enho nel mohamey betana*», was etwa soviel hieß wie «Keine Bange, Jungs, das ist bloß unser Anwalt.»

Daraufhin brach das ganze Zelt in hysterisches Gelächter aus – mit Ausnahme der drei anderen britischen Piloten. Diese wollten ebenfalls ihren Beitrag zur Entspannung leisten und zwangen sich deshalb zu einem Lächeln.

«*Ana shaif ho gab mae kommelhaber betae*. Und wie ich sehe, hat er seinen Füllfederhalter mitgebracht», witzelte einer der Araber und entfachte das Gelächter von neuem.

Der Israeli überraschte alle, indem er mitspielte. In palästinensischem Dialekt scherzte er: «*Wakeh el-police Israeli ala estama rat el-ehtafalat elmausda ra*, ein von der israelischen Geheimpolizei zur Verfügung gestellter, offizieller Vertragsunterzeichner.» Sie lachten alle so laut, daß weitere Piloten ihre Köpfe ins Zelt steckten.

«Okay, wo ist diese Morsebotschaft?» fragte Reg auf Englisch.

Einer der Saudis drückte ihm ein Paar Kopfhörer in die Hand.

Doch statt der Morsesignale, die er erwartet hatte, hörte Reg eine Stimme, die eine dringliche Nachricht zu verlesen schien. Aber die Leitung rauschte zu stark, als das er etwas hätte verstehen können. Reg bat mit einer Geste um Ruhe, und die Männer im Zelt gehorchten. Die Nachricht stammte aus der Kommandozentrale von Areal 51, aber bis sie in Ar-Rub Al Khali angekommen war, hatte sie so viele Relaisstationen durchlaufen, daß Reg sich keinen Reim mehr darauf machen konnte.

«Warte, du wirst hören», erklärte ihm einer der Saudi-Piloten. Tatsächlich, nachdem die verzerrte Stimme geendet hatte, wurde die Nachricht im Morsealphabet wiederholt und war klar und deutlich zu empfangen. Es dauerte einige Minuten, bis Reg alles niedergeschrieben hatte, und noch ein paar mehr, bis er es transkribiert hatte.

«Das kommt von den Amerikanern», verkündete er. «Sie wollen eine Gegenoffensive organisieren.»

«Wird auch verdammt noch mal Zeit. Was haben sie vor?» fragte Thomson.

«Tja, sie ... sie sind verdammt kreativ», grinste Reg, ehe er die Einzelheiten schilderte.

Vierundzwanzig russische MIGs parkten paarweise auf einer riesigen Eisfläche. Sie hatten den Befehl erhalten, das Schiff anzugreifen, das Moskau ausradiert hatte und auf dem Weg nach St. Petersburg war. Als ein anderes Geschwader am Schutzschild des Schiffes zerschellte, wurde der Angriff abgeblasen. Auf dem Rückweg zu ihrem Stützpunkt in Murmansk mußten sie entsetzt mit anhören, wie ihr Stützpunkt von einem Schwarm Mantas attackiert und zerstört wurde. Murmansk lag oberhalb des Polarkreises, und das Geschwader floh weiter in nördlicher Richtung, um sich zwischen den vertrauten Gletschern zu verbergen. Sie überquerten den 85. Breitengrad und landeten im ewigen Eis zwischen den felsigen Inseln von Franz-Joseph-Land.

Sie waren am Morgen eingetroffen und warteten seitdem auf einen Befehl. Tagsüber hatte die Sonne durch die Glaskuppeln ihrer Maschinen geschienen und die Cockpits erwärmt, doch jetzt am Abend war es bitterkalt. Elend und hungrig saßen die Piloten in ihren Flugzeugen und warteten Stunde um Stunde.

Gegen neun Uhr abends fummelte einer von ihnen an seinem Funkgerät herum und entdeckte ganz am Ende der Skala eine Stimme. Zuerst dachte er, es wären die Außerirdischen, die sich mit fiepsenden Stimmen unterhielten, aber schließlich wurde ihm klar, daß es sich um eine gemorste Nachricht handelte, und er machte die anderen darauf aufmerksam. Glücklicherweise wurde die Nachricht ständig wiederholt. Knapp zwei Stunden, nachdem sie auf sie gestoßen waren, sprach Hauptmann Tschenko über Funk zu seinem Geschwader.

«Die Amerikaner sagen, sie können die Schutzschilde für mindestens fünf Minuten außer Kraft setzen.»

«*Da, da! Maladietz!*» Seine Piloten nahmen den Plan begeistert auf. Jeder Plan war besser, als den Rest der Nacht auf dem Eis zu verbringen.

«Wann wollen sie angreifen?»

Auf Hokkaido, Japans nördlichster Insel, standen in der bergigen Umgebung von Sapporo einige der leistungsstärksten zivilen Satellitenempfänger der Welt. Die Kommunikationsverbindungen zwischen Tokio mit seinen Fernseh- und Radiosendern und den Provinzen liefen über diese hochempfindlichen Geräte, tausend Meilen von der Hauptstadt entfernt. Die Ingenieure waren wie üblich am Morgen zur Arbeit erschienen und nach Feierabend geblieben, als sich abzeichnete, daß sie sich nützlich machen konnten. Mit ihnen drängten sich etliche Mitglieder der Freiwilligen Armee um die Rundfunk- und Fernsehsender. Obwohl Japan lediglich über eine symbolische Luftwaffe verfügte, die überwiegend mit Fracht- und Munitionstransportmaschinen ausgerüstet war, brannten ihre Mitglieder darauf, an der Gegenoffensive teilzunehmen. Sie verbreiteten die Nachricht in verschiedenen Sprachen in ganz Asien.

Die Botschaft, die sie weitergeleitet hatten, lautete: Der Angriff beginnt in dreizehn Stunden um 21.00 Uhr mittlerer Greenwich-Zeit.

Sobald sie von den asiatischen Regierungen oder von einer der über Asien verstreuten Einheiten bestätigt wurde, übermittelten sie die Information über Kurzwellenfunk nach Hawaii. Von dort aus wurde sie an die USS *Steiner* zweihundert Meilen vor der Küste von Oregon gefunkt, die sie wiederum an einen AWACS-Aufklärer über San Antonio weitergab. Im Areal 51 wurden die eintrudelnden Bestätigungen auf einer Weltkarte an der Wand der Kommandozentrale festgehalten.

«Wie sieht's aus?» fragte der Präsident.

«Besser, als wir dachten», antwortete Grey und deutete auf die Karte. Hunderte kleiner Pins, die jeweils ein einsatzbereites Geschwader repräsentierten, waren darüber verteilt. «Wir sind zwar noch bei der Bestandsaufnahme, aber es sieht vielversprechend aus. Europa ist zwar fast so schwer getroffen worden wie wir, doch es sieht so aus, als wären in Asien und im Mittleren Osten noch fünfzig Prozent der Kapazitäten intakt. Außerdem haben wir noch unsere Flugzeugträger.»

«Wie sieht es hier mit unseren Truppen aus?»

«Unglücklicherweise sind wir die Schwachstelle. Die Bastarde haben praktisch jeden Luftwaffenstützpunkt westlich des Mississippi zerstört. Eine Handvoll Piloten ist von Lackland entkommen und befindet sich auf dem Weg hierher. Und wir haben einen Munitionstransport, der von Oregon aus hierher unterwegs ist, aber ...» Der General schüttelte den Kopf.

«Was aber?»

«Mitchell hat ziemlich viele Flugzeuge hier auf dem Stützpunkt, aber wir haben nicht die Piloten, die sie fliegen könnten.»

«Dann besorgen Sie welche», befahl Whitmore, als ginge es nur darum, daß Grey sich etwas mehr Mühe gab.

Eine halbe Stunde später betrat Miguel so leise wie möglich den Trailer. Es brannte kein Licht, und er wollte Troy nicht aufwecken. Er schloß die Tür und zog seine Schuhe aus.

«Wo zum Teufel hast du gesteckt?» dröhnte Russells Stimme aus dem Dunkel. «Und wo ist deine Schwester?»

Miguel fuhr hoch und schaltete das Licht an. Russell saß auf dem Bett im Heck neben dem schlafenden Troy.

«Hey, du hast mich erschreckt.»

«Antworte!»

Miguel hatte geglaubt, daß sie diesen Schwachsinn hinter sich gelassen hätten, als sie sich an diesem Nachmittag zu Troys Rettung zusammengetan hatten. Er wußte nicht, weshalb Russell plötzlich wieder so reagierte.

«Alicia unterhält sich mit dem Jungen. Da komm ich gerade her. Philip ist echt in Ordnung.» Noch ehe Russell seinen Senf dazugeben konnte, wechselte Miguel das Thema. «Wie geht's Troy?»

Das wirkte. Russell schaute auf den schlafenden Jungen, dessen Mund durch das Kissen verzerrt wurde, und lächelte.

«Der schläft tief und fest. Schau mal.» Er klopfte mit dem Finger kräftig gegen Troys Wange. «Siehst du? Wie ein Stein. Ich schätze, er wird sich erholen. Was 'n Glück, was?»

«Ja», erwiderte Miguel, obwohl ihn das Gefühl beschlich, daß etwas nicht in Ordnung war. Nicht mit Troy, sondern mit seinem Vater. «Kann ich dich was fragen, ohne daß du gleich ausrastest?»

«Schieß los.»

«Hast du wieder getrunken?»

Russell lächelte wie ein kleiner ertappter Junge. Vor ein paar Stunden noch hatte er sich feierlich geschworen, keinen Tropfen mehr anzurühren, bis diese Sauerei vorüber war, was ihm nicht allzu schwer fiel, da ihm der Schnaps ohnehin ausgegangen war. «Ich kann nichts dafür, Mann, ich hatte die kleine Notration in der Maschine vergessen.»

Im Cockpit des Doppeldeckers klirrte es in aller Regel heftiger als in einem Schnapsladen während eines Erdbebens.

«He, willst du nicht zur Feier des Tages einen mit mir heben?» Er winkte mit der Flasche, als könnte er damit den Jungen in Versuchung führen.

Niedergeschlagen packte Miguel seine Schuhe, ging hinaus und schlug die Tür hinter sich zu.

«Miguel, komm sofort wieder rein!» brüllte Russell und torkelte zur Tür. «Jetzt komm schon, sei nicht sauer.» Er sah, wie der Junge in Richtung Camp davonrannte. Entschlossen, sich zu rechtfertigen, lief er ihm nach. Der feste Sand brannte unter seinen nackten Sohlen. Er bog um eine Ecke und befand sich im Zentrum des provisorischen Lagers. In der Nähe des Lagerfeuers stand ein Jeep, an dem Megaphone befestigt waren. Einer von Mitchells Männern sprach in ein Mikrophon.

«... der Zeitpunkt ist, für den unsere Gegenoffensive geplant ist. Da es uns an Piloten fehlt, bitten wir alle, die über Flugpraxis verfügen, jeden, der schon einmal ein Flugzeug geflogen hat, sich freiwillig zum Einsatz zu melden. Militärische Ausbildung ist erwünscht, aber jeder, der glaubt, eine Maschine fliegen zu können, ist willkommen.»

«He, ich!» rief Russell dem Offizier zu und drängte sich rüde durch die Menge. «Ich fliege. Ich meine, ich bin Pilot. Ich hab sogar ein Flugzeug.» In seiner Begeisterung deutete er fuchtelnd auf seinen alten De-Havilland-Doppeldecker, wobei er vergaß, daß er immer noch seine Jack-Daniels-Flasche in der Hand hielt. Einige in der Menge lachten.

«Es tut mir leid, Sir, aber ich glaube nicht», sagte der Offizier, der sich bemühte, höflich zu bleiben.

Als Russell dies hörte, drehte er durch. Sturzbetrunken und nach Whisky stinkend, ging er auf den Offizier los, wobei er eine einigermaßen bedrohliche Haltung einnahm. Er sah nicht, daß die Militärpolizisten bereits ihre Gummiknüppel zückten.

«Sie verstehen das nicht, Mister. Ich muß dabeisein. Die haben mein Leben zerstört, und das ist die Chance, es diesen dreckigen kleinen Scheißern heimzuzahlen.»

«Schafft mir diesen Witzbold vom Hals», sagte der Offizier leise. Zwei Militärpolizisten packten Russell unter den Achseln und eskortierten ihn grob dorthin zurück, wo er hergekommen war, ohne auf sein Geschwafel von der Entführung zu achten.

«Du kannst kein Flugzeug fliegen», sagte einer und versetzte ihm einen Stoß. «Schlaf dich irgendwo aus. Vielleicht brauchen sie immer noch Piloten, wenn du wieder nüchtern bist.»

Russell sah ihnen nach und hob die Flasche an die Lippen. Als ihm bewußt wurde, was er da tat, spuckte er den Whisky in hohem Bogen aus und schmetterte die Flasche mit aller Gewalt auf den Boden, so daß sie vor seinen nackten Füßen in tausend Stücke zersprang.

Die große kreisrunde Tür zu Okuns Abstellraum war nur angelehnt. Connie stieß sie auf und sah Julius in dem Raum sitzen. Er blickte ihr mit einem breiten, falschen Lächeln entgegen.

«Da steckst du also. Ich habe dich gesucht», sagte sie, doch ihr Schwiegervater nickte nur und schmunzelte. Sie schnüffelte hörbar und fragte: «Rauchst du etwa hier drin?»

Sie hatte ihn ertappt. Julius stieß eine dicke Rauchwolke aus und brachte die Zigarre hinter seinem Rücken zum Vorschein.

«Ein bißchen», gestand er. «Aber sag David nichts davon. Er ist so ein Gesundheitsfanatiker, der kriegt Junge, wenn er das erfährt.»

Davids Gesundheit war exakt der Grund, weshalb sie mit Julius reden wollte. «Du wirst ihm doch hoffentlich verbieten, diesen idiotischen Plan auszuführen, oder?»

«Verbieten? Glaubst du, er läßt sich von mir was verbieten? Er ist ein großer Junge.»

«Ein großes Baby, das ist er. Er wird sich umbringen.»

Julius zuckte mit den Schultern und hob die Augen zum Himmel. Er wußte, daß es keinen Zweck hatte, mit David darüber zu streiten. Sein Sohn hatte sich bereits entschieden.

Da sie die erhoffte Unterstützung nicht erhielt, stürmte Connie frustriert davon. An der Tür wandte sie sich noch einmal um und sagte: «Ich glaube nicht, daß es erlaubt ist, hier drin zu rauchen.»

Als Connie aus der Freak-Show herauskam, sah sie David unter der Tragfläche der außerirdischen Maschine stehen. Zusammen mit Steve Hiller und General Grey lauschte er einem der Stabswissenschaftler, der eine in letzter Minute vorgenommene Modifikation des Schiffes erklärte. Er zeigte ihnen die Veränderungen, die sein Team an dem Gefechtsturm vorgenommen hatte, der wie ein Düsentriebwerk an der Unterseite des Schiffes gesessen hatte, ehe er bei dem Absturz abgerissen worden war. Sie hatten das zwei Meter lange Gebilde leer geräumt und einen zylindrischen Rahmen eingebaut. Unterdessen rollte eine Mechaniker-Crew vorsichtig eine zwei Tonnen schwere Bombe heran. Es sah aus, als transportierten sie ein Riesenbaby in einem überdimensionalen Kinderwagen. Connie fiel auf, daß ihr die Gesichter der Mechaniker fremd waren. Sie gehörten nicht zur Mannschaft von Areal 51, sondern waren Spezialisten, die die Bombe von Arizona herübergeflogen hatten.

«Wir haben getan, was wir konnten, um sie zu tarnen», erläuterte der Wissenschaftler den ausgehöhlten Gefechtsturm. «Aber bei genauerem Hinsehen fällt es auf. Die Spitze ragt ein wenig heraus.»

Die Mechaniker hatten die Bombe an einem fahrbaren Kran befestigt und achteten darauf, daß sie genau senkrecht hing, während sie sie an die Unterseite des Schiffes hievten. Als die Heckflügel der Bombe auf Höhe des zylindrischen Rahmens waren, machten sie sich an die heikle Aufgabe, sie in die Halterung zu schieben.

«Daß mir bloß keiner niest», sagte der Chefmechaniker zu David und den anderen Umstehenden. «Wir mußten den Sprengkopf anbringen, bevor wir sie in die Verankerung schieben. Wenn einer meiner Jungs sie fallen läßt, ist Feierabend.»

«Ganz schön stark, die Bombe, was?» fragte David naiv.

Überrascht, daß ihn niemand informiert hatte, drehten sich die Militärs zu ihm um.

Der Chefmechaniker klärte ihn auf: «Das hier, mein Freund, ist ein lasergesteuerter Marschflugkörper, an dessen Spitze sich ein thermonuklearer Sprengkopf befindet. Wenn das Ding runterfällt, gibt's den ganz großen Knall. Und deshalb wird unser Mann hier, Captain Hiller, besonders vorsichtig sein, wenn er das Schiff durch die Tür fliegt.»

Sprachlos starrte David Steve an. Steve schenkte ihm sein berühmtes Grinsen.

«Kleine Fische, David.»

Die Verwegenheit des jungen Piloten wirkte nicht unbedingt beruhigend auf Davids Nerven. Doch ehe er sich noch einmal überlegen konnte, worauf er sich eingelassen hatte, fuhr der Wissenschaftler bereits mit seinen Ausführungen fort.

«Im Leitungssystem des Schiffes war noch ein bißchen Platz, also haben wir da die Abschußautomatik installiert. Wie Sie sehen, gab es keine Möglichkeit, die Kabel zu tarnen, deshalb haben wir sie einfach an die Außenseite gelötet. Wenn man nicht ganz nah dran ist, fällt das nicht einmal auf.»

General Grey ging zu einem Tisch und nahm eine kleine Black Box. «Die hier wird an der Hauptkonsole befestigt.»

«Sieht aus wie die AMRAAM-Abschußvorrichtung im B-2 Stealth», stellte Steve fest.

«Genau. Und so benutzen Sie sie auch. Allerdings gibt es einen kleinen Unterschied. Wir haben den Sprengkopf so programmiert, daß er nicht beim Aufprall detoniert. Sie haben dreißig Sekunden, um so weit wie möglich wegzukommen.»

David schwindelte. Wenn er nicht sofort auf andere Gedanken kam, würde er bei all dem Gerede über Atomexplosionen noch ohnmächtig werden. «Ich seh mal nach, wie sie mit dem Sender zurechtkommen», sagte er und machte sich schwankend davon. Steve warf einen Blick auf seine Uhr.

«Verflixt, David, wir sind spät dran.»

David und Connie waren die einzigen, die wußten, wovon er sprach. Sie sagten ihm, er solle sich keine Sorgen machen und daß sie rechtzeitig zur Stelle sein würden. Steve trabte aus dem Hangar. David wandte sich um und wollte die Arbeit seiner Assistenten im Innern des Schiffes überprüfen, doch Connie hielt ihn auf.

«Dreißig Sekunden», ereiferte sie sich. «Ich meine, vielleicht bin ich ja ein bißchen beschränkt, aber sind dreißig lausige Sekunden nicht ziemlich knapp, wenn man vor einer Atomexplosion flüchten will?»

«Eigentlich nicht. Wir werfen die Bombe ja erst ab, wenn wir wieder auf dem Weg nach draußen sind. Außerdem soll Hiller ein phantastischer Pilot sein.»

Einer der Techniker schweißte etwas an die Unterseite des Schiffes, und ein Funkenschauer regnete auf die Plattform. Als David zu ihm hinüberschaute, schob der Mann seine Schutzmaske hoch.

«Das hier ist der stärkste UHF-Sender, den wir auftreiben konnten. Dadurch erfahren wir, wann ihr das Virus eingepflanzt habt.»

«Okay. Und dann drücken wir alle die Daumen und beten, daß die Schilde ausfallen.»

Connie war noch nicht fertig. «Warum gerade du? Wieso mußt du das machen? Ich meine, sobald ihr angelegt habt, geht es doch nur darum, auf einen Knopf zu drücken, oder? Es gibt doch Leute, die für solche Missionen ausgebildet sind. Kannst du nicht einem von denen zeigen, wie man das Virus installiert?»

David fragte sich, was sie mit «solchen Missionen» meine.

«Ich glaube nicht, daß es so eine Mission schon jemals gegeben hat. Wenn jemand dafür ausgebildet ist, dann bin ich es. Weil ich das Virus konzipiert habe. Was ist, wenn etwas schiefgeht oder nicht so funktioniert, wie ich es mir vorstelle? Dann muß ich blitzschnell überlegen, mir etwas einfallen lassen, sonst ...»

Er ging zu der Coladose, die Mitchell abgeschossen hatte, und hob sie auf.

«Connie, du weißt, daß ich immer versuche, die Erde zu retten. Das ist *die* Chance.»

Er warf die Dose in einen der gesetzlich vorgeschriebenen Container mit der Aufschrift RECYCLE, küßte Connie auf die Stirn und eilte dann auf das Cockpit zu.

Connie sah ihm mit gemischten Gefühlen nach. Mehr zu sich selbst sagte sie: «Ausgerechnet jetzt wird er ehrgeizig.»

Als Jasmine herumfragte, wo sie sich ein Kleid borgen könne, erhielt sie von allen die gleiche zögerliche Antwort. «Versuchen Sie's bei Dr. Rosenast», schlugen sie vor, und es war klar, daß dies ein allerletzter Ausweg war, etwas, worauf man nur zurückgriff, wenn es sich um einen absoluten Notfall handelte.

Nachdem sie wiederholt an die ihr beschriebene Tür geklopft hatte, hörte Jasmine, wie drinnen jemand schimpfte und fluchte. Sie wollte schon aufgeben, als die Tür aufgerissen wurde und sie in ein Paar riesige Brillengläser schaute, die einer etwa sechzigjährigen Frau gehörten. Die Frau sah wie eine gutmütige alte Dame aus, mit runden, roten Wangen und von den Brillengläsern vergrößerten strahlend blauen Augen. Ihr graues Haar hatte sie zu einer Turmfrisur hochgesteckt, und unter ihrem Laborkittel trug sie einen perfekt geschnittenen dunkelgrünen Seidenblazer sowie einen dazu passenden Rock. Der Raum hinter ihr war eine Kombination aus Labor, Büro und Wohnung, vollgepackt mit wissenschaftlichen Geräten und ihrer persönlichen Habe. Für Jasmine sah sie eher aus wie die Frau des Nikolaus als wie eine der führenden Elektronikspezialistinnen der Welt.

«Dr. Rosenast, es tut mir leid, wenn ich störe, aber ...»

«Ich hab dem anderen Hurensohn schon gesagt, daß es noch nicht fertig ist», blaffte sie.

Das wiederhergestellte Schiff sollte in weniger als dreißig Minuten starten, und sie arbeitete immer noch an einem entscheidenden Detail, einer Trafo-Verstärker-Kombination, mit der man die Energiequelle des Schiffes anzapfen konnte. Ohne dieses hochkomplizierte Teil wäre David nicht in der Lage, das Virus mit seinem Computer zu übertragen und das Signal des Mutterschiffes zu infizieren.

«Wenn man mich nicht dauernd unterbrechen würde, wäre ich schon längst fertig!»

«Sie müssen mir ein Kleid borgen», fiel ihr Jasmine ins Wort. «Eins, in dem man heiraten kann.»

Die alte Dame schaute in beide Richtungen, als wolle sie sichergehen, daß sie nicht Opfer eines «Verstehen-Sie-Spaß»-Teams geworden war. Als sie sich davon überzeugt hatte, daß Jasmine es ernst meinte, zog sie sie herein und zeigte ihr einen begehbaren Schrank, der mit den modischen Erwerbungen eines unter der Erde verbrachten Jahrzehnts vollgestopft war.

«Mail Order. Ich liebe Mail Order», gab sie ein wenig schuldbewußt zu. «Ich schätze, Ihre Titten sind ein bißchen zu groß für das, was ich da habe, aber nur zu, bedienen Sie sich. Ich muß wieder an die Arbeit.»

Damit kehrte sie wieder zu ihrem Transformator zurück, und Jasmine stöberte herum. Die Wissenschaftlerin war eine echte Modenärrin mit einer Schwäche für hochgeschlitzte Seidenkleider. *Wann trägt sie diese Dinger bloß*, fragte sich Jasmine. Schließlich entdeckte sie ein schlichtes rotes Kleid mit einem Muster aus weißen und gelben Blumen. Auf dem Weg zur Tür drückte sie der überraschten Mrs. Rosenast einen dicken Kuß auf die Wange und entschwand in Richtung Umkleideraum. Acht Minuten später war sie geduscht, gepudert und geschminkt und zwängte sich in ihr Kleid.

«Dylan, zieh mir den Reißverschluß hoch.»

Der Junge mühte sich eine Weile vergeblich, das Kleid zu schließen, dann gab er es auf. «Es ist zu eng.»

«Okay, ich schätze, das muß reichen. Gehen wir, Kleiner, wir sind spät dran.»

Es war schon eine Weile her, daß die Männer, denen sie unterwegs begegnete, jemanden wie Miss Dubrow zu Gesicht bekommen hatten. Den Blicken nach zu urteilen, die ihr zugeworfen wurden, war das Kleid definitiv zu eng, insbesondere um die Brust. Jasmine begann, sich ein wenig unwohl zu fühlen, und fragte Dylan: «Wie seh ich aus, Kleiner?»

Der Junge streckte die Hand aus und wackelte mit gespreizten Fingern – so lala.

«Vielen Dank auch, du bist mir wirklich eine Hilfe.»

Sie bogen um eine Ecke und gelangten zu einer Kapelle, einer Mischung aus Gotteshaus und Aufenthaltsraum. Durch mosaikverzierte Fenster fiel Licht auf Pokertische mit Filzbezug. Kaplan Duryea, der überkonfessionelle Geistliche von Areal 51, ein älterer Herr mit Einstein-Frisur, kam herein und schob eine Tischtennisplatte beiseite. Er schüttelte Jasmine die Hand, und sie unterhielten sich kurz, während sie auf die anderen warteten.

«Jemand muß die Feuerwehr rufen. Ich fang hier gleich Feuer!»

Steve stand in der Tür und preßte die Hände gegen die Wangen. Jasmines Kleid bewundernd, kam er den Gang entlang und küßte sie auf die Wange.

«Du bist drei Minuten zu spät», schalt sie ihn scherzhaft und deutete auf ihre Uhr.

«Du kennst mich doch. Ich liebe ...»

«Ich weiß, ich weiß», beendete sie den Satz. «Du liebst dramatische Auftritte.»

Der Kaplan stellte sich hinter ein Pult und vergewisserte sich, daß alles bereit war. «Steve, haben Sie einen Ring?»

«Na klar.» Er griff in die Tasche der geliehenen Ausgehuniformjacke und holte den Ring hervor, mit dem ihn Jimmy tags zuvor erwischt hatte.

«Trauzeugen?»

Wie aufs Stichwort kamen David und Connie hereingeeilt. Beide fummelten noch hektisch an Davids geborgter Krawatte herum, brachten aber keinen anständigen Knoten mehr zustande, so daß sie schließlich lose geknüpft von Davids Kragen baumelte. Sie nahmen ihre Plätze links und rechts des Brautpaares ein. Als er sah, daß alle bereit waren, lächelte Kaplan Duryea und sagte: «Dann wollen wir die Show mal über die Bühne bringen.»

Die kurze Zeremonie erwies sich für die beiden Trauzeugen als ebenso bedeutungsvoll und bewegend wie für das Brautpaar. Connie ergriff Davids Hand, an der noch immer der Trauring steckte, den sie ihm vor Jahren gegeben hatte.

Die Mechaniker, die an zehn in einer Reihe stehenden F-15 letzte Reparaturen vornahmen, machten jede Menge Wirbel. Sie erteilten laute Anweisungen, riefen nach Werkzeugen, die man ihnen hochreichen sollte, und bewegten sich mit der geschwinden Anmut einer Indy-500-Boxen-Crew. Sie arbeiteten gegen die Uhr, um die schnittigen Kampfflugzeuge startklar zu machen. Von den Wänden hallten das Brummen der Nietpistolen und das Zischen der Akkuschrauber wider. Ähnlich geschäftig ging es auch in den anderen Bereichen des Hangars zu, der mit allen nur erdenklichen Flugzeugtypen vollgeparkt war.

Seit sie gegen Mitternacht ihre Befehle erhalten hatten, arbeiteten Major Mitchells Männer fieberhaft an der Inspektion der Flugzeuge. Nicht nur aus den Hangars von Areal 51, sondern auch vom gesamten sechshundert Quadratmeilen großen Testgelände hatten sie jedes auch nur halbwegs funktionstaugliche Flugzeug angeschleppt. Da der vorgebliche Zweck von Areal 51 die Entwicklung experimenteller Flugmaschinen war, hatten sich im Lauf der Jahrzehnte eine ganze Menge Flugzeuge angesammelt. Die meisten waren alte Modelle gebräuchlicher amerikanischer Transport- und Kampfflugzeuge, doch es gab auch eine Reihe spezialgefertigter Prototypen, ausgefallene Erfindungen, die nie Produktionsreife erlangt hatten, wie etwa die schraubenschlüsselförmige Martin X-29 und die seltsame MSU Marvel Stol, deren Turbo-Prop-Antrieb sich in einem Windkanal oberhalb der Heckflosse befand. Andere Maschinen hatte man aus den Klauen des Feindes «befreit» oder «irrtümlich» von den Verbündeten hierher verbracht.

Der aufregendste Fund war eine Flotte von F-15, die man in einem der halb unterirdischen Hangars entdeckt hatte, die den neun Meilen nördlich gelegenen Mini-Stützpunkt am Papoose Lake umgaben. Wie viele der zutage geförderten Maschinen waren auch die F-15 über die Jahre anderer Projekte wegen ausgeschlachtet worden. Einer fehlte das Radarsystem, eine andere hatte keine Heckflügel mehr. Dennoch handelte es sich um Maschinen, die technisch auf dem neuesten Stand waren und einen unschätzbaren Vorteil hatten: Für sie gab es die entsprechenden Raketen.

Die fünf, die noch manövrierfähig waren, rollten aus eigener Kraft in den Hangar, die anderen fünf wurden abgeschleppt. Der Chefmechaniker schätzte, daß acht von ihnen rechtzeitig zum Beginn der Gegenoffensive startklar sein würden.

Der Stützpunkt hatte zudem die sehnlichst benötigte Unterstützung von außerhalb bekommen – und einen tüchtigen Schrecken obendrein, als plötzlich gegen zwei Uhr morgens ein

Schwarm F-111 ohne Vorankündigung eingeflogen kam. Es handelte sich um eine Gruppe internationaler Flugschüler mit ihren Ausbildern, die nach Beginn der Invasion auf ihrem Übungsgelände in der kalifornischen Wüste festgesessen hatten. Da sie keine Möglichkeit gehabt hatten, auf die Nachricht von Areal 51 zu antworten, hatten sie sich kurzerhand entschlossen, dorthin zu fliegen. Nur drei der Piloten waren erfahrene Ausbilder. Die anderen siebzehn waren Flugschüler aus verbündeten Nationen: Tschechen, Honduraner und eine Gruppe Nigerianer. Wie die meisten Piloten sprachen sie Englisch, die internationale Fliegersprache. Glücklicherweise war keiner von ihnen bei der Landung abgestürzt, denn die Rollbahnen waren unbeleuchtet.

Jedermann im Hangar kannte den Angriffsplan und auch ihre Überlebenschancen. Mitchell hatte keinen Hehl daraus gemacht, daß die Außerirdischen ihnen immer noch zahlenmäßig und in bezug auf die Bewaffnung überlegen waren, selbst wenn die Schutzschilde fallen sollten. Das Beste, was sie sich erhoffen konnten, war eine Luftschlacht mit den schnelleren, wendigeren Maschinen des Gegners, dessen Armada weltweit Tausende von Kampfflugzeugen abgeschossen und dabei nur eine einzige Maschine verloren hatte.

Als Mitchell geendet hatte, schaute er sich um und fragte, ob jemand aussteigen wolle, in der Luft sei es dazu zu spät. Niemand meldete sich.

«Gut», erklärte er. «Wir werden jede Hilfe brauchen, die wir kriegen können.»

Der mit Megaphonen bestückte Jeep stand inzwischen im Hangareingang, dessen Rolltore weit geöffnet waren. Mitchell kletterte hinein und wies den Piloten ihre Flugzeuge zu. Solange die Männer zusammenstanden, redeten sie lautstark, machohaft und furchtlos davon, auf welche Weise sie ihre Gegner auseinandernehmen würden, doch schon eine Stunde später waren sie verstummt, und die einzigen Geräusche, die aus dem Hangar drangen, stammten von den elektrischen Werkzeugen der Mechaniker. Hie und da standen noch einige wenige Männer in kleinen Gruppen beieinander und unterhielten sich leise, doch die

Mehrzahl hatte sich in eine stille Ecke zurückgezogen, um mit ihren Gedanken allein zu sein.

Diese Szenerie fand der Präsident vor, als er eine Stunde vor dem geplanten Angriff seiner improvisierten Luftstreitkräfte auf das Raumschiff über der Westküste aus dem Aufzug trat. Statt von seiner üblichen Entourage wurde er lediglich von General Grey und einem seiner Leibwächter begleitet.

«Wo haben sie bloß diese komischen Vögel aufgetrieben? Hier sieht es ja aus wie im Luft- und Raumfahrtmuseum.»

«In der Not frißt der Teufel Fliegen», erwiderte Grey. «Vielleicht hat Mitchell ein bißchen übertrieben, aber sein Befehl lautete, alles herzuschaffen, was Flügel hat.»

«Wie viele Maschinen können wir in die Luft bringen?»

«Wenn Sie mich fragen, wie viele kampfbereite Piloten wir in ein voll funktionsfähiges Flugzeug setzen können, lautet die Antwort dreißig. Aber wir werden unsere Anforderungen ein wenig herunterschrauben, und dann kommen wir auf hundertfünfzehn.»

Whitmore war nach oben gekommen, um die Truppe zu inspizieren, ehe sie in die Schlacht flog. Er hatte nicht erwartet, eine so stille, so desolate Szenerie vorzufinden. Die Männer, die auf unerwartete Weise zur Truppe gestoßen waren, brannten nicht gerade vor Eifer. Mit ihren besorgten, niedergeschlagenen Mienen erinnerten sie eher an ein Football-Team, das zur Halbzeit 0:76 zurücklag. Whitmore wünschte, er könnte sie aufmuntern, wünschte, er wäre in der Lage, eine feurige Rede zu halten. Doch er wußte, daß er kein Talent zum Improvisieren hatte. Er wußte zwar stets, was er vermitteln wollte, doch darüber hinaus verließ er sich auf Connie und seine Mitarbeiter, die seinen Gedanken die passende Form verleihen mußten.

Er schritt langsam die Reihen der Flugzeuge entlang und hielt hie und da einen Augenblick an, um ein aufmunterndes Wort loszuwerden oder eine Maschine zu inspizieren. Viele Männer schauten kaum auf, so tief waren sie in ihre Grübeleien versunken. Whitmore stellte sich George Washington bei seinen frierenden, ausgehungerten Truppen in Valley Forge vor, wie er gelassen

Moral und Kampfeswillen taxierte. Whitmore kam zu einem Mann, der im Schneidersitz auf dem Boden saß und anscheinend Selbstgespräche führte. Bei näherem Hinhören konnte man jedoch feststellen, daß er betete. Flüsternd schickte er hastig hervorgestoßene, unverständliche Worte gen Himmel, im Wissen, daß ihm nicht mehr viel Zeit blieb. Hinter der nächsten Ecke stieß er auf einen muskulösen, nur mit einer Jeans bekleideten jungen Mann, der unkontrolliert schluchzte. Sorgfältig hatte er alle Fotos aus seiner Brieftasche in einer Reihe vor sich ausgebreitet und klebte sie, nachdem er sich die Tränen aus den Augen gewischt hatte, nebeneinander an seine Maschine, eine alte Mustang P-51. Whitmore begriff, daß es sich um Schnappschüsse seiner Lieben handelte, die er während des Angriffs der Invasoren verloren hatte. Der Kummer des jungen Mannes hatte eine fast hypnotische Wirkung, und Whitmore mußte unwillkürlich daran denken, wie Marilyns Hand plötzlich in der seinen erschlafft war. Auf einmal faßte ihn Grey am Arm und zog ihn weg. Ohne es zu merken, hatte Whitmore ebenfalls zu schluchzen begonnen.

Nach militärischen Maßstäben boten die neuen Rekruten ein jämmerliches Bild. Ein vielleicht sechzigjähriger Mann saß im Cockpit einer russischen MIG und studierte stirnrunzelnd ein außergewöhnlich dickes Handbuch, das die Bedienungsanleitung in einer schlechten Übersetzung aus dem Russischen enthielt. Whitmore wechselte ein paar Worte mit ihm und erfuhr, daß der Mann seit dem Koreakrieg kein Flugzeug mehr geflogen hatte. Trotzdem war er der erfahrenste Pilot seiner Gruppe. Die meisten anderen waren überhaupt noch nicht geflogen. Ein paar von ihnen standen auf den Tragflächen eines Flugzeugs und lauschten den Ausführungen eines kalifornischen Ausbilders, der versuchte, ihnen in einem Crash-Kurs zu vermitteln, wie man ein Flugzeug in der Luft hielt. Diese Männer hatten sich freiwillig für den schlimmsten Einsatz gemeldet, zu dem Mitchell ganz zuletzt aufgerufen hatte. Sie sollten die Flugzeuge fliegen, für die auf dem Stützpunkt keine passende Munition vorhanden war. Ihre Aufgabe würde es sein, die Kampfflieger der Außerirdischen abzulenken, sich dem Feind als lebende Zielscheibe anzubieten, während die erfahreneren Piloten das große Schiff angriffen. Whitmore unterbrach die Unterrichtsstunde für einen Augenblick, um diesen todgeweihten jungen Männern und Frauen alles Gute zu wünschen, dann setzte er seinen Weg fort.

Schließlich kam er zum Eingang des Hangars, wo die F-15 standen. Whitmore kannte die Maschinen sehr gut. Ehe er zum Stealth-Bomberpiloten befördert worden war, hatte er zahlreiche Flugstunden darauf absolviert. Zu seiner Überraschung entdeckte er unter den Männern, die auf diese Eliteflugzeuge beordert worden waren, den Flugkapitän der Air Force One, Captain Birnham. Und noch mehr überraschte ihn die Tatsache, daß Birnham aufmerksam einer vollbärtigen, spindeldürren Gestalt lauschte, die sich Pig nannte. Pig besaß eine Harley, war Mitglied einer Biker-Gang, die aus den Hell's Angels hervorgegangen war und mit der er jedes Wochenende verbrachte. Er trug schwarze Lederjeans, eine Jeanskutte, auf der sein Name in gotischen Lettern über einem obszönen Club-Logo prangte, und hatte ein Stirnband um seine fuchsrote Mähne geschlungen. Whitmore gesellte sich zu ihnen und erfuhr, daß der Biker Chefmechaniker einer Marineeinheit und jahrelang in San Diego stationiert gewesen war. Whitmore zwang sich, nicht zu fragen, wie Pig gelernt hatte, eine F-15 zu fliegen, weil er sicher war, daß ihm die Antwort nicht gefallen würde.

Viele der nervösen Piloten waren Whitmore und Grey zum Eingang des Hangars gefolgt, und auch draußen unter den Campern hatte sich die Nachricht von seiner Visite verbreitet. In vielen Wohnwagen und Zelten des Flüchtlingslagers gingen die Lichter an, und die Leute begannen, aus ihren Unterkünften zu kommen.

Der Präsident kletterte auf das Heck des Jeeps, klopfte prüfend gegen das Mikrophon und sprach hinein.

«Guten Morgen», sagte er unsicher. Die Piloten aus dem Hangar versammelten sich rasch um den Jeep, um zu hören, was der Präsident zu sagen hatte. Als Whitmore sich umdrehte, um am Nachthimmel nach den ersten Spuren der Dämmerung zu suchen, sah er, wie die Flüchtlinge aus ihren Zelten und Fahrzeugen auf ihn zukamen. Einen langen Augenblick stand Whitmore vor dem Mikrophon und starrte verlegen in die erwartungsvollen Gesichter seiner Zuhörer, unfähig, die richtigen Worte zu finden. Dann begann er zu sprechen, ohne genau zu wissen, was er sagen wollte.

«In weniger als einer Stunde werden über hundert von euch nach Norden fliegen, um sich dem mächtigsten Feind aller Zeiten zu stellen. Überall auf der Welt werden Piloten dasselbe tun, werden gleichzeitig mit euch die anderen 35 Raumschiffe angreifen, die seit gestern Tod und Leid über unschuldige Menschen bringen. Wir werden die größte Luftschlacht erleben, die die Menschheit je gesehen hat.»

Er hielt inne, um sich das Gesagte durch den Kopf gehen zu lassen.

«Die Menschheit», fuhr er fort und ließ das Wort einen Moment lang wirken. «Dieses Wort hat ab heute für uns alle eine neue Bedeutung. Wenn dieser barbarische und unprovozierte Angriff auf unseren Planeten etwas Gutes hat, dann ist es die Erkenntnis, wieviel uns Menschen gemein ist. Dieser Angriff hat uns eine neue Perspektive vermittelt, was es heißt, zusammen mit anderen auf dieser Erde zu leben. Er hat uns gelehrt, wie unbedeutend unsere vielen kleinlichen Streitigkeiten und wie tief verwurzelt unsere gemeinsamen Interessen sind. Der Angriff hat den Lauf der Geschichte unwiderruflich verändert und die Frage, was es heißt, ein Mensch zu sein, neu beantwortet. Vom heutigen Tage an wird es unmöglich sein zu vergessen, wie sehr wir Angehörigen verschiedener Völker und Nationen voneinander abhängig sind.»

Während er sprach, wurde Whitmore immer unbefangener. Er wußte, was zu sagen war, vertraute seinen Instinkten, und die Worte sprudelten nur so aus ihm heraus.

«Ich denke, es ist eine Ironie der Geschichte, daß heute der Vierte Juli ist, der Gedenktag der Amerikanischen Unabhängigkeit. Vielleicht will es das Schicksal ein weiteres Mal, daß wir an diesem denkwürdigen Tag den Kampf um unsere Freiheit beginnen. Doch diesmal kämpfen wir um etwas sehr viel Grundlegenderes als die Freiheit von Tyrannei, Verfolgung und Unterdrükkung. Wir kämpfen gegen einen Feind, der nichts Geringeres will als unsere vollkommene Vernichtung. Dieses Mal kämpfen wir um unser Recht zu leben, um unsere schiere Existenz.»

Seine Stimme wurde eindringlicher, und seine Worte schienen ihre eigene Dynamik zu entfalten.

«In einer Stunde werden wir einem fremden und tödlichen Feind gegenüberstehen, einer Armee, die mächtiger ist als alles, was die Menschheit je gesehen hat. Ich werde euch keine falschen Versprechungen machen. Ich kann nicht garantieren, daß wir überleben werden, doch wenn es je eine Schlacht gegeben hat, die es wert war, geschlagen zu werden, dann diese. Und wenn ich mich heute morgen so umsehe, dann merke ich, wie außerordentlich glücklich ich bin, hierzusein, in diesen kritischen Stunden, umgeben von Menschen wie euch. Ihr seid Patrioten im ursprünglichen und eigentlichen Sinne des Wortes: Menschen, die ihre Heimat lieben und bereit sind, ihre Talente, Fähigkeiten und sogar ihr Leben in den Dienst ihrer Verteidigung zu stellen. Ich betrachte es als eine Ehre, daß es mir gestattet ist, an eurer Seite zu kämpfen, meine Stimme im Chor mit den eurigen zu erheben und ungeachtet dessen, ob wir gewinnen oder verlieren, zu erklären: Wir werden uns nicht stillschweigend vom Angesicht der Erde vertilgen lassen! Wir werden nicht kampflos verschwinden, wir werden bis zum letzten Atemzug um das kämpfen, was uns lieb und teuer ist, was uns rechtmäßig gehört.

Und wenn wir erfolgreich sind», sagte er lächelnd in das Mikrophon, «wenn es uns irgendwie gelingt, das Unmögliche zu erreichen, wird es der glorreichste Triumph sein, den man sich vorstellen kann. Der Vierte Juli wird nicht länger nur ein amerikanischer Feiertag sein, er wird als der Tag in die Geschichte eingehen, an dem die Menschheit Schulter an Schulter gekämpft und gerufen hat: Wir ergeben uns nicht! Wir werden überleben! Wir werden leben! Heute», donnerte er, «heute feiern wir unseren Unabhängigkeitstag!»

Whitmore trat vom Mikrophon zurück, und ein tosender Applaus brandete durch die Menge. Tief bewegt von seinen Worten, vergaßen die Männer und Frauen ihre Ängste, reckten ihre Fäuste in die Höhe und jubelten kampfbereit. Sie wären ihrem Führer überallhin gefolgt.

Während der Beifall und die Hochrufe kein Ende nehmen wollten, sprang Whitmore vom Jeep und bahnte sich seinen Weg zu den F-15-Jägern. Grey beobachtete, wie er einige knappe Worte mit Major Mitchell und dem Flugkapitän der Air Force One, Captain Birnham, wechselte. Dem General war Whitmores Wechsel vom Ihr zum Wir während dessen Rede nicht entgangen, und er war alles andere als begeistert darüber. Als Grey sah, wie Birnham dem Präsidenten seine Fliegerjacke und seinen Helm reichte, drängte sich Grey, so schnell er konnte, durch die Menge.

«Tom Whitmore», ereiferte sich Grey und mimte den aufgebrachten Mentor. «Was zum Teufel tun Sie da?»

Whitmore zog bereits den Reißverschluß hoch und inspizierte eine der Maschinen. Er lächelte seinen alten Freund an und sagte: «Ich bin Pilot, Will. Ich gehöre in die Luft.» Er setzte seinen Helm auf und fügte hinzu: «Ich werde den Leuten hier keine Risiken abverlangen, die ich nicht selbst einzugehen bereit bin.»

«Bedenken Sie, was es für die Leute heißen würde, wenn sie erführen, der amerikanische Präsident sei ums Leben gekommen.»

«Will, ich bin der festen Überzeugung, daß dies unsere letzte Chance ist. Wenn ich nicht zurückkehre, wird es morgen bedeutungslos sein, ob es einen Präsidenten gibt oder nicht.»

Grey wollte widersprechen, mußte aber einsehen, daß sein Freund nicht von seinem Vorhaben abzubringen war. Er wandte sich hilfesuchend an den Secret-Service-Agenten, doch der zuckte nur kopfschüttelnd mit den Schultern. Offiziell konnte er die Entscheidung des Präsidenten zwar nicht billigen, aber er bewunderte ihn garantiert dafür. Als Grey sich umsah, kletterte Whitmore bereits ins Cockpit und unterhielt sich angeregt mit dem Mann, auf dessen Jacke das Wort PIG prangte.

Wutschnaubend stampfte Grey davon, um seine Position in der Kommandozentrale einzunehmen.

Während der angespannten, hektischen Minuten vor dem Start kontrollierten die Techniker immer wieder das Raumschiff. Sie hatten das Cockpit mit Dutzenden von Merkblättern tapeziert, auf denen sie mit Filzstift die Bedienungsanleitung aufgezeichnet hatten; die an den verschiedenen Konsolen angebrachten Schaubilder waren nicht unbedingt professionell, aber sie erfüllten ihren Zweck.

Draußen vor dem Schiff suchten die Leute nach den passenden Abschiedsworten. Niemand sprach es aus, aber alle dachten dasselbe: Die Chancen für Steve und David standen eins zu eine Million. Wahrscheinlich würden sie umkommen, und das machte den Abschied um so schwerer; endgültig.

«Wenn ich zurück bin, schießen wir die restlichen Feuerwerksraketen ab», sagte Steve zu Dylan.

Jasmine verdrehte ein wenig die Augen und versuchte zu lächeln. Sie legte Steve die Arme um die Schultern, brachte ihre Lippen an sein Ohr und flüsterte etwas, was ihn blöde grinsen ließ. Dann küßte sie ihn auf die Wange, nahm Dylan auf den Arm und ging die Treppe zur Beobachtungsplattform hinauf.

«Noch eine Minute bis zum Start. Räumen Sie bitte den Startbereich», kam es über Lautsprecher.

«Pssst. David. Hierher.»

Es war Julius, der etwas unter seinem Jackett verborgen hatte, das die anderen nicht sehen sollten. Er nahm seinen Sohn beiseite, vergewisserte sich, daß niemand sie beobachtete, und schob sein Jackett zurück.

«Hier, nimm. Für alle Fälle.» In seinem Gürtel hatte er ein paar Kotztüten stecken, die er als Souvenirs in der Air Force One hatte mitgehen lassen. Die weißen Tüten trugen das präsidiale Siegel. Als David das Geschenk sah, mußte er lachen.

«Du bist der Größte, Dad. Hier, für dich hab ich auch was.» Er kramte in seiner Computertasche und förderte eine Jarmulke und einen kleinen ledergebundenen Talmud zutage. Julius machte ein erstauntes Gesicht. Ein Talmud war so ziemlich das letzte, was er bei David vermutet hatte. David beugte sich zu ihm hinunter und sagte: «Für alle Fälle.»

Julius schaute ihn prüfend an, dann sagte er: «Ich will, daß du es weißt, Sohn, ich bin sehr stolz auf dich.»

Diese Worte bedeuteten David mehr, als sein Vater ahnen konnte. Dann trat Julius beiseite, damit sein Sohn einer letzten Person adieu sagen konnte.

Connies Lächeln schwankte wie ein Kartenhaus und drohte jeden Moment unter Tränen zusammenzubrechen. Zwischen ihr und David war noch so vieles ungeklärt, sie hätten sich noch so viel zu sagen gehabt. Nun schien es, als würden sie einander wieder verlieren, und dieses Mal für immer. Obwohl es noch tausend Dinge zu sagen gegeben hätte, fanden sie beide keine Worte. Doch der Blick, mit dem sie einander ansahen, ein Blick gegenseitigen Verständnisses, ein Blick der Liebe, schien alle Schmerzen der Vergangenheit hinwegzuwischen.

«Sei vorsichtig» war alles, was Connie hervorbrachte, dann drehte sich David um und folgte Steve die Leiter hinauf.

«Nein, stop, halt! Wir können noch nicht starten!» Steve begann, hektisch seine Taschen zu durchwühlen. «Zigarren, Mann, ich muß noch Zigarren besorgen.»

Steve war kurz davor, die Halle zu verlassen. Er war nicht sonderlich abergläubisch, aber ohne die Utensilien seines Siegestanzes hatte er das sichere Gefühl, daß etwas schiefgehen würde.

Julius packte ihn am Arm und holte zwei Stumpen aus der Tasche seines Jacketts.

«Hier. Mit meinem Segen.»

«Mein Retter», sagte Steve freudig, und Julius hoffte, er würde recht behalten.

Kurz darauf hangelte sich Steve die Leiter hinauf und kletterte in das wiederhergestellte Raumschiff der Außerirdischen. David lächelte noch einmal nervös zurück, dann folgte er ihm.

Connie gesellte sich zu Jasmine und den anderen hinter den Scheiben der Beobachtungskabine. Der kleine Raum war vor langer Zeit eingerichtet worden, um die Sicherheit und alle Funktionen innerhalb der riesigen Betonhalle, in der sich das Raumschiff befand, zu überwachen. Die meisten Geräte waren seit den späten Fünfzigern nicht mehr benutzt worden und wirkten wenig vertrauenerweckend. Viele von ihnen waren damals eigens angefertigt worden, und an den Bedienungselementen lösten sich die Plastikstreifen mit der geprägten Beschriftung ab. Ein paar davon fielen zu Boden, als die Abdeckhauben abgenommen wurden.

Glücklicherweise hatte Mitch, der Cheftechniker, alles im Griff. Er drückte ein paar Knöpfe, und ein grollendes Beben erfüllte den Raum. Ein alter Elektromotor über ihnen sprang hustend an, und ein Teil des Daches öffnete sich, gefolgt von einem zweiten, bis genügend Platz für das Raumschiff vorhanden war. Die Öffnung in der Decke führte in einen großen, schräg verlaufenden Schacht, der ins Freie führte. Der Schacht hatte einen Durchmesser von etwa dreißig Metern, so daß Steve links und rechts nur wenige Meter zum Manövrieren blieben. Die Konstrukteure des Schachtes hatten nicht damit gerechnet, daß das Raumschiff da einmal mit einer Atombombe am Rumpf würde durchfliegen müssen. Als Mitch über Funk die Bestätigung erhielt, daß auch die Tore, die vom Schacht ins Freie führten, geöffnet waren, gab er Steve das Startsignal. Der Pilot nickte zurück und gab dem Bodenpersonal Zeichen, die Klammern zu lösen.

«Paß auf, das hier ist wichtig», erklärte Steve und wartete, bis er Davids ungeteilte Aufmerksamkeit hatte. Dann streckte er ihm eine Zigarre entgegen. «Die darfst du auf keinen Fall verlieren. Damit werden wir auf dem Heimweg unseren Sieg feiern. Das wird unser Siegestänzchen werden. Aber nicht anzünden, bevor du die fette Lady singen hörst.»

Als er David den Stumpen hinüberreichte, bemerkte er die Kotztüten in dessen Schoß.

«Ich muß dir etwas gestehen», sagte David, während er sich anschnallte. «Ich vertrag das Fliegen nicht besonders.»

Während er das sagte, lösten sich die Klammern und fielen mit einem Klirren zu Boden, das auch im Innern des Raumschiffs zu hören war. Das Schiff hob ab, schwankte ein wenig und stabilisierte sich in vier Meter Höhe. Zwei weiße Handgriffe, die aussahen wie Spinnenbeine, klappten aus der Konsole, bis sie sich in Reichweite des Piloten befanden.

«Ich liebe diesen Flieger. Verdammt cool, was?»

David rang sich ein Lächeln ab. «Ich fände es noch viel cooler, wenn wir heil hier herauskämen.» Er mußte an den Sprengkopf denken, der sich praktisch direkt unter seinem Sitz befand.

Steve folgte den Anweisungen auf den Papierstreifen und manövrierte das Schiff in die Höhe, bis sie den Schacht erreicht hatte. Davids Finger hinterließen dauerhafte Druckstellen auf den Lehnen. Steve dagegen war freudig erregt.

«Bist du soweit? Okay. Rock 'n' Roll!»

Steve dirigierte die Nase des Schiffes Richtung Schacht und zog einen der Steuerknüppel zurück. Die Maschine reagierte, aber nicht so, wie er erwartet hatte. Es schoß rückwärts durch die Halle und beschleunigte, bis es mit dem Heck gegen eine Wand krachte. Glücklicherweise dämpften die Fiberglasröhren der Klimaanlage den Aufprall.

«Hoppla!»

David, der im Geist einen Herzanfall erlitt, japste nach Luft und knurrte dann: «Hoppla? Dazu sagst du hoppla?»

Steve langte nach vorn, riß einen der Papierstreifen ab und klebte ihn andersherum wieder an.

«Versuchen wir's noch mal.»

Diesmal drückte er die Steuerknüppel sachte nach vorn und jagte das Schiff vorwärts in den Schacht. Steve wußte, daß er Glück gehabt hatte, daß der Aufprall glimpflich verlaufen war. Deshalb manövrierte er sich mit äußerster Vorsicht durch den Schacht und kratzte fast die Decke, um unter sich genügend Platz für den Sprengkopf zu lassen. Sobald die Nase des Schiffes ins Freie ragte, drückte Steve den Steuerknüppel hart nach vorn, und das Schiff jagte zischend in den Nachthimmel. Am Horizont dämmerte bereits der Morgen herauf.

Kurz darauf flog das Schiff einige waghalsige Schrauben und Spiralen und begann, sich um die eigene Achse zu drehen. Dann fing es sich kurz, um sofort wieder die wildesten Bewegungen zu vollführen.

«Ahhhhhhhh.» David kreierte ein neues Geräusch, er gurgelte und stöhnte gleichzeitig. «Steve, was ist los? Stimmt was nicht?»

«Alles bestens», beruhigte ihn der Pilot und legte das Schiff wieder waagerecht. «Ich verschaff mir nur ein Gefühl für das Schätzchen. So ein Ding muß ich haben.»

«Bitte, mach so was nicht. Ich hab was am Trommelfell. Damit ist nicht zu spaßen.»

Statt einer Antwort vollführte Steve ein paar weitere Stunts mit dem raketenschnellen Schiff.

Vom Cockpit seiner F-15 aus beobachtete der Präsident den Abflug des Schiffes. Er führte ein Geschwader von vierzig Maschinen an, die auf die Startbahn gerollt waren, wo die Farbe des Himmels im Osten allmählich von Dunkelrot zu Rosa überging. Die Piloten hatten ihre Cockpitkuppeln geöffnet und lauschten dem Funkverkehr. Als Steve und David mit dem Raumschiff davonjagten, erschien es ihnen wie ein dunkler Blitzstrahl, ein unbekanntes Flugobjekt, das mit atemberaubender Geschwindigkeit im Nachthimmel über ihnen verschwand. Das hatte nichts Spektakuläres, im Gegenteil, es war nur ein vorbeihuschender Schatten, der sich kurz gegen den rosafarbenen Streifen im Osten abzeichnete.

Als die Show vorüber war, begann Whitmore mit den Startvorbereitungen. Während sich die Kuppel über ihm schloß, schnallte er sich an und nahm Funkkontakt mit der Kommandozentrale auf.

«Grey, können Sie mich hören?»

«Roger, Eagle One, klar und deutlich. Bleiben Sie dran, Sir.» Am Unterton in Greys Stimme erkannten die Piloten, daß etwas nicht stimmte. Kurz darauf meldete Grey sich wieder. Er hatte schlechte Neuigkeiten.

«Eagle One, unser Ziel hat seinen Kurs geändert. Wir beobachten gerade das Radar.»

«Welche Richtung nimmt es?»

Der Präsident nahm an, es würde sich aus ihrer Reichweite entfernen und alle Anordnungen, die er getroffen hatten, würden sich als nutzlos erweisen.

«Ich glaube, unser kleines Geheimnis ist keines mehr. Das Schiff bewegt sich mit beachtlicher Geschwindigkeit Ostsüdost. Es kommt direkt auf uns zu, Sir. Voraussichtliche Ankunftszeit zweiunddreißig Minuten.»

Whitmore hatte geplant, sein zusammengewürfeltes Geschwader in die Luft zu bringen und ein paar Übungen zu absolvieren, damit die Piloten die verzweifelt benötigte Flugpraxis bekamen. Nun konnten sie dieses Vorhaben aufgeben. Whitmore war bewußt, daß die anderen Piloten mithörten, deshalb versuchte er, der Entwicklung etwas Positives abzugewinnen.

«Das bedeutet, daß wir den Heimvorteil haben. Laßt uns starten und unseren Claim abstecken.»

Dann schaltete er auf den privaten Kanal, den Grey für ihn installiert hatte. «Will, hören Sie mich?»

«Ich höre, Eagle One.»

«Fordern Sie Verstärkung an. Besorgen Sie mir jede Hilfe, die Sie kriegen können. Wir werden sie brauchen.»

David hing halb bewußtlos in seinem Sitz. Seine Augen rollten unkontrolliert wie ein Paar Murmeln in den Höhlen. Wenn er nicht gerade stöhnte, schien er vor sich hin zu singen. Vielleicht war er auch kurz davor, sich zu übergeben.

Schließlich bekam Steve Mitleid mit seinem Passagier und legte das Schiff waagerecht. Es war ein erstaunliches Gefährt, blitzschnell und gleichzeitig hochgradig manövrierfähig. Es war extrem wendig und schien über eine Art Gyroskop zu verfügen, denn nach jedem noch so waghalsigen Manöver stabilisierte es sich selbsttätig und lag wie ein Brett in der Luft. Dies war kein schwankender fliegender Teppich.

«Bist du noch da?»

David nickte mühsam. Er war grün im Gesicht.

Als das Schiff die Atmosphäre verließ, färbte sich der blaue

Himmel violett und wurde dann schwarz. Steves Kinnlade klappte ehrfürchtig herunter, dann grinste er breit. Als sie die letzten Schichten der Atmosphäre hinter sich ließen, beschleunigte die Maschine, als wäre sie endlich befreit. Hoch über der Erde, in der von der ewig blendenden Sonne erleuchteten immerwährenden Nacht, jagte das Schiff himmelwärts, hinauf in das Sternenzelt, das sich über ihnen ausbreitete. Für Steve war es ein wunderbarer Moment jungenhafter Entzückung; endlich erfüllte sich sein Traum.

«Darauf habe ich lange gewartet.»

Jetzt flogen sie ruhig dahin, auf einer Seite die Sonne, den Mond auf der anderen. Vor ihnen erstreckte sich die riesige Leere des Alls in die Unendlichkeit. Steve war so begeistert, daß er für einen Augenblick vergaß, warum sie hier waren. David kämpfte seine revoltierende Magensäure nieder und behielt die am Boden installierte Sauerstoffanzeige im Auge. Was er sah, gab ihm die Gewißheit, daß er im Begriff war, das Bewußtsein zu verlieren. Die Monitore waren mit dicken Nylonbändern, wie man sie für Sicherheitsgurte verwendet, am Boden verankert. Eines davon schien unter Davids Augen lebendig zu werden und erhob sich wie ein Tentakel in die Luft.

«Spürst du es? Schwerelosigkeit. Wir haben's geschafft, Baby.»

Steve hatte einige Erfahrung mit der Schwerelosigkeit. Er hatte sich einmal eine Einladung zu einem Trip im Frachtraum einer B-52 erschlichen, die Steilkurven geflogen war. Das Flugzeug war zur Maximalhöhe aufgestiegen und dann in einem sorgfältig kalkulierten Winkel in den Sturzflug gegangen, wodurch ein schwereloser Zustand simuliert wurde, der den Passagieren erlaubte, für zwei bis drei Minuten in der Luft zu schweben. Daran erinnerte sich Steve jetzt mit Wohlbehagen. David dagegen litt erbärmlich. Während er sich vorher ausgemalt hatte, wie sich sein Frühstück den Weg zurück in die Speiseröhre bahnte, erlebte er es jetzt wirklich.

«Natürlich», gurgelte er, «Schwerelosigkeit. Daran hätte ich denken müssen.»

David schaute aus dem Fenster und konzentrierte sich auf den

Mond. Obwohl der Trabant um diese Zeit auf der Erde nur als schmale Sichel wahrnehmbar war, wirkte er aus Davids Blickwinkel fast voll. David und Steve konnten nun sehen, was bisher nur einer Handvoll Menschen zu sehen vergönnt gewesen war: die dunkle Seite des Mondes. Ihre eigentliche Aufmerksamkeit galt jedoch einem Gebilde, das noch kein Mensch mit eigenen Augen gesehen hatte: einer schwarzen Kugel, ein Viertel des Mondumfangs groß, die in der Ferne lauerte. Das Mutterschiff, dessen glatte Oberfläche in der Sonne glänzte, blitzte sie bösartig an. Ein Paar monströse Zinken, die wie die Hauer eines Säbelzahntigers von der Unterseite des Schiffes abstanden, wölbten sich hungrig hinaus ins All.

«Wal in Sicht», sagte David, dessen Übelkeit langsam nachließ. «Flieg direkt drauf zu.»

Genau das tat Steve. Weniger als fünf Minuten waren vergangen, seit sie die Erdatmosphäre verlassen, und noch weniger, seit sie die Erdanziehungskraft überwunden hatten. Es gab nichts, weder einen Geschwindigkeitsmesser noch irgendeinen Bezugspunkt, woran sie hätten erkennen können, daß sie die ganze Zeit über beschleunigt hatten. Doch als Steve mit einer kurzen Handbewegung den Kurs änderte, waren sie von der unglaublichen Geschwindigkeit überrascht, mit der sie auf den Mond zurasten. Der Erdtrabant wurde größer und größer, bis David das Gefühl beschlich, sie kämen ihm zu nahe.

«Du weißt, wie man das Ding abbremst?» fragte er so nonchalant wie möglich, um Steve nicht auf die Füße zu treten.

«Mh-mh», machte Steve, der plötzlich besorgt wirkte.

«Mh-mh? Das klingt aber gar nicht gut», sagte David, der bereits einzelne Krater ausmachen konnte. «Was ist?»

«Irgendwas stimmt nicht. Das Schiff reagiert nicht mehr.»

David warf einen Blick auf seinen Laptop. Zum ersten Mal, seit die Klammern des Schiffes gelöst worden waren, schien er begeistert zu sein.

«Ich wußte es!» Er schaute Steve an. «Na ja, zumindest hab ich mir's gedacht. So, wie du das Innere des L. A.-Schiffes beschrieben hast, dachte ich mir, daß es einen Traktorstrahl geben muß, der den Flug steuert, eine Art computergelenkte Flugkontrolle. Die holen uns rein!»

Damit widmete er sich wieder seinem Computer.

Leicht säuerlich fragte Steve: «Und wann gedachtest du, mich davon in Kenntnis zu setzen?»

David schaute auf. «Hoppla.»

«Wir haben Sichtkontakt!»

Lange bevor der Zerstörer in Reichweite von Areal 51 war, war sein gewölbter Rumpf am Horizont zu erkennen. Der Präsident und die dreißig F-15 waren auf dreißigtausend Fuß gegangen. Sie befanden sich noch über dem herannahenden Raumschiff und dem wirren Haufen der Amateurpiloten, die Mühe hatten, ihre Formationen einzuhalten. Auch der Präsident hatte drei Zivilpiloten bei sich, die noch nie ein Kampfflugzeug geflogen hatten. Doch sie schlugen sich bemerkenswert gut. Whitmore übte mit ihnen den Gebrauch der Zielvorrichtungen. In den älteren Maschinen zeigte das Head-up-Display weder ein «Gottesauge» noch eine «Traumwelt», wie es bei Typen neueren Baujahrs Standard war. Um den Feind auszumachen, mußte sich Whitmores Geschwader – die Eagle Squadron – sowohl auf die Techniker der Kommandozentrale als auch auf das bloße Auge verlassen.

«In der Hauptsache, Jungs, heißt es, Augen offenhalten», erklärte Whitmore. Dann fragte er Grey, ob das «Paket schon zugestellt» worden sei.

«Negativ.» Whitmore sah Greys finstere Miene förmlich vor sich. «Keine Kampfhandlungen, bevor wir nicht die Bestätigung der Zustellung haben.»

Mindestens ein Dutzend Stimmen meldeten sich sofort über Funk und bestätigten mit «Roger» den Empfang der Anweisung.

«Und sorgt dafür, daß dieser verdammte Kanal freibleibt», bellte Grey noch, ehe er sich wieder dem Radarschirm zuwandte.

Um Zusammenstöße zu vermeiden, hatten sie sich in vier Staffeln aufgeteilt, die über der Wüste ihre Runden drehten. Grey beobachtete das fliegende Karussell eine Weile, dann sagte er entnervt zu Connie und Mitchell: «Diese Operation ist das Idiotischste, was ich je gesehen habe.»

Connie nahm den Major beiseite und stellte ihm eine Frage, die sie schon seit geraumer Zeit beschäftigte.

«Was ist, wenn das verdammte Ding, das Schiff, hier ist, bevor David es schafft, das Virus einzupflanzen?»

Mitchell, der sich darauf konzentrierte, die Schlachtordnung zu koordinieren, nahm an, Connie würde zwei und zwei zusammenzählen und sich Sorgen um ihr eigenes Leben machen. Und dafür war jetzt keine Zeit.

«Wir sind hier ziemlich tief unten. Das sollte uns einigen Schutz geben.»

Connie merkte sofort, was er dachte. «Über uns mache ich mir keine Sorgen. Es geht um die Leute da draußen.»

Mitchell erinnerte sich nur zu gut daran, wie es NORAD ergangen war, und er wußte, daß die Verteidigungsanlagen von Areal 51 im Vergleich dazu schwach waren. Wenn sich der Städtezerstörer erst einmal über ihnen befand und seine gigantische Kanone abfeuerte, würde es keine Rolle mehr spielen, ob die Flüchtlinge draußen oder unten in den Laboratorien waren – sie würden alle zusammen draufgehen. Dennoch wußte er auch, daß die Leute eine geringfügig höhere Überlebenschance haben würden, wenn er sie nach unten holte.

Er zog einen seiner Männer von seinem Beobachtungsposten ab und übertrug ihm die Aufsicht. Ohne eine weiteres Wort der Erklärung schnappte er sich Connie und stürmte mit ihr aus dem Raum.

Das Mutterschiff sah aus wie ein kleiner Planet, der exakt am Äquator durchgeschnitten war. Der größte Teil der Oberfläche der schimmernden Halbkugel wurde durch eine glatte Schale geschützt, mit Ausnahme der Stellen, die anscheinend herausgetrennt worden waren; dort lagen lange Streifen einer rötlichschwarzen Oberfläche bloß. Die flache Unterseite wurde von Wölbungen mit einem Durchmesser von fünfzehn Meilen unterbrochen. Dies waren die Kuppeln von Zerstörern wie jenen, die die Erde angegriffen hatten. Mindestens hundert von ihnen klebten wie Blutegel am Mutterschiff. Sechsunddreißig Krater markierten die Anlegestellen der Schiffe, die gerade im Einsatz waren. An einer Seite des Schiffes standen zwei stoßzahnförmige Fortsätze ab. Die rätselhaften, strahlend weißen Gebilde ragten wie die Fänge einer gigantischen Kobra etwa hundert Meilen ins All hinaus.

Das Schiff wurde in Richtung eines der dunklen, zerklüfteten Streifen zwischen der stahlblauen Panzerung gezogen, die neunzig Prozent der Oberfläche des Mutterschiffes bedeckte. Als sie näher herankamen, nahm der Rumpf des Schiffes das gesamte Blickfeld ein. Bald konnten Steve und David nichts mehr erkennen außer der schwarzen Oberfläche, die jetzt unmittelbar vor ihnen war. Im Gegensatz zu dem Eindruck, den es aus tausend Meilen Entfernung erweckte, offenbarte dieser Teil des Schiffes von nahem eine erstaunlich primitive Struktur. Unter der dünnen blauen Schale bestand die Oberfläche aus einem Material, das so uneben und zerklüftet aussah wie eben erstarrte Lava, wie eine quadratkilometergroße Fläche öden neolithischen Gesteins.

In die massiven Mauern war ein gewaltiges dreieckiges Portal geschnitten worden, das auf den Satellitenaufnahmen nicht erkennbar gewesen war. Darin schimmerte ein blaßblaues Licht aus dem Innern des Schiffes. Als David und Steve sich dem dreieckigen Tunnel näherten, entdeckten sie Dutzende von kleinen Raumschiffen wie ihres, die träge durch den Raum glitten. Sie wirkten mikroskopisch klein im Vergleich zu dem Megalithen hinter ihnen, durch dessen Pforte sie ein- und ausschwebten, als würden sie von den Gezeitenströmen eines unsichtbaren Ozeans getragen.

Im Innern des dunklen Tunnels fanden sie sich in einer dramatisch veränderten Umgebung wieder. Die Wände sahen aus, als wären sie mit riesigen Fliesen bedeckt, die sich im Lauf der Zeit rostbraun gefärbt hatten.

Lichtstrahlen schossen wie dicke Säulen in sporadischen Intervallen aus den Wänden in den Tunnel. Als sie einen davon passierten, wirkte er wie eine holographische Fackel, wie das virtuelle Bild einer künstlichen Lichtquelle, die genug Licht verbreitete, daß sie sehen konnten, wohin sie flogen. Die steilen Wände, die unter ihnen V-förmig zusammenliefen, wurden von einer Reihe massiver Konstruktionen verbunden, die im Zickzack durch den Tunnel liefen. Diese Stützkonstruktionen waren wie die korallenüberzogenen Spanten einer versunkenen Galeone mit unregelmäßigen organischen Wölbungen bewachsen. Durch die kleinen, runden Fenster dieser gewaltigen Kabel drang ein Lichtschein, der vielleicht darauf hindeutete, daß sich in ihrem Innern etwas Lebendiges befand. Obwohl sie mit einer Geschwindigkeit von fast dreihundert Meilen pro Stunde dahinflogen, vermittelten die riesigen Ausmaße des Tunnels und die kabelähnlichen Gebilde ihnen den Eindruck, langsam unter Wasser dahinzudriften.

Der Tunnel endete, und das kleine Schiff erreichte die Quelle des blaßblauen Lichtes. Sie kamen in die Herzkammer des Mutterschiffes. Es war, als würden sie an einem außerordentlich nebligen Tag durch milchigblaue Gewässer schwimmen. Einige Augenblicke lang konnten Steve und David überhaupt nichts erkennen. Erst als der erste Turm sichtbar wurde, erkannten sie, daß die neblige Atmosphäre ihre Sicht auf etwa zwanzig Meilen begrenzte. Die Türme waren knotige Gebilde, die wie endlose Taue durch den Nebel ragten. Sie waren aus Schichten aufgebaut, die sich wie tropfendes Kerzenwachs zu einer Spitze verjüngten. An der Außenseite waren deutlich markierte Pfade zu erkennen, möglicherweise Zufahrtswege, die für Reparaturarbeiten gebraucht wurden. Angesichts der schwindelerregenden Höhe der Türme, von denen weder Fundament noch Spitze zu sehen war, fühlten sich David und Steve wie Guppies, die sich in ein Haibekken verirrt hatten.

Als sie sich dem Zentrum des Mutterschiffes näherten, stießen sie auf etwas, das noch rätselhafter war als das, was sie bisher gesehen hatten. Es sah aus wie die Spitze einer Schraube, die über einer runden Plattform hing. Diese runde Plattform war flach, hatte einen Durchmesser von ungefähr fünfzig Meilen und fiel an allen Seiten steil ab. Als sie näherkamen, wurden sie plötzlich mit dem schreckenerregenden Anblick Tausender Außerirdischer konfrontiert, die in geschlossenen Formationen auf den Rand der Plattform zumarschierten. Die Plattform mußte eine Art Exerzierplatz sein, und die Wesen schienen sich an Bord von langen, kastenförmigen Schiffen zu begeben, die rund um die Plattform angedockt hatten. Ein unsichtbares Energieschild schützte sie vor dem Vakuum des Raums.

«Was zum Teufel ist das?» fragte David angeekelt.

«Sieht aus, als würden sie sich auf die Invasion vorbereiten», antwortete Steve mit einem Kloß im Hals. Zum ersten Mal seit langer Zeit spürte er so etwas wie Furcht in sich aufsteigen.

Ihr Schiff wurde nach oben gehoben, in Richtung der massiven Konstruktion, die sich direkt über dem Exerzierplatz befand und aus der Entfernung wie die Spitze einer Schraube gewirkt hatte. Die Konstruktion sah aus wie ein umgestülpter Gebirgsgipfel, der sich nach oben zu einem gewaltigen Berg verbreiterte. Sie bestand aus Tausenden von Schichten oder Stockwerken, von denen jedes über zahlreiche große Fenster verfügte, hinter denen eine hellere Lichtquelle zu strahlen schien. In der Nähe der Fenster ragten gerade Träger, an denen jeweils zwei oder drei Mantas hingen, ein Stück weit in das Innere der zentralen Kammer hinein. Dies war das Hauptdock, das Nervenzentrum der außerirdischen Zivilisation.

David stellte fest, daß die Mantas, genau wie Okun vermutet hatte, mit dem Mutterschiff durch Klammern verbunden waren, die sich um die starre Flosse an der Oberseite lagen. Die Terminals endeten in einem fingerähnlichen Flansch, der die kleinen Schiffe direkt mit dem computerartigen Kommandosystem des Mutterschiffs verband. Neben jedem der unzähligen Fenster der konischen Türme hing ein schlaffer Schlauch. Als sie näher kamen, bemerkten sie, daß die Schläuche aus transparentem Material bestanden, das sie wie riesige Gedärme aussehen ließ. Offenbar konnten sie so gesteuert werden, daß sie sich an der Luke an der Unterseite der Schiffe anschlossen und einen luftdichten Tunnel schufen, durch den die Insassen den Turm betreten konnten.

«Das wird nicht funktionieren», sagte Steve und lenkte Davids

Aufmerksamkeit auf das riesige Fenster, dem sie sich näherten. «Sie werden uns entdecken, bevor wir irgendwas unternehmen können.»

Tatsächlich konnte man durch das Fenster mehrere Außerirdische erkennen, die sich in einem hell erleuchteten Raum befanden, der offenbar eine Kontrollkabine war. Die Entfernung zwischen ihnen nahm rapide ab.

«Keine Sorge», versicherte David. «Das Ding hier ist bestens ausgestattet. Liegesitze, AM/FM-Oszilloskop und ...», er drückte einen Knopf auf der Konsole, «... automatische Jalousien.»

Schwere Schutzschilde schoben sich vor den Fenstern hoch und verdeckten den Außerirdischen die Sicht. Aber auch David und Steve waren jetzt eingeschlossen. Blind legten sie die letzten Meter zurück, spürten, wie das Schiff hart stoppte, und hörten dann, wie sich die mächtigen Klammern um die Flosse schlossen. Das einzige Licht im Innern der klaustrophobischen Kabine kam von den unaufhörlich blinkenden Lämpchen an der Konsole und von Davids ungesund grün leuchtendem Laptopschirm.

«Das wird mir ein bißchen zu gespenstisch», flüsterte Steve.

David hörte ihn nicht. Mit äußerster Konzentration betrachtete er die Veränderungen auf seinem Bildschirm. In dem Moment, als die Klammern gefaßt hatten, hatten sich die Signale, die den Status des Schutzschildes anzeigten, umgekehrt. Dadurch wußte David, daß sie nun mit der Quelle verbunden waren. Er öffnete ein anderes Fenster, in dem die Worte «Analysiere Quelle» aufleuchteten. David hielt den Atem an, während das Signalanalyseprogramm die Milliarden von Möglichkeiten testete. Plötzlich, sehr viel eher, als er erwartet hatte, begann der Computer zu piepen und zeigte eine neue Nachricht an: «Verbindung mit Quelle».

«Wir sind drin! Ich kann's nicht glauben, aber wir sind drin.»

«Großartig. Und was jetzt?»

Steve war nicht gerade begeistert von der Vorstellung, von Außerirdischen umringt, in einer gruseligen Kiste zu hocken. Als David sich wieder seinem Computer zuwandte, ohne ihm zu antworten, löste Steve den Sicherheitsgurt und ging zur Einstiegsluke, bereit, dem ersten Außerirdischen, der seinen Kopf hineinsteckte, den Fuß ins Maul zu stopfen.

«Okay», sagte David mehr zu sich selbst als zu seinem Partner. «Ich übertrage das Virus.»

Draußen blinkten die Lämpchen an einem kleinen schwarzen Kästchen, das an die Unterseite ihres Schiffes geschweißt war und es von den Tausenden anderen, die um sie herum angedockt waren, unterschied.

Ein Techniker setzte seine Kopfhörer ab und wandte sich an General Grey.

«Er überträgt das Virus.»

Schlagartig verwandelte sich Greys finstere Miene in überraschtes Staunen. Er hatte nicht erwartet, daß dieser schwachsinnige Plan auch nur andeutungsweise funktionieren würde. Doch dann setzte er fast ebenso schnell wieder seinen mürrischen Gesichtsausdruck auf, griff nach dem Handmikrophon und sprach hinein.

«Eagle One, können Sie mich hören?»

«Positiv», antwortete Whitmore. «Klar und deutlich.»

«Das Päckchen wird zugestellt. Machen Sie sich bereit zum Einsatz.»

Obwohl seine heftigen Rügen die unerfahrenen Piloten davon abgehalten hatten, sich in den Funkverkehr einzumischen, konnte Grey sich ihren begeisterten Jubel lebhaft vorstellen. Selbst der Präsident konnte seine Gefühle nicht verbergen, als er die Nachricht bestätigte.

«Roger!» rief er aufgeregt. «Wir sind angriffsbereit.»

Draußen vor Areal 51 war von dieser freudigen Aufregung nichts zu spüren. Die geordnete Evakuierung der Flüchtlinge hatte begonnen. In Zwölfergruppen wurden sie zum Fahrstuhl gebracht, nach unten gefahren und in dem langgestreckten Clean Room des unterirdischen Komplexes untergebracht. Doch sobald der finstere Schatten des Zerstörers am Horizont auftauchte, brach im Lager Panik aus. Die Menschen rannten zu ihren Trailern, um wenigstens ein, zwei Dinge mitzunehmen, die letzten Reste ihres früheren Lebens. Die Soldaten, die den Umzug koordinieren sollten, wurden von dem Ansturm überwältigt, und wertvolle Minuten gingen verloren.

Alicia durchwühlte den Familientrailer und konnte sich nicht entscheiden, was sie mitnehmen sollte. Troy hatte sie bereits mit dem Versprechen, bald nachzukommen, nach unten geschickt. Die Tür des Trailers schwang auf, und Philip steckte den Kopf herein.

«Alicia, laß uns abhauen. Sie kommen!»

«Ich weiß!» schrie sie zurück und schnappte sich das Nächstbeste, was ihr in die Hände fiel, einen großen Stoffbeutel voller schmutziger Wäsche. Beim Versuch, das schwere Bündel zur Tür zu zerren, knallte sie gegen die Wand. Philip sprang nach drinnen, nahm ihr den Sack ab und wartete, bis sie sich beruhigt hatte.

«Ich nehme den Sack», sagte er beschwichtigend. «Ist das nicht ein abgedrehtes erstes Date?»

Alice lächelte und atmete durch. Er hatte sie wieder zur Vernunft gebracht.

«Okay, Romeo, wo bringst du mich hin?»

Philip hievte sich den Sack auf die Schulter, und sie verließen den Trailer. Ohne daß Alicia es bemerkte, sah er nach oben, um die Position des näher kommenden Schiffes auszumachen. Um sie herum flohen die Menschen panisch in alle Himmelsrichtungen, riefen nach ihren Angehörigen und versuchten, das Innere des Hangars zu erreichen. Alicia faßte Philip sanft an der Hand. Sie genoß das Spiel, so zu tun, als wäre es ein ganz normaler Sonntagnachmittag und dieser Gentleman hätte sie zu einem kleinen Spaziergang abgeholt. Während um sie herum die Verwirrung wuchs, schufen sie sich eine kleine Insel heiterer Gelassenheit und gingen gemächlich auf den Hangar zu, als schlenderten sie am Ufer eines munter dahinplätschernden Baches entlang.

Sie wurden abrupt aus ihren Träumen gerissen, als sich eine Hand auf Alicias Schulter legte und sie herumwirbelte. Schweißtriefend, weil er überall herumgerannt war, stand Miguel mit einem wilden Blick in den Augen vor ihnen und wollte wissen, wo Russell war.

«Hast du ihn gesehen? Ich konnte ihn nirgends finden.»

Unbemerkt von den Menschen, die auf den Unterschlupf zuströmten, bewegte sich etwas mit Lichtgeschwindigkeit durch die Lüfte und wurde von den Radarschirmen des Stützpunktes aufgefangen: ein Funksignal, das sofort in der Kommandozentrale dechiffriert wurde. Auf dem Schirm, der für die Verbindung zu David und Steve reserviert war, leuchteten kurz darauf die Worte auf: INSTALLATION BEENDET.

«Ich will verdammt sein», knurrte General Grey voller Bewunderung für die Leistung der beiden. Er schnappte sich das Mikro und rief: «Kontrollraum an Eagle One! Das Päckchen ist zugestellt. Greifen Sie an.»

«Mit dem größten Vergnügen, Kontrollraum. Roger, out.»

Whitmore führte das Geschwader der dreißig Kampfflugzeuge an. Als er das Okay erhalten hatte, gab er den Piloten links und rechts von ihm Handzeichen, dann beschleunigte er. Die anderen folgten seinem Beispiel, ließen die langsameren, tiefer fliegenden Maschinen hinter sich und nahmen Kurs auf den Zerstörer, um ihn unter Beschuß zu nehmen. Die Luken an Whitmores Maschine klappten auf und gaben die erste AMRAAM frei. Noch während sie in der Abschußvorrichtung steckte, berechnete der Laser im Kopf der Rakete die Flugbahn und visierte den Punkt an, den Whitmore auf seinem Head-up-Display ausgewählt hatte. Whitmore drückte einen Knopf, und die Rakete jagte davon. Über Funk hörte er Greys Stimme. Grey verfolgte die Bahn der Rakete auf seinem Radarschirm. «Jetzt heißt's Daumen drükken!» krächzte er.

«Na los, Baby», stieß Whitmore hervor und sah der Rakete nach.

Eine Viertelmeile vor dem Megaschiff detonierte die AMRAAM harmlos mitten im Flug. Das Schutzschild war noch in Kraft.

«Nichts», ließ sich einer der Amateurpiloten über Funk vernehmen. «Sie ist am Schild explodiert und hat nicht einmal einen Kratzer hinterlassen.»

«Das war's.» Grey hatte genug gesehen. «Eagle One. Kehren Sie unverzüglich um. Ich will Sie so schnell wie möglich da weg haben.»

«Negativ!» rief Whitmore in sein Mikrophon. «Behaltet die Formation bei.»

Obwohl sie nur noch knapp zwei Meilen vom Raumschiff entfernt waren, hielt der Präsident sein Geschwader auf Kollisionskurs. Ohne Vorankündigung entließ er die zweite AMRAAM aus dem Schacht, gab ihr ein Ziel ein, das unweit des Turms an der Frontseite des Schiffes lag, und feuerte sie ab. Die Rakete schoß vorwärts und erreichte binnen Sekunden die Stelle, an der ihre Vorgänger stets auf das unsichtbare Hindernis gestoßen waren. Nichts passierte. Die Piloten verloren die Rakete aus den Augen, doch sie hatten keine Zeit mehr, sich Gedanken über ihren Verbleib zu machen, denn sie selbst näherten sich mit hoher Geschwindigkeit der kritischen Viertelmeilenzone. Dann wurden sie plötzlich überrascht.

Eine gewaltige Explosion riß ein tiefes Loch in die Flanke des Zerstörers. Ein riesiger Teil des Schiffes, ein Stück von der Größe eines Häuserblocks, wurde wie brüchiger Lehm weggerissen und flog brennend Richtung Erde.

In der Kommandozentrale brach ohrenbetäubender Jubel aus. Selbst General Grey, ein Vorbild eiserner Selbstkontrolle, schwang triumphierend die Faust, als wolle er einem unsichtbaren Außerirdischen einen deftigen Schwinger verpassen. Während der folgenden dreißig Sekunden war über Funk kein Wort zu verstehen, so sehr jubelten die Piloten, die voreilig einen Sieg feierten, den sie noch gar nicht errungen hatten.

Als wieder Ruhe einkehrte, führte Whitmore sein Geschwader in einer langgezogenen Abwärtsschleife zur Ausgangsposition in einigen Meilen Entfernung zurück. Das Schiff kam weiterhin näher.

«Wir greifen noch mal an», befahl er. «Staffelführer, übernehmt die Führung.»

Wie geplant schwärmten die Staffelführer auf breiter Front aus, und die anderen Flugzeuge gingen langsam hinter ihren Führungsmaschinen in Position.

Als das mächtige Schiff eingekreist war, ließen die Angriffskoordinatoren in der Kommandozentrale den Schlachtruf ertönen. Aus allen Richtungen führten die Staffelführer ihre Piloten zum Angriff. Manche der unerfahrenen Piloten brachen aus, um ihre Position zu verbessern, versäumten es aber, höher oder tiefer zu gehen. Ein fliegendes Ziel zu bombardieren, selbst wenn es so groß und langsam war wie das ihre, war schwieriger, als es aussah. Nur etwa ein Viertel der abgefeuerten Raketen, die meisten davon AMRAAMs, die von abgebrühten Veteranen abgefeuert worden waren, fanden ihr Ziel.

Manche der Anfänger zogen ihre Maschinen hoch über das Raumschiff hinweg, andere flogen darunter hindurch. Da sie sich alle gleichzeitig auf das Zentrum zubewegten, mußten sie plötzlich ihr Hauptaugenmerk darauf richten, nicht miteinander zu kollidieren. In ihrer Verwirrung feuerten sie jede Menge Sidewinder, Silkworms und Tomahawks ab, die mit ihren hitzekonditionierten Leitsystemen auch eigene Flugzeuge erfaßten, verfolgten und abschossen. Die Luftschlacht verwandelte sich schnell in ein ausgesprochenes Massaker. Dabei hatte der wahre Kampf noch gar nicht begonnen.

Dann kam der Moment, den sie alle gefürchtet hatten. Die Tore des glänzenden schwarzen Turmes öffneten sich, und ein Schwarm wendiger grauer Mantas stob heraus. Nachdem der Pulk sich hoch in die Lüfte geschwungen hatte, begannen sie auszuschwärmen und Jagd auf die Erdlinge zu machen.

«Russell!»

Der Schrei hallte weit in die Wüste hinaus, so weit, wie es das Dröhnen der kreisenden Düsenjäger erlaubte. Auf der Suche nach seinem Stiefvater war Miguel bis zum Rand des in ein Flüchtlingslager umgewandelten Parkplatzes gekommen, als er einen lauten Knall vernahm. Er fuhr herum und sah das riesige Raumschiff. Obwohl er nichts von Luftkampftaktik verstand, war er sicher, daß die zusammengewürfelte Luftwaffe, die kurz zuvor von der Rollbahn gestartet war, auf der er sich jetzt befand, nicht so agierte, wie sie sollte. Er glaubte nicht so recht, daß die ziellos herumirrenden Maschinen, die häufig nur knapp einer Kollision entgingen und zu langsam und zu nah am Boden flogen, den Städtezerstörer zurückschlagen könnten. Doch als er den Knall hörte, wußte er augenblicklich, daß eine der Raketen getroffen hatte. Binnen Sekunden war die Luft voll von Geschossen. Er hätte das beeindruckende und unwirkliche Spektakel gerne weiter beobachtet, aber er mußte Russell finden, ehe das riesige Schiff über sie kam.

Miguel nahm an, daß sein Stiefvater sich ein schattiges Plätzchen gesucht hatte, wo er sich ungestört seinem Selbstmitleid hingeben konnte. Und vermutlich hatte er sich eine Flasche mitgebracht, damit er nicht so allein war. Wahrscheinlich befand er sich irgendwo in der Nähe und war in einem erbärmlichen Zustand. Vielleicht hatte er sich sogar bewußtlos getrunken. Der Junge wußte, daß er allen Grund gehabt hätte, wütend zu sein. Einmal mehr zwang ihn Russells Verantwortungslosigkeit, eine Familie zu beschützen, die er nur ungern seine eigene nannte. Dennoch verspürte er keine Wut; er war nur davon überzeugt, daß Russell dem sicheren Tod ausgeliefert war, wenn es ihm nicht gelang, ihn in den Schutz der unterirdischen Laboratorien zu schaffen.

Seine Suche wurde jäh von der Attacke der perlgrauen Mantas beendet. Seine Instinkte rieten ihm, schleunigst in Deckung zu gehen und zu rennen, was das Zeug hielt. Er blickte über die Schulter und sah, wie sich eine Gruppe Mantas aus dem Pulk löste und direkt auf Areal 51 zuhielt. Sie waren unmittelbar hinter ihm und kamen schnell näher. Er sprintete durch das Lager, als die ersten Laserstrahlen dort einschlugen. Trailer und Wohnmobile explodierten und wirbelten durch die Luft. Mindestens einhundert Menschen hatten es nicht mehr bis zum Hangar geschafft. Sie suchten Deckung hinter ihren Fahrzeugen oder rannten im Zickzack über das offene Gelände, das die letzten Trailer vom Hangar trennte.

Miguel hörte, wie eine Salve hinter ihm den Boden umpflügte, und rettete sich in letzter Sekunde hinter einen Pick-up. Die Hangartore waren noch etwa vierzig Meter entfernt. Dazwischen befand sich ein ungeschützter Asphaltstreifen, auf dem bereits zahlreiche Tote und Verwundete lagen. Im Innern des Hangars konnte er einige Soldaten und eine Frau in einer weißen Bluse ausmachen, die die Flüchtenden hereinwinkten. Die Frau entdeckte Miguel, der hinter dem Pick-up kauerte, und winkte ihn verzweifelt zu sich herüber. Sie hatte dunkles Haar und dunkle Augen, und einen Augenblick lang glaubte Miguel, sie zu kennen. Furcht lähmte sein Gehirn, und ohne nachzudenken, jagte er über das offene Gelände auf den Hangar zu. Er senkte den Kopf und rannte um sein Leben, während um ihn herum die Lasergeschosse einschlugen. Blindlings sprang er über die herumliegenden Leichen, nur darauf bedacht, die Frau in der weißen Bluse zu erreichen. Er schaffte es. Als letzter flog er durch die schweren Stahltore, die gerade von den Soldaten geschlossen wurden. Dann folgte er der Frau zum Aufzug, der bereits voller Verwundeter war, die darauf warteten, nach unten gebracht zu werden. Da erschütterte ein gewaltiger Schlag das stählerne Gebäude. Die Tore wurden weggesprengt und die Soldaten von der Explosion zerfetzt.

Connie, die Frau in der weißen Bluse, schlug mit aller Kraft auf die Abwärts-Taste des Aufzugs. Es schien eine Ewigkeit zu dauern, bis die Türen sich endlich schlossen. Lasergeschosse regneten auf den Hangar herab, und gerade, als der letzte Lichtstrahl zwischen den sich schließenden Türen verschwand, gab die Stahlkonstruktion nach und stürzte ein.

Steve jagte die Triebwerke im Rückwärtsgang hoch und zerrte so heftig an den Steuerknüppeln, daß David dachte, er würde die fragilen Instrumente aus der Verankerung reißen.

«Mach was!» brüllte David. «Bring uns hier raus.»

«Siehst du nicht, daß ich's versuche? Ich krieg sie nicht los. Die Klammern sind zu stark.»

Steve ließ die Steuerknüppel los und ging in den hinteren Teil der Kabine, um einen klaren Kopf zu bekommen. Als er kurz darauf wieder zu seinem Sitz zurückkehrte, hackte David wie besessen auf seinem Laptop herum, um eine Möglichkeit zu finden, die Klammern zu lösen. Verzweifelt drehte Steve an den Schaltern und Knöpfen, die die Wissenschaftler nicht hatten identifizieren können. Als alle Möglichkeiten erschöpft waren, ließ er sich niedergeschlagen in seinen Sitz sinken.

«So hab ich mir das Ende nicht vorgestellt. Ich dachte, ich würde wenigstens eine nette Luftschlacht kriegen und neun oder zehn von den kleinen Rüsselkäfern mitnehmen.» Er sah David an, den diese Vorstellung offenbar irritierte.

«Na ja», fuhr Steve fort, «wenigstens haben wir ihnen das Virus angehängt.»

Plötzlich ertönte ein Brummen, und die Fensterpanzer glitten langsam nach unten. Die beiden Männer fuhren aus ihren Sitzen.

«Was machst du da? Paß auf, daß sie uns nicht sehen.»

David machte eine abwehrende Geste. «Das bin ich nicht. Die haben die Kontrolle über die Funktionen übernommen.»

Steve warf sich zu Boden und verbarg sich hinter der Konsole. David, der den Instinkt entwickelt hatte, jederzeit seinen Computer zu schützen, rutschte langsam aus seinem Stuhl. Als die Fensterpanzer ganz herabgeglitten waren, schauten sich die beiden Männer an und fragten sich, was sie als nächstes tun sollten.

«Sieh mal raus», sagte David und deutete auf das Fenster.

«Danke, nach Ihnen», konterte Steve. «Sieh du raus. Du bist der wißbegierige Forscher.»

«Ich bin Zivilist», verkündete David stolz. «Und ich glaube, daß es deine Pflicht als Marine ist, die ... die ...», er suchte nach den richtigen Worten, «... die Position des Feindes auszumachen.»

Steve verzog das Gesicht, als habe er ranzige Milch getrunken. Zutiefst angewidert, wandte er langsam den Kopf und hievte sich millimeterweise nach oben, fest entschlossen, nur den allerkürzesten Blick über das Armaturenbrett zu wagen.

Es war, als schaute er durch ein Periskop, und er benötigte ein paar Augenblicke, um sich klarzuwerden, was er da sah. Hinter einer dicken Scheibe, die aufgrund der Art, wie sie das Licht brach, aus Kristall zu bestehen schien, stand eine Gruppe Außerirdischer mit großen Köpfen und riesigen Augen und starrte ihn an.

«Ahhh!» brüllte er und landete wieder auf dem Boden, wo er sich so klein wie möglich machte. «Scheiße. Da draußen steht eine ganze verdammte Horde von denen.»

«Haben sie dich gesehen?»

«Ja.»

«Ich meine, haben sie dich wirklich gesehen? Richtig gesehen, daß du hier drin bist?»

«Ja. Es sind zwanzig oder dreißig, und sie schauen direkt hier rein.»

«Tja, wenn das so ist, Steve», sagte David gelassen, «warum verstecken wir uns dann noch?»

David stellte seinen Computer beiseite, holte tief Luft und spähte nach draußen. Da waren sie, die gespenstischen Gestalten, die ihn mit großen schwarzen Augen anstarrten. Nachdem er eine Weile zurückgestarrt hatte, entwirrte David seine Gliedmaßen und stellte sich aufrecht hin. Eine merkwürdige Gelassenheit überkam ihn. Immer mehr Außerirdische drängten sich in dem Kontrollraum hinter der Glasscheibe. Bald, das wußte er, würden sie durch die Schläuche kommen und ihr lange verlorenes Schiff wieder in Besitz nehmen. Niedergeschlagen grinste er Steve an.

«Schach und matt.»

Sekundenlang erloschen die Lichter, als ein weiterer Strahl durch die elektrischen Leitungen schoß und die Laboratorien wie ein kurzes, heftiges Beben erschütterte. Die Stöße der weiter entfernten Explosionen pflanzten sich mit gedämpftem Grollen unter der Erde fort und versetzten die rund tausend Menschen, die sich Schulter an Schulter im Clean Room drängten, in Angst und Schrecken.

«Julius!» Connie entdeckte ihren Schwiegervater, der neben der Rampe stand, die die Halle durchzog, und drängte sich zu ihm durch. «Julius, ist alles in Ordnung mit dir?»

«Mit mir? Mir geht's bestens.» Er hatte sich zum zeitweiligen Betreuer einer Gruppe von Mädchen und Jungen ernannt, die von ihren Eltern getrennt worden waren. Connie erkannte zwei von ihnen: Patricia, die Tochter des Präsidenten, und Jasmines Sohn Dylan.

«Natürlich hat uns der Krach ein bißchen erschreckt», verkündete Julius laut. «Aber wir haben keine Angst, denn wir wissen, daß alles gut werden wird. Nicht wahr, Kinder?»

«Genau», antworteten die Kinder im Chor.

Connie konnte es kaum glauben. Inmitten dieses Hexenkessels, in dem es mindestens so zuging wie in London während des Blitzkrieges, hatte der taperige Julius es geschafft, diese Kinder, die eigentlich vor Angst außer sich hätten sein müssen, zu beruhigen. Mehr denn je war sie davon überzeugt, daß Julius etwas Magisches an sich hatte. Eine weitere Explosion hüllte den Raum in Dunkelheit und erinnerte Connie daran, daß sie weitermußte.

«Paßt auf euch auf», sagte sie, als die Lichter wieder angingen. «Ich muß zu ...» Sie deutete auf ihre Aufgabe.

Julius nickte und winkte ihr kurz zu. Seine ungeteilte Aufmerksamkeit galt den Kindern. Auch er hatte eine Aufgabe. Als Connie sich entfernte, entfaltete er eine Jarmulke und setzte sie auf. Er befahl den Kindern, sich an den Händen zu fassen, und fragte sie, ob sie ein Lied hören wollten, das hundertprozentige Sicherheit garantiere. Sie bejahten, und er begann, aus dem Gedächtnis ein Gebet aus der Tora zu rezitieren; in fließendem Hebräisch, was David, wäre er dagewesen, überrascht hätte. Als Julius für einen Monat die Augen öffnete, entdeckte er Nimziki, der ihn aus einiger Entfernung beobachtete. Julius hatte nicht viel für den Mann übrig, spürte jedoch, daß er hilflos war.

«Kommen Sie doch zu uns», rief er dem geschaßten Verteidigungsminister zu.

Obwohl Nimziki Todesängste ausstand und sich nur zu gern an eine tröstende Schulter gelehnt hätte, schüttelte er den Kopf. «Ich bin kein Jude.»

«Na und?» schmunzelte Julius. «Niemand ist perfekt.»

«Miguel, hast du ihn gefunden?»

Connie stand auf der Rampe, schaute auf die dichtgedrängten Flüchtlinge und entdeckte ein etwa vierzehnjähriges Mädchen, das über das Stimmengewirr hinweg in ihre Richtung rief.

«Ich such ihn immer noch», hörte sie eine männliche Stimme in ihrem Rücken brüllen. Connie drehte sich um und stellte fest, daß der langhaarige Junge, der es als letzter in den Hangar geschafft hatte, ihr gefolgt war.

«Bleib, wo du bist», rief er seiner Schwester zu. «Ich komm zu dir rüber.»

Alicia nickte und kuschelte sich wieder an Philip. Sie hob den Kopf und schaute ihren neuen Freund an.

«Wenn ich heute sterbe, jetzt, wo ich dich gefunden habe, würde mich das echt ankotzen.»

Philip grinste breit und beugte sich über sie, um sie zu küssen.

Connie zwängte sich durch die Halle. Miguel folgte ihr wie ein Schatten.

Obwohl sein Äußeres schwer in Mitleidenschaft gezogen worden war, hatte das riesige Raumschiff keinen nennenswerten Schaden davongetragen. Aufgeschürft, qualmend und von der ersten Geschoßwelle durchgerüttelt, hatte es seinen Anflug unbeeindruckt fortgesetzt und näherte sich unaufhaltsam Areal 51, fest entschlossen, das letzte Widerstandsnest im Westen der Vereinigten Staaten auszuräuchern. Einen kurzen Moment lang hatte es so ausgesehen, als würde die Menschheit triumphieren, als könnten ihre winzigen Geschütze dem gewaltigen Monster so lange kleine Nadelstiche versetzen, bis es abstürzte. Doch seit die Raumjäger-Geschwader zu seiner Verteidigung ausgeschwärmt waren, hatte das Schiff kaum noch Treffer hinnehmen müssen.

Die unerfahrenen Piloten, die bereits alle Hände voll zu tun hatten, die Kontrolle über ihre Maschinen zu behalten, waren hysterisch geworden, als die Außerirdischen begannen, sie systematisch aus der Luft zu pflücken. Trotz Greys dringender Mahnung, Ruhe zu bewahren, vergeudeten die meisten von ihnen ihre letzten Raketen, indem sie blindlings auf die Angreifer feuerten. In der Kommandozentrale beobachteten die Männer an den Radarschirmen, wie die letzten Geschosse harmlos im Wüstensand detonierten.

«Uns geht die Munition aus, General», warnte einer der Techniker. «Und wir schaffen es nicht, dem Hauptschiff genügend Schaden zuzufügen.»

Präsident Whitmore, der das Chaos aus einer Höhe von achtzehntausend Fuß betrachtete, stimmte mit ihm überein. Sein anfangs dreißig Maschinen starkes Geschwader war auf acht reduziert worden. Einige waren während der ersten Welle des Gegenangriffs abgeschossen, andere während des Rückzugs versprengt worden. Er verschaffte sich einen kurzen Überblick und stellte fest, daß die Männer seiner Staffel nicht einmal mehr über zehn Raketen verfügten.

«Sehen wir zu, daß es Volltreffer werden», mahnte er sie.

Connie war in die Kommandozentrale gekommen, um zu sehen, ob sie irgend etwas tun könnte. Sie blieb hinter Grey stehen und beobachtete den Radarschirm, der ein dreidimensionales Bild des feindlichen Schiffes zeigte. Da bereits einige der Radarrezeptoren des Stützpunktes ausgefallen waren, war das Bild unvollständig und flackerte gespenstisch. Als jemand meldete, daß das Ding direkt über ihnen schwebte, erschauerte sie bis in die Haarspitzen. Der Mann wies General Grey auf etwas hin, das er in dem undeutlichen Bild auszumachen glaubte.

Als Grey begriff, worauf der Mann hinauswollte, schnappte Grey sich das Mikro und wandte sich an die verbliebenen Piloten.

«Achtung! Sie öffnen die unteren Tore und machen die Riesenkanone feuerbereit. Jemand muß unter das Schiff und das Ding wegballern, bevor sie es einsetzen können!»

Betäubt von den Neuigkeiten, drehte sich Connie um und verließ den Raum. Dabei kam sie an Miguel vorbei, der sich in der allgemeinen Verwirrung hinter ihr in die Kommandozentrale geschmuggelt hatte. Er bemühte sich, niemanden zu behindern, und lauschte Whitmores Stimme im Funk.

«Roger, Stützpunkt», meldete sich Whitmore, «ich habe noch eine AMRAAM übrig und bin unterwegs.»

Dann jagte er die Triebwerke hoch und setzte zum Sturzflug an.

«Haltet sie mir vom Leib, Jungs.»

Sein Geschwader schwärmte aus und verteilte sich unter dem Schiff. Im Luftraum vor ihnen wimmelte es von Jets und feindlichen Maschinen, die wild durcheinanderflogen. Whitmore schlängelte sich in hohem Tempo zwischen den Flugzeugen hindurch und visierte sein Ziel so an, daß die Rakete zwischen den beiden Toren einschlagen würde, die sich eben über der Wüste herabsenkten. Er aktivierte die Zieloptik und richtete sie auf die Spitze der gigantischen Kanone, auf die gewaltige, diamantförmige Ausbuchtung, aus der gleich der tödliche Strahl abgefeuert werden würde. Gerade, als sich der AMRAAM-Mechanismus absenkte, blitzte etwas in seinem peripheren Blickfeld auf. Die Angreifer kommen zu spät, dachte er. Als er nach vorn langte, um die Rakete abzufeuern, barst die wenige Meter rechts von ihm fliegende F-15 plötzlich in tausend Stücke. Die Explosion rüttelte Whitmores Maschine just in dem Moment durch, in dem die Rakete aus ihrer Vorrichtung schoß, so daß sie weit vom Kurs abkam. Whitmore sah ihr einen Augenblick lang nach, wie sie auf die Hügel zusteuerte, mit denen sie kollidieren würde.

«Verdammt! Eagle Two, übernehmen Sie die Führung. Ich lasse mich zurückfallen und versuche, Ihnen Zeit zu verschaffen.»

«Schon dabei», erwiderte der Pilot und setzte sich an die Spitze.

Hinter ihm brüllten sich Whitmore und die anderen Piloten gegenseitig die Positionen der Angreifer zu. Die Öffnung an der

Unterseite des Raumschiffs war offenbar eine verwundbare Stelle, denn als das Geschwader zum Angriff ansetzte, schwärmten ein Dutzend Mantas zur Verteidigung aus. Der Funkverkehr war so konfus, daß der Führungspilot Whitmores Warnung, ein Ausweichmanöver zu fliegen, nicht mehr hörte. Einer der Mantas setzte sich hinter ihn und feuerte eine beständige Salve von Laserstößen. Eine weitere F-15, Pigs Eagle Twelve, rauschte an den anderen Flugzeugen vorbei, bis ihre Nase praktisch im Heck des Mantas steckte. Sie pumpte das außerirdische Schiff mit Fünfzig-Millimeter-Geschossen voll, doch es war zu spät. Eagle Two ging in Flammen auf und explodierte, noch ehe der Pilot sein Feuerleitsystem aktivieren konnte. Der angeschossene Manta versuchte, sich ins Innere des Schiffes zu retten, doch Eagle Twelve blieb unaufhörlich feuernd an ihm dran, bis das Schiff schließlich, ohne zu explodieren, mitten in der Luft in Stücke brach.

«Gute Arbeit, Twelve», lobte der Präsident ohne große Begeisterung. «Na, wie sieht's aus? Hat noch jemand ein paar Raketen übrig?»

Connie betrat die Krankenstation und hatte das Gefühl, vom Regen in die Traufe geraten zu sein. Uniformierte Soldaten sowie einige wenige Freiwillige schleppten noch immer blutüberströmte Zivilisten, die Opfer des Luftangriffs auf das Lager geworden waren, in einen bereits vollbelegten Raum. Die Verwundeten wurden auf den Boden gelegt und gegen die Wände gelehnt. Ihr Stöhnen wurde vom anhaltenden Grollen des Dauerbombardements begleitet. Doch so schrecklich das alles schien, Connie wußte, daß dies nur das Vorspiel zu der bevorstehenden Katastrophe war. Das Schreien und Stöhnen würde in dem Moment ein Ende haben, in dem das Monster über ihnen seinen alles vernichtenden Strahl aussandte.

«Sagen Sie mir, was ich tun kann!»

Sie erwischte Dr. Issacs am Ärmel, der gerade an ihr vorbeieilen wollte, wobei er darauf achtete, nicht auf die Toten und Verwundeten zu treten. Der bärtige Arzt hatte das Stadium der Erschöpfung bereits hinter sich. Alle Farbe war aus seinem Gesicht gewichen, mit Ausnahme der dunklen Ringe unter seinen Augen. Er schaute Connie einen Moment verwirrt an und zeigte dann zu dem angrenzenden Raum.

«Helfen Sie ihr.» Er mußte schreien, um sich verständlich zu machen. «Sie bereitet eine Operation vor.» Dann hastete er weiter.

Connie ging durch den Durchgang und entdeckte Jasmine, die einen Patienten versorgte, der ein Schrapnell in den Unterleib bekommen hatte. Obwohl der Mann stark blutete und seine Eingeweide freilagen, redete Jasmine ruhig und freundlich auf ihn ein. Als Connie sich dem Tisch näherte, drückte ihr Jasmine sofort ein Handtuch in die Hand und zeigte ihr, wo sie abpressen mußte, um die Blutung zu stoppen. Obwohl Connie den Anblick von Blut normalerweise nicht ertrug, drückte sie den Lappen fest auf den Bauch des Mannes und versuchte zu verhindern, daß sich seine Eingeweide über den Tisch ergossen. Jasmine zupfte derweil die letzten Splitter aus der Wunde und säuberte sie.

«Sie sind ziemlich gut», bemerkte Connie. «Wenn Sie sich ranhalten, können Sie Profi werden.»

«Danke», lächelte Jasmine, ohne aufzublicken. «Ich mache es gern, und es hält mich davon ab, an andere Dinge zu denken.» Connie glaubte, sie spräche von dem Feuersturm, der jeden Moment über sie hereinbrechen konnte, bis sie merkte, daß Jasmine ihren frischgebackenen Ehemann meinte. «Das ist eine Scheißart, die Flitterwochen zu verbringen, finden Sie nicht?»

«Was? Oh, ja. Eine Scheißart», stimmte Connie abwesend zu. Sie betrachtete den Mann auf dem Tisch. Er versuchte, den Kopf zu heben, um zu sehen, was vor sich ging. Dabei klapperte er unaufhörlich mit den Zähnen.

«Okay, bringen wir ihn in den Operationssaal!» rief Dr. Issacs herein.

Als ein Pfleger Connies Job übernahm, lächelte sie dem Mann auf der Trage matt zu und erklärte ihm ohne große Überzeugung: «Das wird schon wieder, das wird schon wieder.»

Mehrere Piloten antworteten mit «negativ». Nachdem Grey sich kurz mit seinen Männern in der Kommandozentrale besprochen hatte, kehrte er wieder ans Funkgerät zurück.

«Eagle One, fliegen Sie zur Headly Air Force Base in Manitoba, Kanada. Wir gehen davon aus, daß Sie ausreichend Treibstoff haben. Wir haben bereits Funkverbindung aufgenommen. Sie werden Ihnen eine Eskorte entgegenschicken. Das wird Ihr neues Hauptquartier, Sir.»

Doch Whitmore weigerte sich, die Schlacht verloren zu geben. Sie waren so dicht dran. «Hat nicht doch noch jemand ein paar verdammte Raketen übrig?»

Der grüne Strahl, der die Feuerprozedur des Raumschiffs einleitete, kroch aus der gigantischen Nadelspitze und visierte sein Ziel an. Whitmore wußte, daß es nur noch eine Frage von Sekunden war, bis der Strahl herunterfegen und einen gigantischen Krater hinterlassen würde, genau an der Stelle, wo sich seine Tochter verbarg. Außer einer Aufwallung von Übelkeit spürte er nichts mehr, als wäre sein ganzer Körper taub. Er wollte nicht mit ansehen, wie es geschah.

«Eagle-Geschwader», befahl er widerwillig, «wir fliegen nach Norden. Folgt mir. Habt ihr verstanden?»

Da erscholl plötzlich eine unbekannte Stimme aus dem Äther.

«'tschuldigung, daß ich mich verspätet habe, Mr. President.»

«Wer sind Sie?»

«Oh, ich wollte mich nur ein bißchen nützlich machen.»

Der Präsident dreht sich um und sah etwas Unglaubliches: einen torkelnden alten Doppeldecker, der aussah, als habe ihn der Baron von Richthofen während des Ersten Weltkriegs geflogen. Die Maschine quälte sich mit stotterndem Motor durch die Luft, und im Cockpit saß ein Mann, der eine lederne Fliegerhaube trug. Am Rumpf hatte er mit Gummiseilen und Stricken etwas befestigt, was wie eine Rakete aussah.

«Was machen Sie da?»

«Keine Sorge, Sir, ich hab gut geladen.»

Russell hatte die größte, fieseste Rakete geklaut, die er hatte finden können. Sie war viel zu schwer für die Maschine und krachte bei jedem Windstoß bedrohlich gegen den dünnen Rumpf. Ein rotes Blinklicht zeigte an, daß die Rakete scharf war.

«Was ich von Ihnen brauche, Sir, ist, daß Sie mir die Kerle noch ein paar Sekunden vom Hals halten.»

Whitmore sah sich um und entdeckte, daß sich ein weiteres Feindgeschwader im Anflug befand. Die amerikanischen Piloten griffen sie an und gaben der wackligen Mühle Feuerschutz, während der Doppeldecker mühsam der riesigen Nadelspitze entgegensteuerte.

In der Kommandozentrale waren alle Augen auf das Radarbild des Raumschiffs gerichtet. Ein kleiner Blip steuerte auf den Ursprung des Strahls zu, der ebenfalls auf dem Schirm erkennbar war. Grey schnappte sich ein Mikro.

«Pilot, identifizieren Sie sich!»

«Meine Name ist Russell Casse, und ich möchte, daß Sie mir einen Gefallen tun ...»

«Wer ist der Kerl?» fragte einer der Techniker.

«Russell!» Miguel stürzte auf den Radarschirm zu, wurde aber von zwei Soldaten zurückgehalten.

«... sagen Sie meinen Kindern, daß ich sie über alles liebe.»

Während einer der Funker dem Präsidenten und seinem Geschwader die Positionen der feindlichen Maschinen durchgab, brüllte Miguel in das offene Mikro: «Dad! Nicht!»

Als er hörte, wie Miguel ihn «Dad» nannte, mußte Russell unwillkürlich lächeln. Er wußte nicht, ob Miguel ihn hören konnte, brüllte aber trotzdem zurück: «Ich muß es tun, Junge. Du hast sowieso immer besser auf die beiden aufgepaßt als ich.» Dann fügte er hinzu: «Ich muß das hier zu Ende bringen.»

Er schaltete das Funkgerät ab und ging in den Steilflug, wobei er dem Motor der de Haviland alles abverlangte. Die Nase des Doppeldeckers war auf die Spitze der Nadel gerichtet. Das Heck der Maschine verschwand in der Öffnung, und der Präsident und die verbliebenen Piloten drehten im letzten Augenblick ab. Plötzlich war das grüne Leuchten verschwunden. In zwei Sekunden würde ein weißes Licht an seine Stelle treten und ein massiver Strahl der Vernichtung auf Areal 51 hinunterzucken.

«Hallo, Jungs! Ich bin wieder da!» brüllte Russell aus vollem Hals. «Und in den Worten meiner Generation: Ich hab euch am Arsch!»

Die alte Maschine krachte frontal gegen die Seite des Feuerschafts und verursachte eine unbedeutende Explosion, die offenbar verpuffte, ohne nennenswerten Schaden anzurichten. Doch als der tödliche weiße Strahl aus der Tiefe des Schiffes hervorschoß, wurde er plötzlich abgewürgt. Das gewaltige Schiff drehte ab und schwang sich mit erstaunlicher Geschwindigkeit in die Lüfte. Im selben Moment machten auch alle anderen feindlichen Flieger auf der Stelle kehrt und folgten ihm. Der ganze Schwarm stob über die Wüste davon.

Keiner von ihnen kam sehr weit.

Ausgehend vom Zentrum des mächtigen Schiffes brach eine Explosion durch das Kuppeldach. Es sah aus, als sprenge sich ein Selbstmörder mit einem Dumdumgeschoß die Schädeldecke weg. Russells Bombe hatte eine Kettenreaktion ausgelöst, die durch den Rumpf des riesigen Schiffes jagte und es von innen her schmelzen ließ. Explosion auf Explosion ließ das Monster am Himmel feuerrot erglühen und enthüllte wie ein Röntgenbild seine innere Struktur. Schnell war es vollkommen von den Flammen eingehüllt. Immer noch in der Luft hängend, begann es gleichzeitig zu implodieren und zu explodieren. Es zerbarst in riesige Trümmer, die wie Feuerbälle zur Erde fielen.

Die Kettenreaktion reichte bis in die Kommandozentrale, wo sie ein überwältigendes Triumphgeheul auslöste. Sie hatten einen Weg gefunden, die unverwundbaren Schlachtschiffe der Außerirdischen vom Himmel zu holen. Die Männer und Frauen fielen einander in die Arme, reckten die Fäuste und jubelten und lachten wild durcheinander. Mit Ausnahme von Miguel. Als das Triumphgeheul den Raum erfüllte, öffnete er leise die Tür und schlüpfte hinaus auf den Flur, in dem sich die Flüchtlinge drängten. Die Diskrepanz zwischen seinem traurigen Gesicht und den Jubelstürmen in der Kommandozentrale verwirrte sie.

Grey, der niemals die Selbstkontrolle verlor, packte einen der jubelnden Offiziere am Kragen und brachte ihn zum Schweigen.

«Zurück ans Funkgerät», herrschte er ihn an. «Da erklären Sie jedem Geschwader auf dieser Welt, wie man die Hurensöhne fertigmachen kann.»

Steve hatte das Gefühl, die fette Lady singen zu hören. Er lag noch immer hinter dem Armaturenbrett verborgen am Boden. Er griff in seine Brusttasche, holte die beiden Zigarren heraus, die Julius ihm gegeben hatte, und bot eine davon David an.

«Ich schätze, wir können nichts mehr machen, außer das ganze Ding in die Luft zu jagen, bevor die hier reinkommen und irgendwelche Schweinereien mit uns anstellen.»

David, der noch immer mit den Außerirdischen um die Wette glotzte, nickte und fand sich langsam damit ab, demnächst zu sterben. Nachdenklich betrachtete er die Zigarre.

«Schon komisch. Ich habe immer gedacht, die Dinger hier würden mich umbringen. Okay, laß es knallen.»

Steve hievte sich in seinen Sitz und versuchte, den Anblick der widerwärtigen Kreaturen zu vermeiden. Er öffnete die Deckplatte der Black Box und gab den Zugangscode ein. Der LCD-Schirm blinkte und meldete ihm zwei Alternativen: Abschuß oder Abbruch.

«Schön, dich kennengelernt zu haben, Mann.» Er schüttelte David die Hand.

«Gleichfalls», erwiderte David. «Fast wären wir damit durchgekommen.»

«Fast», stimmte Steve zu. «Fertig?»

«Tschüs, Fuzzy, tschüs, Blinky!» David winkte den Außerirdischen zu. «Wir sehn uns, Eierkopf, wir auch, Froggie.»

«Denkst du, die wissen, was auf sie zukommt?» fragte Steve. Die Zigarre klebte an seinen Lippen, als er den Knopf drückte.

«Im Leben nicht.»

Sobald Steve den Knopf gedrückt hatte, wurde die Kabine von einem Schlag erschüttert, der beide Männer aus dem Gleichgewicht brachte. Die drei Meter lange Rakete schoß davon und zog einen weißen Kondensstreifen hinter sich her.

Flammen und Glassplitter stoben auf. Als Steve und David aufblickten, hatte der Marschflugkörper die Trennscheibe durchschlagen, die Rückwand der Kontrollkabine zerfetzt und sich mit funkensprühendem Triebwerk in eine entfernte Mauer gebohrt.

In der Kabine entstand ein gewaltiger Unterdruck. Die Außerirdischen krümmten sich und blähten sich auf, als sie durch das entstehende Vakuum in alle Richtungen gesogen wurden. Ihre kugelförmigen Köpfe platzten wie Popcorn.

Während das grauenhafte Schauspiel seinen Lauf nahm, lösten sich plötzlich die Klammern, die das Schiff festgehalten hatten, und es wurde mehrere Meter in die Höhe geschleudert. Die Druckwelle einer Explosion im Innern des Turms warf es zurück. Es prallte mit einem anderen Schiff zusammen und driftete schwankend in den freien Raum hinaus.

«Wir sind frei!» rief Steve.

«Das ist jetzt auch egal. Die Show ist vorbei.»

Steve schaute auf das digitale Zählwerk der Black Box, das die verbleibende Zeit bis zur Detonation des Atomsprengkopfes anzeigte.

... 22 ... 21 ...

«Ich hör noch keine fette Lady», rief Steve, schwang sich in den Pilotensitz und riß die Maschine herum. David schaffte es gerade noch, sich wieder zu setzen, ehe Steve die Steuerknüppel an sich heranriß und das Schiff in wilder Flucht davonjagte.

«Vergiß deine fette Lady. Du bist ja regelrecht von ihr besessen. Bring uns hier raus!»

Schneller als menschliche Piloten dazu in der Lage gewesen wären, nahm eine Handvoll Raumjäger die Verfolgung auf. Obwohl Steve die Steuerung der Maschine nicht vollständig durchschaut hatte, blieb ihm nichts anderes übrig, als Vollgas zu geben. In wilden Schlangenlinien raste er durch das labyrinthische Innere des Mutterschiffs. Die Verfolger vermieden es, auf ihr Opfer zu schießen, bis es die Mündung des Ausgangstunnels erreichte. Dann eröffneten sie das Feuer, doch sie befanden sich in einem ungünstigen Winkel, und Steve schoß in den dreieckigen Schacht, der nach draußen führte.

«Die machen dicht», brüllte David, «die schließen die Tore!»

«Das seh ich selbst!» Steve hatte auch ohne aufgeregten Passagier alle Hände voll zu tun. Die Lücke am Ende des Tunnels wurde schmaler und schmaler, die drei wuchtigen Tore schienen ihnen den letzten Ausweg zu versperren. Steve zerrte so an den Steuerknüppeln, daß sie beinahe abbrachen, und holte das Letzte aus dem Schiff heraus, das auf den sich schließenden Spalt zuschoß. Er warf einen Blick auf die Black Box:

... 09 ... 08 ...

«Zu spät, sie sind gleich zu.» David sah die letzten Sterne hinter dem dreieckigen Portal verschwinden. Als er merkte, daß Steve es trotzdem versuchte, schloß er die Augen und hielt den Atem an.

Sie schossen durch den schmalen Spalt und entkamen um Haaresbreite.

«The King has just left the building!» brüllte Steve.

«Thank you very much», fiel David in dem matten Versuch ein, Elvis zu imitieren.

Als sie sich im All befanden, sah sich Steve nach der Erde um und steuerte das Schiff darauf zu.

... 01 ... 00.

Ihr Schiff beschleunigte weiter und raste mit mehreren tausend Meilen pro Stunde durchs All, während seine Insassen auf das sich deutlich unter ihnen abzeichnende Nordamerika schauten. Dann gab es einen Lichtblitz, der so hell war, als käme er unmittelbar vom Heck ihrer Maschine. Steve und David hatten gerade noch Zeit, einen besorgten Blick zu wechseln, dann erwischte sie die Druckwelle der Detonation von hinten. Ihr Schiff ritt auf dem Kamm der Explosion wie ein Surfbrett auf einer gigantischen Woge. Dann überschlug es sich und wurde durchs All gewirbelt. Steve versuchte noch, sie durch die Turbulenz zu steuern, doch als die Welle über ihnen zusammenschlug, verlor er die Kontrolle.

Die Kuppel der Präsidentenmaschine öffnete sich, und eine behandschuhte Faust reckte sich in den Himmel. Whitmore hievte sich aus dem Cockpit und sprang auf die Tragfläche seiner F-15. Sieben Mitglieder der Eagle Squad waren heil zurückgekehrt, ebenso rund dreißig Maschinen der abgetakelten Ablenkungsflotte. Sie hatten sich mit den letzten Mantas herumgeschlagen, bis diese ihre Energie verloren und vom Himmel fielen. Offenbar verfügten sie nur über begrenzte Bordreserven.

Als er wieder festen Boden unter den Füßen hatte, deutete Whitmore mit dem Finger auf den langhaarigen, vollbärtigen Pig und bezeugte dem Biker seine Anerkennung. Pig erwiderte die Geste. Jubelnd kamen die Soldaten auf sie zugerannt. Auf Befehl des Präsidenten geleiteten sie die Piloten zu einem Loch in der Erde. Einen Steinwurf von dem kollabierten Haupthangar entfernt, befand sich eine Betonplatte, in der zwei Türen eingelassen waren, die sich auf eine Treppe öffneten. Es handelte sich um einen Notausgang. Whitmore und seine Mannschaft folgten den Soldaten ins Innere.

Die Treppe endete in dem Dekontaminationsraum. Als der Präsident um die Ecke in den langen Clean Room trat, brauchte er einen Augenblick, um ihn wiederzuerkennen. Statt der Männer in Schutzanzügen entdeckte er nun Hunderte von Zivilisten: die Flüchtlinge, die sich noch vor Minuten auf den Tod vorbereitet hatten. Sie begrüßten die Helden, die den außerirdischen Zerstörer abgeschossen hatten, mit lautem, anhaltendem Jubel. Von diesem Empfang überwältigt, bahnte sich Whitmore seinen Weg durch die Menge, schüttelte unzählige Hände, ließ sich auf die Schulter klopften und umarmen, bis er ein vertrautes Gesicht entdeckte. Julius hob die kleine Patricia auf die Rampe, von wo aus sie auf ihren Vater zurannte, so schnell ihre Füße sie trugen. Whitmore fing sie auf und schloß sie in die Arme.

Nicht weit entfernt stand ein langhaariger junger Mann, der die Szene mit steinerner Miene betrachtete. Eine Hand legte sich auf seine Schulter.

«Verdammt, Miguel.» Troy war wieder ganz der alte. «Hast du uns nicht gehört? Seit zehn Minuten rufen wir nach dir.»

Alicia drängte sich mit Philips Hilfe durch die johlende Menge. An Miguels Gesichtsausdruck erkannte sie augenblicklich, daß Russell tot war. Sie brach in Tränen aus, ließ Philip stehen und umarmte Miguel.

«He, was ist los?» wollte Troy wissen. «Stimmt was nicht?» Wortlos streckte Miguel die Hand aus und zog den Jungen an sich.

Als Whitmore die Türen zur Kommandozentrale aufstieß, wurde er mit weiterem Applaus begrüßt. Grey, der noch immer finster auf einen Monitor starrte, wandte sich um und sah, wer es war. Die Andeutung eines Lächelns hellte seine Miene auf, und er trat vor, um seinen Freund zu umarmen.

«Verdammt, Tom, wollten Sie, daß ich einen Herzschlag kriege?»

«Wie sieht es mit den anderen Angriffen aus?»

«Ausgezeichnet. Acht Abschüsse sind schon bestätigt und einige weitere wahrscheinlich.»

«Noch einer, General!» rief einer der Soldaten herüber. «Die niederländische Luftwaffe hat das Ding über Holland runtergeholt.»

Die Mitteilung ließ einen neuerlichen Jubelsturm losbrechen, doch als Connie mit einem traurigen Lächeln den Raum betrat, ebbte er ab. Hinter ihr kam Jasmine mit Dylan auf dem Arm herein.

«Und unsere Paketboten?» fragte Whitmore. «Habt ihr von denen schon etwas gehört?»

«Unglücklicherweise haben wir vor etwa fünfzig Minuten den Kontakt zu Hiller und Levinson verloren. Kurz nachdem das Schiff explodiert ist», gab Grey widerstrebend zu.

Whitmore schaute zu Connie und Jasmine, die die schlechte Nachricht mit anhörten. Er wollte gerade zu ihnen gehen, um ihnen einige tröstende Worte zu sagen, als einer der Männer an den Monitoren rief: «Moment! Da ist etwas auf dem Radar. Sieht aus, als würde noch jemand zurückkommen.»

Alle drängten sich um den Monitor und beobachteten den kleinen Blip, der über den Schirm huschte.

Eine Stunde später jagte ein vollbesetzter Humvee, eine Staubwolke hinter sich herziehend, über den Wüstensand. Das Fahrzeug, das wie eine Kreuzung aus Sportwagen und Panzer wirkte, wurde von Major Mitchell gesteuert. Er fuhr auf eine schwarze Rauchsäule zu. Die Kommandozentrale hatte die Bahn des Flugobjekts verfolgt, bis es etwa neun Meilen vom Stützpunkt entfernt mitten in der Wüste gelandet war. Jasmine, die auf dem Beifahrersitz saß, spähte angestrengt durch die Windschutzscheibe, während Dylan auf ihrem Schoß herumgeschleudert wurde. Unmittelbar hinter ihr standen Connie, Präsident Whitmore und General Grey, hielten sich am Überrollbügel fest und suchten den Horizont nach einem Lebenszeichen ab. Julius und die Tochter des Präsidenten saßen auf der geräumigen Ladefläche. Ein weiteres Fahrzeug, ein Jeep voller bewaffneter Soldaten, folgte dicht hinter ihnen.

Als sie sich bis auf drei Meilen genähert hatten, konnten sie sehen, daß das Schiff an einer alleinstehenden, felsigen Hügelgruppe eine Bruchlandung gemacht hatte. Es gab keinerlei Anzeichen, daß es sich um jenes Schiff handelte, mit dem Steve und David ins All geflogen waren, und keine Hoffnung, daß die Männer noch am Leben sein könnten. Das abgestürzte Schiff war vollkommen von den Flammen eingeschlossen.

Plötzlich tauchten am flachen braunen Horizont zwei kleine Schatten auf. Als der Humvee näher kam, wurde deutlich, daß es sich um zwei Gestalten handelte. Sie schienen aufrecht zu gehen. Grey rief Mitchell zu, das Tempo zu drosseln, dann befahl er den Soldaten des anderen Fahrzeugs per Handzeichen, zu ihnen aufzuschließen. Die beiden Wagen fuhren langsam weiter; mehrere Sturmgewehre waren auf die beiden Gestalten gerichtet.

Als sie noch fünfzig Meter entfernt waren, hielt Mitchell an, machte den Motor aus und lehnte sich mit den Armen aufs Lenkrad.

«Ich will verdammt sein», sagte er ungläubig. Die geheimnisvollen Gestalten rauchten Zigarren.

Hiller und Levinson hatten das Unmögliche geschafft und überlebt, um davon zu erzählen. Sie waren in die Festung der Außerirdischen eingedrungen, hatten deren Schutzschilde mit einem primitiven Computervirus lahmgelegt und den planetengroßen Koloß in Stücke gesprengt. Danach waren sie nach Nevada zurückgeflogen, bevor die Energievorräte ihres Schiffes erschöpft waren. Jetzt kamen sie stolz und gelassen durch den Sand geschlendert, als wäre es das Selbstverständlichste von der Welt.

Jasmine riß die Wagentür auf und rannte über den heißen Wüstensand, bis sie ihrem Mann in die Arme sank. Sie drückte ihn an sich, als wollte sie ihn nie wieder loslassen, und sagte mit erstickter Stimme: «Du hast mir eine Scheißangst eingejagt. Wir dachten, ihr würdet in dem Ding festsitzen.»

Steve schaute mit seinem spitzbübischen Grinsen auf sie herunter. «Tja, aber was für ein Auftritt.»

Jasmine sah ihn entgeistert und amüsiert zugleich an. Hatte dieser Mann vor nichts Angst? «Geht das schon wieder los.» Sie schüttelte den Kopf. «Ich schätze, dein Ego ist jetzt vollkommen außer Kontrolle geraten und du wirst nicht mehr zu ertragen sein.»

«Vielleicht. Willst du's immer noch rausfinden, Hühnerbein?»

Sie lachte fröhlich auf. «Ja, ich werd's versuchen, Segelohr.»

Connie und David gingen langsam aufeinander zu und blieben dann voreinander stehen, als würden sie beim nächsten Schritt auf eine Mine treten. Sie war mächtig stolz auf ihn. Für David war der schönste Teil dieser Prüfung, daß er sie wiedersah. Doch keiner der beiden wußte, was der andere wollte, deshalb blieben sie einen Meter voneinander entfernt stehen.

«Na?» fragte David und ließ den Blick über den Himmel schweifen. «Hat's funktioniert?»

Die Frage holte Connie jäh auf den Boden der Tatsachen zurück. Sie hatte sich ausgemalt, wie es sein würde, den letzten Schritt zu tun und ihn zu küssen. Doch er wollte natürlich wissen, ob sein brillanter Plan erfolgreich gewesen war. Ihre Gedanken machten sie verlegen, und plötzlich spürte sie die Blicke der anderen.

«Ja, ja», sagte sie. «Es hat wunderbar geklappt. Ein paar Minuten, nachdem ihr das Virus eingepflanzt hattet, brachen ihre Schilde zusammen, und unsere Raketen haben sie getroffen.»

Sie begann ihm zu erzählen, wie das Raumschiff Areal 51 angegriffen hatte, wie Whitmore selbst die Männer in die Schlacht geführt hatte, wie in letzter Sekunde der mysteriöse Pilot in dem Doppeldecker aufgetaucht war, doch David unterbrach sie mit erhobener Hand.

«Nein, was ich meine, ist», sagte er und deutete auf sie und dann auf sich, «ob es funktioniert hat?»

Das Lächeln, das sich auf Connies Gesicht ausbreitete, war strahlender als die Nachmittagssonne.

«O ja!» Sie überwanden die Distanz zwischen ihnen und fielen sich in die Arme.

«Und ob!»

Als die beiden Pärchen Arm in Arm zu den Wagen zurückkehrten, nickte Whitmore den beiden Männern mit grimmiger Anerkennung zu. «Nicht schlecht», sagte er, als hätten sie eine Prüfung gerade so mit «ausreichend» bestanden. Doch im nächsten Augenblick grinste er breit und konnte seine Bewunderung für die Leistung der beiden Helden nicht länger verbergen. «Nein, wirklich gar nicht schlecht, verdammt!»

Er schüttelte Steve die Hand und wandte sich dann an den schlaksigen MIT-Absolventen, der ihm vor Jahren eins auf die Nase gegeben hatte. «Sie sind noch cleverer, als ich gedacht habe», sagte er, als er ihm die Hand drückte. «Und um einiges tapferer, als ich jemals erwartet hätte. Ich danke Ihnen, David.»

«Was ich aber doch gerne wissen möchte», unterbrach sie eine laute Stimme, «ist, warum unser Gesundheitsapostel auf einmal eine meiner widerwärtigen Zigarren pafft?»

Julius saß auf der Stoßstange des Humvee. Seine Beine reichten nicht ganz bis zur Erde. David ließ Connie einen Augenblick los, um seinen Vater mit einer kräftigen Umarmung hochzuheben.

«Wow, jetzt macht er auch noch auf Profi-Catcher.»

David setzte den alten Mann ab und beäugte ihn einen Moment lang mißtrauisch. Als Julius das Gleichgewicht wiedergefunden, seine Haare in Ordnung gebracht und seine Kleidung glattgestrichen hatte, fragte er seinen Sohn, weshalb er so glotze.

«Wie hast du das gemacht, Pops?»

«Was gemacht?» fragte der alte Mann. «Ich weiß nicht, was du meinst.»

«Du weißt genau, was ich meine.» David ließ nicht locker. «Erst bringst du uns nach Washington, dann zum Areal 51, und just, als ich schlappmache, bringst du mich auf die Idee mit dem Virus. Ich schätze, jetzt willst du mir weismachen, daß das alles nur eine Kette von Zufällen war.»

Für den Bruchteil einer Sekunde huschte ein listiges Lächeln über Julius' Gesicht, dann nahm es wieder den Ausdruck geheuchelter Verärgerung an. «Ich weiß nicht, was da draußen im All los war, aber ich glaube, diese Außerirdischen haben irgendwas Komisches mit deinem Hirn angestellt.»

Die beiden Männer lächelten sich warm an.

Steve kniete neben Dylan und ließ sich zur Begrüßung umarmen, als General Grey an ihn herantrat, um ein paar Worte mit ihm zu wechseln.

«Nun, Soldat, das war ein ziemlich aufregendes Wochenende für Sie.»

«Ja, Sir, das stimmt», erwiderte der Marine.

«Und Sie haben verdammt gute Arbeit geleistet. Wir sind stolz auf Sie.» Grey führte die Hand zur Schläfe und salutierte. Steve und Dylan erwiderten den Gruß.

Triumphierend bestiegen alle zusammen den Humvee, um zum Areal 51 zurückzufahren. Unterwegs deutete Patricia zum Himmel und fragte: «Hey, was ist denn das?»

Sie schauten nach oben und sahen einen orangeroten Feuerball wie eine Sternschnuppe über ihre Köpfe dahinfliegen. Dann tauchte ein weiterer strahlender Schweif, diesmal hellgelb, am blauen Himmel auf. Wrackteile des explodierten Mutterschiffs regneten vom Himmel und verglühten beim Eintritt in die Erdatmosphäre. Das farbenprächtige Schauspiel sollte noch die ganze Nacht andauern.

Steve hob Dylan hoch und schaute nach oben.

«Weiß du, was heute für ein Tag ist?»

«Jawohl», antwortete Dylan. «Der Vierte Juli.»

«Richtig, mein Sohn. Und hab ich dir nicht ein Feuerwerk versprochen?»

Die Luftschlacht über Areal 51 hatte mit einem relativ sauberen und schmerzlosen Sieg geendet. Weniger als dreihundert Menschen waren dabei ums Leben gekommen. Doch in anderen Teilen des Landes und auf den anderen Kontinenten war die Situation deutlich anders. Die Menschheit hatte überlebt, aber einen hohen Preis bezahlt. Es hatte Millionen von Toten und noch mehr Verwundete gegeben. Viele würden sich nicht mehr von ihren Verletzungen, seien sie physischer oder psychischer Natur, erholen. Als die Überlebenden unter den Trümmern hervorkrochen, spürten sie bereits die Last der Monate und Jahre des Wiederaufbaus, die vor ihnen lagen. Der Jubel der Siegesfeiern hallte über eine geschändete und verbrannte Erde. An vielen Orten war das Ausmaß der Zerstörung so groß, daß die Lebenden die Toten beneideten.

Mehr als hundert der bedeutendsten Städte der Welt waren ausgelöscht worden, darunter so altehrwürdige, unersetzliche Kulturdenkmäler wie Paris, Bagdad, New York und Kioto. Auch die schönsten Museen und Bibliotheken, die wichtigsten Flughäfen, Fabriken, Nahrungsmittelwerke, Märkte und Bürogebäude waren zusammen mit einem Drittel aller menschlicher Behausungen im Feuersturm vernichtet worden. Überall stellten sich Millionen ihrer Heime beraubter Flüchtlinge, die keine Zuflucht mehr hatten, die bange Frage, wie sie überleben sollten. Nach dem kurzen, aber verheerenden Krieg waren Erde, Wasser und Luft hochgradig verseucht.

Alles schien verloren zu sein, und das einzige, was möglicherweise gewonnen war, war ein erweitertes Bewußtsein. Jetzt, wo die Menschen wußten, daß sie nicht allein im Universum waren, kamen ihnen die Scharmützel um nationale und ethnische Differenzen auf einmal schäbig und dumm vor. Im Angesicht der überwundenen Bedrohung wurde den Menschen endlich klar, daß ihre Gemeinsamkeiten sehr viel mehr wogen als ihre kleinmütigen Differenzen. Weltweit herrschte Einigkeit darüber, daß die menschliche Vorstellungskraft ein für allemal grundlegend verändert worden war. In gewisser Weise war die Menschheit auf die harte Tour erwachsen geworden, unfreiwillig einem Reifeprozeß unterworfen worden. Zudem existierte ein neues Bewußtsein gegenseitiger Abhängigkeit: Die Welt würde sich auf die Möglichkeit einer weiteren Invasion einstellen müssen. Whitmores Hoffnung hatte sich erfüllt: Der Vierte Juli war nicht länger nur ein amerikanischer Gedenktag.

Eine neue Zukunft war angebrochen, und Führer wie Whitmore waren bereit, an der Gestaltung der neuen Welt mitzuwirken, die auf den Ruinen der alten erbaut werden würde. Sie wußten, daß über Richtung und Form des Wiederaufbaus bald, innerhalb nur weniger Monate, entschieden würde. Es war möglich, daß Amerika, eine der gewalttätigsten und am tiefsten gespaltenen Nationen, sich im Kampf um die knappen Ressourcen selbst zerstören würde. Doch es konnte auch sein, daß die Menschen zueinander fanden, einen neuen Sinn für Gemeinschaft entwickelten, der der übrigen Welt als Beispiel dienen würde.

Noch bevor der Staub sich gelegt hatte, würde Whitmore wieder in den Wahlkampf ziehen und im wesentlichen denselben Appell an Leistungsbereitschaft und Opfergeist verkünden, den er bereits während des letzten Präsidentschaftswahlkampfes verbreitet hatte. Doch dieses Mal würden die Bühne international und die Risiken um ein vielfaches größer sein. Was für eine Welt würde er seiner Tochter hinterlassen?

Doch als der Wiederaufbau begann, wurde eines schnell und unmißverständlich deutlich: Wie die unverwüstlichen, geschmeidigen Triebe, die sich bereits wieder durch die Ruinen kämpften, würde die Menschheit sich einmal mehr behaupten – zäher, klüger und geeinter als je zuvor.

Besetzung

David Levinson	Jeff Goldblum
Constance Spano	Margaret Colin
President Whitmore	Bill Pullman
Capt. Steve Hiller	Will Smith
Jasmine	Vivica Fox
Russell Casse	Randy Quaid
General Grey	Robert Loggia
Secretary Nimziki	James Rebhorn
Marilyn Whitmore	Mary McDonnell
Moishe	Judd Hirsch
Miguel	Jimmy Duvall
Troy	Joey Andrews
Alicia	Lisa Jakub
Dylan	Ross Bagley
Patricia	Mae Whitman
Doctor Okun	Brent Spiner
Lt. Mitchell	Adam Baldwin
Marty	Harvey Fierstein
Jimmy	Harry Connick, Jr.
Philip	Devon Gummersall

Stab

Regie	Roland Emmerich
Buch	Roland Emmerich und Dean Devlin
Ausführende Produzenten	Roland Emmerich Ute Emmerich Bill Fay
Kamera	Karl Walter Lindenlaub
Kostümdesign	Joseph Porro
Produktionsdesign	Patrick Tatopoulos und Oliver Scholl
Visuelle Effekte	Volker Engel Douglas Smith
Musik	David Arnold

Film und Fernsehen

John Updike
Die Hexen von Eastwick
(rororo 12366)
Updikes amüsanten Roman über Schwarze Magie, eine amerikanische Kleinstadt und drei geschiedene Frauen hat George Miller mit Cher, Susan Sarandron, Michelle Pfeiffer und Jack Nicholson verfilmt.

Hubert Selby
Letzte Ausfahrt Brooklyn
(rororo 1469)
Produzent: Bernd Eichinger
Regie: Uli Edel
Musik: Mark Knopfler

E. Beleites / E. Theophil
Männerpension *Das Buch zum Film von Detlev Buck*
(rororo 13933)
Die ungemein komische Story über zwei Knastbrüder und die Liebe – verfilmt mit Detlef Buck und Til Schweiger in den Hauptrollen.

Dieter Wedel / Sven Böttcher
Held *Roman nach dem Fernsehfilm «Der Schattenmann» von Dieter Wedel*
320 Seiten und 16 Seiten vierfarbige Tafeln. Klappenbroschur
(Wunderlich Verlag)

Oliver Sacks
Awakenings – Zeit des Erwachens
(rororo 8878)
Ein fesselndes Buch – ein mitreißender Film mit Robert De Niro.

Alice Walker
Die Farbe Lila
(rororo neue frau 5427)

rororo Unterhaltung

Boileau / Narcejac
Tote sollten schweigen *Der Roman zum Film «Diabolisch» mit Sharon Stone und Isabelle Adjani*
(rororo 13894)
Das Autorenduo lieferte mit diesem Buch die Vorlage zu einem atemberaubenden Film von Erfolgsproduzent Marvin Worth.

Quentin Tarantino & Allison Anders / Alexandre Rockwell / Robert Rodriguez
Four Rooms *Das Buch zum Film*
(rororo 13955)
Gemeinsam mit drei anderen Regisseuren inszenierte Oskar-Preisträger Quentin Tarantino («Pulp Fiction») diesen furiosen Kultfilm mit Tim Roth, Bruce Willis, Madonna und Antonio Banderas.

Theater / Film

rowohlts monographien
Begründet von Kurt Kusenberg, herausgegeben von Wolfgang Müller und Uwe Naumann.

Ingmar Bergman
dargestellt von Eckhard Weise
(366)

Luis Buñuel
dargestellt von
Michael Schwarze
(292)

Charlie Chaplin
dargestellt von Wolfram Tichy
(219)

Walt Disney
dargestellt von
Reinhold Reitberger
(226)

Eleonora Duse
dargestellt von Doris Maurer
(388)

Federico Fellini
dargestellt von Michael Töteberg
(455)

Gustaf Gründgens
dargestellt von
Heinrich Goertz
(315)

Alfred Hitchcock
dargestellt von Bernhard Jendricke
(420)

Fritz Kortner
dargestellt von Peter Schütze
(531)

rowohlts monographien

Fritz Lang
dargestellt von Michael Töteberg
(339)

Ernst Lubitsch
dargestellt von Herta-Elisabeth Renk
(502)

Marilyn Monroe
dargestellt von Ruth- Esther Geiger
(507)

Pier Paolo Pasolini
dargestellt von Otto Schweitzer
(354)

Erwin Piscator
dargestellt von Heinrich Goertz
(221)

Max Reinhardt
dargestellt von
Leonhard M. Fiedler
(228)

Karl Valentin
dargestellt von
Michael Schulte
(144)

4507/6

Romane und Erzählungen

Peter Høeg
Fräulein Smillas Gespür für Schnee *Roman*
(rororo 13599)
Fräulein Smilla verfolgt die Spuren eines Mörders bis ins Eismeer Grönlands. «Eine aberwitzige Verbindung von Thriller und hoher Literatur.» *Der Spiegel*

Denis Belloc
Suzanne *Roman*
(rororo 13797)
«Suzanne» ist die Geschichte von Bellocs Mutter: Das Schicksal eines Armeleutekinds in schlechten Zeiten. «Denis Belloc ist der Shootingstar der französischen Literatur.» *Tempo*

Ray Loriga
Vom Himmel gefallen *Roman*
(rororo 13903)
Ray Loriga, Jahrgang 1967, lebt in Madrid. In seinem mit Bitterkeit und schwarzem Humor getränkten Roman verfolgen Polizei und Medienmeute einen jugendlichen Killer quer durch Spanien.

Andre Dubus
Ehebruch und anderes *Vier Novellen*
(rororo 13744)
Stimmen vom Mond *Roman*
(rororo 12446)
Sie leben jetzt in Texas *Short Stories*
(rororo 13925)
Zehn klassische Short Stories von Andre Dubus über Menschen, die versuchen, mit aufrechtem Gang das Leben zu bewältigen. «Seine Geschichten sind bewegend und tief empfunden.» *John Irving*

rororo Literatur

Daniel Douglas Wissmann
Dillingers Luftschiff *Roman*
(rororo 13923)
«Dillingers Luftschiff» ist eine romantische Liebesgeschichte und zugleich eine verrückte Komödie voll schrägem Witz, unbekümmert um die Grenzen zwischen Literatur und Unterhaltung.

Michael Frayn
Sonnenlandung *Roman*
(rororo 13920)
«Spritziges, fesselndes, zum Nachdenken anregendes Lesefutter. Kaum ein Roman macht so viel Spaß wie dieser.» *The Times*

Radek Knapp
Franio *Erzählungen*
(rororo 13760)
Die Erzählungen von Radek Knapp wurden als bestes Debüt des Jahres mit dem «aspekte»-Literaturpreis des ZDF ausgezeichnet. «Dieser Autor hat Witz, Pfiff, Humor!»
Marcel Reich-Ranicki

3287/3